Fernando Arrabal:
Hohe Türme trifft der Blitz
Roman

Deutsch von Willy Böhringer
und Astrid Schmitt

Deutscher
Taschenbuch
Verlag

dtv

Diagramme: Schäfer/Urich

Ungekürzte Ausgabe
Januar 1989
Deutscher Taschenbuch Verlag GmbH & Co. KG,
München
Lizenzausgabe mit freundlicher Genehmigung des Verlags
Kiepenheuer & Witsch, Köln

Titel der spanischen Originalausgabe:
›La torre herida por el rayo‹

ISBN 3-462-01772-1
Umschlaggestaltung: Celestino Piatti
Satz: Compusatz GmbH, München
Druck und Bindung: C. H. Beck'sche Buchdruckerei,
Nördlingen
Printed in Germany · ISBN 3-423-10998-X

Das Bild zeigt einen Turm, dessen oberer Teil (Kopf) von einem Blitz getroffen und zerstört wird. Dieser Turm ist die Säule der Macht. Die Ziegelsteine sind hautfarben, um darauf hinzuweisen, daß es sich um ein lebendiges Bauwerk, um ein Bild des Menschen handelt. Die Karte drückt die Gefahr aus, in die übersteigerte Selbstsicherheit und, als Folge davon, der Hochmut führen. Größenwahn, Verfolgung von Hirngespinsten und engstirniger Dogmatismus sind die Kontexte des Symbols.

(DER TAROT)

Elías Tarsis blickt nicht auf, so treffen seine Augen auch nicht auf die des »unerbittlichen Roboters«, der ihm gegenübersitzt. Täte er es, er könnte den Impuls, ihm das Schachbrett und die Figuren in das versteinerte Gesicht zu schleudern, nicht unterdrücken.

»Er riecht wie ein stinkender Mörder. Schon seit zwei Monaten ertrage ich jetzt diesen beißenden Geruch. Er ist ein Verbrecher..., ich könnte es beweisen.«

Natürlich könnte er es beweisen, aber wer würde ihm zuhören? Wer hätte Interesse daran, die – seiner Meinung nach – unbestreitbaren Beweise zu überprüfen, die er ein Jahr lang gesammelt hat? Eigentlich ist er weniger darauf aus, Marc Amary anzuklagen und zu verurteilen, als sich an ihm zu rächen. Wegen dieser unerbittlichen Maschine, dieses Automaten aus Blut und Niedertracht hat er wahre Höllenqualen gelitten. Wenn er daran denkt, hat er das Gefühl, daß ihm eine glühende Quecksilberblase vom Herzen bis zum Gehirn und vom Gehirn bis zum Herzen wandert. Er weiß, daß er ruhiger werden muß, wenn er das bereits vor zwei Monaten begonnene Schachduell gewinnen will: Er muß seinem Verstand einen Weg durch das Verwirrspiel des Handelns bahnen, ohne sich jedoch durch seinen Rachedurst ablenken zu lassen.

Marc Amary ist für alle, Schiedsrichter, Zuschauer und Verbandsmitglieder, nicht der »Roboter aus Fleisch und Blut«, wie Tarsis ihn darstellt, sondern der Inbegriff der Gelassenheit. Und der Wissenschaft im Quadrat. Wahrscheinlich würde er wie Leonardo da Vinci versichern, daß der Vogel ein Instrument ist, das nach mathematischen Gesetzen funktioniert. Nach der seltsamen und sensationellen Entführung des sowjetischen Außenministers Igor Iswoschikow während seines Aufenthaltes in Paris hat das Interesse der Presse an der Schachweltmeisterschaft nachgelassen; die Aufmerksamkeit der Schachwelt erreicht jedoch jetzt, da sich der Ausgang abzeichnet, ihren Höhepunkt. Für sie gibt es nichts Schöneres als das Wahre. Das Theater des Centre Beaubourg, Rahmen des Duells, ist weiterhin bei jeder Partie brechend voll, aber das Publikum setzt sich jetzt nur noch aus den glühendsten Anhängern zusammen, denjenigen, für die die fünf (so kurzen!) Stunden, die jede der Sitzungen gewöhnlich dauert, Augenblicke sind, in denen sie den Hauch des Erstaunens und den Glanz der Sonnenstrahlen erahnen, Sonnenlicht, das sie wie das Manna in der Wüste empfangen. Die Gaffer, die in den ersten Tagen den Saal überfluteten, ziehen es jetzt sicher vor, die aufsehenerregenden Abenteuer zu verfolgen, die sich die Entführer des sowjetischen Würdenträgers ausdenken und geschickt und spärlich durchsickern lassen. Ganz sicher Terroristen, die ebensoviel Kompetenz im Briefeschreiben wie dramatisches Talent unter Beweis stellen. Ein »Comité Communiste International«, das einen Kremlführer kidnappt, ist eine Premiere, die das große Welttheater nicht gleichgültig lassen kann.

Während der dreiundzwanzig Partien, die Tarsis in dieser Meisterschaft schon gegen Amary gespielt hat, hat er gereizt den penetranten Zyklus der manischen Zeremonien seines Gegners beobachtet, das, was er dessen »Kastratenriten« nennt. Jetzt, da nach zweimonatigem Geplänkel – dreizehn abgebrochenen Partien und jeweils fünf Siegen für jeden – der nächste Triumph (der sechste und endgültige) dem Gewinner den Titel des Weltmeisters verschaffen wird, befürchtet Tarsis, daß ihm seine rasende Wut zu Kopf steigen und die Vernunft rauben könnte, oder, was noch schlimmer ist, die Konzentration.

Marc Amary hat möglicherweise die ablaufenden Minuten und Sekunden im Kopf und benutzt und braucht deshalb keine Uhr. (Die begeisterten Zuschauer versichern, bei einem Genie sei alles Rätsel.) Dienstags, donnerstags und samstags – die Tage, an denen die Partien beginnen – erscheint er *systematisch* (das ist das Adjektiv, das man in Bezug auf Amary ständig gebrauchen müßte) fünfundfünfzig Sekunden vor vier Uhr, keine Sekunde früher und keine später. Ticktack, ticktack, sein Computer aus Blut und Unterbewußtsein funktioniert automatisch. Oder fast. Und der unabänderliche Ablauf beginnt: Amary investiert zehn Sekunden, um von der Bühnentür zu seinem Sessel zu gelangen und sich zu setzen; zwanzig Sekunden, um das Datum, Tarsis' Namen und seinen eigenen auf die Tafel zu schreiben; zehn Sekunden, um zu überprüfen, ob die beiden Kontrolluhren bis zum Anschlag aufgezogen sind, und die fünfzehn restlichen Sekunden, um die Figuren und die Bauern (die bereits perfekt nach den Schachregeln auf dem Brett angeordnet sind) seiner magischen Norm oder, wie Tarsis sagen würde, seinen anmaßenden »Mörderlaunen« entsprechend aufzustellen: Jede der sechzehn Schachfiguren muß auf den Millimeter genau in der Mitte ihres Feldes stehen; die Springer mit ihm zugewandten Köpfen (um ihm zu huldigen?); die Rillen der Läufer ganz genau vor seinen Augen und der Querbalken des kleinen Kreuzes, das seinen König krönt, parallel zu der unsichtbaren Linie, die seine beiden Ellbogen auf dem Tisch miteinander verbindet.
»Durchladen, anlegen, Feuer!« Punkt vier Uhr, in dem Moment, da der Schiedsrichter die Uhr für Weiß in Gang setzt und damit die Partie offiziell eröffnet, rührt sich Amary nicht mehr, sondern betrachtet nur noch das Schachbrett und die Figuren mit einer so großen Aufmerksamkeit, daß man meinen könnte, er sähe das alles zum ersten Mal. Doch er entdeckt es lediglich. Wenn er Weiß spielt, beginnt er um

Punkt vier Uhr für zwei volle Minuten nachzudenken..., was alle Anhänger für unnötig halten, da diese Pause ausnahmslos in einer pedantischen und gemessenen Bewegung endet, die die Schachwelt schon auswendig kennt: das Vorrücken des Königsbauern um zwei Felder: *1. e2-e4;* er nimmt den Bauern – so wie er während der ganzen Begegnung immer nach den Figuren greifen wird – mit den Spitzen seiner blutleeren Finger, mit Zeigefinger und Daumen. Jeden einzelnen seiner Züge, auch wenn die Spannung des Gefechts noch so groß ist, wird er mit einer kaltblütigen Langsamkeit ausführen, die gleichgültig wirken kann und geeignet ist, Tarsis zur Verzweiflung zu bringen.

»Er ist ein ausgemachter Sadist. Er spielt mit soviel scheinbarer Gelassenheit, um mich aus der Bahn zu werfen. Er versucht mich davon zu überzeugen, daß er mir in aller Ruhe den Hals umdrehen kann. So hat er alle seine Freveltaten geplant. Ich bin der einzige, der weiß, wozu er fähig ist!«

Marc Amary ist ein Schweizer Forscher des CNRS (Nationales Zentrum für wissenschaftliche Forschungen), das seinen Sitz in Paris hat. Seine Kollegen würden sich nicht wundern, wenn die Mitglieder der Akademie in Stockholm ihm eines Tages für seine Arbeiten über Solitonen oder die Große Vereinheitlichung den Nobelpreis für Physik verleihen würden, aber sie waren verwirrt, als er sich plötzlich dem Schach widmete. Nicht etwa, weil sie dieses Spiel verachtet hätten. Die meisten interessierte es einen feuchten Dreck. Keiner von ihnen würde heute wahrscheinlich vermuten, daß ihrem brillanten, geistreichen Kollegen (der allerdings einige Wochen lang in der verschrobenen Dimitrov-Gruppe mitgemacht hatte) zur Zeit das Schach, die Physik, der Nobelpreis oder die Weltmeisterschaft unendlich weniger bedeuten als das, was er selbst die Schaffung des »neuen Menschen« nennt. Nur bei einer einzigen Gelegenheit, vor bereits acht Jahren,

während eines Symposiums über »Elementarteilchen«, machte er in Gegenwart Dritter eine Bemerkung, die seine Leidenschaft hätte verraten können. Die sie aber nicht verriet, weil die Weisen immer in den Wolken schweben. In Wirklichkeit waren sie gerade an der Universität Heidelberg. Als eine dänische Forschergruppe ihn bat, eine Petition für Professor Yefim Faibisowitsch zu unterzeichnen, der in einem Arbeitslager inhaftiert war, äußerte er sich folgendermaßen:
»Wenn ich so ein ›Zentrum‹ leiten würde, würde ich die Strafen ändern. Ich würde den Gefangenen so viele Bleistifte und Papier geben, daß sie die ihnen von mir auferlegte Strafe abbüßen könnten: die Fakultät von 9999 berechnen... und zwar ohne Taschenrechner.«
Welch ein witziger Einfall! Eine pharaonische Strafe, die darin besteht, 9999 mit 9998 zu multiplizieren, das Produkt mit 9997, das neue Ergebnis mit 9996... und immer so weiter bis eins. Ein Scherz, den seine Kollegen als subtile Kritik am System der Konzentrationslager interpretierten... Niemand kam auf die Idee, daß diese unendliche Strafe das Mittel sein könnte, mit dem er die Feinde seiner Sache auszuschalten gedachte. Und die gingen damals schon in die Billionen.

Elías Tarsis, Sohn spanischer Eltern, wurde in Andorra la Vella geboren..., »durch Zufall«, wie der Schachspieler immer betonte, als käme man nicht unweigerlich »durch Zufall« auf die Welt, egal welches die Geburtsstadt ist. An ihm tat sich der »Zufall« besonders gütlich, denn seine Mutter erlosch in dem Augenblick, als er das Licht der Welt erblickte. Sein Vater flackerte noch neun Jahre länger; nach seinem Tod wurde Elías von seiner Tante Paloma in Madrid aufgenommen. In jenen Jahren triumphierender Macht ohne Komplexe wurde einmal im Jahr ein Wettbewerb für Hochbegabte ausgeschrieben; mit derselben Naivität, mit der man,

um die Franzosen zu ärgern, den Cognac auf den nationalen Namen *jeriñac* umtaufte. Die Gallier merkten es nicht einmal. Deshalb behaupteten sie, wenn sie hochbegabte Spanier wie Picasso entdeckten, diese seien Franzosen. Tarsis bekam eines der zehn Hochbegabten-Stipendien, das ihm ermöglicht hätte, seine Höhere Schul- und Universitätsausbildung unter vorzüglichen wirtschaftlichen Bedingungen zu beenden. Vorzüglich bedeutet: kostenlose Klosterschule, Bücher zum Gotteslohn und die Kosten für die Pension. Tarsis' Tante begnügte sich, um die Situation nicht auszunützen, mit der Hälfte des letzten Vorteils. Und Elías wurde Halbpensionär. Aber sehr bald und zur Bestürzung Palomas, die inzwischen zu seinem Vormund ernannt worden war, verzichtete er auf die Schule und begann, Comics für Kinder zu lesen.
»Ich steh auf Comics.«
Und tatsächlich stand er unheimlich darauf. In sein Zimmer eingeschlossen, hielt er es länger als ein Jahr aus, unter dem einzigen Bild, das ihm von seinem Vater geblieben war: ein Photo, das diesen als politischen Flüchtling zeigte und das ihm die französischen Behörden überlassen hatten. Als er sein Zimmer verließ, war der Boden über einen halben Meter hoch mit schmutziger Wäsche, Abfall, leeren Konservenbüchsen, abgegriffenen Comics und sogar mit klebrigen Resten bedeckt, die seine Tante selbstverständlich nie erwähnte, weil sie sich als moderne Frau in der Moral und den guten Sitten auskannte. Mit der Zeit wurde diese Art von Respekt dagegen nur noch von den Altmodischsten geübt. Mit vierzehn Jahren flüchtete Tarsis nach Barcelona, wo er als Lehrling in einer Goldschmiedewerkstatt sein Proletarierleben in Angriff nahm, bis sich ihm eine Alternative als Fräser bot.

Am Abend vor Beginn der Weltmeisterschaft versammelte Tarsis die drei Schiedsrichter und eröffnete ihnen kurz und bündig:

»Marc Amary ist ein Mörder. Vorsicht. Ich will nicht, daß irgend jemand in meinen Aufenthaltsraum kommt. Das war's.«
Und dabei hatte er sich kurz gefaßt. Für die Schiedsrichter war er zu weit gegangen.

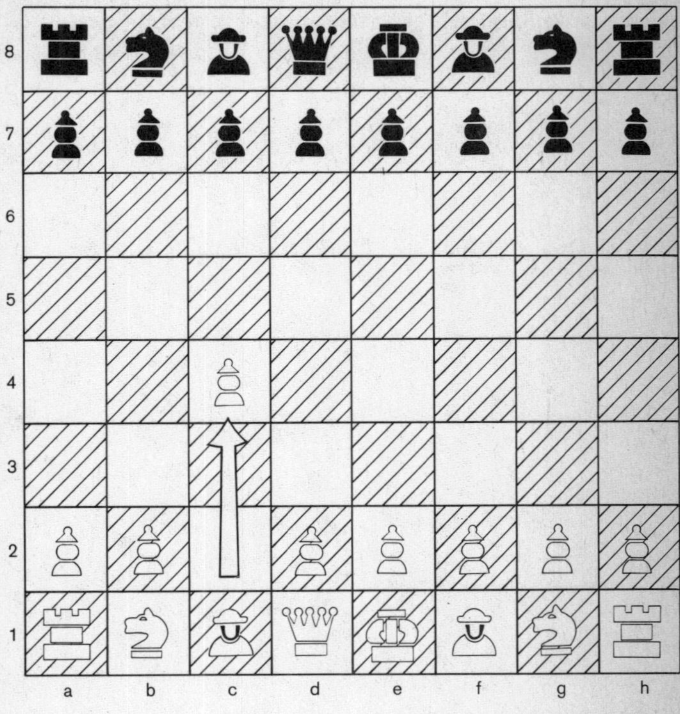

Als Amary seinen ersten Zug ausführt, erhebt sich im Saal lärmendes Gemurmel. Der isländische Schiedsrichter, R. H. Gugmundsson, hebt energisch ein Schild hoch, auf dem in großen Buchstaben das Wort RUHE geschrieben steht, und bittet das Publikum mit unmißverständlichen Gesten, nicht weiter zu stören. Es ist nicht verwunderlich, daß die Schachfanatiker sich aufregen. Amary hat nicht, wie er es immer beim ersten Zug tat, *1. e2-e4* gespielt, sondern *1. c2-c4.* Man ahnt, daß eine ungewöhnliche und wahrscheinlich entscheidende Partie bevorsteht. Amary begnügt sich nicht mit einem Remis, wie bereits dreizehn Mal während der Meisterschaft. Er will Tarsis besiegen, die Meisterschaft damit zu Ende bringen, und deshalb versucht er gleich am Anfang, ihn zu überraschen. Und er überrascht ihn auch.

Elías Tarsis preßt wütend die Fäuste gegen die Schläfen und vertieft sich in die Analyse des ersten Zuges.
»Ich hätte ihn eigentlich voraussehen müssen! Er konnte ja nicht mit der spanischen Eröffnung weitermachen, weil er damit gegen meine Berliner Verteidigung überhaupt nicht angekommen ist. So ein Schleimscheißer! Der kann doch nur in den Rücken schießen. Was für ein beschissener Zug! Langsam und ohne jede Aggressivität. Typisch für ihn. Aber es wäre ihm durchaus zuzutrauen, daß er mich in einen Hinterhalt locken will. Soll er es nur wagen.«

Dem Weltschachbund gelang es nicht, die beiden Rivalen vor der Begegnung zusammenzubringen. Zum vorbereitenden Kongreß schickte Amary als Vertreter seinen Kollegen Jacques Delpy, einen Physiker, während Tarsis schlicht und einfach den Verbandspräsidenten von Andorra bevollmächtigte. Es war offensichtlich, daß sie den Feldzug erst auf dem Schlachtfeld des Schachbretts einleiten würden und daß sie sich rundweg weigerten, ihre Energien im Kleinkrieg der Kommuniqués, in bürokratischen Scharmützeln oder mit Salonsalven zu vergeuden.
Ihr demonstratives Fernbleiben machte neben dem Haß zwischen den beiden Gegnern auch den Umstand deutlich, daß selbst in Schachkreisen kaum etwas über die Biographien der beiden Spieler bekannt war. Allerdings ließ ein englisches Boulevardblatt zwei Monate vor der Zeremonie durchblikken, Elías Tarsis sei Zuhälter in Barcelona gewesen und Amary habe seine Mutter umgebracht; die Zeitung wagte es, die dem Turnier gewidmete Doppelseite mit folgender

Schlagzeile zu überschreiben: »Zuhälter oder Muttermörder künftiger Schachweltmeister?« In Wirklichkeit beschränkte sich alles, was man mit Sicherheit über sie wußte, auf die Veröffentlichungen in Fachzeitschriften: ihre Elo-Zahlen, die Daten der Wettkämpfe, an denen sie teilgenommen hatten, und die Ergebnisse. Ihre Siege bei den nationalen Meisterschaften, bei Zonen- und Interzonenturnieren sowie bei dem Kandidatenturnier, an dem sie teilgenommen hatten, erlaubten ihnen nach dem Flugzeugunglück, bei dem der Weltmeister ums Leben gekommen war, ihr Duell als Finalisten des Kandidatenturniers im Wettkampf um den höchsten Titel fortzusetzen. Vor zwei Jahren waren sie noch völlig unbekannt gewesen, und als das Finale begann, wußte man, abgesehen von ihren in der Fachpresse veröffentlichten und analysierten Partien, noch nichts über sie.
Wahrscheinlich hat Amary aus den Gründen, die Tarsis sich denken kann, diesmal nicht mit *1. e2-4* angefangen. Der Schweizer Meister ist davon überzeugt, daß diese Eröffnung oberflächlich gesehen nicht sonderlich tückisch, im Grunde aber äußerst aggressiv ist.

Auf jemand, der seinen Wahrheitskult nicht kennt, kann Amary arrogant wirken. Zwei Wochen nachdem er das Studium der Physik an der Universität Genf aufgenommen hatte, kam er zu dem Schluß, daß keiner seiner Professoren die Anstrengung und den Zeitverlust wert sei, die mit der Teilnahme an ihren Kursen verbunden waren; also ließ er sich nicht mehr bei ihnen blicken. Gleichzeitig immatrikulierte er sich für Mathematik und machte dort dasselbe Kunststück noch einmal. Was ihn nicht daran hinderte, beide Examen mit hervorragenden Ergebnissen abzuschließen. Einen Teil jener Jahre, in denen er sein Universitätsstudium so glorreich hinter sich brachte, verwandte er darauf, die Nobelpreisträger für Physik und Mathematik zu lesen. Der englische

Schachspieler D. P. Hawksworth veröffentlichte in der englischen Zeitschrift *Chess* ein Interview mit Raoul Santini, einem Studienkollegen Amarys in Genf, das folgenden Dialog enthält:

R. S.: »Marc Amary sagte, seine Vermutung, daß die meisten Nobelpreisträger für Physik und Mathematik richtige Hornochsen seien, habe sich bald bestätigt.«

D. P. Hawksworth: »Hat er das Wort ›Hornochse‹ gebraucht?«

R. S: »Das ist so lange her! Sicher hat er es mit einem seiner typischen Sätze ausgedrückt, die wie Axthiebe waren, ...ohne Vorurteile, ohne Haß, eiskalt. Für ihn war das eine ganz offenkundige Tatsache, die ich etwas ungeschickt mit dem Wort ›Hornochse‹ ausdrücke. Wenn ich mich recht erinnere..., hat er gesagt, daß die meisten Nobelpreisträger weder zum Fortschritt der Wissenschaft noch zur Entwicklung der Menschheit etwas Entscheidendes beitragen.«

D. P. H.: »Waren Sie derselben Meinung?«

R. S.: »Keiner von uns Studenten hätte es damals gewagt, eine solche Kritik im Ernst zu äußern..., höchstens im Spaß oder um sich wichtig zu tun.«

D. P. H.: »Womit beschäftigte er sich damals?«

R. S.: »Ich war nicht sein Freund. Er hatte keine Freunde. Er lebte wie ein Einsiedler, und es kam äußerst selten vor, daß er mit einem von uns sprach. Es wurde so einiges über seine Mutter gemunkelt, nachdem sie im Irrenhaus gestorben war... Um die Wahrheit zu sagen, die meisten dachten, daß er genauso wie sie nicht ganz bei Trost war.«

D. P. H.: »Warum ging er nach Paris?«

R. S.: »Vermutlich mit der Absicht, das DEA (Diplôme d' Études Approfondies) zu bekommen, den Passierschein, den man brauchte, um ins CNRS zu kommen, was damals das höchste Ziel jedes großen europäischen Forschers war.«

Zusammen mit hundertzwanzig Physikern aus Frankreich

und dem Ausland (wahrscheinlich den besten Europas aus seiner Generation) immatrikulierte sich Amary also an der Naturwissenschaftlichen Fakultät von Paris, um den Ritterschlag zu bekommen. Sie wurden am ersten Tag des Semesters von Professor Lajos Lukacs empfangen, einem originellen alten Wissenschaftler, der seine Unterrichtsstunden oft unterbrach, um sich mit einem Spirituskocher und einem Topf, die er immer in seiner geräumigen Aktentasche bei sich trug, einen Kaffee aufzubrühen. Er hielt ihnen die Predigt, die er, nur leicht verändert, jedes Jahr den Neulingen verpaßte (Er war noch von der alten Schule. Nach Meinung seiner Kollegen ein ordinärer Kerl.):
»Sie sind hundertzwanzig..., die meisten werden das DEA bekommen...; dieses Diplom ist ein Fetzen Papier, der sich bestens in einem öffentlichen Vorstadtklo ausmachen würde..., und zwar in vier Teile zerrissen. Aber was ist Ihr Traumziel? Ins ›Paradies der Auserwählten‹ zu kommen, das heißt, in ein Labor des CNRS. Das ideale Pöstchen für jeden cleveren Studenten, der sich in weiser Voraussicht jetzt schon auf seine Pensionierung vorbereitet. Und welches Los erwartet Sie während dieses Studienjahres? An der Brust der Wissenschaft zu nuckeln anstatt an der Ihrer Freundinnen, und wozu das alles? Um das El Dorado zu erreichen, das Allheilmittel für alle Faulenzer und Herumtreiber; den Titel eines Staatsbeamten auf Lebenszeit mit Sozialversicherung, Fahrtkostenzuschuß, gesicherter Pension, verschiedenen Beförderungen, Machozulage, akademischen Auszeichnungen, Sommerlager für die Kinder, Sexualversicherung mit Erektionsgarantie... und nicht endende Langeweile, bis Sie noch verblödeter sterben als der arme Oppenheimer in Princeton. Was für eine Jugend von Duckmäusern und Schlappschwänzen! Und das soll das Ideal der jungen Leute in der Blüte ihres Lebens sein, das unsere kitschigsten Dichter in jenen überschwenglichen Epochen besangen, da man noch Verse schrei-

ben und Tango tanzen konnte? Um aufrichtig zu sein: Im günstigsten Fall werden fünf von Ihnen als Forscher ans CNRS berufen werden. Aber was ist schon ein Forscher, der nicht publiziert? Eine völlige Null! Und ein Dieb, der dem Staat die Kröten stiehlt, die der so dringend braucht, um Neutronenbomben und Schärpen für die Abgeordneten herzustellen, und ein Räuber, der dem armen Steuerzahler die Ersparnisse abknöpft, mit denen dieser seinen Lottoschein bezahlen und Pornoheftchen kaufen wollte. Welcher von den fünf heldenhaften und ruhmreichen Forschern – Homer mag ihre Tugenden besingen – wird irgendwann einmal publizieren? Wenn wir auf die Statistiken zurückgreifen, die aufgrund der Lebensläufe Ihrer Vorgänger erstellt wurden (ein Geheimnis, das ich Ihnen vertraulich preisgebe und das besser gehütet wird als die Pläne der NASA)..., zwei von den fünfen, oder genauer gesagt, zwei von den hundertzwanzig! Aber wo haben diese beiden Privilegierten des Schicksals und der Günstlingswirtschaft bisher publiziert?... In französischen oder italienischen Zeitschriften. Pipikram! Diese Zeitschriften sind genauso angesehen wie die schwedischen Stierkampfzeitschriften. Man ist nur ein ernsthafter Forscher, der sein Gehalt kassieren kann, ohne sich zu schämen, wenn man in der *Physical Review* oder in den *Physical Review Letters* publiziert... oder meinetwegen auch noch in der englischen Snobzeitschrift *Nature*, in diesem Falle aber nur, wenn Sie eine allgemeinverständliche Zusammenfassung schreiben. Und damit hat sich's! Aber wer von Ihnen wird schon mit seinem Wissen für den Hausgebrauch bis ins Mekka der Wissenschaft gelangen? Außer meiner Wenigkeit gelingt das alle zehn Generationen nur einem aus diesen von Wilden und Analphabeten bevölkerten Breiten. Ich gebe Ihnen einen freundschaftlichen Rat: Verlieren Sie nicht Ihre Zeit, ein Jahr ist sehr lang, gehen Sie ins pharmazeutische Labor nach Basel, um dort Mäuse zu masturbieren, oder nach Johannesburg, um Raketen zur Verteidigung der weißen Rasse zu bauen; so werden Sie zu Geld und Ehren kommen. Oder schinden Sie bei einer dicken, romantischen Norwegerin mit viel Geld Eindruck, indem Sie ihr die Relativitätstheorie mit der Geschichte von dem Aufzug erklären, der steigt... und steigt...«

Amary hörte sich den Sermon an, ohne mit der Wimper zu zucken. Schließlich zog er ein kleines Heft hervor und notierte *Physical Review*. Dann zog er sich in die Bibliothek der Naturwissenschaftlichen Fakultät zurück und machte sich daran, auf eigene Faust das Problem der Doppelamplituden zu untersuchen, das das Labor für Theoretische und Hochenergiephysik des CNRS gerade zu lösen versuchte, und vergaß darüber völlig das DEA. Fünf Monate später, als Professoren und Studienkollegen schon vermuteten, er hätte auf das begehrte Diplom verzichtet, erlebte das CNRS eine große Überraschung. Ein unbekannter Forscher, der jedoch seine Arbeit aus Paris geschickt hatte, publizierte in keiner geringeren Zeitschrift als der *Physical Review*. Und der Gipfel war, daß der Artikel die Antwort auf das Problem gab, das eines der angesehensten Labors des Zentrums untersuchte. Der Titel der Arbeit hieß »Duale Amplituden mit Kopplung des Omega für sechs Pionen und Bosonen mit Spin«, und der Autor war Marc Amary.

Amary legte dem Exemplar der Zeitschrift, das er aus den Vereinigten Staaten bekommen hatte, folgende handschriftliche Notiz bei:

»Zuviel Aufhebens: lediglich generalisierende Arbeit. Banales Problem. Bloße Rechnerei. Nicht sehr schwierig. Verführerisch: mathematische Formel über Eigenschaften starker Wechselwirkungen. Supertechnik: beeindruckt. Dummes Problem: dachte nur vierzehn Tage darüber nach. Innerhalb eines Jahres werden alle verstehen. Physik wird sich weiterentwickeln: wie Leichtathletik-Rekorde.«

Er unterzeichnete: der »Meister«. [Weder der »Kleine« noch »Teresa« noch »Micky« hätten ihm bei der Abfassung helfen können; diese Nichtsnutze hatten nämlich nur dumme Späße im Kopf und lachten die ganze Nacht über ihn, so daß er nicht schlafen konnte.]

Drei Minuten nach Amarys erstem Zug ist Tarsis immer noch in seine Analyse versunken. Ein Zuschauer in der 17. Reihe hat ein Exemplar von *France-Soir* herausgenommen und betrachtet auf der ersten Seite das Photo des sowjetischen Politbüromitglieds und Außenministers der UdSSR, Igor Iswoschikow, unter einer Fahne mit einem fünfzackigen Stern und einem Schild mit der Aufschrift: COMITÉ COMMUNISTE INTERNATIONAL. Wie die Zeitung berichtet, wurde das Photo (wie alle anderen, die die Entführer pünktlich jeden Mittwoch schicken) mit einem Polaroid-Apparat aufgenommen, um das Datum der Aufnahme zu dokumentieren: Tatsächlich hält sich der sowjetische Politiker eine Zeitung vom selben Tag vor die Brust. Um das linke Auge des Gefangenen prangt ein Bluterguß, was nach Meinung der Journalisten beweist, daß die »Verhöre« nicht ohne Gewaltanwendung verlaufen. Da in der Verlautbarung des Komitees nicht von einem »Geständnis« die Rede ist, folgert die Polizei, daß der russische Minister seinen Entführern nicht gerade entgegenkommt. Zusammen mit dem Photo haben die Terroristen ein sehr umfangreiches Dokument der Organisation geschickt, das den Titel »Theoretische, politische und strategische Lösungen« trägt und in gekürzter Fassung in der Zeitung abgedruckt ist.

Nach drei Minuten und sechsundzwanzig Sekunden zieht Elías Tarsis unvermittelt mit seinem Königsbauern ein Feld vor (*1. e7-e6*). Der Kontrast zwischen der Heftigkeit seiner Bewegung und der unerschütterlichen Ruhe Amarys ist nicht zu übersehen. Nachdem er diesen Zug ausgeführt hat,

betrachtet er mit sardonischem Lächeln eines der Bretter an der Wand. Wenn er nicht einen Zwischenfall befürchtete, würde er sich Amary zuwenden und ihm mit dem Blick bedeuten:
»Du wolltest mich wohl überraschen? Jetzt geht dir der Arsch auf Grundeis. Das hast du nicht erwartet, was!«
Er lehnt sich zurück, als wolle er aus einer weiter entfernten und erhabeneren Perspektive die Wirkung seiner Breitseite betrachten.

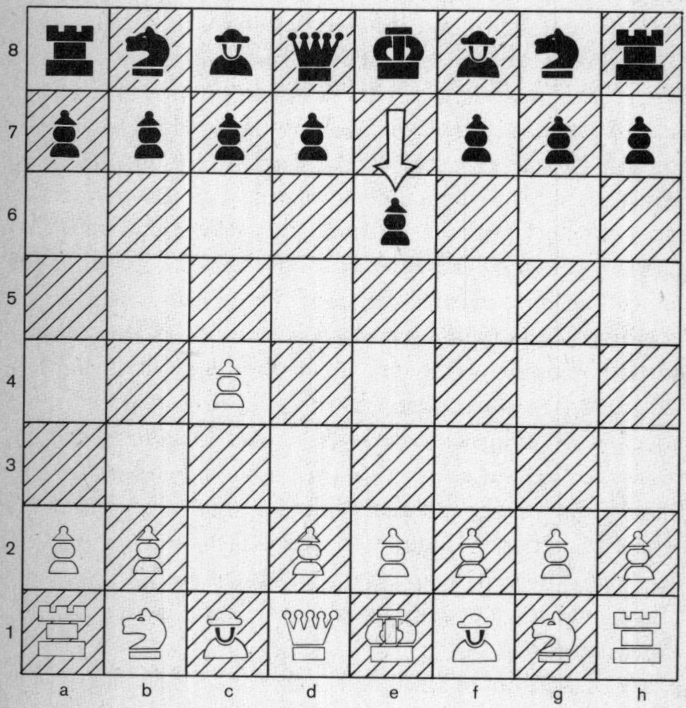

Amary hat mit einem mehrdeutigen Zug eröffnet, Tarsis hat ihm wider Erwarten in gleicher Weise geantwortet. Mit den beiden anscheinend so laschen Zügen hat jedoch die latente

Heimtücke der Eröffnung psychologisch eine weitaus größere Spannung erzeugt, als wenn sich die Spieler an die vorgegebenen Züge der als besonders druckvoll geltenden Partien gehalten hätten: der spanischen oder der sizilianischen.

Tarsis denkt:

»Amary ist nur ein Intellektueller, ohne Saft und Kraft, und ein Tötungsautomat. Am Schachbrett ist er nur ein Kaffeehausspieler. Das eigentliche Wesen des Schachs kennt er nicht. Er wendet nur die Schemata an, die er gelernt hat und die er dank seinem sagenhaften Gedächtnis behält. Das funktioniert vielleicht bei der Vorbereitung eines Attentats, aber nicht vor einem Schachbrett. Er hat die fünf Partien gegen mich nur gewonnen, weil er mich so gelangweilt hat... Der Roboter wird nie müde und kann deshalb jemanden, der wie ich das Geheimnis des Schachs kennt, überraschen.«

Das Duell zwischen Amary und Tarsis ist ein philosophisches Lehrstück. Beim Schach gibt es eine unveränderliche Infrastruktur (das Gesetz, die Anlage, die Norm) und eine veränderliche Struktur, die sich aus den Kombinationen auf dem Brett ergibt. Tarsis hat (wie Fischer, Steinitz oder Morphy) das Gesetz begriffen und weiß, daß man in der Unordnung durch Gelassenheit zur Perfektion gelangt. Amary ist (wie Karpow, Euwe oder Petrosjan) ein Meister der Varianten, der Mutationen, und deshalb flieht er vor dem Chaos, das ihn verwirrt.

Während Tarsis zu seinem Aufenthaltsraum geht, sagt er sich:

»Amary hat den Instinkt eines Hais. Er tötet sein Opfer hinterrücks. Er hat es schon einmal getan, und er wird es wieder tun.«

Iswoschikow ist mit seinen zweiundsiebzig Jahren das jüngste Mitglied des Politbüros, der höchsten sowjetischen Institution, in der sich Männer wie Petsche unerschrocken, wenn auch nicht ohne gesundheitliche Beschwerden, auf das neunzigste Jahr ihres revolutionären Lebens zubewegen. Zweifelsohne wußten seine Entführer, daß sie den sowjetischen Politiker gefangengenommen hatten, der die besten Aussichten hatte, eines Tages den gegenwärtigen Generalsekretär der Partei, den mächtigsten Mann der Sowjetunion, abzulösen. In Wirklichkeit hat das Politbüro zwei Mitglieder, die jünger sind als er: Alijew, der erst neunundsechzig Jahre alt ist, und Solomentsew, der gerade sein siebzigstes Lebensjahr vollendet hat; aber ihre jeweilige Herkunft – der erste ist Aserbaidschaner und der zweite Kasache – versperrt ihnen jeden möglichen Zugang zum höchsten Amt des... russischen Staates. In der sowjetischen Verfassung sind keine Regeln oder Richtlinien für die Ernennung des Thronfolgers vorgegeben. Das Kooptationsverfahren, das sich bis heute bei den jungen Spunden des Politbüros immer wieder behauptet hat, könnte allerdings eines Tages die unterschiedlichsten persönlichen Konflikte hervorrufen und sogar dazu ausarten, daß man sich nach einem »Weg-da-jetzt-bin-ich-dran« die Pelzmützen um die Ohren schlägt, was auf die arbeitenden Massen einen denkbar schlechten Eindruck machen würde. Sehr geschickt hat ein anderes kommunistisches Land das Problem der Nachfolge gelöst: Nordkorea. Der Generalsekretär der Partei, Genosse Kim Il Sum (der zur Zeit dem Generalsekretär Albaniens den Rekord im Dauerregieren streitig macht) wurde per Akklamation zum »Präsidenten auf

Lebenszeit« ernannt, und zwar dank einem sensationellen Referendum, bei dem er die beneidenswerte – und nicht zu übertreffende – Quote von 100% der Stimmen erreichte. Immer auf das Wohlergehen seines Volkes bedacht, hat er, um diesem am Tage seines Todes Konflikte zu ersparen, seinen eigenen Sohn zu seinem Erbfolger ernannt. In ihrer nie versagenden Weisheit hat die Dialektik der Geschichte so die originelle und fortschrittsträchtige Figur des kommunistischen Monarchen geschaffen, der die Vergangenheit mit der strahlendsten Zukunft vereint.
Einige Kreml-Astrologen schließen die Möglichkeit nicht aus, daß die Entführer nicht etwa beabsichtigen, durch die »Verhöre«, denen sie Iswoschikow nun schon seit zwei Monaten unterziehen, kompromittierende Staatsgeheimnisse aufzudecken, sondern einfach mit den Methoden der Gehirnwäsche den ernsthaftesten Kandidaten für die Machtübernahme in der UdSSR zu ihrer revolutionären Sache bekehren wollen. Und dank einem geschickt eingefädelten Schwindel hätte Iswoschikow nach seiner Befreiung und Indoktrinierung, umgeben vom Glorienschein eines heldenhaften Widerstands gegen seine Kerkermeister, einen zusätzlichen Trumpf in der Hand, um zu gegebener Zeit die Zügel der demokratischen und proletarischen Volksmacht zu übernehmen.

Aus dem vertraulichen Bericht, den der Reinigungsdienst des Centre Beaubourg dem Weltschachbund auf dessen Wunsch vorgelegt hat, geht hervor, daß Amary seinen Aufenthaltsraum und das angrenzende Bad jeden Tag sauber und tadellos aufgeräumt hinterläßt, während Tarsis seine beiden Räume in einen Saustall verwandelt: die beiden Badezimmerhocker mit schamlos gespreizten Beinen in der Wanne, das Bidet voller unanständiger, verdächtiger Flecken, das Bett in dem kleinen Zimmer so durcheinandergewühlt, als ob es den Ansturm einer Hundertschaft Katzen ausgehalten hätte, die Sessel umgeworfen, die Handtücher naß und häufig mit Blutflecken auf dem Boden verstreut, wo auch ständig die Unterwäsche herumliegt und einmal sogar ein zerrissener Büstenhalter gefunden wurde. Ferner enthält der Bericht den Hinweis, daß er vor den Bildschirm der internen Fernsehanlage eine Christusfigur aus Metall an einem wuchtigen, schwarzen Holzkreuz auf einem ebenfalls schwarzen Sockel gestellt hat; sicherlich um sich während seiner Ruhepause den Anblick Amarys auf dem Bildschirm zu ersparen. Der Weltschachbund befürchtet, daß er entgegen den Vereinbarungen Besuch empfängt. Die Aufenthaltsräume sind einzig und allein dazu da, daß sich ein Spieler ausruhen kann, während sein Konkurrent am Brett analysiert. Es wird für möglich gehalten, daß Tarsis, trotz der aufwendigen Vorkehrungen, die man dagegen getroffen hat, den Besuch einer Frau empfängt, die ihm Hilfe von außen bringen und somit die Isolation des Meisters durchbrechen und das Gleichgewicht der Hilfsmittel beider Spieler stören könnte.

Elías Tarsis müßte eigentlich Komsomol Tarsis heißen, hätte man die Meinung seines Vaters respektiert, der von internationalistischen Festgelagen und vom Elysium des Proletariats träumte. Doch das damalige Spanien, einig-groß-und-frei, wo er mit neun Jahren Zuflucht suchte, ließ ein solches rotes Aushängeschild nicht zu, und seine Tante Paloma bürdete ihm ohne Skrupel einen gottgefälligen Taufnamen auf: Elías. Madrid war, zumal in jener Zeit, weder Andorra, wo er geboren worden war, noch Südfrankreich, wo er später bis zum Tode seines Vaters gelebt hatte. Und mit großem Stolz, wie Unamuno sagen würde.

Der Hochbegabten-Wettbewerb versammelte in Madrid die zehn-, elf- und zwölfjährigen Jungen, die sich besonders ausgezeichnet hatten und sich um die zehn ausgeschriebenen

Plätze bewarben. Während der zweiwöchigen Prüfungen hatte der junge Tarsis, der sich so schwer an die kleine Wohnung seiner Tante Paloma und an Madrid gewöhnen konnte, das Gefühl, ins Leben zurückzukehren. In der Abgeschlossenheit der Klassenräume, wo die schriftlichen Prüfungen stattfanden, vertieft in die Enträtselung der kniffligen Labyrinthe, als schwebe er zwischen Trost und Hoffnung hin und her, verscheuchte er einige Stunden lang den gräßlichen einäugigen Vogel der Angst. Er fühlte sich so..., als sei er noch mit seinem Vater in Céret und hörte dessen unvergeßliche Stimme, wenn er ihm so liebevoll die Dreisatzrechnung oder die Geometrie erklärte, die Liste der Gotenkönige aus dem spanischen Geschichtsbuch beibrachte oder zeigte, wie aus dem Weizenkorn sein tägliches Brot wurde.
Schritt für Schritt entwirrte Tarsis die Ausscheidungstests: Es gelang ihm, die Gemeinsamkeiten zweier völlig verschiedener Objekte herauszufinden, er rekonstruierte eine geometrische Figur mit Hilfe einiger Würfel, berechnete die Bewegungsrichtung mehrerer übereinander angeordneter Hebel, wertete vorgegebene Systeme aus, übersetzte dank eines abstrakten Codes undurchdringliche Sätze und ergründete andere Hieroglyphen, die nur völlig Bescheuerte oder Hochbegabte entziffern konnten. Am Ende dieser Irrfahrt mußten die zwanzig jungen Überlebenden noch die letzte Prüfung über sich ergehen lassen, die einzige mündliche.
Als Tarsis den Prüfungssaal betrat, fand er sich ganz allein fünf Professoren gegenüber; derjenige, der in der Mitte des Tribunals den Vorsitz führte, eröffnete ihm mit einer gewissen Feierlichkeit:
»Mit dieser letzten Prüfung soll Ihre Kreativität auf die Probe gestellt werden. Hören Sie gut zu: ›Nennen Sie alle Wörter, die Ihnen einfallen.‹ Ich wiederhole: ›Nennen Sie alle Wörter, die Ihnen einfallen.«
Tarsis nannte blitzschnell alle Gegenstände, die sein Blick

erfassen konnte (»Tisch, Stuhl, Heft, Glas, Flasche, Wasser, Bleistift, Krawatte, Hemd, Jacke, Kopf...«); er unterbrach seine Litanei zwar keinen Augenblick, fürchtete aber doch, nervös zu werden, zu stottern und schließlich vor lauter Schiß ganz aufzuhören..., als ihm plötzlich die Liste der Westgotenkönige in den Sinn kam, die sein Vater ihm beigebracht hatte, und er sagte sie wie am Schnürchen auf, glücklich, als sänge er, als säße er neben ihm in Céret, umgeben von Schnecken und Zikaden:

»Athaulf, Sigerich, Wallia, Theoderich I., Thorismund, Theoderich II., Eurich, Alarich, Gesalech, Amalarich, Theudis, Theudegisel, Agila, Athanagild...«

Als ihn die Jury mitten in der Aufzählung unterbrach, wußte Tarsis bereits, wie das Ganze ausgehen würde. Dem Tribunal gefiel das Pokerspiel offensichtlich.

Dank des Hochbegabten-Stipendiums kam Elías Tarsis als Halbpensionär in das Colegio de San Antón, die Schule der Piaristenpater, wahrscheinlich weil seine Tante Paloma von der Tatsache entzückt war, daß es unter den ehemaligen Schülern einen Dramatiker gab, der damals sehr hoch im Kurs stand und nichts weniger als Literaturnobelpreisträger war, und unter den Künstlern des Hauses den Maler Francisco de Goya y Lucientes. Verloren in der Masse der Schüler dieser Lehranstalt im Zentrum Madrids vegetierte er am Rande wie ein Raubtier dahin, das sich im Dschungel verlaufen und jegliche Hoffnung, sein Rudel wiederzufinden, aufgegeben hat.

Zwei Wochen nachdem sein zweites Schuljahr im Colegio de San Antón begonnen hatte, machte Tarsis einen seiner Kameraden zu seinem »Sklaven«. Es war ein außergewöhnlich fettleibiger Junge, der mit seiner ausländischen – wahrscheinlich französischen – Familie ein Jahr in der spanischen Hauptstadt verbrachte und den alle den »Franzosen« nannten. Tarsis züchtigte ihn, indem er ihn in allen Pausen in der

letzten Latrine eines dunklen, verlassenen Kellers neben dem dritten Hof einschloß: ein völlig verdrecktes, stinkendes Scheißhaus. Es kam nie heraus, wie er es fertiggebracht hatte, eine solche Beziehung zu seinem Kameraden herzustellen. Während der Bußestunden seines »Sklaven« spielte Tarsis wie die übrigen Schüler aus seiner Klasse Pelota unter den Arkaden oder Fußball auf dem mittleren Hof, aber alle Viertelstunde lief er zu dem ekelhaften Loch hinüber, um sich zu vergewissern, daß sein Gefangener den Kerker nicht verlassen hat. Eine unnötige Vorsichtsmaßnahme, da doch sein »Sklave« jederzeit hätte entwischen können, wenn er nur den Willen dazu gehabt hätte. Bei jeder seiner Inspektionen fand Tarsis einen Grund zur Verärgerung und damit Anlaß zu noch mehr Grausamkeit, manchmal weil der »Franzose« nicht mehr in der hintersten Ecke kauerte, wie er es ihm befohlen hatte, manchmal auch, weil er davon überzeugt war, daß er ihn spöttisch oder hochmütig ansah; wenn er den Verdacht hatte, daß sein Gefangener sich bei der Schulleitung beschweren und ihn verraten wollte, ohrfeigte er ihn außer sich vor Wut oder prügelte ihn mit seinem Gürtel durch.
Er hatte die wirre – und natürlich absurde – Vorstellung, daß der »Franzose« für den Tod seines Vaters verantwortlich war. Er empfand ihm gegenüber einen teuflischen Groll, der ihn wie tiefe Trauer verzehrte. Er war davon überzeugt, daß er eine Engelsgeduld mit ihm hatte. Er zog es vor, ihm seine Befehle durch schroffe Gesten mitzuteilen, ohne ihn je dabei anzusprechen, und verbot ihm, zu ihm aufzusehen. Wenn das schmutzige Klo nicht nach seinem Geschmack war, das heißt, nicht dreckig genug war und nicht stank wie die Pest, fühlte er sich frustriert, als hätte sich die ganze Ungerechtigkeit der Welt gegen ihn verschworen. Er verbrachte die Schulstunden damit, darüber nachzugrübeln, wie er ihn gebührend, das heißt immer mehr quälen könnte: mit Brennesseln, mit Nägeln, mit seinem Taschenmesser oder indem er ihn fest-

band, damit er sich nicht mehr rühren konnte, und ihm einen Schal aufs Gesicht drückte, bis er keine Luft mehr bekam. Oft hatte er am Ende unendliche Lust zu weinen, fühlte sich allein und hilflos. Diese Beziehung zwischen Herr und Sklave bestand ein halbes Jahr und hätte auch noch länger gedauert, wenn Tarsis sich nicht zu einer verhängnisvollen Eskalation verstiegen hätte. Als das dritte Quartal begann, tauchte der jüngere Bruder des Franzosen in der Schule auf. Es war für Tarsis überhaupt keine Frage, daß er ihn zu seinem zweiten Gefangenen machen würde. Aber der Kleine weigerte sich rundweg. Er mußte seine ganze Kraft aufbringen, um ihn zu der Latrine neben der seines Bruders zu führen. Aber sobald er sich umdrehte, entwischte seine Geisel. Er versuchte ohne Erfolg, ihn zur Vernunft zu bringen, und als er ihn noch einmal mit Gewalt in den Abtritt bugsieren wollte, wehrte sich der Kleine mit Händen und Füßen dagegen. Der darauffolgende Kampf war so hitzig und wurde von beiden Seiten mit solcher Verbissenheit geführt, daß ein aufsichtführender Pater den Zwischenfall bemerkte.

Kein Rauch ohne Feuer: Die Beziehung zwischen Tarsis und dem »Franzosen« flog auf. Es war davon die Rede, Tarsis von der Schule zu verweisen, was ihn jedoch nicht weiter kümmerte. Seine Tante aber sehr wohl. Lebt wohl, Goya, Nobelpreis und Fiestas de San Antón! Nachdem er die beiden Protagonisten angehört hatte, überraschte der Superior alle mit der Entscheidung, die beiden Brüder von der Schule zu verweisen und Tarsis mit einer Woche ohne Vesper zu bestrafen. Dieses Urteil empfand Tarsis als ausgesprochen gerecht. Nie hat man erfahren, welche seltsamen Überlegungen den Superior zu dieser ungleichen Strafe veranlaßten, und ebensowenig hat man herausgefunden, aus welchen Gründen Name und Nachname des »Sklaven« (Belgier? Schweizer? Franzose?) aus allen Unterlagen der Schule gestrichen wurden.

Pater Gregorio wurde damit beauftragt, das verirrte Schaf auf

den rechten Weg zurückzuführen. Als Tarsis sein Arbeitszimmer betrat, fühlte er sich wie eine eingesperrte Katze, die gleich ihre Krallen gebrauchen wird. Aber dieser Pater, der als so streng bekannt war (man wußte, daß er in den Jahren nach dem Bürgerkrieg, ohne mit der Wimper zu zucken, mehreren Erschießungen beigewohnt hatte, als nämlich das Colegio de San Antón als Zuchthaus diente), fühlte sich dem Jungen ohne jede Einschränkung verbunden.
»Du hast den Hochbegabten-Wettbewerb gewonnen; du könntest sicherlich auch sehr gut Schach spielen. Kennst du die Regeln?«
»Nein.«
»Soll ich sie dir beibringen?«
»Ich werde Ihnen nichts über die Geschichte mit dem ›Franzosen‹ sagen.«
In jener von Glaube-Hoffnung-Karitas und römisch-apostolischem Katholizismus geprägten Zeit wäre eine Bemerkung von solchem Hochmut jedem anderen Schüler der Schule teuer zu stehen gekommen. Aber Pater Gregorio hatte an diesem aufsässigen Bürschchen Gefallen gefunden; mit väterlicher Langmut ertrug er nicht nur seine Frechheiten, sondern brachte ihm auch das Schachspielen bei.
Nur ein paar Schritte von der Katakombe in der Calle Noviciado entfernt, wo früher einmal die Protestanten schutzlos der Ketzerjagd ausgeliefert waren, die in besseren Kreisen mit soviel Hingabe praktiziert wurde, führten Tarsis und Pater Gregorio für jene Zeit ganz und gar ungewöhnliche Gespräche, bei denen sich der Junge oft mit seinem Ungestüm durchsetzte. Und manchmal sogar mit seinen Argumenten.
»Weißt du, Tarsis, du bist mein Advocatus Diaboli.«
»Sagen Sie, Pater, wieso erwähnt eigentlich von den vier Evangelisten nur einer den guten Schächer? Ich glaube, daß das alles gar nicht stimmt.«
»Warum führst du mich in Versuchung?«

»»Da ist noch etwas, das ich nicht verstehe: Wenn der Sohn Gott und Mensch zugleich ist, wie im Apologetikunterricht behauptet wird, wie kann dann der Heilige Geist, der die Liebe zwischen Vater und Sohn ist, nur göttlich sein?«
»Tarsis, du solltest einfach beten, zur Messe gehen, die heilige Kommunion empfangen...«
»Und nicht denken... wie die Betschwestern... Sie wollen doch nur, daß ich genauso hochmütig und selbstgefällig werde wie die meisten Katholiken.«
»Sei still, rede keinen Unfug. Du bist ja fast noch ein Kind.«
»Ich bin weder ein Baby noch ein Dummkopf. Mich können Sie nicht mit Heiligenbildchen und Silberpapier bekehren wie in der Mission.«
»Glaubst du nicht an Gott?«
Als empfinde der Junge eine ungeheure Lust an Selbstzerstörung, nahm er alle Risiken seiner Antwort in Kauf und sagte ihm im Tonfall seines Vaters langsam ins Gesicht:
»Alles was ekelerregend und stinkend und schäbig und perfide ist, kann man in einem Wort zusammenfassen... Gott!« Und er rülpste lautstark. Pater Gregorio schien eher hilflos als entsetzt. Er machte eine lange Pause und gestand ihm dann aufrichtig:
»Du erstaunst mich... Ich bin verblüfft, daß du in deinem Alter das Wort ›perfide‹ schon so korrekt gebrauchst.«

Nach zwei Minuten und fünf Sekunden der Analyse geht Amary auf Tarsis' Herausforderung ein und spielt *2. d2-d4*, womit er das Zentrum besetzt, *e5* und *c5* kontrolliert und zeigt, daß er es wagt, das Damengambit anzunehmen, eine Eröffnung, die ihm im Grunde nicht zusagt.
Anschließend stoppt er seine Uhr und setzt damit automatisch die seines Gegners in Gang, notiert seinen Zug peinlich genau auf das Partieformular und heftet dann seinen Blick, seinem Ritual entsprechend, zwischen Tarsis' Augenbrauen.

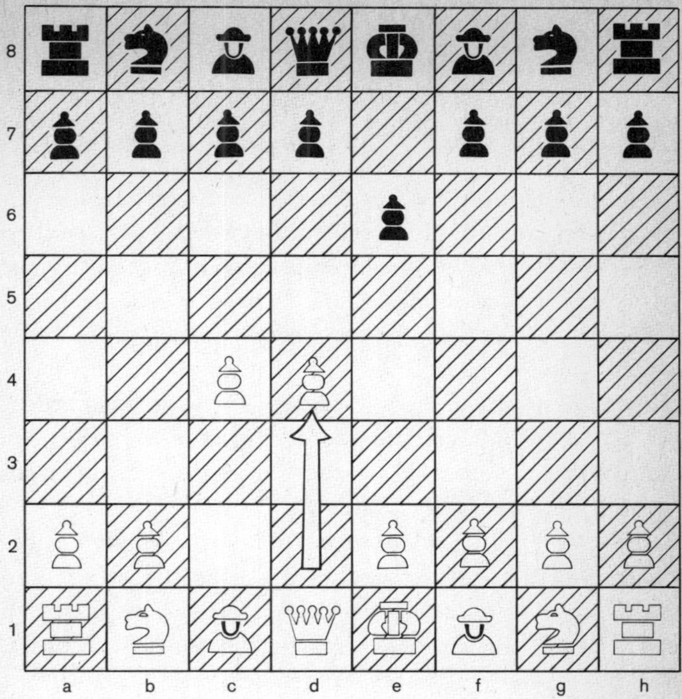

Tarsis beginnt zu überlegen und spürt dabei die unerträgliche Last der Augen seines Rivalen auf seinem Schädel. Aber wenn er hochsieht und sein Blick sich mit dem Amarys kreuzt, wird es zu dem Zwischenfall kommen, den sein Konkurrent heraufbeschwören will, um ihn aus der Fassung zu bringen. Es ist jedoch durchaus möglich, daß er ihn nur neugierig betrachtet und sogar wie ein wildes Fohlen oder wie einen Kerkermeister bewundert.

Tarsis kritzelt Amarys Zug auf sein Partieformular. Seine Eintragungen sind in zwei verschiedenen Handschriften gehalten: Die erste, in der er seine eigenen Züge notiert, ist leserlich und sogar sorgfältig, und die zweite, in der er die des »Mörders« registriert, ist entweder krakelig oder weist wütend geschwungene Linien auf. Amary mit seinem Spitznamen »Roboter« oder als »Mörder« zu bezeichnen, bedeutet für Tarsis, ihn sich unterzuordnen, aber seinen Namen ordentlich zu schreiben, würde ihn genauso anekeln, als wenn er ihn streicheln müßte.

Beim Schach wird das Berührungstabu am strengsten eingehalten; »berührt-geführt« schreibt die Spielregel vor und stellt damit klar, daß ein Berühren nicht rückgängig zu machen ist. Wenn ein Spieler versehentlich einen Stein streift, muß er *»j'adoube«* erklären, ein französischer Ausdruck aus dem Mittelalter, mit dem man dem Ritter feierlich seine Rüstung anlegte, und der heute bedeuten könnte: »Ich entschuldige mich« oder »ich verbessere«. Für einige Psychologen, unter ihnen der ehemalige nordamerikanische Meister Fine, enthüllt dieses Tabu des »Berührens« die beiden Bedrohungen, denen sich jeder Meister ausgesetzt fühlt: die der Masturbation (für diese Doktoren steht die Figur, die berührt wird, für den Penis: deshalb bittet der Spieler, nachdem er sie angefaßt hat, um Entschuldigung) und die der »bei Schachspielern latenten« Homosexualität. Diese Theorien sind nach Tarsis' Meinung ebenso absurd wie unanständig. Die meisten Spieler teilen diese Ansicht; hier sei erwähnt, daß während des Turniers von Montreal eine kanadische Dichterin Portisch danach fragte, was er von Fines Thesen halte; der

ungarische Meister drehte sich anstelle einer Antwort um und ging beleidigt davon. Und ohrfeigte sie nur deshalb nicht, weil sie eine Frau war.
In dieser Hinsicht war die erste öffentliche »Handgreiflichkeit« zwischen den beiden Rivalen mehr als bezeichnend. Die Gelegenheit dazu bot die Auslosung des Spielers, der in der ersten Partie Weiß spielen sollte. Tarsis wollte aus Gründen, die man ohne weiteres für mythisch oder magisch halten könnte, dabei gewinnen, um damit den Beweis zu haben, daß das Glück (die Natur? Fortuna? Gott?) auf seiner Seite war. Amary wünschte sich ebenso sehnlichst, aus diesem ersten Geplänkel siegreich hervorzugehen, doch eher aus vernünftigen Gründen: Der kleine Vorteil, mit Weiß zu spielen, bedeutete, vom ersten Augenblick an die Initiative zu haben, und er würde sie zu nutzen wissen, um seinem Gegner gleich zu Anfang einen schweren Schlag zu versetzen. Als sich die beiden Spieler nach den offiziellen Reden und den Nationalhymnen einander gegenüberstellten, war Amary bleich, und Tarsis hatte glühende Wangen. Dieser stand endlich zum ersten Mal dem Mann gegenüber, dem seine beiden Idole zum Opfer gefallen waren. Amary nahm den Bauern, den der Verbandspräsident ihm reichte, versteckte ihn hinter dem Rücken und hielt dann seinem Rivalen die beiden geschlossenen Fäuste hin, von denen eine den schicksalhaften Bauern enthielt. Tarsis wollte schon mit der Handfläche auf eine der Fäuste schlagen..., als er innehielt, den Zeigefinger ausstreckte und damit ganz sachte die linke Faust seines Rivalen streifte, genau die, in der dieser den weißen Bauern versteckt hielt. Diese Geste – die Tarsis einen symbolischen Sieg verschaffte – hätte die Theoretiker, die im Schach die Darstellung narzißtischer Konflikte sehen, in helle Begeisterung versetzt, doch niemand bemerkte sie. Fine hätte vielleicht behauptet, Tarsis habe während der Zeremonie siegesgewiß seinen Phallus geschwungen, um seinen Konkurrenten

zum homosexuellen Verkehr zu zwingen, sei aber dann aus Angst, sich von Amarys Hand masturbieren zu lassen, im letzten Augenblick mit seinem Finger nur einen Millimeter darüber hinweggestrichen, um so bei allen den Eindruck zu erwecken, er berühre ihn, während er ihn in Wirklichkeit nicht einmal leicht gestreift hatte.

Die Gegensätze in der Familie und insbesondere der Konflikt zwischen Kindern und Eltern lassen sich auf das Schachbrett und die Figuren projizieren. Im Falle Amarys könnte seine Kindheit Anlaß zu allen möglichen Interpretationen geben. Amarys Mutter wurde in eine Privatklinik in der Umgebung von Nyon (neunzehn Kilometer von Genf) eingeliefert, als ihr Sohn zwölf Jahre alt war. Diese Häuser wurden in früheren Zeiten Irrenanstalten genannt. Da der Vater zwei Monate vor der Einweisung seiner Frau »die Familie böswillig verlassen hatte«, blieben Marc und sein zehnjähriger Bruder Gabriel allein und schutzlos in einer geräumigen Wohnung im Zentrum Genfs zurück. Schutzlos wäre zuviel gesagt: Gabriel bewohnte das Erdgeschoß, und Marc zog sich allein in den ersten Stock zurück. [Allein... aber mit dem »Kleinen«, »Micky«, dem »Irren« und den »anderen«.] Durch die diplomatische Karriere seines Vaters war Marc gezwungen gewesen, fast jedes Jahr Stadt, Klima und Schule zu wechseln: Endlich erfüllte sich der langgehegte Wunsch, in Genf zu bleiben, ungestört und zusammen mit den »anderen«. Er war in dieser Stadt geboren, hatte aber immer nur während der kurzen Ferien seines Vaters dort gewohnt.

Marc kümmerte sich um alle Geldangelegenheiten: Sein Vater schickte ihm per Post monatlich einen Betrag, der es den beiden Brüdern erlaubte, gerade so über die Runden zu kommen: Er teilte das Taschengeld in sechs Portionen auf, steckte diese in sechs Umschläge und versah jeden mit einer Aufschrift: »Essen«, »Gas, Strom und Telephon«, »Bücher«, »Céciles Klinik« (seine Mutter nannte er nur bei ihrem Vornamen), »Fahrtkosten« und »Verschiedenes«. Sein Vater bezahlte weiterhin die Miete für die Wohnung, aber er war so zerstreut, daß Marc in manchen Monaten seinen kleinen Bruder beauftragen mußte, ihn in seinem Namen anzurufen und an den ausstehenden Posten zu erinnern. Dank seiner peinlich genauen Haushaltsplanung stellte er fest, daß der Titel »Fahrtkosten« besser verwaltet wäre, wenn er, anstatt mit dem Zug nach Nyon zu fahren, um die Mutter zu besuchen, für seinen Bruder und für sich zwei Fahrräder auf Raten kaufen würde. Diese Ersparnis brachte ihnen angesichts der sehr knapp bemessenen Einkünfte eine spürbare Erleichterung und wöchentlich einen achtunddreißig Kilometer langen Fahrradausflug.

Für Marc war es ein Segen, daß sein Vater, die Nachbarn und die Behörden nicht merkten (oder nicht merken wollten), wie allein und auf sich selbst gestellt die beiden Brüder nach der Internierung ihrer Mutter waren. In dieser Verlassenheit führte er ein freies, unabhängiges Leben, »unter Selbstverwaltung«, wie er es später einmal nennen sollte.

Seine völlige Autonomie hinderte ihn jedoch nicht daran, weiter zur Schule zu gehen, und obwohl er sich alle für sein Alter typischen Streiche hätte erlauben können, war sein einziger Fehltritt, daß er auf den offiziellen Dokumenten, die er bekam, oder auf seinen Zeugnissen die Unterschrift seiner Eltern fälschte. Obwohl ihn niemand lobte, waren seine Leistungen in der Schule immer hervorragend. Seinem Bruder schrieb er kein besonderes Verhalten vor, verlangte es auch nicht von ihm, ja empfahl es ihm nicht einmal; mit einer einzigen Einschränkung: Er erlaubte ihm nie, sein Schlafzimmer zu betreten [wegen »Micky«, »Teresa« und den »anderen«]. Der Benjamin ging seine eigenen Wege, und zwar in eine Richtung, die mit der seines Bruders überhaupt nichts zu tun hatte und die Jahre später dazu führte, daß er nach zwei fehlgeschlagenen Versuchen als Kurzfilmregisseur schließlich

als Toningenieur ins Filmgeschäft einstieg. Bevor die Fahrräder angeschafft wurden, bat Gabriel eines Tages seinen Bruder:
»Alle meine Freunde gehn zum See fischen... Ich hab mir selbst eine Angel gemacht... aber ich hab keine Angelhaken.«
»Wir haben kein Geld für Spielsachen. Hier hast du die Umschläge. Sie gehören auch dir. Schau selbst nach.«
»In dem, wo ›Essen‹ draufsteht, sind doch viele Scheine.«
»Aber wir müssen auch essen, und bis zur nächsten Geldsendung deines Vaters (er sagte nie *unser* Vater) sind es noch einundzwanzig Tage.«
»Dann esse ich eben nichts zu Abend..., wenn du willst.«
Am folgenden Tag gingen die beiden Brüder in ein Kaufhaus im Zentrum von Genf, das »Le Grand Passage« hieß. Marc sagte zu seinem Bruder, er solle anfangen zu weinen und flehentlich »Papa, Papa... ich hab meinen Papa verloren« rufen... Es kam zu einem beachtlichen Aufruhr, und alle Angestellten umringten Gabriel. Marc nützte das entstandene Durcheinander aus, um zwölf Angelhaken für seinen Bruder zu stehlen. Dieser verlangte nie mehr etwas von ihm; außerdem verfügte er dank den Einsparungen bei den Fahrtkosten bald über ein kleines Taschengeld, mit dem er seinen Bedarf an Sammelbildchen, Comics und Schleckereien dekken konnte.
In der Schule erfand Marc Amary bei den schriftlichen Prüfungen, vielleicht um sich in seiner Einsamkeit einen kleinen Spaß zu gönnen, nichtexistierende Zitate, Texte, Autoren, Städte, Flüsse oder Theorien; obwohl man auch annehmen könnte, er habe diese naiven Scherze ausgeheckt, um »Micky« oder dem »Kleinen« zu beweisen, daß er über dem stand, was ihm in der Schule vorgesetzt wurde. Und das stimmte auch. Bei einer schriftlichen Arbeit im Philosophieunterricht, den ein marxistischer Lehrer hielt, zitierte er

Passagen aus dem Briefwechsel zwischen Paul Lafargue, dem Schwiegersohn von Karl Marx, und einem britischen Sträfling, der in Australien inhaftiert war und den er auf den Namen Robert Ass taufte. Diese Täuschung war die einzige, die fast aufgedeckt worden wäre, als der Lehrer, der für *Les Temps Modernes* einen Artikel über das Thema schreiben wollte, ihn um die bibliographischen Angaben bat. Sein Lehrer kam nie darauf, daß er mit dem Sträfling verarscht wurde. In seiner unerschütterlichen Kaltblütigkeit brachte es Amary fertig, ihn mit einer langen Reihe von Finten hinzuhalten, bis ihn am Ende des Schuljahres der Gong rettete.
So erschien er eines Tages auch in einem heute nicht mehr existierenden Schachclub, der »Das Pferd des Königs« hieß. Der Meister des Clubs spielte mit einer gewissen Großkotzigkeit vor dem Gefolge seiner Bewunderer, und Marc Amary fragte den Angeber nach einer Stunde respektvollen Schweigens mit unendlicher Bescheidenheit:
»Darf ich mit Ihnen spielen?«
»Wie alt bist du denn?«
»Zwölf.«
»Das ist das beste Alter, um spielen zu lernen. Du mußt wissen, daß beim Schach Bücher nichts bringen, nur durch die Praxis kannst du ein wirklich guter Spieler werden.«
Marc eröffnete die Partie mit einem psychologischen Trick; er rückte zwei Bauern vor, was nur die unerfahrensten Anfänger tun, die die Spielregeln nicht kennen:
»Dieser Doppelzug ist seit Olims Zeiten verboten. Hat dir dein Papa so schlecht das Spielen beigebracht?«
Amary strengte sich an, um zu erröten. Dann zog er die Partie so tadellos durch, wie er es schon konnte, und setzte den Meister in siebenundzwanzig Zügen matt. Er verließ das Café, noch bevor ihn jemand beglückwünschen konnte: Diese ungeteilten Freuden waren die geheimen Gärten, in denen er seine ganze Glückseligkeit fand. [Er erzählte alles

dem »Irren«, aber heimlich, damit der »Kleine« und die »drei Kondore« ihn nicht hörten: Das waren nämlich unverschämte Kerle, die die ganze Nacht hindurch an seinem Schlafzimmerfenster Poker spielten.]
Seine Mutter behandelte Marc mit einer für sein Alter erstaunlichen Herablassung. In der Nacht, als sein Vater das Weite suchte, sah er sie auf den Knien »zu Gott« beten, damit er zurückkäme, aber er weinte nicht; auch nicht, als sie Gabriel und ihn bat, ebenfalls niederzuknien. Während seine Mutter und sein Bruder schluchzten, wiederholte er beflissen die Gebete, die seine Erzeugerin stammelte, und dachte nur darüber nach, aus welchem Grund ein Mensch, der sich zum Atheismus bekannt hatte, im Gebet Zuflucht suchen konnte. Das würde er nie verstehen.
Während der folgenden Wochen, in denen seine Mutter rettungslos dem Wahnsinn verfiel, bewahrte Amary völlig die Ruhe, als wären die sonderbarsten Dinge die natürlichsten, ob sie nun behauptete, die Nachbarn würden ihr die Kaffeelöffel stehlen, oder beteuerte, die Kaufleute versuchten, sie mit Quark zu vergiften. Nur einmal sagte Marc zu seinem Bruder, als er nachmittags aus der Schule kam:
»Die Erwachsenen haben weder Charakterstärke noch Mut, noch Anstand.«
Schon damals durchschaute er alles. Er beobachtete, daß seine Mutter ihn abküßte, wie sie es vor dem Verschwinden seines Vaters nie getan hatte. Sobald er Gelegenheit dazu hatte, ging er sich die Segelflugzeuge ansehen; dieses Schauspiel gehörte zu den wenigen Dingen, die ihn von seinem Interesse für die Wissenschaft ablenken konnten. An dem Tag, als seine Mutter in die Klinik eingeliefert wurde, schrieb er die folgenden Zeilen:
»Wissenschaftler reihen bis heute nur Mysterien und Rätsel aneinander. Ohne sie zu lösen. Mehrheit der Menschen glaubt, Aufzeigen der Probleme sei bereits Antwort. Indu-

strielles Zeitalter geht zu Ende; wissenschaftliches Zeitalter beginnt. Endlich wird es Lösungen geben. Ohne Interpretationsgeschwafel.«
Er unterzeichnete mit »der Meister«. [»Mickey« und der »Kleine« lachten hämisch auf seinem Bett.]

Die Entführer Iswoschikows erhalten die Verwirrung aufrecht und verstärken den *suspense:* Sie haben der Zentralen Presseagentur »einen Text von 32 Zeilen à 90 Anschläge, für zwei volle Zeitungsseiten« geschickt. Darin behaupten sie, der Protagonist der Revolution sei das Proletariat der Metropolen, »eine Klasse, die innerhalb unserer Produktionswelt nichts zu gewinnen hat.« Am Schluß beziehen sie sich noch auf die »Kollusion der Sowjetunion mit terroristischen Gruppen, die nur den bewaffneten Neo-Revisionismus vertreten«. Trotzdem fordern sie noch einmal, als Preis für die Freilassung Iswoschikows, die Bombardierung der saudiarabischen Ölquellen durch die Sowjetunion.

Tarsis, der am Zug ist, hat die ganze Bedenkzeit in seinem Aufenthaltsraum verbracht, was bisher absolut ungewöhnlich war. Als er herauskommt, schaut ihm der Hemdzipfel unter der Jacke hervor; entschlossen geht er auf das Schachbrett zu, spielt im Stehen 2. ...*d7-d5* und schlägt dann mit der flachen Hand auf die Uhr. Amary betrachtet befriedigt den Zug: Seiner Meinung nach bedeutet er einen ersten Sieg für ihn; nicht nur hat Tarsis bereits länger als sechs Minuten für die beiden ersten Züge gebraucht (von den insgesamt 150, in denen er die 40 ersten ausführen muß), sondern er hat damit auch gezeigt, daß er auf diese Eröffnung nicht vorbereitet ist. Das Besondere an dieser Meisterschaft ist, daß sie zwei antagonistische Weltanschauungen einander gegenüberstellt: Tarsis ist ein Spieler mit dem Temperament eines Künstlers, der die Struktur des Schachs verinnerlicht... ebenso wie die

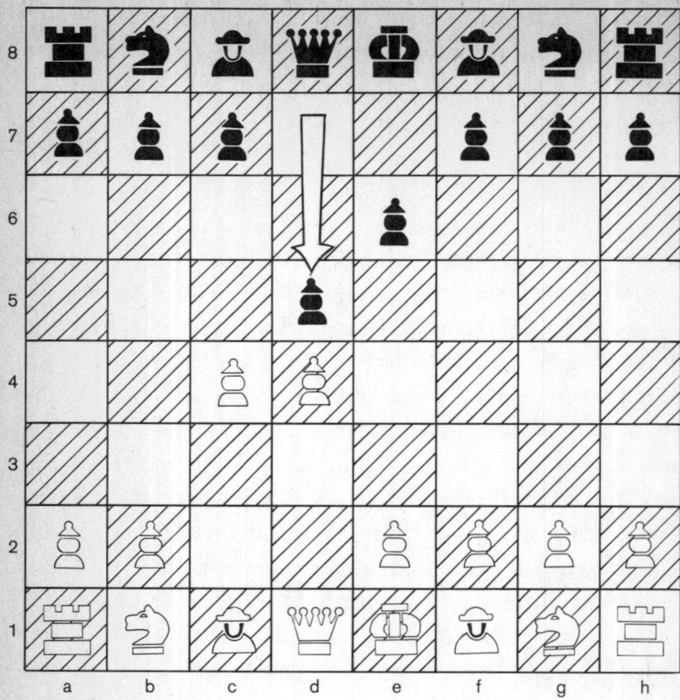

der Welt, der aber, wenn er sich, wie in diesem Augenblick, mit taktischen Problemen konfrontiert sieht, wie ein Techniker handelt. Amary dagegen ist ein Mann der Wissenschaft, der objektiv analysiert und sich dabei auf die Statistiken verläßt…, der sich aber in entscheidenden Situationen nur auf Hypothesen stützen kann; und so sieht sich der Logikfanatiker gezwungen, irrational vorzugehen.

Irrational... so käme wohl allen Tarsis Meinung vor, wenn sie sie kennen würden: Er ist davon überzeugt, daß Amary Iswoschikow entführt hat. Dies ist die letzte – so sagt er sich – einer langen Reihe von Gewalttaten. Hinter den Texten zur Verteidigung des Proletariats, die die Entführer durch die Presse publik machen, erahnt er die Denkweise seines Gegners.

Gerade die Welt des Proletariats sollte Tarsis direkt an der Basis kennenlernen. Mit vierzehn Jahren legte er die Strecke Madrid-Barcelona fast bequem in einem Güterwagen versteckt zurück. Nach seiner Ankunft in der katalanischen Hauptstadt schlug er sich drei Nächte auf dem Francia-Bahnhof um die Ohren und ernährte sich drei Tage lang von den Abfällen, die er auf den Märkten fand. Am vierten Tag seiner Flucht stieß er im Stadtzentrum in der Calle Baños Viejos auf ein Schild: LEHRLING GESUCHT. Er wurde auf Probe in einer Goldschmiedewerkstatt eingestellt, die in derselben Straße in einem gemieteten Raum im dritten Stock untergebracht war; die mündliche Absprache zwischen dem Chef – einem der drei Gesellen, die dort arbeiteten – und ihm hatte nichts mit dem gemein, was man heute unter einem »Arbeitsvertrag« versteht.
Seine erste Arbeit bestand darin, die Wasserkrüge zu füllen, die Werkstatt zu kehren und die Maschinen zu säubern. Er gab sich die größte Mühe. Eine Woche später wurde ihm schon eine Vertrauensaufgabe übertragen; er mußte mit einem kleinen Lederbeutel, der an einer Schnur um seinen Hals hing, die Botengänge machen: Er brachte die Edelsteine

(Rubine, Brillanten, Achate, Saphire und andere Steine) zu den Handwerkern, die für die Werkstatt arbeiteten, und holte sie wieder ab: bei den *Fassern,* die die Steine in das Schmuckstück einpaßten, den *Ziseleuren,* die die künstlerischen Gravuren machten, den *Poliererinnen,* die die Stücke auf Hochglanz brachten, den *Steinschneidern,* die aufs genauste sägten, den *Grafikern,* die den Entwurf der Schmuckstücke anfertigten, oder in der *Scheideanstalt,* wo der Gold- oder Silberüberzug gemacht wurde. Er zeigte den Kunden auch die Modelle, die sich sein Chef ausdachte und auf kleine Kärtchen zeichnete. Da auch die bescheidenen Käufer ihren Geschmack und ihre eigenen Vorstellungen hatten, mußte er, um die Form eines Schmuckstücks endgültig festzulegen, bei jeder Änderung noch einmal hin- und herlaufen.

Die ganze Juwelierszunft lebte in jener Zeit im Zentrum Barcelonas, in meist ziemlich schmuddeligen Bruchbuden oder in gemieteten Zimmern in der Calle Petritxol, Baños Viejos oder Boquería. Nicht selten verfügte ein selbständiger Handwerker nur über ein elendes Zimmerchen, in dem die Bettcouch die kleine Werkstatt noch enger machte: ein Arbeitstisch mit ein paar Schubladen, in denen er die Werkzeuge und das eine oder andere »französische« Photo aufbewahrte. Die verschiedenen Handwerke wurden ausschließlich von Männern ausgeübt, außer dem Polieren, das den Frauen vorbehalten war; die ganze Zunft stellte sich in ihren Träumen diese »Poliererinnen« als unverheiratete, junge, schöne und lasterhafte Geschöpfe vor, die mit Feenhänden wie Odalisken bis in alle Ewigkeit oder bis zur Ekstase rieben und rieben.

Langsam aber sicher betraute ihn der Chef mit kleinen, leichten Arbeiten, damit er sich während seiner sogenannten Lehrzeit nach und nach gewisse Fähigkeiten aneignen konnte: Er begann damit, abgerissene Kettchen zu löten, dann machte er einfache Reparaturen, und schließlich sägte er

Broschen und Ringe aus. Diese letzte Tätigkeit wurde mit einer kleinen, äußerst zerbrechlichen Säge ausgeführt. Bei Tarsis brach sie eines schlechten Tages entzwei, und die beiden Enden des Sägeblatts gruben sich ihm in Daumen und Mittelfinger. Da dieser Unfall häufig vorkam, hatte die Werkstatt zur Behandlung des Opfers ein Säurebad, das nicht nur dazu diente, die schwarzen Lötspuren zu entfernen, sondern auch als Wundermittel benutzt wurde, um die Blutung zu stillen und die durch die Laubsäge verursachten Wunden zu schließen. Tarsis erregte gehöriges Aufsehen, weil er einen so durchdringenden Schmerzensschrei ausstieß, daß der Chef und die beiden Gesellen befürchteten, er bekäme einen Anfall. Elías Tarsis sah die Gestalt des »Franzosen« vor sich und stammelte zitternd:

»Ich kann keinen Schmerz ertragen!«

Er wohnte bei einer Witwe in Pension, die als Hausangestellte arbeitete und einen taubstummen Sohn hatte, der etwas älter war als er. Er war mit seiner Arbeit nicht unzufrieden und wußte das Vertrauen zu schätzen, das ihm der Chef entgegenbrachte, als er ihm bereits eine Woche nach seiner Einstellung die Edelsteine anvertraute. Damals brachten Meister und Gesellen dem Lehrling ihr Handwerk nicht bei. Dieses Fehlen einer Ausbildung gefiel Tarsis, denn bei ihm schien der Unterschied zwischen Lehren und Lernen besonders stark ausgeprägt. Allein aufgrund seiner guten Beobachtungsgabe eignete er sich nach und nach alles an. Als er auf eigene Faust begann, die einfachen Arbeiten eines Gesellen in Silber auszuführen (Gold war zu teuer, um es einem Anfänger anzuvertrauen), bewies er bald seine Geschicklichkeit. Jeder Schritt war eine Eroberung, und als er zum erstenmal mit Gold arbeiten durfte, konnte er seinen Stolz nicht verbergen: Er stellte sich vor, daß ihm sein Vater ganz glücklich zuschaute. Bald verhielt er sich in allem wie die anderen Arbeiter der Zunft: Er bürstete sich nach der Arbeit mit einem Pinsel ab, um den ganzen Goldstaub aufzusammeln, der vielleicht an seiner Arbeitsschürze hängengeblieben war, und er wusch sich sorgfältig die Hände, damit sich im Filter die letzten Partikel sammeln konnten, die noch unter seinen Fingernägeln steckten. (Die Altmetallhändler kauften diese Filter auf und brachten es fertig, das Gold aus dem Schmutz herauszulösen.) Obwohl die Werkstatt nichts Majestätisches an sich hatte, überkam Tarsis ein irrationales Glücksgefühl, wenn er das Gold anfaßte..., so wie es vielleicht nur jene Männer empfanden, die einige Jahrhunderte zuvor versucht hatten, den Stein der Weisen zu finden.

Alles an seiner Arbeit erschien ihm faszinierend, und er hätte sogar magisch gesagt, wenn ihm das Wort geläufiger gewesen wäre. Er geriet jedesmal in Verzückung, wenn er sah, wie das Gold in den winzigen Tontiegeln durch die Hitze einer kleinen Gasflamme schmolz. Der Gasbrenner hatte schon mehrere Unfälle bei den Lehrlingen anderer Werkstätten verursacht, und einige von ihnen mußten mit Erstickungsanfällen in die Erste-Hilfe-Station gebracht werden. Tarsis hielt jedoch von Anfang an den Gasschlauch so im Mund, daß er die giftigen Dämpfe nie einatmete, und er blies ganz sanft, um die Höhe der Flamme exakt zu regulieren. Als sein erstes Jahr in der Werkstatt zu Ende ging, ließ er sich Kärtchen drucken, auf denen stand:

Es wünscht Ihnen
Glück und Segen
der fleißige Lehrling
auf allen Wegen.

Er verteilte sie unter den Kunden und Handwerkern, und da der Text bei den Leuten gut ankam – vor allem weil er auf katalanisch von einem Jungen geschrieben war, der überall als Madrider galt –, bekam er von allen ein großzügiges Trinkgeld. Dadurch konnte er sich die Werkzeuge kaufen, die er noch brauchte. Lehrlinge und Gesellen mußten selbst für ihre

Handwerksgeräte aufkommen (Sägen, Zangen, Meßwerkzeuge); sie konnten nicht mit dem Werkzeug eines Kollegen arbeiten, weil es immer genau den Gewohnheiten seines Benutzers angepaßt war. Bald bekam er die Erlaubnis, Golddrähte für die Ringe zu ziehen; mit der allergrößten Sorgfalt nahm er Maß, schnitt den Draht ab und gab ihm seine Form, indem er ihn mit einem Holzhammer abrundete, bevor er zur Fertigstellung der Poliererin geschickt wurde. Ihm war diese Arbeit, bei der er ausschließlich mit Gold zu tun hatte, lieber, als nach einem Entwurf Broschen anzufertigen. Sein Chef, ein wortkarger und nicht gerade zu Gefühlsausbrüchen neigender Mensch, sagte eines Tages einen Satz zu ihm, der ihm eine viel tiefere Befriedigung verschaffte, als sie ihm der Titel eines Hochbegabten bereitet hatte (und das zu Recht).
»Du wirst einmal ein erstklassiger Arbeiter!«
Ein Jahr später wurde er mit der Aufgabe betraut, den Goldgehalt eines jedes Stücks zu bestimmen. Die Technik war zwar einfach, doch bei der Auswertung der Ergebnisse mußte man sich auf sein Gefühl verlassen: Nachdem man das Gold am Probierstein gerieben hatte, wurden einige Tropfen Säure daraufgeträufelt. Die Karatzahl wurde dann nach der Abweichung des entstehenden Farbflecks vom Gelb des Goldes festgestellt. Seine Fertigkeit beim Ermitteln des Goldgehalts, der Tarsis selbst keine große Bedeutung beimaß, verblüffte seine Kollegen. Für ihn war sie nicht erstaunlicher als die Tatsache, daß er und die beiden Gesellen bei der Arbeit nicht wie der Chef die Lupe benutzten.
Er schrieb nie an seine Tante Paloma und las auch keine Comics mehr. Zusammen mit dem Sohn seiner Wirtin spielte er sonntags morgens in der Taubstummenmannschaft von Barcelona, die in der Ehrenliga der katalanischen Amateurmeisterschaft vertreten war. Er spielte in halbrechter Position und war der einzige in der Mannschaft, der hören konnte. Der Schiedsrichter benutzte bei diesen Spielen keine Pfeife,

sondern ein großes weißes Taschentuch. Als ein Proficlub – der »Español« – ihn für seine Jugendmannschaft anwerben wollte, gab er das Fußballspielen ganz auf. Und mit Fug und Recht.

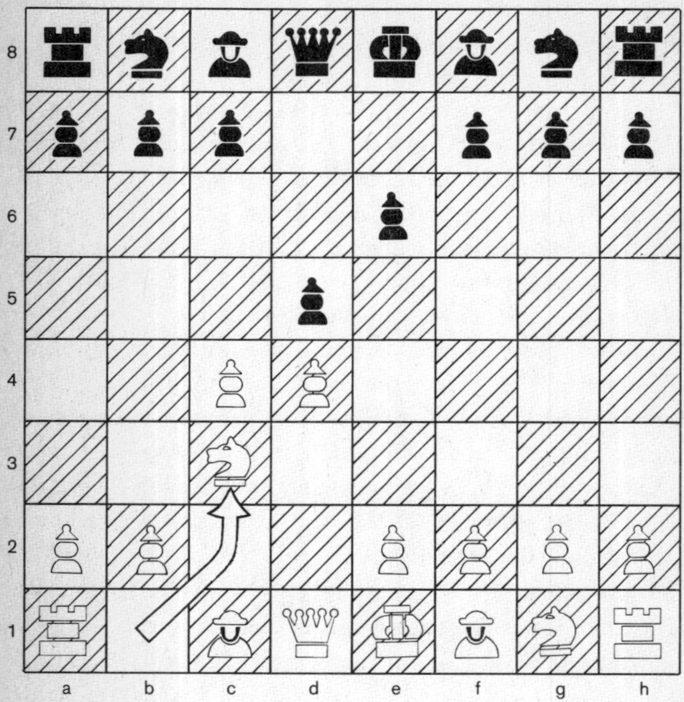

Bei seinem dritten Zug rückt Amary mit dem Damenspringer vor *(3. Sb1-c3)* und erhält so den Druck auf das Zentrum aufrecht. Er stellt den Springer seiner Gewohnheit entsprechend so auf, daß er ihn ansieht... oder ihm huldigt... oder damit er seinem Rivalen die Hufe ins Gesicht schlägt. Aber Tarsis ist in seinem Aufenthaltsraum und beobachtet vielleicht gerade zwischen den Armen seines riesigen Christus

Amarys Manöver auf dem Bildschirm der internen Fernsehanlage.

In der Goldschmiedewerkstatt und in allen Arbeitsräumen der Zunft waren das Hauptgesprächsthema immer »die Frauen«. Ein Vierteljahr nach seiner Ankunft in Barcelona besuchte Tarsis in Begleitung Antoni Puigs, eines Gesellen aus seiner Werkstatt, zum erstenmal ein Bordell: »Der Zylinderhut«, nicht weit von der Stelle, wo Picasso 1907 den Modellen seines Bildes *Die Nutten der Calle Aviñón* begegnet war, eine unvollendete Symphonie, die unter dem Titel *Les demoiselles d'Avignon* in die Geschichte des Kubismus und der Heuchelei eingehen sollte. Da Tarsis älter schien, als er in Wirklichkeit war, hatte er keine Schwierigkeiten, durch die Tür zu kommen, wo ein Pförtner mit garstigem Gesicht von den Jüngeren gewöhnlich den Ausweis verlangte, um keine Minderjährigen hineinzulassen. Dieser erste Besuch, den er mit soviel Wonne genoß, bei dem ihn jedoch gleichzeitig ein solches Unbehagen befiel, veränderte sein Leben, so wie die erste Kokaindosis denjenigen, der sie einnimmt, in Ketten legt. Dieser Ort war – seiner Meinung nach – zugleich die Seligkeit und der Abgrund, wo er entweder im Dämmerzustand genoß oder ohne Tröstung litt. Und vor allem eine Droge, auf die er bald nicht mehr verzichten konnte: Es wunderte ihn, daß er vorher ohne sie überhaupt hatte leben können. Er lernte schnell, daß das »Paradies« und das »Verderben« mehrere Stationen hatten. Tatsächlich war aus der Entdeckungsreise in Begleitung seines Freundes Puig schon nach wenigen Wochen eine tägliche Wallfahrt geworden, die, wie er meinte, ebenso wunderbar wie schändlich und verhängnisvoll war. Jeden Abend begann die Rundreise gewöhnlich in der Calle de las Tapias, wo die schärfsten und schlagfertigsten Nutten waren, führte über die Carretera de Sarriá, wo die feinsten und teuersten ihr Gewerbe ausübten, und konnte in der Tierra Negra hinter dem Ciudadela-Park enden, wo die Künstlerin für weniger als fünf Peseten dem Kunden einen runterholte, während dieser zur Verbesserung und Verstärkung des Sinnenrausches seiner Samariterin die rechte Hand zwischen die Beine steckte und gleichzeitig mit der linken ihre Brustwarzen befummelte; hinterher wischten sie sich an der Wand ab.

Ein jedes Freudenhaus verfügte über einen großen Salon mit einer Bühne, die durch ein Seil abgegrenzt war, um das Publikum von den Künstlerinnen zu trennen. Manche scherzten neckisch und frech, andere bewegten sich schlicht, aber nicht unschuldig hin und her, um mit Geschick alle ihre Reize zu entfalten, aber am besten kamen die Psychologinnen an, die sich auf schamlose Art und Weise über die Gaffer lustig machten. Die einen waren ganz normal gekleidet, andere bedeckten ihre Blößen mit zwei Tüchlein, während die Reizvollsten nur Höschen und Büstenhalter trugen. Keine kam je auf den unsinnigen Gedanken, nackt zu erscheinen. Man bezahlte im voraus bei einer Kupplerin, die mit dem Rücken zur Tribüne die Nacht damit verbrachte, Heiligenlegenden zu lesen. Diese Künstlerinnen überreichten dem Kunden den Sesam-öffne-dich (eine Kupferscheibe von 6 cm Durchmesser), nachdem dieser seinen Obulus entrichtet hatte. Um Streit zu vermeiden, verfügten die meisten dieser Tempel über deutlich sichtbare Schilder, auf denen die Grundlagen des Vertrags klar dargelegt waren: »Nummer, soundsoviel. Französisch, soundsoviel.« Mit jeder Marke hatte man nur Anspruch auf eine Dienstleistung, die unwiderruflich mit dem ersten Schwall beendet war. Und gelegentlich kam es vor, daß der unersättliche und bedürftige Konsument nach seinem ersten Guß auf dem Gipfel der Erregung das Werk allein auf der Toilette beenden mußte.

Die Experten, deren Zahl Legion war, kommentierten ohne

Eifersucht die Tugenden der Ausführenden und gaben den Neulingen barmherzige Ratschläge:
»Die mit der durchsichtigen Bluse macht es wie eine Dampflok und schluckt den ganzen Rauch.«
»Vorsicht bei der Stupsnasigen; mit ihren Zähnen kann sie dabei Schlimmes anrichten.«
»Während die Rothaarige auf deiner Flöte spielt, durchsucht sie dir gleichzeitig das Hinterzimmer.«
Jeden Mittwoch um zwei Uhr morgens besuchten Tarsis und sein Freund Puig die Kinovorstellung im Principal Palacio, die eigens für Gauner, Zuhälter und andere befugte Mitglieder der Unterwelt Barcelonas gedacht war. (Die Vorstellung war unter dem Namen »Die Straßenmädchen« bekannt.) Der Film war selten von größerem Interesse als die lauten, witzigen Zwischenrufe, die aus dem mit Bauchwärmern und Luden überfüllten Saal aufstiegen.
Parallel zu diesen nächtlichen Irrfahrten durch die Hurerei ohne menschliches Antlitz schlich Puig, Tarsis' Freund, tagsüber um eine Nachbarin herum, nach der er schmachtete, der er sich aber nicht zu erklären wagte. Eines Sonntagmorgens machte ihn Tarsis nach seinem Spiel mit den Taubstummen absichtlich mit trockenem Chinchón betrunken: Er sollte nicht länger den Hanswurst spielen und endlich das Mädchen, auf das all seine Sinne gerichtet waren – oder fast alle –, um seine Hand bitten.
Nachdem er die Nacht, ihre Wonnen und Alpträume entdeckt hatte, dachte Tarsis den lieben, langen Tag an seine Tour durch die verschiedenen Häuser, wo er sich fast immer nur als Gaffer aufhielt. Bei der Arbeit träumte er mit offenen Augen, und die Wahnvorstellungen wiederholten sich wie eine Obsession:
»...auf der Treppe packe ich sie von hinten, ich betaste ihre Pflaume, ich werfe sie zu Boden, ich stecke ihn ihr rein, ohne ihr den Schlüpfer auszuziehen, sie küßt mich, ihre Zunge ist

warm und dick, sie riecht nach Jasmin, mein Mund füllt sich mit Glibber, ein Sturzbach, wir kommen zum Dachboden, sie umschließt meinen Schwanz mit ihren Lippen, mit ihrer Zunge, sie saugt mich auf, ohne Zähne, ohne Schuppen, mit Blütenblättern, sie legt ihre Brüste auf meinen Mund, ich lutsche daran, benetze sie mit Speichel und mit Schaum, ich streichle sie, ich zittere, ich fülle ihren Mund mit sprudelnden Bläschen, sie schluckt sie langsam, um keinen einzigen Tropfen zu verlieren, ich klappere mit den Zähnen, sie küßt mich hinten, ich glühe, sie steckt ihre Zunge in meinen Arsch, ich sehe Sterne, mich überläuft es kalt, ich will sie beißen, sie zermalmen, sie zerstören, sie küssen, sie trösten, ich höre Trompeten, ein Feuer bricht aus, die Flammen erleuchten sie, ich schwitze, ich besteige sie von hinten, ich fühle ihre Beine, zart und weiß, an meinen Eiern, meine Lust wird immer größer, es juckt mich überall, in meinem Blut wimmelt es von Wespen, ich sehe sie in der Metro, ich hebe ihr den Rock hoch, ich ramme ihr den Schwanz bis zum Herzen, die Leute sehen uns an, sie läßt es zu, als ob sie träumte, im Gewoge, im Lärm der Tunnel, die Nachbarinnen streicheln mich, ich ficke sie eine nach der anderen, der Waggon schlägt den Takt dazu, alle lecken mich zwischen den Beinen, lecken den Arsch, die Eier, den Schwanz, sie reiben sich an meinen Händen, meinen Fäusten, meinen Ellbogen, meinen Knien, die Agonie beginnt, mein Knochenmark fängt Feuer, ich brenne von innen, sie saugen an meinen Zehen, sie legen mich auf ein Rad, nacheinander dringen sie in meinen Schwanz ein, mein Schädel zerbirst, mein Bauch gehorcht nicht, er bebt, sie küssen mich nacheinander, ihre feuchten, frenetischen Lippen zittern, Hunderte von Frauen, Tausende von Frauen, Millionen von Frauen wie Erzengel...«

Sein Delirium endete häufig mit dem Bild Gottes, während die Dauererektion ihm einen unerträglichen Schmerz bereitete.

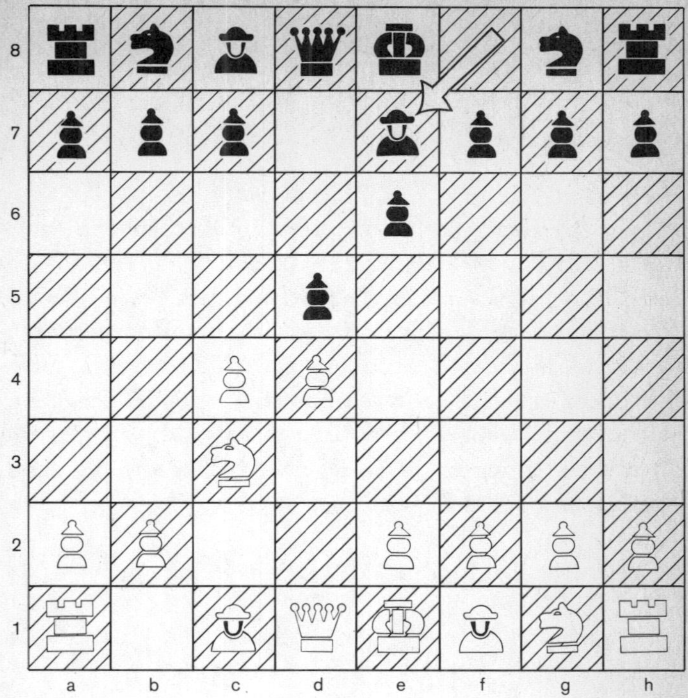

Tarsis akzeptiert das Damengambit, das ihm sein Rivale vorschlägt, nicht und spielt anscheinend unüberlegt *3. ...Lf8-e7.* Amary kündigt den Schiedsrichtern mit fester Stimme *»J'adoube«* an und verschiebt dann den Läufer, den Tarsis tatsächlich nicht in die Mitte des Feldes gestellt hatte, um einige Millimeter. Seiner Meinung nach erteilt er ihm damit eine eindeutige Lektion.

Die Anzahl der möglichen Kombinationen, um die zehn ersten Züge einer Schachpartie auszuführen, beläuft sich auf: 169 518 829 100 544 326 897 235 000 000.
Aber häufig muß ein Schachmeister vor dem Brett mehr als zehn analysieren. Die Zeit ist also kostbar und Konzentration von entscheidender Bedeutung. Jede Unachtsamkeit kann eine nicht wiedergutzumachende Katastrophe bedeuten. Und dennoch führen Tarsis und Amary, als spielten sie Tischtennis, automatisch (anscheinend ohne die geringste Überlegung) je fünf Züge aus.
(Marc Amary:
4. Sg1-f3, 5. Lc1-g5, 6. e2-e3, 7. Lg5-h4, 8. c4xd5.
Elías Tarsis:
4. ...Sg8-f6, 5. ...0-0, 6. ...h7-h6, 7. ...b7-b6 und 8. ...e6xd5.)
Oder vielleicht wollen sie auch einfach nur schnell ihre erste stille Übereinkunft abhaken, mit der sie sich beide für die beim Duell Karpow-Kortschnoj so eingehend studierte Tartakower-Variante des abgelehnten Damengambits entschieden haben.
Tarsis hat seinen letzten Zug *(8. ...e6xd5)* mit einer ungeheuer herablassenden Geste ausgeführt und dann den Bauern seines Rivalen, den er geschlagen hat (»gefressen«, wie die Hobbyspieler mit einem so bezeichnend kannibalischen Begriff sagen würden), neben dem Brett auf den Tisch geschmissen. Nachdem Amary den Zug ganz bedächtig notiert hat, stellt er den umgeworfenen Bauern wieder auf. Tarsis gerät in Wut und schleudert den Stein mit einer heftigen Handbewegung bis in die siebte Zuschauerreihe.

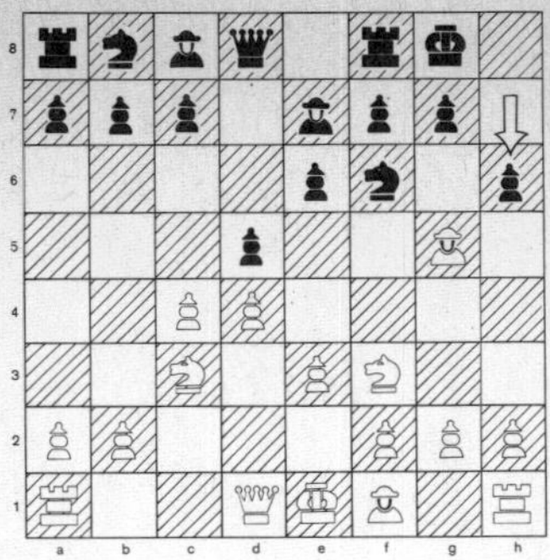

4. Sg1-f3

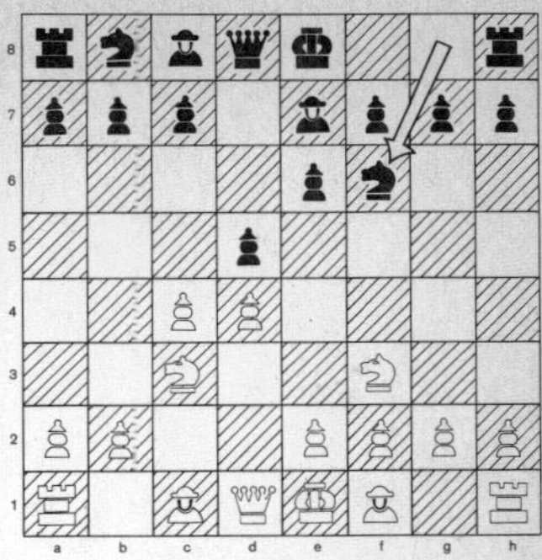

4. … Sg8-f6

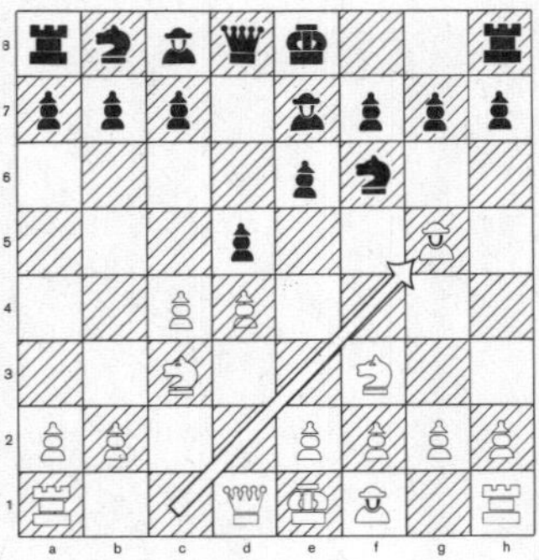

5. Lc1-g5

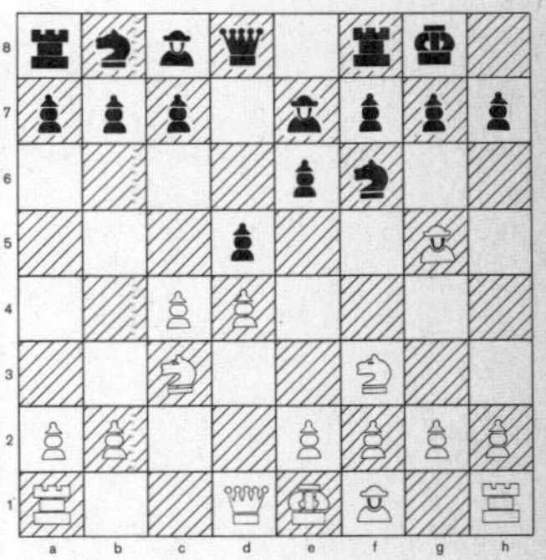

5. … 0-0

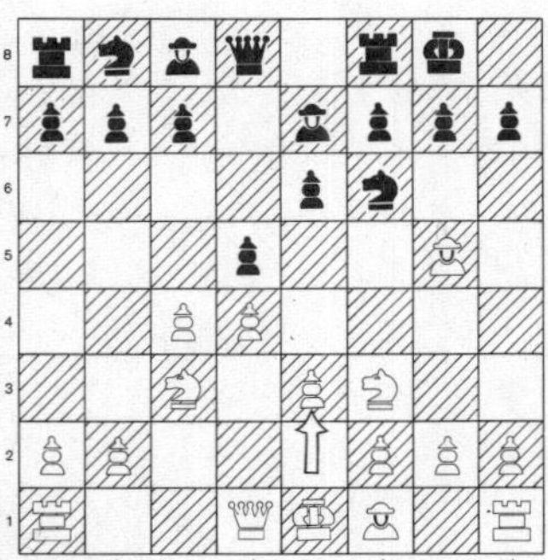

6. e2-e3

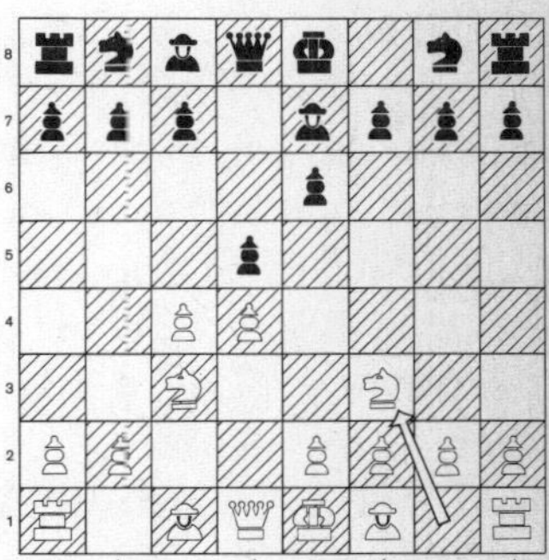

6. … h7-h6

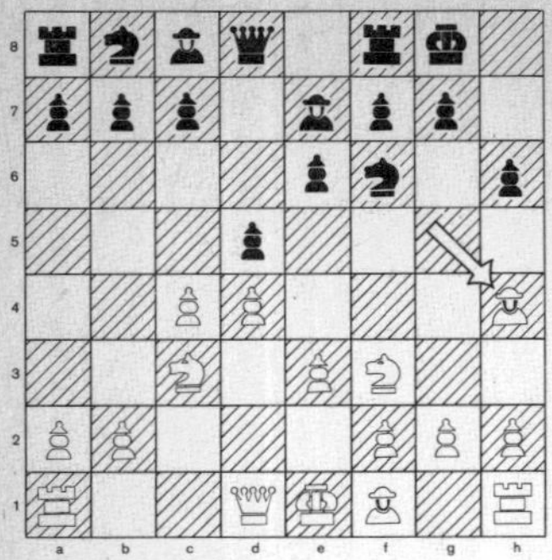

7. Lg5-h4

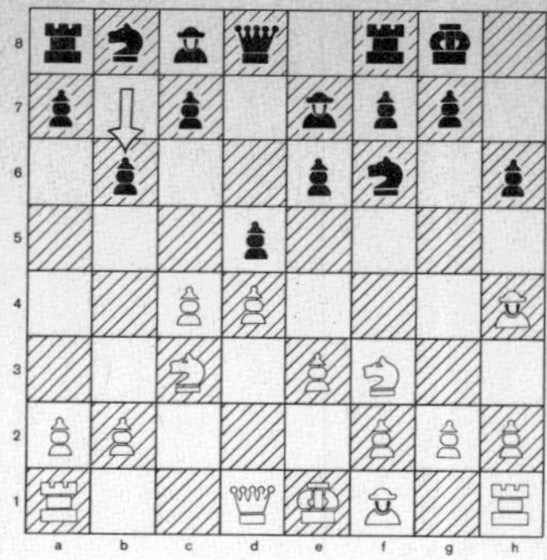

7. ...b7-b6

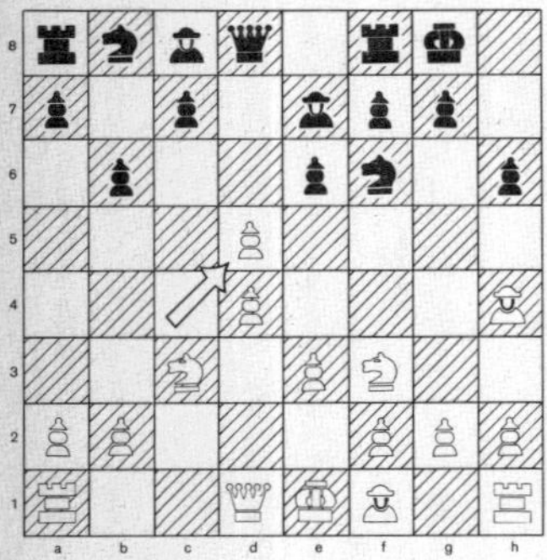

8. c4xd5

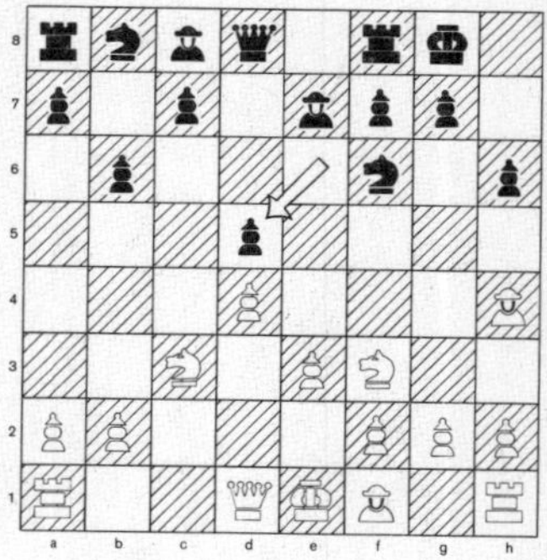

8. ...e6xd5

Die Schiedsrichter registrieren den Zwischenfall völlig verdattert und werden fast genauso bleich wie der Schweizer Meister. Das Reglement sieht eine solche Situation nicht vor: Die geschlagenen Steine sind außerhalb des Spiels. Die Jury kann im äußersten Fall entscheiden, daß die Aggressivität der Geste den Gegner bei seinen Überlegungen gestört haben könnte. Aber Tarsis würde dann seinerseits argumentieren, sein Gegenspieler habe ihn durch das Aufrichten der Figur aus dem Konzept gebracht. Die Schiedsrichter verabscheuen solche verzwickten Situationen.

Die beiden Spieler fixieren sich regungslos, und es ist das erste

Mal seit Beginn der Meisterschaft, daß sie sich überhaupt anschauen. Tarsis scheint wütend mit den Zähnen zu knirschen, während Amary seine gewohnte Ausdruckslosigkeit nicht verliert. Man könnte meinen, das Blickgefecht wolle gar nicht mehr aufhören. Tarsis sagt sich wieder einmal, wie schon so oft seit Beginn der Meisterschaft: »Ich hätte einfach nicht gegen ihn spielen dürfen. Ich hätte ihn sofort umbringen sollen, als ich de Kerguelens Brief bekam. Aber wenn er mich jetzt provoziert, mache ich ihn hier auf der Stelle kalt.« Die Schiedsrichter stehen auf, um einzugreifen, bleiben aber, durch die Verantwortung gelähmt, wie versteinert stehen. Die Zuschauer wohnen der endlosen, stummen Schlacht in absoluter Stille bei; man könnte eine Stecknadel fallen hören.

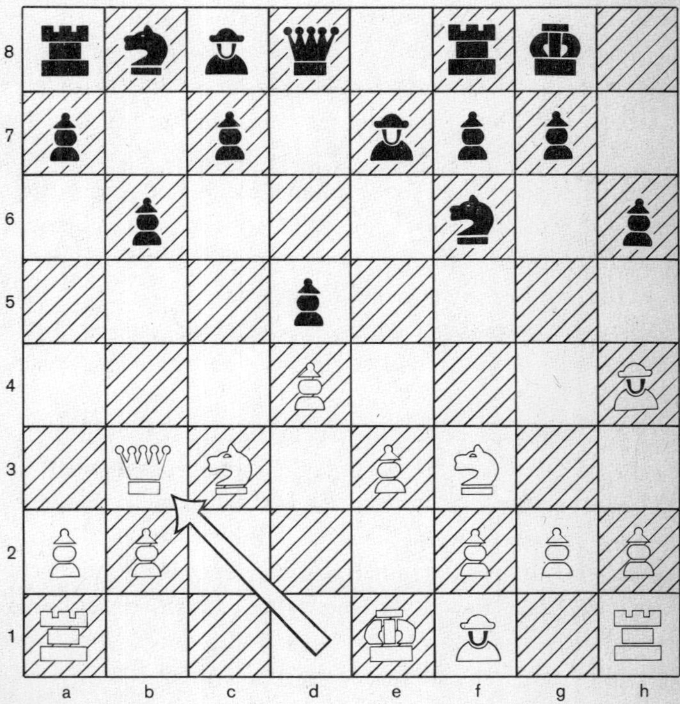

Nach achtundfünfzig Sekunden senkt Amary geschlagen den Kopf und rückt, ohne an die Folgen zu denken, seine Dame auf *b3 (9. Dd1-b3).*

Die Verblüffung der Kommentatoren, die in einem angrenzenden Raum analysieren, ist verständlich: Er hat einen Schnitzer gemacht, wie er sonst nur Anfängern unterläuft; anscheinend durch den Zug seines Gegners *(b7-b6)* hypnotisiert, greift er einen schwarzen Damenflügel an, auf dem noch alles offen ist, und setzt dabei voraus, daß der Läufer das Feld *b7* besetzen wird.

Amary will gerade seinen Zug auf dem Partieformular notieren, als seine Hand plötzlich innehält: Er schaut prüfend auf das Schachbrett und entdeckt seinen Fehler... zu spät. Die Seelenqualen, die ein Meister nach einem derartigen Mißgeschick erleidet, wurden von dem estnischen Spieler Keres mit folgenden Worten geschildert:

»Ich frage mich dann immer: ›Wie konnte ich nur so schlecht spielen?‹ Das Blut scheint mir aus dem Kopf zu weichen – es gibt Spieler, bei denen man meinen könnte, all ihre roten Blutkörperchen gäben sich bei ihnen ein Stelldichein in Stirn und Wangen. Ich versuche, nicht zu verzagen, und bemühe mich, mir meine Aufregung, meine Mutlosigkeit und meine Lust aufzugeben nicht anmerken zu lassen.«

Amary geht ganz langsam zu seinem Aufenthaltsraum und schließt sich ein. Er will allein über seinen Fehler nachdenken.

R. M. Gugmundsson kommt zu Tarsis und sagt zu ihm:

»Meister, Sie sollten in Zukunft die Bauern besser nicht ins Publikum werfen. Beim nächsten Mal sähen meine Kollegen und ich uns gezwungen, Sie offiziell zu verwarnen.«

Tarsis, der innerlich jubiliert, antwortet gnädig mit einem leichten Kopfnicken. Immerhin hat er damit akzeptiert, daß der Schiedsrichter ihn unter Mißachtung der eigenen Vorschriften während seiner Bedenkzeit anspricht.

Der Schiedsrichter atmet erleichtert auf, und Tarsis erhebt sich selbstzufrieden von seinem Stuhl; er will sich den nächsten Zug wie gewohnt in seinem stillen Kämmerlein überlegen. Der Anblick, den die Bühne bietet, ist ungewöhnlich: eine Schachpartie, bei der beide Spieler abwesend sind.

Amary läßt sich niedergeschlagen auf einem Sessel in seinem Zimmer nieder. Er hat seine Unerschütterlichkeit wegen eines Zwischenfalls verloren, den er eigentlich für völlig unbedeutend hält. So etwas ist ihm bisher nur selten in seinem Leben passiert. Ganz unwillkürlich taucht in seiner Erinnerung das Bild von Michelle Dubin auf, wie sie in sein Zimmer kommt. (...In *sein* Schlafzimmer, wo die Rauchschwaden von den grünen Toskani-Zigarren, die »Doña Rosita«, die Schlange, unaufhörlich rauchte, schwer in der Luft lagen.)

Er wohnte damals, obwohl er bereits als wissenschaftlicher Mitarbeiter ans CNRS berufen war, immer noch im Studentenheim Bures-Sud. Sein unveränderlicher Zeitplan sah vor, daß er um fünf Uhr morgens zu Bett ging und um zwölf Uhr mittags aufstand, nach genau sieben Stunden Schlaf (...und Gezänk mit dem »Kleinen«). Nachmittags ging er in sein Büro im Labor für Theoretische und Hochenergie-Physik. Sein Zimmer im Wohnheim sah er lediglich als eine Dependance seines Büros an, nur daß er dort auch schlief. (»Micky« war natürlich nicht dieser Meinung.)

Der Reinemachefrau, die für seine Etage zuständig war, wäre es lieb gewesen, wenn er seinen Zeitplan geändert hätte, damit sie ihm noch vor zwölf Uhr das Bett hätte machen und das Zimmer staubsaugen können. Die Frau war etwas älter als Amary, ganz hübsch, und hatte den typischen Pariser Akzent; sie hieß Michelle Dubin. Mit Hilfe ihres Hauptschlüssels kam sie jeden Morgen um elf »nichtsahnend« in sein Zimmer, ging zum Fenster, zog die Vorhänge weit auf und »entdeckte« daraufhin verwirrt und manchmal sogar

beschämt, daß der Bewohner des Zimmers noch schlafend im Bett lag. Sie entschuldigte sich mit einer gut einstudierten Formel, in der sie all ihre Beschwerden unterbrachte:
»Entschuldigen Sie..., ich dachte, es sei niemand hier..., es ist schon so spät..., es ist schon fast Viertel nach elf..., und wir gehen ja um halb eins essen... Verstehen Sie, was ich sagen will?«
Die List täuschte Amary zwar nicht, aber sie erreichte damit, was sie wollte: ihn aufzuwecken und damit zum Gehen zu drängen. Eines Morgens stand er, des Tricks überdrüssig, auf, als er sie in sein Schlafzimmer kommen sah, und sagte bestimmt, aber ohne die Stimme zu heben:
»Jeden Tag wecken Sie mich mit derselben Masche. Ich mache Sie darauf aufmerksam, daß mit diesem Theater jetzt endgültig Schluß ist. Daß das ja nicht noch einmal vorkommt. Gehen Sie jetzt.«
Nach einer Woche klopfte Michelle Dubin an seine Tür. Es war sechs Uhr abends, und Amary las gerade die *Christianae religionis institutio* von Calvin [mit »Micky« auf dem Schoß].
»Darf ich hereinkommen?«
»Das Zimmer ist schon saubergemacht.«
»Ich will mit Ihnen reden..., lassen Sie mich bitte herein.«
Entschlossen trat sie über die Schwelle.
»Darf ich mich setzen?«
Ohne seine Antwort abzuwarten, ließ sie sich auf dem Bettrand nieder. Amary wurde blaß, ging zum Fenster und zog die Vorhänge auf, die ihn gegen das Tageslicht abschirmten.
»Setzen Sie sich, da ist ein Stuhl... Ich muß Ihnen etwas sagen... etwas Wichtiges.«
Amary gehorchte und setzte sich in einiger Entfernung von ihr auf seinen Platz. Es war zu spät, sie hinauszuwerfen.
»Sie müssen mir unbedingt helfen.«
»Ich?«

»Lassen Sie mich erzählen: Wie Sie wissen, bin ich die Putzfrau hier auf der Etage. Aber ich spreche auch im Namen von drei Kolleginnen. Wir sind alle vier als Aushilfskräfte eingestellt... seit drei Jahren..., das heißt, wir haben keinen Anspruch auf Prämien, Rente oder die Lohnerhöhungen, die die Festangestellten bekommen; außerdem können sie uns jederzeit auf die Straße setzen, wenn es ihnen in den Kram paßt.«
»Ich beschäftige mich mit Physik.«
Entweder hörte Michelle das nicht, oder sie wollte es nicht hören.
»Seit ungefähr zwei Jahren kämpfen wir um unsere Rechte. Wir verlangen ja nichts Unmögliches. Wir wollen nur wie die anderen behandelt werden.«
»Wenden Sie sich doch an die Verwaltung.«
»Nein... Alles hängt von denen ab.«
»Von wem?«
»Von denen von der Gewerkschaft; die sind doch nur scharf auf ihre Beiträge.«
»Was hat denn die Gewerkschaft damit zu tun?«
»Die Gewerkschaft kümmert sich nur um die Festangestellten..., verstehen Sie, was ich sagen will? Und wir können ruhig vor die Hunde gehen. Sie nehmen uns nicht einmal als Mitglied auf. Und weil uns die Verwaltung und die Gewerkschaft nur mit faulen Ausreden abspeisen, haben wir gedacht, daß Sie sich vielleicht für uns einsetzen könnten.«
»Dafür bin ich nicht der richtige Mann.«
»Versetzen Sie sich mal in meine Lage: geschieden, zwei kleine Töchter und dann noch meine Mutter zu versorgen..., denn von dem Unterhalt, den mein Mann mir laut Gerichtsbeschluß bezahlen müßte, habe ich noch keinen Pfennig gesehen..., und dabei wird's wohl auch bleiben. Was ich hier im Wohnheim verdiene, reicht nicht zum Leben. Wenn ich fertig bin, putze ich noch ein paar Büros. Sie können sich

nicht vorstellen, wie es ist, wenn ich spät abends heimkomme und meinen beiden Schätzchen im Dunkeln den Gutenachtkuß geben muß, damit sie nicht aufwachen. An manchen Abenden könnte ich aus der Haut fahren. Wenn sie uns hier wie den anderen pro Stunde vier fünfzig mehr bezahlen würden, könnte ich das mit den Büros sein lassen.«

Michelle war so gerührt, daß sie fast in Tränen ausgebrochen wäre; aber sie spürte, daß ihr Weinen bei Amary großes Unbehagen und vielleicht auch Ekel hervorgerufen hätte.

»Warum wenden Sie sich ausgerechnet an mich?«

»Sie sind nicht wie die anderen.«

»Sie kennen mich ja gar nicht.«

»Neulich, als Sie mit mir geschimpft haben wegen der Vorhänge, habe ich gemerkt, daß... also..., daß...«

»Ich habe nicht mit Ihnen geschimpft.«

»Ich meine, ich habe gesehen, daß Sie nicht so ein Rotzlöffel sind wie die anderen...; verstehen Sie, was ich sagen will?«

»Das sind meine Kollegen. Und einige davon sind auch älter als ich.«

»Sie sind nicht wie sie, das sieht man auf den ersten Blick. Sie müssen uns helfen.«

Michelle hatte geahnt, was keiner seiner Kollegen zu vermuten gewagt hätte: daß Amary sich für die Putzhilfen einsetzen würde. Er nahm sich dieser heiklen Sache ohne die geringste Gefühlsduselei an (das häusliche Drama der Madame Dubin interessierte ihn einen feuchten Dreck), als handelte es sich um ein physikalisches Problem. Mit dem gewohnten Ordnungssinn stellte er sich seiner Aufgabe. Er kaufte zunächst das Arbeitsgesetzbuch, zwei Gewerkschaftspublikationen und die Betriebsordnung der Verwaltung und studierte sie eingehend. Dann las er die Aufrufe der UNEF durch, die am schwarzen Brett neben denen der SNEsup hingen: Die eine Gewerkschaft vertrat die Studenten, die andere seine Kollegen. Er warf einen Blick in die Manifeste der politischen

Gruppierungen, die an der Universität agierten; alle führten in ihrem Namen, obwohl sie sich im allgemeinen an ein studentisches Publikum wandten, neben den abgegriffenen Bezeichnungen »marxistisch«, »sozialistisch«, »kommunistisch« oder »revolutionär« die Begriffe »Arbeiter«, »Werktätiger« oder »Proletarier«; leider nahm keine Notiz von den einzigen Tagelöhnerinnen in dieser Oase der Geistesarbeit. Alles war für Amary so neu: Er hatte überhaupt keine Vorstellung von den zahlreichen Ungerechtigkeiten, die man mit ebenso gutem Stil- wie Rechtsempfinden »anprangerte«, »als unannehmbar und entwürdigend verurteilte«, und »deren unverzügliche Beendigung« man forderte. In den Aufrufen wurden die »Faschisten«, die »Nazis« und die »Ausbeuter«, von denen es um die Fakultät herum nur so wimmelte, verurteilt. Der Text der Dimitrov-Gruppe zog sofort seine Aufmerksamkeit auf sich: Über dem unvermeidlichen Hammer und Sichel-Zeichen am Schluß des Textes stand endlich einmal ein Slogan, der das Problem der Putzfrauen aufzugreifen schien: »Für die Revolution des Proletariats.« »Gegen die revisionistischen Gewerkschaften, die Parasiten der Arbeiterklasse.«
Nicht ohne Mühe bekam er einen Termin für ein Gespräch mit Pierre Corneille, einem Experimentalchemiker mit einer brillanten akademischen Karriere, der damals Generalsekretär der Dimitrov-Gruppe war. Bei dem ganz kurzen Treffen, das er ihm gewährte (und dem der Geruch einer Audienz anhaftete), konnte Amary ihm den Fall nur grob skizzieren. Der Führer bestellte ihn und Michelle lediglich für den folgenden Tag in das Versammlungslokal der Gruppe. Er verlangte mit einer gewissen Ehrlichkeit äußerste Diskretion wegen der, wie er sagte, »Hysterie der Polizei«, die »uns zerschlagen will«. Amary war nach der Zusammenkunft ganz angetan: Corneille war, wie er nach der Lektüre so vieler Pamphlete fast befürchtet hatte, kein schwärmerischer, unbe-

darfter Rädelsführer, sondern ein verantwortungsvoller Kader, der mit beiden Beinen auf der Erde stand und, was noch einmaliger war, nicht an Geschwätzigkeit litt. Er hatte offensichtlich den Kern des Problems, das ihm Amary in wenigen Worten erläutert hatte, sofort erfaßt und die ideale Lösung vorgeschlagen: in Gegenwart seines Komitees mit dem Opfer zu sprechen.

Amary erfuhr, daß Corneille einer der anerkanntesten marxistischen Denker war. Um seine Artikel und Kommentare rissen sich die zurückhaltendsten Zeitungen der »freien« Welt, einschließlich der »Op. Ed.«-Seite der *New York Times*. Zwar teilten natürlich nicht alle seinen überaus originellen Vorstellungen, aber die meisten lobten doch den Scharfsinn seiner Analysen und die Tiefgründigkeit seiner Überlegungen.

Die Dimitrov-Gruppe verfügte für ihre Sitzungen über ein elegantes Chalet bei Fontenay aux Roses. Der geräumige Salon im Erdgeschoß, der für die theoretische Arbeit der Gruppe als Unterrichtsraum eingerichtet war, wurde von zwei Porträts beherrscht. Das rechte erkannte Amary sofort, obwohl er in der Politik nicht sehr bewandert war: Josef Stalin. Das linke Photo konnte er nicht identifizieren: Die Person, ebenfalls mit Schnurrbart, sah, wenn man sie mit einiger Milde betrachtete, wie der Geschäftsführer eines zwielichtigen sizilianischen Unternehmes aus und flößte genauso viel Vertrauen ein wie ein Gebrauchtwagenverkäufer. Die meist jungen Aktivisten, unter denen er einige Forscher aus dem Zentrum wiedererkannte, saßen in Schulbänken, in der Haltung von Schülern aus dem letzen Jahrhundert. Corneille hatte an einem Tisch, der unter den beiden Photographien auf einem Podium stand, seinen Rekruten gegenüber Platz genommen.

Was Amary am meisten überraschte, war die Tracht, die alle trugen: schwarze Stoffschuhe mit Hanfsohle, dunkelblaue

Baumwollhose und gleichfarbige, bis zum Hals zugeknöpfte Jacke im Mao-Look. Wenn man nicht nach den Köpfen schaute, konnte man auf den ersten Blick den Eindruck gewinnen, mitten in der Inneren Mongolei zu sein. Alle trugen auf dem Herzen ein rotes Blechabzeichen mit gelben Sternen, das so funkelte, daß Amary sich einen Augenblick lang vorstellte, es sei ein riesiger Rubin mit eingesetzten Sternen aus Gold. In Wirklichkeit war es ein kommunistisches Emblem. Corneille hatte zwei.

Nachdem sich Michelle und Amary in die einzige noch freie Bank in der letzten Reihe gezwängt hatten, kündigte Corneille seinen Leuten an, wen er »als Beobachter und Zeugen« eingeladen hatte. »Die Werktätige Michelle Dubin und den Geistesarbeiter Marc Amary.« Dann informierte er die anderen, so als seien die beiden gar nicht anwesend, über die letzten Aktivitäten der Gruppe: Mit tragbaren Schiffssirenen und Juckpulver war es ihnen gelungen, eine revisionistische, von den Agenten des Sozialimperialismus zur Verteidigung Nicaraguas organisierte Versammlung zu »boykottieren«. Sie hatten es auch geschafft, sich nach der vorgeplanten »Entrismus«-Strategie (Amary verstand, daß sie damit Unterwanderung meinten) in das Syndicat du Livre von Seine-Saint-Denis einzuschleusen, um es zu sprengen. Die Verzückung, mit der Corneille diese Heldentaten erzählte, hätte ein lüsterner Zuschauer für hart an der Grenze des Orgasmus halten können. Tatsächlich konnte Corneille sich aber beherrschen und schlug selbst dann nicht über die Stränge, wenn er in überschwenglichem Tonfall die erlesensten Worte seines Meisters Stalin oder die Sentenzen des Genossen Enver Hoxha zitierte. Die Blütenlese dieser beiden großen Männer ist so reichhaltig, vielseitig anwendbar und vor allem so umfangreich, daß der Redner buchstäblich aus einem Faß ohne Boden den Wein der Wahrheit schöpfen konnte. Dank ihrem Scharfsinn verstand Michelle Dubin, daß der stolze

Galan, der sich die präsidiale Stirnwand mit Stalin teilte, kein anderer als der Genosse Enver Hoxha war: Generalsekretär der Kommunistischen Partei Albaniens und ein Humanist, der sich in seinem Amt als Staatschef seit 1945 für sein Volk aufopferte. Corneille empfand für diesen Meister grenzenlose Bewunderung. Um genau zu sein, in den Grenzen, die der Wissenschaftliche Marxismus setzt.
Amary nahm die Lektion, die ihm hier mit soviel Charme erteilt wurde, in sich auf. Corneille offenbarte ihm die ideologischen Grundlagen der proletarischen Revolution, bevor er das Thema der Reinemachefrauen anschnitt. Die Aufgabe war berauschend..., aber auch schwierig: Es galt nicht nur, den Yankee-Imperialismus und seine Papiertiger, die multinationalen Konzerne, zu zerschlagen, sondern auch die Sozialfaschisten in Moskau und ihre kubanischen und vietnamesischen Söldner zu vernichten. Die Genossen sogen die Worte ihres Vorsitzenden mit bewundernswerter Aufmerksamkeit, um nicht zu sagen Hingabe, auf.
Für Amary war damals Bouteville (neben Thom) der fortschrittlichste Mathematiker..., und der ließ sich mit weit aufgerissenen Augen nicht eine Silbe entgehen.
Amary sah sich plötzlich mit einer erstaunlich reichen Welt konfrontiert, die ihm – trotz ihrer absurden ideologischen Aspekte – kohärent erschien... und die er bis dahin noch nicht untersucht hatte. Gerade die Extravaganzen der Rede bewiesen die Tiefe dieser Weltanschauung, denn Corneille konnte sie sich erlauben, ohne daß dadurch ihre Schlüssigkeit aufgehoben wurde. Amary beschloß, sich für den Marxismus zu interessieren.
Plötzlich begann Corneille wild herumzufuchteln, als hätte er einen epileptischen Anfall. Die Aktivisten sahen ihn entsetzt an, aber da er ihnen mit Recht so großen Respekt einflößte, wagte niemand, ihm zu Hilfe zu eilen. Als nach zwei langen Minuten der fratzenhafte Ausdruck wieder aus dem Antlitz

des Führers gewichen war und sein Körper aufgehört hatte, zu zucken, trocknete er sich den Speichelfaden ab, der ihm vom Mundwinkel herabhing, und beruhigte seine Anhänger: »Das war nicht weiter schlimm. Nur eine kleinbürgerliche Versuchung. Ich habe an den *Anti-Dühring* von Engels gedacht und sie damit bannen können.«
»Corneille ist also auch nur ein Mensch«, dachten seine Gefolgsleute erleichtert. Sie täuschten sich. Um die Mitglieder der Zelle anzufeuern, bat er um eine Ovation für die Genossen, die die revisionistische Demonstration für die 35-Stunden-Woche gesprengt hatten. Die Nachtwächter aus der Nachbarschaft begannen mißtrauisch zu werden. Mit einer Bewegung des Zeigefingers brachte der Tribun wie ein Orchesterdirigent die lautstarke, dröhnende Ovation unverzüglich zum Verstummen. Dann ließen sie den albanischen Genossen mit einem Satz hochleben, der die dürftige poetische Schöpferkraft der Gruppe deutlich machte:
»En-ver-Hox-ha!«
»En-ver-Hox-ha!«
Eine weitere Geste des Chefs brach den Vers nach dem Nachnamen jäh ab. Dann bat er Michelle und Amary, sich neben ihn auf zwei Hocker zu setzen. Alle beide hatte Corneilles Hetzrede aus sehr unterschiedlichen Gründen in ihren Bann gezogen, und in gewisser Weise malten auch sie sich schon den-nicht-mehr-fernen-Tag-des-Sieges wenn nicht rot, so doch wenigstens rosig für die Sache der Putzfrauen aus.
»Genossin Dubin, erläutere deinen Fall.«
Michelle erzählte, wie sie es bereits bei Amary getan hatte, von dem furchtbaren Unrecht, dem die Putzhilfen ausgesetzt waren. Es gelang ihr, ihre Sache mit solcher Ergriffenheit vorzubringen, daß ihr diesmal wirklich ein paar Tränen in die Augen stiegen.
Corneille hörte ihr zu, schnaufend wie eine Lokomotive am

Berg und den gesenkten Kopf in die Hände gestützt, bis er sie ganz unerwartet unterbrach:
»Willst du vielleicht null Komma null null null null fünf Centimes mehr in der Stunde verdienen?«
»Es sind nicht null Komma null null null null null fünf Centimes mehr in der Stunde, sondern vier Francs fünfzig... und der Anspruch auf Rente, Sozialversicherung...«
Corneille sprang fuchsteufelswild und schäumend vor Wut auf; er hielt Michelle seinen anklagenden Zeigefinger dicht vor die Brust und kreischte:
»Du bist nichts weiter als eine heimtückische Schlange im Dienst des verbrecherischen Kapitalismus.«
Glücklicherweise machte er eine lange Pause; Amary befürchtete schon, er würde sie windelweich schlagen. Und Corneille, beschützt von seinen treuen Anhängern, war dazu auch durchaus fähig. Er faßte sich wieder und las ihr etwas ruhiger, jedoch nicht minder zornig und immer noch Gift und Galle spuckend, die Leviten:
»Du verrätst deine Klasse. Du prostituierst dich für eine lächerliche Erhöhung des Trinkgelds, das man dir als Lohn zusteckt. Anstatt Revolution zu machen, wie es deine hehrste Pflicht als Proletarierin ist, besudelst du dich mit dem Unrat kleinlicher Forderungen. Schluß damit! Du doppelzüngige Heuchlerin im Dienst der großen Monopole; du schamlose Speichelleckerin wolltest die Dimitrov-Gruppe täuschen. Wer schickt dich? Welches Polizeiorgan der Bourgeoisie steckt hinter deinem gut einstudierten Melodram? Du verräterische Hyäne, du machiavellistische Krähe, die sich für jede Feigheit und Niederträchtigkeit hergibt! Du Parasitin der Arbeiterklasse...!«
Auch die Wege des Schicksals sind unergründlich: Diese Frühmette brachte Amary zum »Einstieg in die Politik«, so wie andere ins Kloster eintreten und dann plötzlich einem anderen Stand angehören. Mit dem Heiligenschein einer

»Dissidentin« der Dimitrov-Gruppe (einer Vereinigung, die an erster Stelle auf der schwarzen Liste der Gewerkschaften stand... und bei der sie nur ein paar Stunden gewesen war) wurde Michelle mit offenen Armen in ihrer Gewerkschaftssparte aufgenommen und kam dadurch zu dem »Trinkgeld«, das sie brauchte, um jeden Abend zusammen mit ihren Töchtern essen zu können.

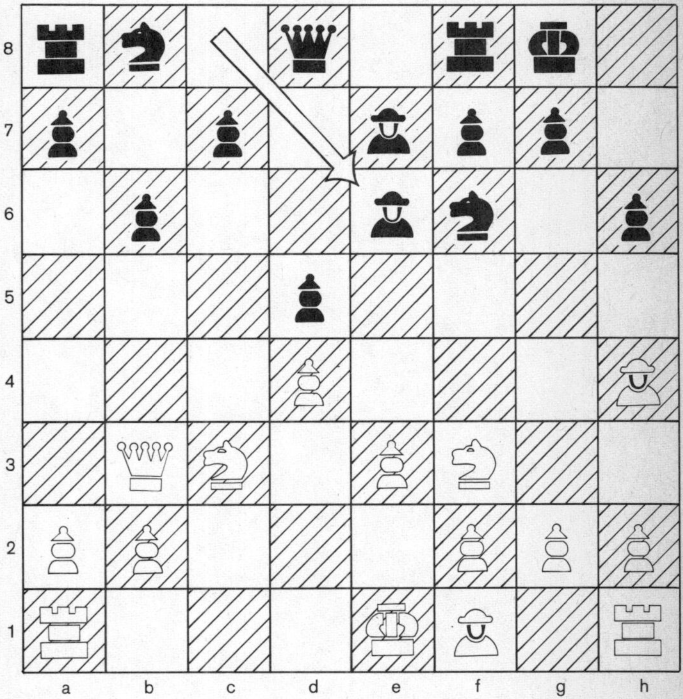

Sogar wenn er verliert, spielt Tarsis harmonisch, so als reproduziere er die Wege der Schöpfung und der Genesis. Genau betrachtet, tut er dies auch. Jetzt ergreift er die Initiative und macht Amarys Fehler manifest. Der in seinem Quartier *c8*

wartende Läufer springt auf *e6*, von wo er die vagabundierende weiße Dame im Auge behält und ihr droht. Er unterstreicht so den Fehltritt mit dem Rotstift, vergrößert ihn und untergräbt damit die Position seines Gegners.

Tarsis ist davon überzeugt, daß Amary den sowjetischen Minister Igor Iswoschikow entführt hat. Zum Glück teilt er niemand seine Vermutungen mit, denn dann würde man annehmen, daß ihn seine Monomanie in einen Interpretationswahn treibt. Außerdem sind es gar keine Vermutungen. Er geht bei seinen Überlegungen von der »unglaublichen« Niederlage seines Konkurrenten in der vierten Partie aus; was für die Kommentatoren ein Ausrutscher oder eine Nachlässigkeit war, die Weiß zur Aufgabe zwang, war für ihn ein ganz bewußtes Geschenk. Amary wollte verlieren, »er mußte verlieren«, um die beiden Aufschübe, die er sofort beantragte, zu rechtfertigen. Das verschaffte ihm eine Woche Freiheit, die er dazu nutzte, den hohen russischen Würdenträger der seinen zu berauben. Wie Tarsis vermutete, wurde der Knoten des Dramas folgendermaßen geschürzt: Um halb acht abends stoppt Amary die Uhr und besiegelt seine Niederlage; um acht Uhr kommt er mit seinen Schergen in seiner Wohnung in Meung-sur-Loire an. Stunden später verschwindet Iswoschikow: Die Polizei hat bisher noch nicht herausgefunden, zu welchem Zeitpunkt der folgenden Nacht die Entführung stattfand. Danach hat Amary bis zur fünften Partie eine Woche Zeit, um alles festzuzurren. Einschließlich des Stricks, mit dem der Minister gefesselt wird. Er brauchte sein Aufschubgesuch nicht einmal zu begründen. Das übernahmen die Neunmalklugen, die »nützlichen Idioten«, von denen Lenin sprach, wie beispielsweise der jugoslawische Meister Pantelič, der der Agentur UPI erklärte:
»Eine so eindeutige Niederlage wirkt immer traumatisch. Amary hat zwei Aufschübe beantragt, um sein Eröffnungs-

system, das einen derartigen Einbruch erlitten hat, neu zu ›rekonzipieren‹.« (Wie manche Essayisten setzen die Schachspieler gerne jedem Verb, das besser ohne Hut daherkäme, ein nicht gerade musikalisches »re« auf.)
Tarsis ist bereit, jedem und jederzeit zu beweisen, daß Amary sein Eröffnungsprogramm noch keinen Deut geändert hat.
Tarsis hat jeden Fehler Amarys gerochen. Tatsächlich wird dieser nicht nur nach jedem seiner seltenen Fehler noch blasser, sondern verbreitet auch plötzlich den muffigen Geruch verwelkter Geranien. Nach dem »Fehler« in der vierten Partie änderten sich jedoch weder seine Farbe noch sein Geruch.
Amary trat eine Woche später mit siegesgewisser Miene zur fünften Partie an. Allerdings fiel das nur Tarsis auf. Dieser stellt sich außerdem vor, wie dem sowjetischen Funktionär vor einem Volksgericht der Prozeß gemacht wird, als hätte er von der ersten Zuschauerreihe aus zugesehen: Amary, der sich den Titel des Richters, des Gesetzgebers und des Henkers angemaßt hat und bei der Farce den Vorsitz führt, die Gerichtsbarkeit in seiner Funktion als unnachgiebiger Staatsanwalt vertritt, wie ein ganzes Parlament das Gesetz erläßt und damit über die dem Angeklagten aufzuerlegenden Strafen und Foltern entscheidet und schließlich als Repressionsinstrument der vollstreckenden Gewalt den Gefangenen quält.
Tarsis' Anschuldigungen hätte niemand ernstgenommen, wenn er sie öffentlich geäußert hätte, genauso wie kein Schachspieler diejenigen glaubte, die eine britische Wochenzeitung gegen Elías Tarsis selbst erhoben hatte. Man unterstellte dem Spieler eine Vergangenheit als Zuhälter in Barcelona. Natürlich ließ sich niemand dazu herab, ihm gegenüber wegen eines so lächerlichen Vorwurfs auch nur Andeutungen zu machen. Eine dermaßen abwegige Anschuldigung hätte einzig und allein Tarsis bestätigen können. Was er auch getan hätte, und zwar ohne rot zu werden.

Sein Gesinnungswandel vollzog sich in den frühen Morgenstunden eines Donnerstags im Principal Palacio. Das Schicksal bediente sich des Doppellebens seines Kollegen Antoni Puig. Dieser verließ seinen Freund an manchen Abenden, um bei den Eltern seiner Verlobten zu essen. Er liebte das Mädchen so sehr, daß er sich ein Reimwörterbuch kaufte, um für sie Verse zu schreiben, die von *El Tren Expreso* von Don Ramón de Campoamor inspiriert waren und jeden überrascht hätten, der ihn nur als bedingungslosen Anhänger der Nuttenwelt Barcelonas kannte. Der Chef der Werkstatt hatte allerdings bereits sein Urteil gefällt: »Irgendwann muß jeder mal dran glauben.«
An jenem Abend, als Tarsis allein und ohne seinen Leidensgenossen seinem Schicksal ausgeliefert war, ereilte ihn dieses bei den »Straßenmädchen«. Im Principal Palacio wurde ein Film von Esther Williams exhibiert – in diesem Fall kann man keineswegs »gezeigt« sagen –, der das vielleicht schwierigste Publikum des christlichen Abendlandes begeisterte. Dieses stramme Dämchen, das jungfräulich und mollig aus dem Wasser auftauchte, war der Inbegriff aller nur denkbaren Reize. Und auch der undenkbaren, obwohl es jenen Nutten und Zuhältern ja durchaus nicht an Quellen der Inspiration mangelte. Gegenüber der Schäbigkeit ihres Daseins der Glanz des romantischen Abenteuers; gegenüber dem Schmutz ihrer Bordelle der strahlende Himmel Kaliforniens; gegenüber ihren schmuddeligen Séparées ein Dekor wie aus dem Bilderbuch; gegenüber der Muffigkeit der Kunden das vielversprechende Lächeln der Sirene; gegenüber der Sünde und dem Laster die frischgewaschene und parfümierte Tugend des Hollywoodstars. Und außerdem war sie nicht mager..., denn die damalige Generation hatte sich das von der Reklame für Matías-López-Schokolade auferlegte Gebot voll und ganz zu eigen gemacht: besser dick, reich, schön,

frivol und heiter als mager, arm, häßlich, mürrisch und verbittert (»vor« und »nach« dem Verzehr der berühmten Schokolade). Im übrigen hatte die Story des Films nichts mit denen des Namensvetters der Diva, Tennessee, zu tun, den dieses Publikum von Ästheten als morbid abgetan hätte.

Als Tarsis den Kinosaal betrat, hatte der Film bereits begonnen, und es herrschte andächtige Stille: Der kolumbianische Bariton Carlos Ramírez, der, in sein Torerokostüm gezwängt, sehr witzig aussah, sang für die schöne Esther eine Hymne an die Liebe; kühn pries er die Anmut seines Püppchens (das ihn ja kaum um ein paar Handbreit überragte), ihren rubinroten Mund, ihr goldenes Haar und ihre perlweißen Zähne. Diese so bewegenden Verse hatten nichts mit denen ihres anderen Namensbruders, Carlos Williams, zu tun, und vielleicht fanden sie gerade deswegen alle so zauberhaft.

Die Tatsache, daß die Romanze ihn völlig kalt ließ, verursachte bei Tarsis ein Gefühl der Frustration. Und mit Recht. Auf der Suche nach einer Schwanzmasseuse ließ Tarsis in der Dunkelheit seinen Bick durch den Saal schweifen. Bei einer solchen Göttin auf der Leinwand waren die Geschicktesten und Kampferprobtesten bereits im Sturm genommen. Schließlich ließ er sich neben einer Gestalt nieder, die er im Halbdunkel an ihrer blonden Haarpracht als Frau identifiziert hatte, streckte ihr ein Fünf-Peseten-Stück hin und knöpfte seinen Hosenschlitz auf. Es war dies eine Zeit, in der die Kunst des Lebens sogar zwischen den Beinen mit Zartgefühl ausgeübt wurde. Tarsis hatte nie verstanden, aus welchem Grund sich eine so unglückselige Erfindung wie der Reißverschluß durchgesetzt hatte, der dem Unachtsamen im günstigsten Fall die widerspenstigen Haare ausreißt. Er hatte nur fünfzehn Peseten, aber dank seiner Konzentrationsfähigkeit würde er das Nirvana bis zur Hälfte des Films ausdehnen können, vorausgesetzt, es gelang ihm, sich wäh-

rend der Orgelei vorzustellen, er sei in ein nächtliches, eiskaltes Schwimmbad am Nordpol getaucht.
Wenn Tarsis genauer hingeschaut hätte (aber wozu auch), hätte er gesehen, daß die junge Dame zu seiner Rechten mit dem Rücken zur Leinwand auf ihrem Sitz hockte und im spärlichen Schein des reflektierten Lichts ein Buch las: »Der Salamanderkrieg«. Sie war beileibe keine Seelentrösterin, sondern ein junges Mädchen von siebzehn Jahren, das aus Sitges stammte: Nuria Roig. Sie war so versunken in ihren Roman, den sie sicherlich bereits achtzehnmal gelesen hatte, daß sie nicht einmal merkte, wie ihr Nachbar ihr stillschweigend ein Konkordat vorschlug. Schließlich konnte er sie etwas besser erkennen. Durch die Position des Mädchens sahen sie sich genau in die Augen..., und Tarsis akzeptierte es erstaunlicherweise, dort sitzenzubleiben, ohne daß seine Adjutantin ihm Linderung verschaffte. Aber er sprach sie nicht an.
Als der Film zu Ende war, verließen sie zusammen das Kino, oder, um genauer zu sein, gingen beharrlich schweigend die Ramblas hinauf, Elías Tarsis ein paar Schritte vor Nuria. An der Plaza de Toros setzte sich Tarsis mit dem Rücken zur Wand auf den Boden, und sie kauerte sich neben ihn. Ohne ein Wort zu wechseln, blieben sie so über eine halbe Stunde lang reglos sitzen. Dann wandte Nuria ihm plötzlich ihr hübsches Köpfchen zu und sagte nicht etwa »Ich hab dich lieb« wie jede normale Verliebte, sondern wie in den Schlagern oder in den Bittgesängen:
»Ich liebe dich.«
Während der zwei Monate, die auf diese Nacht folgten, verkrochen sich Nuria und Elías wie zwei ängstliche Hündchen, bereit, beim ersten verdächtigen Geräusch Reißaus zu nehmen.
Nuria war von zu Hause weggelaufen, als sie merkte, daß ihre Eltern zu »Salamandern« geworden waren, nachdem sie

ihnen 28 000 Peseten gestohlen hatte. Tarsis rechnete aus, daß er für diesen Betrag vier Jahre als Geselle in der Werkstatt hätte arbeiten müssen.

Er empfand eine seltsame Zuneigung für Nuria. Das war jedenfalls sein Eindruck. Niemals hätte er zugegeben, daß er sie liebte. Wahrscheinlich wußte er nicht einmal, was das bedeutete. Er konnte auch nicht eine Minute lang ohne sie sein; es machte ihm Spaß, ihre Augen Millimeter um Millimeter zu betrachten, ihren Mund auszukundschaften, ihre Lippen zu berühren, ihr Haar zu betasten, ihre Wimpern glattzustreichen, ihre Handgelenke mit Zeigefinger und Daumen zu umfassen, ihren Speichel zu lecken oder ihre weißen, so runden und glatten Knie zu streicheln.

Da Nuria Angst hatte, erkannt zu werden, färbte sie sich die Haare schwarz und kleidete sich wie eine erwachsene Frau. Elías kaufte sich einen marineblauen Anzug und eine gestreifte Krawatte und ließ sich einen beeindruckenden Schnurrbart wachsen. Sie wechselten jede Woche das Hotel. Dank einer Urkunde, die ihnen ein Schuhputzer des Hotels Imperio für tausend Peseten beschafft hatte, konnten sie sich als Jungvermählte ausgeben. Die falschen Personalausweise kosteten sie je zweitausend Peseten.

Die Zeit, die sie nicht im Bett verbrachten, wurde von Tarsis' Eifersucht verschlungen. Die ihn verschlang. Er litt unter einem bis dahin unbekannten Schmerz, der ihn am ganzen Körper zittern ließ.

Nuria sehnte sich nach jenen ersten Tagen zurück, die sie in ihrem Zimmer eingeschlossen verbracht hatten, bis sie merkten, daß der Blumenstrauß, den ihnen die Hoteldirektion als »Jungvermählten« geschenkt hatte, verwelkt war. Nicht etwa, weil sie an jenen Tagen (wie viele waren es überhaupt?) hoch über den Wolken geschwebt, auf Schaumkronen dahingeglitten oder, wie von den Wellen getragen, ineinander eingetaucht waren, sondern weil Elías sie jetzt jedesmal, wenn sie weggingen und wieder ins Hotel zurückkamen, rasend vor Wut anschrie und oft auch mit einem Ausdruck voller Abscheu und Schmerz ohrfeigte. Wenn ihnen jemand gefolgt wäre, hätte er ihm die verborgene Spannung nicht anmerken können; Elías machte bis zuletzt einen glücklichen Eindruck. Aber sobald er die Zimmertür hinter sich geschlossen hatte, explodierte die Bombe.

»Im Café hast du über eine Stunde den Typ mit der Brille angegafft. Und das, obwohl ich dabeisaß! Und einmal hast du dir sogar rausgenommen, dich zu ihm umzudrehen und ihn anzulächeln. Ich hab's genau gesehen. Du kannst es nicht abstreiten. Glaubst du, ich hätte nicht gemerkt, was du mit deinem Rock gemacht hast?...«

Nuria wußte, daß sie sich nicht verteidigen konnte, ohne ihre Lage zu verschlimmern. Zum Schluß warf Tarsis sie immer zu Boden, setzte sich rittlings auf ihre Brust, hielt sie mit seinen Knien fest und forderte sie auf, ihre Schuld einzugestehen, als ob dieser Satz allein ihn davor bewahren könnte, vor Gram zu sterben. Wenn dann Nuria, eher vom Kummer als vom Schmerz betäubt, verzweifelt und ohne zu wissen, was sie sagen sollte, in Tränen ausbrach, weil ihr bewußt wurde, daß sie dem Mann, den sie mit solcher Reife liebte, furchtbare Qualen bereitete, weinte auch Tarsis wie ein Kind, drang in sie ein, leckte ihre Tränen auf und tröstete sie mit unendlicher Zärtlichkeit.

»Mein armes Wölfchen.« »Ich werde es nicht wieder tun. Ich werde dich nie mehr schlagen.«

Aber am nächsten Tag mußte Nuria ihm immer wieder erzählen, wie ihr Leben in Sitges ausgesehen hatte, bevor sie ihn kennenlernte. Er lauerte auf den Beweis dafür, daß sie ihn unmöglich lieben konnte, und darum wühlte er in ihrer Vergangenheit. Sie mußte ihm in allen Einzelheiten (die jedoch nie ausreichten) die für ihn so bedrohliche Szene schildern, wie ihr fünfzehnjähriger Cousin sie auf die Wange

geküßt hatte, während sie unter dem Eßzimmertisch einen Roman von Jules Verne lasen. Diese fast vergessene Geschichte, die sich zwei Sommer zuvor ereignet hatte, mußte sie in tausend Episoden zerlegen, die alle von größter Bedeutung waren. Sie mußte ihm im Zeitlupentempo erzählen, Sekunde um Sekunde: Wie? Wann? Wie oft? Was hat er mit seiner Hand gemacht? Wo hatte er seine Knie? Womit hat er dich berührt? Wie hat er dich mit seinen Lippen berührt? Was hast du dabei empfunden? ... Ihre ganze Vergangenheit war ein dunkles, schlüpfriges Ränkespiel der Sinnenlust, von dem er nichts wußte und das sie, um ihn zu täuschen, absichtlich als unschuldige Kinderei ausgab. Alle Männer, die sie gesehen oder kennengelernt hatte, mit denen sie geredet oder diskutiert hatte, alte oder junge, Fremde oder Verwandte, hatten ihn tausendmal auf die abscheulichste und unzüchtigste Art und Weise mit ihr betrogen.
Wenn das Kapitel ihrer Anwesenheit im Principal Palacio zur Sprache kam, kannten seine Wut und Gewalttätigkeit keine Grenzen mehr. Und sie, die den Eindruck hatte, ihn mehr zu lieben als ihr eigen Fleisch und Blut oder ihr eigenes Leben, erklärte ihm, daß sie in dieses Kino geraten war, weil sie nicht wußte, wo sie hingehen sollte, denn in den Hotels wurde ihr kein Zimmer vermietet.
»Du wolltest dem Erstbesten, der gekommen wäre, einen runterholen.«
»Damals wußte ich nicht einmal, was das ist.«
»Lügnerin. Schamloses Weibsstück.«
»Du hast mir doch erst alles beigebracht.«
Der Schmerz schnürte Tarsis fast die Kehle zu, und er schrie sie völlig außer sich an:
»Sag, daß du mir gehörst, daß du mein Eigentum bist.«
»Das weißt du doch. Ich liebe dich über alles.«
»Und warum hast du zu mir, einem Wildfremden, einfach so mir nichts dir nichts ›Ich liebe dich‹ gesagt?«

Die Eifersucht auf sich selbst war am dornigsten und völlig ausweglos: Die Beweise brauchten nicht erst gesucht zu werden.

»Ich hatte das Gefühl, dich schon zu lieben..., ich war so allein, so verzweifelt. Der Satz ist mir einfach so herausgekommen.«

»Du wärst mit jedem gegangen, mit jedem X-Beliebigen.«

»Ich liebte dich bereits, aber noch nicht so wie jetzt.«

»Du lügst. Sag die Wahrheit: Du wolltest dir irgendeinen angeln.«

»Ich bin doch nur dir gefolgt... Ich liebe dich so... Warum quälst du mich denn so?«

»Du wirst mich verraten, so wie du mich schon am ersten Tag verraten hast.«

Überall lauerte Verrat, vielgestaltig, aber immer in Gestalt einer bestimmten Person. Und er wurde umso gewaltiger und bedrohlicher, je weniger Tarsis ihn durchschauen konnte.

Er küßte sie lange und tastete bebend vor unersättlicher Gier ihre Zunge, ihren Gaumen und ihre Zähne mit seiner eigenen Zunge ab. Ständig wollte er sie befühlen, ihre Haut unter seiner Hand spüren, als wäre es das letzte Mal.

Auf der Straße hielt er sie plötzlich fest, unfähig, sich zu beherrschen, zerrte sie in einen Hauseingang, zerriß ihr die Unterhose und rieb seinen Bauch an ihrem, als hätte er das noch nie getan. Oder er sah sie mitten auf den Ramblas plötzlich mit wilder Begierde an und stieß sie vor sich her in einen leeren Blumenstand. Nuria protestierte: »Nein, es sind doch so viele Leute hier; man wird uns sehen.«

»Nimm ihn in deine Hand.«

Und Nuria mußte gehorchen.

»Sag mir, daß du mich liebst... Nicht loslassen!«

»Ich liebe dich. Natürlich liebe ich dich!«

»Du sollst das richtig sagen.«

»Sei still, schrei nicht so, sonst hören sie uns. Die Leute gehen doch genau hier vorbei.«
»Ich hab dir gesagt, du sollst mir sagen, daß du mich liebst.«
»Das weißt du doch.«
»Du sollst es aber richtig sagen.«
»Ich liebe dich.«
»Nicht so; sag es jetzt richtig, oder ich schlag dir den Schädel ein.«
Und er schien so zerfressen von innerer Unruhe, so abhängig von dieser Erklärung, die nur aus ihrem Mund kommen konnte, daß Nuria, erschüttert und mit tränennassen Augen, ihn mehr denn je liebte, als sähe sie ihn am Rand eines Abgrunds stehen.
Sie küßten sich wieder, aber wenn Nuria ihn am Ende zuflüsterte: »Ich liebe dich wie wahnsinnig«, regte sich Tarsis von neuem auf und schrie:
»Sag nicht solche Schweinereien, du Schlampe!«
»Aber es ist doch die Wahrheit.«
Tarsis glaubte, daß alle ihn verraten hatten. Und allen voran der Tod, der ihm seinen Vater genommen hatte. In einem gewissen Sinn hatte er sogar Recht damit. Er betrachtete Nuria plötzlich, als stünde er tatsächlich am Rande des Abgrunds, überzeugt davon, daß dieses so zerbrechliche, weiße und zarte Wesen, auf das er nicht mehr verzichten konnte, so sehr er sich auch anstrengte, ihn eines Tages heimtückisch verkaufen würde..., wenn sie es nicht bereits getan hatte.

Amary überlegte einundzwanzig Minuten lang, und er könnte noch viel länger nachdenken; er weiß nicht, was er tun soll: Vielleicht wäre es besser, seinen Fehler einzugestehen und die Dame zurückzunehmen *(Dc2)*. Aber nach dem Zwischenfall mit dem Bauern, den sein Rivale ins Publikum geschleudert hat, wäre dies der Gipfel der Selbsterniedrigung.

Als wäre nichts geschehen, übt er deshalb mit dem Turm Druck auf das Zentrum aus *(10. Tad1)* und denkt sich dabei, Angriff ist die beste Verteidigung. Sicher sagt er sich wieder einmal: »So oft in meinem Leben, wenn die Umstände scheinbar zu meinen Ungunsten waren, habe ich am Ende doch gesiegt.« Er vertraut auf seine wissenschaftliche Sehweise.

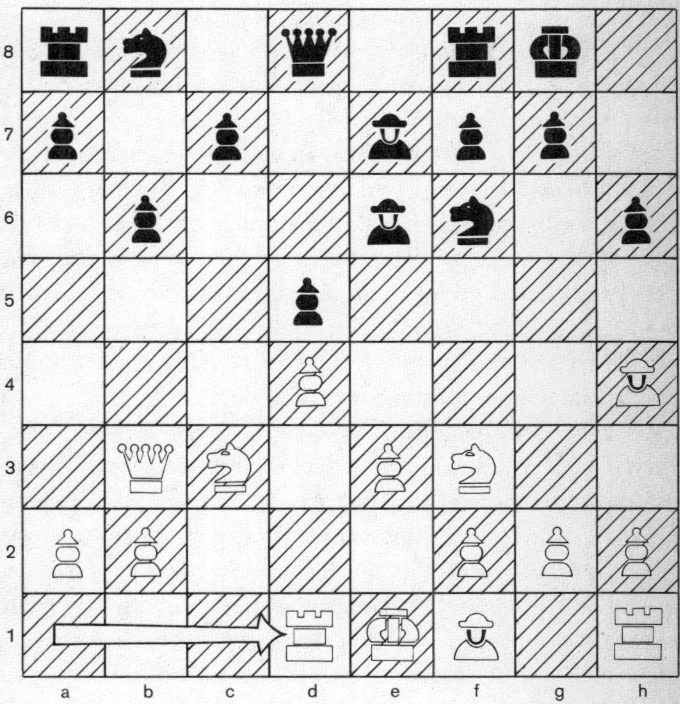

Wäre Amary mitten im Goldenen Zeitalter in Salamanca geboren worden und zu allem Unglück noch dazu Atheist oder Agnostiker gewesen, hätte ihn nur der Glaube der Illuminaten dazu bringen können, Christ zu werden. Die scholastischen Argumente hätten ihn nicht beeindruckt, wohl aber die Beweggründe jener Männer und Frauen, die, angeführt von der erhabenen María Cazalla und verfolgt von der Inquisition, durch Kastilien zogen. Die Tatsache, daß sie mit dornengekrönten Eseln kopulierten und danach Reue zeigten und beteten, hätte ihn nicht abgeschreckt. Aber die Behauptung, Jesus sei gekommen, um uns von unseren Sünden zu erlösen, und man müsse aus diesem Grund Gott auf die abscheulichste Art und Weise beleidigen, damit das göttliche Opfer erst seinen vollen Sinn erhalte, hätte ihn dermaßen angezogen, daß er Christ geworden wäre.

Amary gehörte der Dimitrov-Gruppe nicht an und besaß auch nie den Mitgliedsausweis der Organisation, sondern war nur »Sympathisant«. Ein Begriff, der so gar nicht zu ihm paßt. Er wurde von der Gruppe akzeptiert; man verlangte zwar nie von ihm, er solle die Uniform der Sekte tragen, doch allein schon seine Schüchternheit hätte es ihm absolut unmöglich gemacht, sich als ostasiatischer Arbeiter zu verkleiden. Seltsam war nur, daß diese innere Barriere die Gemeinde nicht mißtrauisch machte. Diese Gruppe, die sich damit vergnügte, Streiks zu zerschlagen oder »revisionistische« revolutionäre Bewegungen zu sprengen, die sich von weißem Reis ernährte, um nicht hinter den Helden des Langen Marsches zurückzustehen, und sich nur einmal pro Woche »ein Festessen« in der Mensa der Universität leistete, diese Gruppe, die sich so uneingeschränkt mit ihrem marxistisch-leninistischen Ideal identifizierte, übte auf Amary eine berauschende Faszination aus. Und vielleicht auch eine krankhafte.

Er begann, mit solchem Eifer und Vergnügen marxistische Bücher zu lesen, daß er die Beschäftigung mit der Physik fast völlig vergaß. Er vertiefte sich so sehr in die Lektüre, daß die Nächte schlaflos und die Tage schlaftrunken verstrichen, und so hätte der Mangel an Schlaf und das viele Lesen ihm durchaus das Gehirn austrocknen oder den Verstand rauben können wie dem Scharfsinnigen Ritter von La Mancha. Doch sein Gehirn trocknete bei dieser Lektüre beileibe nicht aus, sondern gedieh, blühte und trug Früchte. Das glaubte er jedenfalls.

Der erste Satz des Kommunistischen Manifests (»Ein Gespenst geht um in Europa...«) kam seiner latenten Aggressivität und auch einem gewissen Hang zum Selbstmord, der ihm eigen war, entgegen. Das Heftchen enttäuschte ihn jedoch insgesamt, weil er es – wie paradox! – für »unnötig aggressiv« hielt. Die seltsame Idee des Autors, die Bourgeoisie strebte hauptsächlich danach, über die Frauen und Kinder der Proletarier »zu verfügen«, ärgerte ihn. Er hatte den für ihn abstoßenden Verdacht, Marx habe an sexuellen Obsessionen gelitten [der »Kleine« dagegen rieb sich vergnügt die Hände].

Aber die Lektüre des *Kapitals* begeisterte ihn; während er dieses ebenso bewundernswerte wie weltbewegende Werk las, befand er sich in einem Zustand vollkommenen Glücks, war aber gleichzeitig auch betrübt, weil er wußte, daß jede gelesene Seite ihn unausweichlich dem Ende des Buchs und damit auch des so intensiven intellektuellen Genusses näher brachte, den jeder Satz ihm verschaffte; dieses Monument der Intelligenz war jedenfalls ein einmaliger und entscheidender Beitrag zur Entwicklung der Wissenschaft und der Menschheit. Die Tatsache, daß er die vier Bände des Werkes natürlich von vorne bis hinten las, konnte (neben den Führern oder Mitgliedern der kommunistischen Parteien) nur diejenigen in Erstaunen versetzen, die nicht wußten, daß er, als er einmal mit vierzehn Jahren ein zweibändiges Wörterbuch als Preis bekam, dazu äußerte:

»Ich werde es lesen.«

(Und das tat er auch.)

Es ist immer gesagt worden, die Dimitrov-Gruppe sei wegen der *Riboud-Affäre* auseinandergebrochen. Corneille dagegen versichert, Amary habe mit Hilfe der »Entrismus«-Taktik, die die Gruppe so erfolgreich im Umgang mit ihren Gegnern angewandt hatte, ihren Zerfall herbeigeführt.

Ihr erhebender akademischer Werdegang hatte die junge Anglistik-Professorin Jacqueline Riboud vom Abi direkt an die Sorbonne geführt, nachdem sie so im Vorbeigehen den ersten Platz bei der »Agrégation« mitgenommen hatte. Es konnte daher niemand überraschen, daß ihre edle Gesinnung sie dazu brachte, in der Gruppe mitzumachen. Nicht abzusehen war allerdings, daß sie sie plötzlich wieder verlassen wollte.

Der Tag, an dem Jacqueline ihre Entscheidung bekanntgab, hatte unter einem schlechten Vorzeichen begonnen. Amary, der sich bis dahin nicht den geringsten Kommentar erlaubt hatte, erhob sich nach einer langen Predigt Corneilles und fragte wagemutig und unbesonnen (er war erst seit zwei Wochen in der Gruppe... und das nur als Sympathisant):

»Und warum gehen wir nicht direkt und ab sofort zum bewaffneten Kampf, zum Terrorismus über?«

Corneille erbleichte und dachte: »Wie kann es dieser Neuling wagen, mir am Zeug zu flicken?« In seinem maßlosen Erstaunen konnte er zunächst keinen klaren Gedanken mehr fassen. Die Verwirrung wurde noch größer, als drei Aktivisten auch noch Beifall klatschten. Wieder im Vollbesitz seiner geistigen Kräfte, entschied sich Corneille dafür, den unsinnigen Spaltungsversuch zurückzuschlagen..., und zwar mit Ironie, einer Waffe, die er gewöhnlich nicht gebrauchte. Und er tat gut daran.

»Ich seh schon, hier wollen einige mit *leichtfertiger* bürgerlicher Hast, obwohl sie gar nicht zur Dimitrov-*Gruppe gehören* und sich nur in ihrer Eigenschaft als *Sympathisanten* aufplustern, eine *oberflächliche* und überstürzte Analyse zu einem Thema durchsetzen, das wir bereits tiefgehend *analysiert* haben und für das wir bereits die passenden *Lösungen* gefunden haben. Wir sind hier nicht im *Theater:* Wir klatschen nur, wenn wir den Kellner rufen wollen.«

Die betonten Wörter unterstrich Corneille durch einen hämischen Tonfall, und er konnte sich gerade noch verkneifen, ein paarmal kräftig auszuspucken. Er hoffte, daß die drei Aufrührer, die dem Störenfried zugejubelt hatten, als seien sie in der Operette, so auf den rechten Weg zurückfinden würden. Aber es bestand kein Zweifel daran, daß der Riß, den die perfekte demokratische Disziplin der Organisation durch diesen Zwischenfall bekommen hatte, Jacqueline Flügel verlieh. Und eine Stimme.

Später kam heraus, daß Jacqueline in »schändlicher« Art und Weise mit Jaime Bellon geflirtet hatte, einem bekannten Revisionisten und Mitglied der spanischen KP: Sie waren am schwarzen Brett der Juristischen Fakultät zusammengetroffen, als sie gerade die Aufrufe ihrer Gruppen aushängten, und hatten dabei mit geringerer Verbissenheit diskutiert als eigentlich wünschenswert, ja sogar notwendig gewesen wäre. Mit so geringer übrigens, daß sie die Debatte auf einem Bett fortführten, genauer gesagt, auf einer Ottomane.

Corneille war dafür, die Kontroversen mit Revisionisten mit den Fäusten auszutragen. Allerdings nur, wenn er nicht dabei war. In der Gruppe erinnerte man sich immer mit besonderem Genuß an einen legendären Waffengang: Die (ihrer Größe nach) winzige Genossin Perlini hatte der Auseinandersetzung mit einem riesigen Trotzkisten durch ein verächtliches »Ich werde mir nicht die Mühe machen, dir eine runterzuhauen« ein Ende gesetzt. Um seine Gläubigen zur Einsicht zu bringen, hatte Corneille von dem beispielhaften Verhalten der japanischen Genossen der stalinistischen Beiheren-Gruppe erzählt; während eines »Besinnungsseminars«, das sie in einem hübschen Chalet am Fuße des Fudschijama abhielten, hatten sie entsetzt ein Aktivistenpaar beim Küssen überrascht. Nach einer ganz kurzen Verhandlung vor einem Revolutionsgericht, in der die beiden Turteltauben auch noch unverschämterweise zugaben, daß sie sich seit dem Tag zuvor liebten, wurden sie dazu verurteilt, im Schnee den Tod zu suchen; was sie mit revolutionärem Stoizismus auch taten. Bei dieser Rückerinnerung gab Corneille den sicherlich als Vorwarnung gedachen Kommentar ab: »Hier hätten wir sie mit dem Besenstiel fertiggemacht.«

Jacqueline Riboud stand auf, aber trotz ihrer Lehrerfahrung, die es ihr gestattete, auch mit dem schwierigsten Publikum gewandt umzugehen, stammelte sie:

»...Schau... also... wirklich... also, ich gehe... ich kann nicht mehr bei euch bleiben... nicht, daß ich die Gruppe schlecht fände... aber... wie soll ich sagen?... ich paß da nicht mehr rein... also ich geh jetzt.«

Corneille erkannte sofort die Gefahr. Man konnte bei der Gruppe nicht ein- und aussteigen wie bei einem Omnibus. Er ließ sich seine starke Erregung nicht anmerken und bat Jacqueline höflich, ihn zur Bibliothek zu begleiten, um in Ruhe und unter vier Augen über das Thema zu diskutieren. Christopher de Kerguelen, sein Vertrauensmann (Schatzmeister der Organisation), folgte jedoch nach einer auffordernden Geste seines Chefs dem Paar.

Geschwind zerrten de Kerguelen und Corneille Jacqueline in den Keller, banden sie mit einem Strick fest, knebelten sie und klebten ihr für alle Fälle den Mund noch mit Heftpflaster zu. Sie hätte so nur mit Morsezeichen um Hilfe rufen können. Wenn sie Verrenkungskünstlerin gewesen wäre.

Nachdem sie ihre Pflicht erfüllt hatten, gingen sie zum Salon zurück, wo sie die Gruppe in heller – natürlich stummer – Aufregung vorfanden. Dieser jämmerliche Rückzieher der Anglistin, so schätzte Corneille, konnte Jahre disziplinierter Arbeit kaputtmachen, in denen sie immer kurz davor gewesen waren, ihre revolutionären Ziele zu erreichen. Mit Hilfe seiner Kenntnisse der »Psychologie der Massen« ersann er ein geniales Ablenkungsmanöver. Er packte den Stier bei den Hörnern und erzählte die Heldentat, die sie vollbracht hatten, in allen Einzelheiten; sie hatten die Dissidentin entwaffnet und außer Gefecht gesetzt. Nichts Neues an der Front.

Und wie vorherzusehen, waren die Massen wie elektrisiert. Alle, auch die Lauesten, beklatschten den revolutionären Geist und die Verwegenheit ihres Vorkämpfers. Die Begeisterung war so groß, daß sie wahrscheinlich auch dann nicht hätte größer sein können, wenn er angekündigt hätte, er habe sie mit Haut und Haaren aufgefressen. Corneille teilte mit:

»Bevor wir sie freilassen (falls wir sie überhaupt einmal freilassen *können*), müssen wir wissen, mit wem sie gesprochen hat, an wen sie unsere Pläne weitergegeben hat, mit welchen Polizisten sie in Kontakt steht..., und vor allem muß sie uns versichern und uns davon *überzeugen*, daß sie uns niemals verraten wird. Das Leben sämtlicher Mitglieder steht auf dem Spiel. Ich bin zu *allem* bereit, um die Gruppe zu schützen.«

De Kerguelen reichte Corneille demonstrativ einen Revolver, den dieser in seine Hosentasche steckte. Die Gruppe durchlebte so erregende Augenblicke! Endlich hatten sie in bescheidenem Maße teil an den Tagen, die die Welt veränderten, und an der Erschießung der Zarenfamilie. Sie spürten, daß sich hier ein Verbrechen anbahnte, das sie zusammenschweißen, sie endgültig miteinander verbinden würde, damit sie eines Tages alle vereint (bis auf die Reaktionäre, die gnadenlos ausgeschaltet würden) eine leuchtende Zukunft für die ganze Menschheit aufbauen könnten. Amary schien auch von der herrschenden Euphorie mitgerissen, und er hatte das vage Gefühl, daß er, wenn auch nur als Zuschauer, mithalf, eine neue Seite der Geschichte zu schreiben. (Der Großen Geschichte, die kleine ist längst in seiner Latrine versunken.) Leo Souness betonte mit vor Erregung trockenem Mund, man müsse sie sobald wie möglich zum Singen bringen. Danach ergriff er unverzüglich den Besen, der in der Ecke stand.

Ungefähr eine Woche lang wurde Jacqueline gefoltert, wie sie es verdiente. Das dachte sie jedenfalls. Ganz zu schweigen von den anderen. Was hätte sie gestehen können? Sie hatte niemand die »geheimen Pläne« der Organisation verraten. Nicht einmal Bellon. Sie schlugen sie mit Stöcken und mit Fäusten und spuckten sie an... Abwechselnd, um sie am Schlafen zu hindern, zwangen sie sie, Texte von Enver Hoxha zu rezitieren, oder aber sie schlugen sie ohne jede Gefühlsregung halbtot. Leo Souness steckte ihr mit noch revolutionärerem Geist als seine Genossen den Besenstil in den Hintern und zwang sie gleichzeitig, die Internationale zu singen. Etwas wurde jedoch immer klarer: Sie würden sie niemals freilassen können, sie würde sie schließlich verraten..., vor allem nachdem man ihr auf diese Weise noch einmal die ganze Theorie eingebleut hatte.

Als die Polizei erschien und alle verhaftete (bis auf Amary, der sich unter dem Holz im Heizungskeller versteckte), wußte der Inspektor nicht, was er von der Szene, die sich ihm bot, halten sollte: In seiner repressiven Kurzsichtigkeit meinte er, daß diese halbstarken Herrensöhnchen nach den Anleitungen des Göttlichen Marquis Sodom und Gomorrha spielten. Jacqueline ließ sich nicht dazu herab, ihn zu informieren. Sie war eine Frau mit Prinzipien.

Nach der Festnahme der Gruppe bekamen sie nicht allzuviel Fett ab. Jacqueline hatte ihres bereits. Dank Corneilles Beherztheit verließen alle Dimitrov-Aktivisten nach vierundzwanzig Stunden sang-, klang- und straflos das Kommissariat. Der Mut des Anführers erstrahlte, um genau zu sein, erst später, immer wenn er an jene Verhaftung erinnerte und die Polizei als Lakaien des Kapitalismus, blutrünstige Verfolger revolutionärer Gruppen und Hausfriedensbrecher bezeichnete.

Man kann sich leicht vorstellen, welchen Nutzen die Dimitrov-Gruppe aus solch einer Festnahme zog: Sie bewies allen ihre Gefährlichkeit. Stolzgeschwellt lasen sie die Manifeste, die die Leuchten des Landes unterzeichnet hatten, um die Beendigung der infamen polizeilichen Provokation zu fordern, der sie ausgesetzt waren. Sie blähten sich so auf, daß man meinen konnte, sie würden jeden Augenblick platzen.

In Wirklichkeit ging ihnen aber die Luft aus wie einem Ball. Es gab Gerede, Gerüchte und selbst Beschwerden. Man ging sogar so weit, Souness den Gebrauch des Besens vorzuwerfen. Amary versetzte der Gruppe den Todesstoß: Eines schönen Tages machte er sich mit den dreien, die ihm applaudiert hatten, ohne weitere Erklärung davon (und ohne sich im Keller zu rechtfertigen)…, einfach so, als existiere Dimitrov gar nicht. Dann sprangen noch vier ab, drei weitere verzogen sich mitten in einer Versammlung der Zelle, die dreiundzwanzig Mathematiker verschwanden am selben Tag…

Diese so anspruchsvollen und radikalen Gruppierungen träumten nicht nur davon, die Beachtung der Polizei zu finden (die »marxistisch-leninistische Linke«, die sich in Erwartung eines so überragenden Augenblicks die Lippen leckte, verfügte über drei Korbflaschen mit Schwefelsäure, um den Klassenfeind zurückzuschlagen), sondern vor allem davon, endlich einen Arbeiter in ihren Reihen zu haben. Aber in Frankreich gab es damals nur sieben Millionen Arbeiter. Um diese Lücke auszufüllen, opferte sich ein alter spanischer Maurer und Anarchist, Ramón Espasa, den die revolutionären Organisationen nach einem strengen Zeitplan einander weiterreichten. Das mit dem Opfer darf man nicht so wörtlich nehmen: Dieses Hin und Her erlaubte es dem Anarchisten nämlich, seinen ausgeprägten Hang zur Geschwätzigkeit zu befriedigen. Als Ramón Espasa zu Corneille sagte: »Mach den Laden dicht, deine Erfindung gibt nichts mehr her«, stellte dieser zum ersten Mal fest, daß die Arbeiterklasse mehr Einsicht besaß, als er sich vorgestellt hatte. Wenn sie auch sonst von Tuten und Blasen keine Ahnung hatte, in seinem Fall zumindest hatte sie klarer gesehen als er.
Corneille blieb allein in seinem luxuriösen Chalet unter den Photos seiner schnurrbärtigen Meister zurück und dachte über den Egoismus und die Undankbarkeit der Menschen nach, die unfähig sind, das Opfer der Besten anzuerkennen und zu schätzen. Auch in seinen Niederlagen hielt sich Corneille nicht für eine taube Nuß.
Den endgültigen Schlußstrich zog Amary. Nach der Auflösung beorderte er wie ein König Corneille zu sich, ohne daß man den Grund erfahren hätte. Der gestürzte Führer traf mit einem ehemaligen Sympathisanten zusammen, der dank seines enormen Gedächtnisses gekonnt und zielsicher mit Marx-Zitaten um sich warf... Aber er erwähnte auch Chruschtschow, was reine Provokation war, denn Corneille war voll blinder Begeisterung für Stalin.

»Wie kannst du es wagen, den Namen des Mörders von Berija, dieses Attilapferdes von Stalins Lebenswerk, auszusprechen? Damit du es weißt: Die erste kommunistische Zelle, die ich gegründet habe, hieß ›Lawrentij Pawlowitsch Berija‹.«

Amary sah ihn herablassend an (was Corneille noch mehr verärgerte) und kam vom Hölzchen aufs Stöckchen. Eins war dem ehemaligen Kämpfer jedenfalls klar:

»Stalin war viel gebildeter als Breschnew; er interessierte sich für die Wissenschaft, hatte die großen russischen Romanciers gelesen, beherrschte Fremdsprachen und konnte Latein.«

»Konnte Latein«; wenn das alles ist, was den Kerl, der meine Dimitrov-Gruppe zugrundegerichtet hat, am Väterchen aller Völker interessiert!

So ging der Abschied ohne Sang und Klang weiter. Vielmehr mit einem Sang, zu dem Amary mit überaus persönlichen und deshalb unverständlichen Argumenten den Takt schlug, und einem Klang, der Corneille aus dem Häuschen brachte.

»Ich habe gerade Mao gelesen« (gab Amary zu).

»Mao... diesen Reaktionär!«

»Das hat Saft und Kraft.«

»Was, Mao soll Saft und Kraft haben?«

»Ja; er hat geschrieben: ›Ein wenig Terror ist immer notwendig.‹«

Diese Reihe von Prüfungen und Schicksalsschlägen, dieser Leidensweg endete sehr schlecht für Corneille – auf dem Pfad des Guten. Er machte eine Metamorphose zum Mystiker durch..., indem er die Lehren Ananda Margas, eines Neffen Buddhas, befolgte. Und heute betet er für die anderen, erleuchtet vom religiösen Glauben (der in seiner Inbrunst seinen ehemaligen politischen Überzeugungen in nichts nachsteht). Und er sagt immer wieder mit seligem (aber energischem) Lächeln:

»Ich bin wie ein Lastwagen auf der Autobahn: *Je roule pour vous.*«
(Und wehe dem, der ihm vor die Räder kam!)

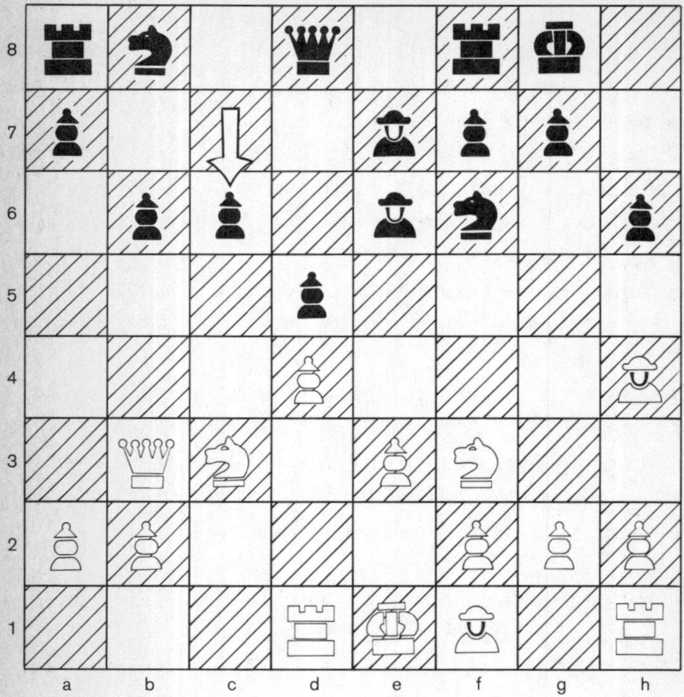

Gegen Amary anzukommen, ist auch nicht gerade einfach. Für ihn ist das Brett die Barrikade, auf der die Entscheidung über die Partie und die Meisterschaft fällt, und heute vielleicht auch darüber, ob sein Leben einen Sinn gehabt hat; er stellt eine kategorische Beziehung zwischen dem Ausgang der Partie und seinem politischen Kreuzzug her, daran besteht kein Zweifel.
Deshalb macht er sich von lächerlichen Vorurteilen frei. Warum sollte er nicht seine eigenen Fehler zugeben, sogar vor

seinem Feind? fragt er sich. Die Selbstkritik ist die dialektische Waffe des Revolutionärs. (Außerdem hat Tarsis *10...c6* gespielt, ein konsolidierender Bauernzug, mit dem er aus der Defensive einen Gegenangriff zu vermeiden hofft.)

Er zieht also seine großspurig vorgerückte Dame wieder zurück *(11. Db3-c2):* So hätte Ho Chi Minh in Dien Bien Phu gehandelt. Um so etwas in Zukunft zu vermeiden, stellt er sich nach der Analyse des Fehlers vor, er befehlige die Vietminh-Divisionen. Er festigt seine scheinbar bescheidenen Positionen: Der Revolutionskrieg wird nicht für die Galerie geführt. Die Dame weicht zwar zurück, aber so beherrscht sie die C-Linie und greift außerdem die Bastion *e4* an...

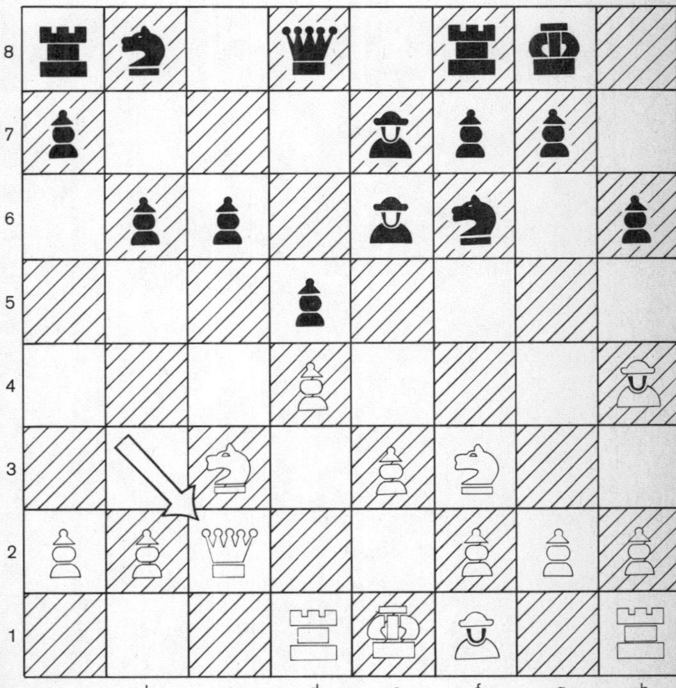

»Tarsis kann sein Testament machen«, denkt Amary, wie die überheblichen französischen Kolonialtruppen, als sie General Giap gegenüberstanden.
Trotz der martialischen Vergleiche trifft er seine Vorkehrungen mit wissenschaftlicher Strenge. Es ist sein bester Zug.

Tarsis schätzt, daß Amary, im Glauben, der »Neropoleon« des Terrorismus zu sein, die Entführung Iswoschikows mit derselben Strategie geplant hat, nach der er auch seine Partien ausrichtet. »Das ist ganz offensichtlich«, sagt er sich.

Während der stürmischen Flitterwochen, die Nuria Roig und Elías Tarsis durchlebten, rückte das Schach von Tag zu Tag mehr in den Vordergrund, obwohl er nach seiner Flucht aus Madrid kein einziges Mal mehr vor einem Schachbrett gesessen hatte. Eines der Schachprinzipien lautet: »Die Drohung selbst ist schlimmer als die Verwirklichung der Drohung.« Tarsis brauchte sie wahrscheinlich. Deshalb nahm er Nuria jedesmal mit, wenn er in einen Club am Stadtrand Barcelonas ging. Sie kannte die Inszenierung des Mysterienspiels, das ihr Liebhaber einstudiert hatte und immer wieder aufführte, bereits auswendig: Es sah so aus, als beschränkte sich ihre Rolle darauf, sich neben ihn zu setzen und den Verlauf der Partie zu beobachten. Schweigend, denn ihr Part war stumm. Obwohl sie ihre Freude über den für ihren Geliebten immer glücklichen Ausgang durchaus äußern durfte. Dieser brachte ihr natürlich nicht das Spielen bei. Er wollte die Vorstellung nicht verderben. Nuria sagte ihm nicht, daß es ihr ohne Souffleur, allein durchs Zuschauen, gelungen war, sich die Regeln anzueignen.
In jenen äußerst bescheidenen Clubs, die sich gewöhnlich in irgendwelchen Spelunken eingenistet hatten, erzeugten Schweiß und Dreck eine herb-männliche Atmosphäre, die weder den Kiebitzen noch den Spielern unangenehm war. Es waren nur Männer. Die Anwesenheit jenes hübschen sieb-

zehnjährigen Mädchens war ihnen ebenfalls nicht unangenehm. Sie beunruhigte sie nur. Sie betrachteten sie mit der chronischen Schüchternheit der Schachspieler. Verstohlen. Aber sie ließen sie nicht aus den Augen. Tarsis tat so, als habe er vor den seinen einen Schleier.

In jedem Club begann Tarsis mit einer Posse: Im Ping-Pong (fünfminütigen Blitzpartien) maß er sich mit den Komparsen, bis er die Besten herausgefunden hatte. Diese forderte er dann im Simultanspiel heraus. Er spielte Weiß und stellte sich mehreren Gegnern gleichzeitig, jedem auf seinem eigenen Brett. Die Claque drängte sich um die Bühne. Nuria setzte sich links neben den Spieler, der sich von ihm aus gesehen ganz rechts befand, wie es das Libretto vorschrieb. Sie mußte sehr aufpassen, damit ja kein Zuschauer ihren Stuhl berührte und schon gar nicht ihren Rücken oder ihr Haar. Sie durfte nicht die Beine übereinanderschlagen, und ihr Rock mußte die Knie bedecken. Ihr Blick durfte sich nur auf den jeweiligen Ort der Handlung oder auf Tarsis richten; um »sich besser konzentrieren zu können«, entfernte sich dieser mitunter ein wenig von den Brettern, als wolle er sie aus einem weiteren Blickwinkel sehen. So konnte er besser die Position der Hände, Füße, Knie und Augen seiner Liebsten überprüfen. Das Publikum schätzte diese Zwischenspiele.

Nuria spielte ihre Rolle mit mimischer und veristischer Hingabe, während sie an die so verwirrenden Ideen von Tarsis dachte oder auch Pläne schmiedete, wie sie ihn glücklich machen könnte. Pläne, die aber nie zu verwirklichen waren. Sie erlegte sich strengste Selbstbeherrschung auf, um keinen Anlaß zur Verärgerung zu geben. Aber auf seinem Gesicht konnte sie ablesen, was in seinem Kopf herumgeisterte.

Das Gleichgewicht, das Tarsis brauchte, um seine Beklemmung zu beschwichtigen, versuchte er in der Ausgewogenheit zweier sich überschneidender Gefühle zu finden: Ekstase und Eifersucht. Nuria mußte alle Männer des Universums wie die begehrenswerteste verbotene Frucht verführen, aber wenn irgendeiner sie anschaute oder berührte, würde er sie auch anziehen und verführen können und somit sein ganzes Kartenhaus zum Einsturz bringen. Tarsis verließ jeden Club von tödlicher Angst gequält. Wenn sie im Hotel ankamen, erreichte seine Eifersucht immer ihren kritischen Punkt.

Jeden Augenblick von Nurias Vergangenheit wollte er sich aneignen, denn er fürchtete, daß sie ihn in ihrem bisherigen Leben bereits verraten hatte. Deshalb mußte sie ihm immer wieder erzählen, warum sie ihrem Vater die 28 000 Peseten gestohlen hatte, zu welcher Uhrzeit, mit welcher Absicht, und ihm erklären, woher sie wußte, wo der Safe war, woher sie die Kombination kannte und wieso sie nicht gesehen oder gehört worden war. Sie sagte ihm die Wahrheit: Sie hatte achtzehn Mal den *Salamanderkrieg* gelesen, und sie fühlte sich von diesen vernunftbegabten, tüchtigen, schlüpfrigen, schleimigen und schreckenerregenden Tieren umzingelt, die die Welt und ihr Zuhause beherrschten. Ihr Vater war ein riesiger Salamander, der sich ganz langsam ihres Gehirns bemächtigte, indem er ihr Ratschläge gab und sie abküßte.

Tarsis wollte das Buch nie lesen. Er haßte es und ahnte, was für ekelerregende Dinge darin standen. Es war keine widerwärtige Metapher für die Hochbegabten. Aber er verlangte, daß sie es ihm erzählte. Nuria mußte halbtot vor Müdigkeit eine endlose Reihe von Fragen beantworten: Wer war Kapitän van Toch? Wann kam er zu dem See? Warum torpedierten die Salamander einen französischen Kreuzer? Wer war ihr Anführer? Wer brachte ihnen das Schreiben bei? Konnten sie sprechen? Wenn sie ihm sagte, daß sie ihm am nächsten Tag alles noch einmal erzählen würde, fuhr Tarsis sie wütend an: »Was versuchst du vor mir zu verheimlichen?« Dieses scheußliche Buch hatte sie mehr beeinflußt, als er es je könnte.

»Ich müßte es eigentlich verbrennen!«

Nuria hatte Angst, diesen Roman zu verlieren, den sie aus der

Bibliothek von Sitges »mitgenommen« hatte, als sie erfahren hatte, daß er vergriffen war und daß der Verlag Revista del Occidente (der ihn 1945 in seiner Reihe Novelas Extrañas veröffentlicht hatte) nicht beabsichtigte, eine Neuauflage herauszubringen.
Tarsis war davon überzeugt, daß das Buch die Ursache seines Unglücks war. Nuria hätte niemals die Erfahrung gemacht, daß man etwas »mitnehmen« kann, wenn das Buch sie nicht so mitgerissen hätte..., bis hin zum Diebstahl. Danach war der »Sturz in den Abgrund« unvermeidlich: Raub der 28 000 Peseten, Flucht, dann die »Straßenmädchen« und schließlich »Paarung« mit dem Erstbesten. Mit ihm. Denn Tarsis hätte sich gewünscht, sie kennengelernt zu haben, ohne daß sie geflohen wäre..., aber trotzdem auf der Flucht gewesen wäre, und sie zu seiner Geliebten gemacht zu haben, ohne daß sie es geworden..., dann aber doch gewesen wäre. Tarsis hatte den Hochbegabten-Wettbewerb gewonnen, und ihm waren seine Gründe klar.
Das Buch war gespickt mit den Stempeln seines Eigentümers: ein Kreis, in dem eine Schaluppe, eine strahlende Sonne und die Aufschrift »Eigentum der Bibliothek von Sitges« zu sehen war. Um dem Leser etwas vorzumachen, nicht etwa um Diebe abzuschrecken. Hier war der Beweis...
»Wer hat dich dazu angestiftet, diesen Dreck zu lesen? Kennst du den Autor, die Übersetzer? Wer ist diese Carmen Díez de Oñate? Was sollen diese beiden aufdringlichen Eidechsen hier auf dem Umschlagbild? Ich hab vielleicht eine Geduld. Das mußt du doch zugeben. Wirklich eine Heidengeduld. Gib zu, daß dir das Buch mehr bedeutet als ich. Ich sage es dir noch einmal ganz klar und deutlich: Ich werde es verbrennen.«
»Warum hast du es nicht schon längst getan?«
Und Nuria griff eines Tages schuldbewußt zu den Streichhölzern und zündete eins an. Als die Flamme bereits am

Umschlag züngelte, riß Tarsis ihr wütend das Buch weg und trampelte darauf herum, um sie zu löschen. Obwohl das Buch noch gar nicht gebrannt hatte.
»Ich verbiete dir, die Streichhölzer anzurühren!«
Nach vier Monaten stellten sie fest, daß sie bereits 25 000 Peseten ausgegeben hatten. Es blieben ihnen nur noch 3 000.
»Gott sei Dank. Das ist auch viel besser so. Ich werde in einer Werkstatt arbeiten, und wir mieten uns eine Dachkammer. In den Hotels schauen dich sowieso immer alle so unverschämt an.«
Es kostete Nuria einige Mühe, Tarsis davon zu überzeugen, daß sie noch einmal nachts in das Büro ihres Vaters gehen und ihn um das Geld »erleichtern« könnte, das sie brauchten. Sie hatte noch den Schlüssel des Büros und den des Safes, und sie wußte auch noch die Kombination (30 10 30). Sie fuhren zusammen nach Sitges. Nachts drangen sie ohne Schwierigkeiten in das verlassene Büro ein und öffneten ebenso leicht die äußere Tür des Safes. Beide Schlüssel hatten gepaßt. Aber das Schloß sprang nicht auf, als Nuria an der kleinen Scheibe in der Mitte der Innentür drehte. Ihr Vater hatte die Kombination geändert.
Für Nuria bedeutete dies, daß ihr Vater, salamanderhafter denn je, geahnt hatte, daß sie zurückkehren würde, um ihn zu bestehlen. Er wollte ihr also nicht helfen, obwohl er sich doch vorstellen konnte, daß sie nur dann an den Ort ihrer Tat zurückkehren würde, wenn ihr das Wasser bis zum Hals stand. Ihrem Vater war es lieber, das Köpfchen seiner Tochter mit seiner Pranke unterzutauchen und sie zu ertränken, als zuzulassen, daß sie ihm etwas von seinem Vermögen abzwackte. Dies war vielleicht die schmerzhafteste Tracht Prügel, die sie je von ihrem Erzeuger bekommen hatte. Er hatte ihr den Kopf zurechtgesetzt. Ein für allemal, sagte sich Nuria grollend. Der vergeßliche Tarsis meinte zufrieden:

»So bin ich deinem Vater wenigstens nichts schuldig.«
Der alte Schuhputzer, der ihnen ihre Ausweispapiere besorgt hatte, vermietete ihnen eine Dachkammer in der Calle Consejo de Ciento. Das Geld, das ihnen noch blieb, zerrann ihnen unaufhaltsam zwischen den Fingern. Nuria zerbrach sich verzweifelt den Kopf, weil sie den Gedanken nicht ertragen konnte, daß Tarsis wieder als Handwerker arbeiten sollte:
»Es wäre besser, wenn ich eine Arbeit suchen würde. Ich kann Telephonistin werden oder Sekretärin oder Verkäuferin in einem Geschäft.«
Aber Tarsis brachte schon die Vorstellung in Wut, daß in seiner Abwesenheit andere Männer sie ansehen, um sie herumstreichen, mit ihr sprechen, ihr schmeicheln, ihr Komplimente machen, sie betatschen, abknutschen, verführen und verliebt machen könnten; er stellte sich idyllische Schäferszenen oder Liebeleien vor, die alle damit endeten, daß sie im Bett lag, schmachtend, völlig betört, dahingeschmolzen und stumpfsinnig wie eine Eselin unter der Last eines teigigen, affigen und geilen Schürzenjägers.
Er akzeptierte es jedoch als die natürlichste Sache der Welt, als Nuria ihm vorschlug:
»Ich geh auf den Strich, und mit dem, was ich verdiene, werden wir leben können.«
Man könnte sogar sagen, daß sein Eintritt in die Innung der Zuhälter in gewisser Weise eine kathartische Wirkung bei ihm hatte. Während die Griechen sich von ihren Leidenschaften dadurch reinwuschen, daß sie sich Kunstwerke, besonders Tragödien, ansahen, brachte er es fertig, die Eifersucht, die ihn so sehr plagte, durch seine Beschützertätigkeit auszutreiben. In der ersten Zeit bestand seine Arbeit nur darin, das Wild aufzustöbern und die Netze auszulegen.
In aller Demut und Bescheidenheit nahm Nuria ihr Gewerbe in den »Straßenmädchen« auf, wo sie rein nach Gefühl und

für fünf Peseten ihren Nachbarn entleerte. Tarsis, der in der letzten Reihe saß, versuchte die doppelte Vorstellung mit seiner Aufgabe als Treiber in Einklang zu bringen. Immer auf der Lauer, um seiner Jägerin das Wild zu zeigen.
Eines Nachts, als sie aus dem Kino kamen, lernten sie Manuela del Río kennen, eine Frau aus Granada mit über zwanzig Jahren Berufserfahrung, deren Haudegen bis zu seiner Verhandlung im Carabanchel-Gefängnis einquartiert war. Sie schlossen enge Freundschaft, so eng, daß sie zu ihnen zog. Die Dachkammer wurde zum Garten: Die Blumentöpfe verwandelten die Balkone in girlandengeschmückte Lauben. Und Nuria ging mit Manuela anschaffen. Den Rahmen ihrer Welt bildeten die Cabarets der Carretera de Sarriá. Sie verdienten mit ihrem Körper solche Unmengen Geld, daß sie sich mit Recht »Luxusbienen« nennen konnten. Sie spezialisierten sich auf eine Nummer zu zweit für seriöse, ältere Herren, die die Inspiration der Andalusierin und das Talent der Katalanin zu schätzen wußten.
Manuela schickte alles, was sie nach und nach ersparte, ihrem Pascha. Bei der Pflege des Gartens konnte sie fast vergessen, daß eine herzlose Vorschrift des Justizministers ihr jeden Besuch untersagte, weil sie nicht seine rechtmäßige Frau war. Nuria entdeckte erleichtert einen Tarsis, der nicht mehr von seiner Eifersucht verzehrt wurde. Um zwölf Uhr mittags ging Manuela drei Kaffees mit Krapfen holen, und sie frühstückten wie die Fürsten. Sie lebten in Saus und Braus. Nuria dachte überhaupt nicht mehr an die Salamander.
Die Vorstellung der beiden Nymphen begann erst um acht Uhr abends. Beide putzten sich dafür heraus, daß es eine wahre Freude war. Manuela brachte Nuria bei, sich zu parfümieren, sich aufreizend anzuziehen und sich standesgemäß zu frisieren. Um ein Uhr morgens kamen sie mit dem Taxi nach Hause. Die Granadinerin kannte alle Portiers; sie scherzte mit ihnen, wobei sie ihren andalusischen Akzent

maßlos übertrieb, und verteilte mit nobler Geste Trinkgelder. Niemand hätte sie für ein »liederliches Frauenzimmer« halten können.
Tarsis stellte keine Fragen mehr. Nie erfuhr er, was sich hinter seinem Rücken abspielte. Und es interessierte ihn auch gar nicht. Was da geboten wurde, war ja auch nicht der Rede wert. Manuela war gewöhnlich für die Rückenmassagen zuständig, während ihre Kollegin den Kunden von vorne bearbeitete. Die kitzligste Nummer war die »Tortilla«; beide umschlangen sich nackt, küßten sich und stöhnten, wobei sie sich immer zusammennehmen mußten, um nicht loszuprusten. Sie brachten es im allgemeinen fertig, sich erst vor Lachen auszuschütten, wenn der voyeuristische Ästhet gegangen war. Und gezahlt hatte. Aber viele mieteten sie nur, um ihnen ihren Kummer zu erzählen. In diesem Fall walteten die Beichtschwestern ihres Amtes, indem sie sich rechts und links neben den Büßer setzten, ohne ihm auch nur mit einem Kuß Trost zu spenden. Einer von ihnen hatte außerdem die Manie, sie in den Kostümen sehen zu wollen, die er in seinem Koffer mitbrachte.
Tarsis vertiefte sich ins Schachspiel und verbrachte den Tag damit, am Brett die Partien von Fischer, Morphy und Steinitz zu studieren. Nuria hatte das Gefühl, daß er nicht glücklich war; sie merkte, daß alle Initiativen, die er vorher mit solcher Begeisterung ergriffen hatte, jetzt von ihr ausgehen mußten. Das Geld stapelte sich in einer Schublade..., und er sah es gar nicht. Sie kaufte ihm Hemden, Anzüge und Schuhe; die Tatsache, daß sie mit ihrer Arbeit und ihrem Körper den Luxus ihres Geliebten bezahlen konnte, erfüllte sie auf eine seltsame Art und Weise mit Stolz. Sie kaufte ihm auch Schachbücher sowie ein Spiel aus Elfenbein..., das er freilich nie benützte.
Dieses Märchen aus Tausend-und-einer-Nacht endete ohne jede Vorwarnung.

Als Manuela sie eines Morgens dabei überraschte, wie sie sich im Bett zu schaffen machten, zog sie die Decke zurück und begleitete das Gerammel mit einer unanständigen Rückenmassage bei Tarsis. Nuria erlebte beglückt die frenetische Erregung ihres Geliebten. Und es wunderte sie, daß er so wütend wurde, als alles vorbei war.
Als Nuria in Begleitung von Manuela morgens um halb zwei vergnügt nach Hause kam, fand sie eine Notiz von Tarsis:
»Ich hatte nie vor, Zuhälter zu werden. Ich will mich nicht daran gewöhnen, auf Kosten anderer zu leben, und schon gar nicht auf Kosten einer Frau. Such mich nicht. Geh zu deinen Eltern zurück. Es gibt Menschen, die behaupten, andere zu lieben, damit diese, wenn sie aus ihrem Traum erwachen, unglücklicher sind, als sie es je geworden wären. Studiere, wie Du es vorhattest, bevor Du mich kennengelernt hast. Mach das Abitur. Vergiß diese Monate. Sie waren die Hölle. Ich bete zu Gott, daß er mir all das Böse verzeiht, das ich Dir angetan habe.«
Und Nuria sah sich wieder von Hunderten, Tausenden, Millionen schleimiger, ekelhafter Salamander umgeben.

Tarsis setzt seinen Springer auf die uneinnehmbare Bastion in der Mitte *(11. ...Sf6-e4).* Amary hatte sie mit seinem vorigen Zug geschützt, und dennoch dringt Tarsis in die Stellung ein, sprengt sie. Er hat diesen Zug ausgeführt, um seinem Gegner zu beweisen, daß für ihn nichts unerreichbar ist... Bald stellt er fest, daß es sein bester Zug ist. Sein Instinkt täuscht ihn nie. Denkt er.

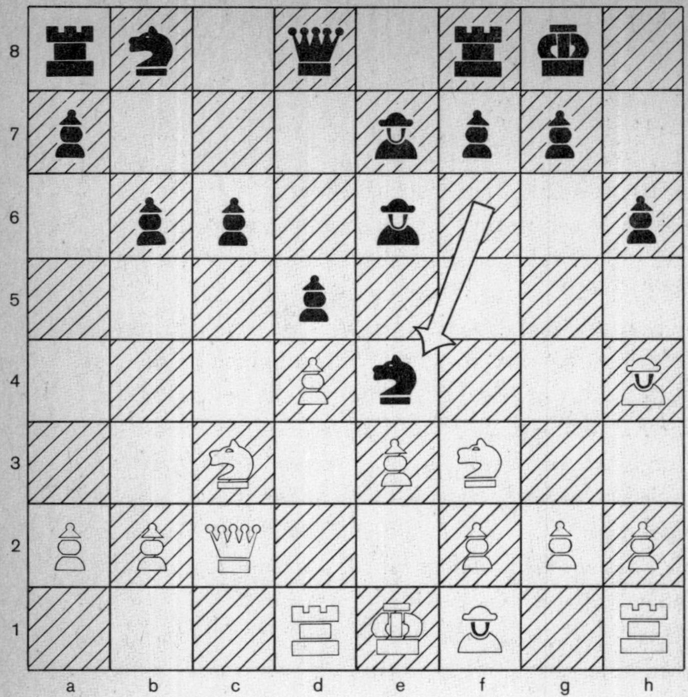
8
7
6
5
4
3
2
1
a
b
c
d
e
f
g
h

Der Instinkt ist vielleicht der Sinn, der bei Tarsis am besten ausgebildet ist; deshalb ist für ihn die Zeit nicht das stets gleichbleibende Tropfen, das Amary wie ein »Roboter« mißt. Eine Schachpartie läuft wie die Tötungszeremonie, die letzte Runde im Stierkampf, innerhalb einer bestimmten Zeit ab; diese verdichtete, aber auch sakrale und magische Zeitspanne erlebt er als den rituellen Ausdruck des Mythos. Seine Zeit ist die der Schöpfung und nicht die der Wiederholung.

Sein Instinkt ist es auch, der ihm sagt, daß Amary den sowjetischen Politiker entführt hat. Aber es fehlt seiner Meinung nach auch nicht an Indizien: Jedesmal, wenn er einen der Texte des »Comité Communiste International« liest, erkennt er zwischen den Zeilen das Stigma seines Feindes. Jedes Kommuniqué ist numeriert und zeigt damit Amarys Trumpf: seinen »Systematismus«. Systematisch kommen die Kommuniqués dienstags und samstags und die Polaroidphotos donnerstags in den Zeitungsredaktionen an; an den drei Spieltagen; an den Vortagen, montags und freitags, an denen gewöhnlich nicht gespielt wird, verfaßt er die Texte, und mittwochs macht er das Photo. Systematisch. Tarsis ist überrascht, daß diese Indizien noch niemand aufgefallen sind, und es wundert ihn auch, daß die Polizei Amary nicht als Verdächtigen verhört. Er weiß nicht, daß sie es bereits getan hat. Tarsis ist überzeugt, daß Amary das Brett nicht wie ein Schachspieler analysiert, der spielt, Regungen zeigt, Vergnügen empfindet und leidet, sondern wie ein Funktionär, der den Fünfjahresplan umsetzt (dieser Vergleich hätte Amary sehr gefallen, wenn er ihn gekannt hätte); »nach derselben Methode, nach der er Iswoschikow entführt hat.«

Fest steht jedenfalls, daß Amary die Stellung in derselben Manier und mit derselben Manie analysiert, die nach der Erleuchtung auch sein Studium des Marxismus bestimmten. (Es ist auffallend, welch verschlungene Pfade das Schicksal bei manchen Bekehrungen geht: Während die des Paulus oder des Augustinus durch ihren aufwendigen Pomp betören, erstaunen etwa die Claudels und Faizants durch ihre alberne Trivialität. Die Amarys dagegen wurde vom Dienstpersonal angeregt.)

Er las von A bis Z und von vorne bis hinten die Werke von Marx, Engels, Lenin, Stalin, Gramsci, Mao Tse tung, Suslow, Togliatti, Thälmann, Pieck, Althusser, Lefebvre, Lukács und Rosa Luxemburg. Er ging bis zu den Quellen zurück und versenkte sich ganz in die Schriften von Plato, Thomas Morus, Campanella, Messler, Mably, und er ließ sich selbst bei Fourier und bei Owen kein i-Pünktchen entgehen. Er biß auch in den sauren Apfel und machte sich mit der schwarzen Liste vertraut: Bakunin, Liebknecht, Trotzki, Proudhon, Lasalle, Castioradis, Daix, Morin und Garaudy. Er lernte Russisch und erwarb Grundkenntnisse in Tschechisch, Polnisch, Ungarisch, Rumänisch und Albanisch. Die Sprache, die er bald beherrschte, war Bulgarisch, so daß er Georgi Dimitrov von A bis Я lesen konnte.

Er war der Ansicht, man könne niemanden ernst nehmen, der nicht eindeutig zum Marxismus Stellung bezog. Das marxistische Denken faszinierte ihn, weil es als einziges in seinem intellektuellen Umfeld die Idee des Terrorismus vertrat. Und vor allem beeindruckte ihn der »Parteiapparat« mit seinen Säuberungen, seiner Selbstkritik und seinen Konzentrationslagern. Und mit seiner Unerschütterlichkeit.

Sein Entschluß stand fest: Auch er würde einen Krieg führen..., aber ohne Haß, auf der Seite der Unterdrückten und derjenigen, die für die Gerechtigkeit kämpften. Die Physik kam ihm plötzlich so armselig vor. Der Marxismus war die Wissenschaft. Die Wissenschaft an sich.

Er dachte, »ich bin jetzt Kommunist, ich gehöre der Partei der Armen an«. Eine Entscheidung, die er im geheimen traf, um die Wirksamkeit seines Kampfes zu wahren.
Ein Hindernis legte sich ihm allerdings in den Weg. Für Marx kann man nur durch die Erfahrung der Ausbeutung (die Praxis), als ihr Opfer, Klassenbewußtsein erwerben, das heißt Revolutionär und Materialist werden. Aber er war kein »Ausgebeuteter«: Er war also dank einer ideologischen Entscheidung zum Materialisten geworden. Wenn er sich aus reinem Idealismus zum Materialismus bekannte, erzeugte er dann damit nicht einen absurden Kurzschluß?
Die Erinnerung an seine Vergangenheit beruhigte ihn. Durch seine Geburt war ihm ein Platz in der Welt der Ausgebeuteten zugewiesen; er war zwar nicht in der Tiefe einer Mine auf die Welt gekommen, hatte aber ihr Licht an einem sehr viel schlimmeren Ort erblickt. Und außerdem gebären die proletarischen Mütter ja gewöhnlich auch nicht in der Tiefe einer Mine.
Die seine hatte dies in Neu-Delhi getan, wohin sein Vater als Handelsattaché der Schweizer Gesandtschaft versetzt worden war. Aus Anlaß des Sieges einer mexikanischen Mannschaft in einem lokalen Hockey-Turnier organisierte die mexikanische Botschaft in einem prächtigen Park in der Umgebung der Hauptstadt für Diplomaten und Spieler eine Tanzveranstaltung. Die Eheleute Amary nahmen an dieser Lustbarkeit teil. Es war ein luxuriöses, das heißt nach westlichen Maßstäben eingerichtetes Landhaus, wo der einzige folkloristische Tupfer die Toiletten waren: Im letzten Winkel des Parks gab es drei durch Gestrüpp getarnte Aborthäuschen, die vor Dreck starrten und fast überliefen, obwohl das diplomatische Corps sie unter großen Anstrengungen mit Verachtung strafte. An der Tür der schmutzigen Bedürfnisanstalt, die nur noch dem Namen nach ein WC war, hockte als Wächter ein Neudelhier mit einem feuchten Handtuch

(das einmal weiß gewesen war) und einem winzigen, verbeulten Aluminiumschälchen, um die Trinkgelder zu horten. Die er sich offensichtlich ebenso schäbig vorstellte.
Kurz nachdem das Orchester zum dritten Mal die »Moonlight-Serenade« angestimmt hatte, bekam Amarys Mutter, die damals gerade schwanger war, heftige Bauchschmerzen, die sie dahingehend interpretierte, daß sie sich ganz dringend entleeren müßte. Das wunderte sie nicht. Die Störungen, die die Ernährungsumstellung und das andere Wasser bei den Neuangekommenen verursachten, waren bei den Diplomaten unter dem Namen »Schiwas Rache« bekannt. Ohne lange zu fackeln, ging sie entschlossen, ahnungslos... und allein zu den Latrinen. Sie drückte mit aller Kraft: Amary fiel aus ihrem Leib direkt auf die bis zum Rand mit Exkrementen gefüllte Abortgrube.
Sieben Jahre später, anläßlich einer Wohltätigkeitsveranstaltung in Tokio zugunsten der Tuberkulosebekämpfung (damals war diese Krankheit in den Salons der Diplomaten noch en vogue), trank seine Mutter fast eine ganze Flasche Fernet Branca, die ein irischer Kollege ihres Mannes aus Bari mitgebracht hatte. Amarys Vater schaffte es nur mit Ach und Krach, seine Gattin nach Hause zu bringen und ins Bett zu stecken. Vor Anstrengung fiel er in tiefen Schlaf, genauso wie sie. Das dachte er jedenfalls. In Wirklichkeit stand Cécile auf und ging, anstatt »ihren Rausch auszuschlafen«, schwankend in das Zimmer ihres Sohnes. Fröhlich und blau wie ein Veilchen erzählte sie ihm von seiner abenteuerlichen Geburt. Es kam nie heraus, welche Wirkung der muntere Rausch seiner Mutter auf Amary hatte. Das soll heißen, daß weder sie noch ihr Mann verstanden, welche Beziehung zwischen dieser Enthüllung und der Veränderung im Aussehen ihres Sohnes bestand. Es war nämlich so, daß er allmählich einen Wanst, dicke Wangen und dralle Waden bekam; er ging in kurzer Zeit so auseinander, daß man meinen konnte, er

müßte jeden Augenblick an seinem Fett ersticken. Alle stimmten darin überein, daß das Kind wohlgenährt und sogar ganz niedlich aussah. In Wirklichkeit aber wurde das pummelige Barockengelchen in Windeseile füllig, dann drall und schließlich fett. Er platzte aus allen Nähten. Der »Kleine« wollte sterben, doch er wollte nicht Selbstmord begehen, sondern an Verdauungsstörung jämmerlich auf einem Klo verrecken. Aber dieser Ehrgeiz, den Rimbaud sicher nicht verurteilt hätte, war Amarys Geheimnis. Vielleicht sein intimstes. Aber auf jeden Fall das erste einer ganzen Reihe.

Seine ganze Kindheit und Jugend und seine ersten Jahre als Forscher gingen an ihm vorbei, ohne daß er auch nur um ein Kilo nachgab und ohne auf die Hänseleien der Witzbolde zu achten, die ihn nur »Mehlsack« oder »Pfannkuchen« und sogar »Faßstöpsel« nannten. Er hörte sie nicht einmal.

Aber als er sich dann der Lektüre seiner marxistischen Meister widmete, begann er auch merklich abzunehmen. Die Fragen, die ihm seine Kollegen stellen wollten, konnte er sich gut vorstellen:

»Bist du im Hungerstreik?«

»Man erkennt dich ja kaum wieder!«

»Du solltest auf deine Gesundheit achten!«

»Was ist denn mit dir los? Hast du eine Freundin?«

Er hatte etwas Besseres: ein revolutionäres Ziel, für das eine »gewöhnliche« Figur angebracht war. Er arbeitete seinen Plan sorgfältig aus und erfüllte ihn mit aller Konsequenz: Jeden Tag nahm er 800 Kalorien zu sich. Und als er das angestrebte Gewicht von 60 Kilo erreicht hatte, beschloß er, der ungefähr 1,70 Meter groß war, sich bis zum Ende seiner Tage nur mit 900 Kalorien täglich zu ernähren [die »anderen« und allen voran der »Kleine« waren gegen die Diät und versuchten sie zu boykottieren, wann immer sie Gelegenheit dazu hatten].

Aber Marc Amary war immer noch fett, als seine Mutter starb. Cécile Amary verschied zwei Monate nachdem ihr Sohn das

Abitur gemacht hatte. Es war eine schmerzvolle und gräßliche Agonie; daran änderten auch die Macken und Wahnvorstellungen nichts, die bis zuletzt ihren Geist verwirrten. Als sie ihre letzte Stunde kommen sah, bat sie ihren Sohn, ihr als Leichengewand ihren Sari aus Neu-Delhi anzuziehen, und sie fügte hinzu:

»Der, in dem ich dich am Tag deiner Geburt geschissen habe.«

Zum zweiten und letzten Mal erwähnte seine Mutter, wie er auf die Welt gefallen war…, aber diesmal benützte sie dafür ein Wort, das er nie aus ihrem Munde gehört hatte.

Drei Tage nach der Beerdigung tauchte Amarys Vater auf. Die lange und beschwerliche Flugreise von Manila mit dreimaligem Umsteigen hatte ihn mehr mitgenommen als der Tod seiner Frau. Dieser umflorte nicht einmal das Revers seines Jacketts. Aber dafür spürte er einen Kloß im Hals, als der Arzt ihm seinen ernsthaften Verdacht mitteilte, Marc habe die eigene Mutter umgebracht, die Frau, die einstmals die Frau seiner Träume, seine Verlobte, seine Braut und seine Gattin gewesen war. Dennoch quartierte er sich zwei Nächte lang wagemutig in seiner ehemaligen Wohnung ein. In der zweiten Nacht entdeckte er im Telephonbuch eine handgeschriebene Liste seines Erstgeborenen, die warnend mit »Meine Feinde« überschrieben war und auf der auch er stand. An zweiter Stelle. Er versuchte zu schlafen, aber er fühlte, wie ihm das Herz schwer wurde, so sehr, daß er sich plötzlich bitterlich weinend vor dem Spiegel wiederfand.

Am folgenden Morgen frühstückten der Vater und die beiden Söhne in der Küche. Während Marc Amary aufmerksam eine Abhandlung über Elektrokardiographie von Willem Einthoven las, unterhielt sich der Vater mit Gabriel.

»Braucht ihr mehr Geld?«

»Ich glaube nicht, daß Marc, der sich darum kümmert, Probleme hat.«

»Wenn ihr wollt... Das Leben ist viel teurer geworden: Könnt ihr die Schule bezahlen?«
»Die kostet ja nichts.«
»Sag mal: Hab ich euch nicht oft genug geschrieben?«
»Doch... doch...; was ist denn mit dir los?«
»Weißt du, deine Mutter habe ich sehr geliebt. Eines Tages wirst du verstehen, daß man mit derselben Frau nicht das ganze Leben lang zusammensein kann... Außerdem... war sie ja verrückt.«
»Ich mache dir keine Vorwürfe.«
»Komm, ich möchte dir einen Kuß geben.«
Und sein Vater küßte ihn so hingebungsvoll, daß ihm das Herz bis zum Hals schlug. Marc sah kurz von seinem Buch auf und beobachtete die Szene angewidert. Aber wie ein steinerner Gast zeigte er keine Regung und zuckte nicht einmal mit der Wimper, als sein Bruder ihren Vater informierte:
»Mit ihren letzten Worten hat Mama Marc daran erinnert, daß er auf dem Klo geboren wurde.«
»Ja, das stimmt. Ich hatte es völlig vergessen.«
Gabriel erinnerte sich wieder an den Satz, den Marc ihm einmal gesagt hatte: »Die Erwachsenen haben weder Charakterstärke noch Mut noch Anstand.« Aber er irrte sich: Der Zwischenfall war von selbst aus dem Gedächtnis seines Vaters verschwunden; er war in Vergessenheit geraten, ohne daß er es bemerkt hätte; er hatte ihn nicht auf die leichte Schulter genommen und auch nicht absichtlich damit hinter dem Berg gehalten. Da er nicht gerade ein Gedächtnis wie ein Sieb hatte, bedeutete diese Amnesie wohl, daß sein Unterbewußtsein einen Schlußstrich darunter gezogen hatte.
»Ich hab alles für sie getan, was ich konnte.«
»Du brauchst dich nicht zu rechtfertigen.«
»Als der Direktor der Klinik in Nyon mir mitgeteilt hat, daß sie mit einem Schwein leben und ihre Mahlzeiten einnehmen wollte, hab ich ihm erlaubt, ihr eins zu kaufen.«

Gabriel erinnerte sich an jene Szenen der Zweisamkeit mit seiner Mutter und dem Schwein, das sie »mein Schweinchen« und »mein Schätzchen« nannte. Marcs Verhalten während des Frühstücks ärgerte seinen Vater, aber er wagte nicht, ihn zu bitten, mit dem Lesen aufzuhören, und auch nicht, ihn direkt anzusprechen. Er tat es über seinen Bruder:

»Marc war immer abwesend, weit weg von der Familie: Er war nie sonderlich weichherzig. Erinnerst du dich noch daran, wie er als Kind in Caracas in einen ›Hungerstreik‹ trat und damit erreichen wollte, daß wir eine der Hausangestellten aufhängten, die er beschuldigte, ihn beim Baden angefaßt zu haben. Er war erst sechs Jahre alt. Wir mußten sie entlassen und im Keller eine Puppe aufhängen, damit er bereit war, ein Glas Milch zu trinken. Das hast du sicher nicht vergessen.«

»Da war er ja noch so klein.«

»Genau, er war ja der ›Kleine‹. Weißt du noch, wie er verlangte, daß von ihm in der dritten Person gesprochen wurde? Und er selbst sagte auch immer: ›Der Kleine will raus‹, ›Der Kleine geht ins Bett‹ oder ›Der Kleine hat Céciles Perlenkette verschluckt‹. Wir mußten warten, bis er sie auf natürlichem Wege ausschied.«

»Mama ist jetzt gestorben, und dich sehen wir nur hin und wieder mal. Meinst du nicht, daß wir uns versöhnen könnten? Marc hätte sich ihr gegenüber kaum besser verhalten können.«

»Was willst du damit sagen?... Ich konnte einfach nicht an ihrer Seite leben: Seit deine Mutter mit diesen lächerlichen Verdächtigungen anfing, starrte sie den ganzen Tag ins Leere. Oder aber sie stand nachts auf und legte sich neben den Gartenzaun.«

»Es ist besser, das alles zu vergessen.«

»Für euch ist es sehr einfach zu vergessen; aber für mich? Nie habt ihr an euren Vater gedacht. Weißt du, was deine Mutter... ›ihr‹ angetan hat? Sie hat sich angeschlichen, ihr die

Zöpfe abgeschnitten und ihr dann das ganze Gesicht zerkratzt.«

»Sie wollte immer, daß wir beten. Sie glaubte, du würdest zurückkommen.«

»Aber das war doch unmöglich! Das Leben mit ihr war die Hölle.«

»Weißt du..., sonntags haben wir sie immer mit dem Fahrrad besucht. Wenn wir ankamen, fragte sie uns: ›Was denn, seid ihr meine Kinder?‹ ›Wie groß ihr seid!‹ ›Legt euch ins Bett, ihr seht so müde aus.‹ Und jedesmal sagte sie dann noch: ›Was kann ich für euch tun?‹«

»Der Direktor hat mir in einem Brief mitgeteilt, daß sie auf allen Vieren vom Boden aß, um wie ihr Schwein zu sein, und daß sie den Priester bat, ihren Urin in Weihwasser zu verwandeln.«

»Zum Schluß hat sie alles vergessen: Sie hatte nur noch die fixe Idee, daß die afrikanische Raubkatze, die ihrer Meinung nach ihre eigene Mutter verschlungen hatte, auch ihr Schweinchen angreifen könnte. Sie bat uns, das Vieh zu fangen.«

Plötzlich beendete Marc energisch das Gespräch:

»Macht jetzt endlich das Familienalbum zu, ein für allemal.«

Amary braucht fast eine Viertelstunde, um einen Gewaltstreich *(12. Lh4xe7)* auszuführen, und zeigt damit, daß die geplante Rückeroberung seine ganze Energie erfordert.

Er hat Tarsis' Läufer genommen, als sei er eine sich windende Viper, die ihn beißen könnte..., oder vielleicht auch der Finger seines Gegners... oder der Phallus, wie Professor Fine meinen würde.

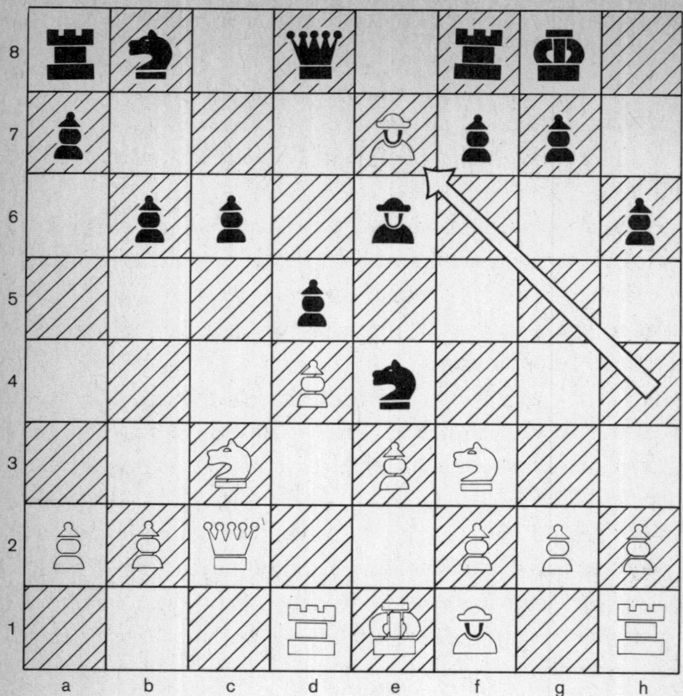
8
7
6
5
4
3
2
1
a
b
c
d
e
f
g
h

Man könnte meinen, Tarsis hätte Amarys Finger auf der eigenen Haut gespürt. Er schaut ihn angewidert, aber auch neugierig an: Auch diese Geste ist ihm irgendwie vertraut, bekannt vorgekommen, als hätte er sie vor Jahren schon einmal gesehen. Wie jedesmal scheint ihm die Erinnerung zum Greifen nah, aber er kann sie nicht festmachen. Seit Beginn der Meisterschaft gelingt es ihm nicht, ihren Ursprung aus seinem Gedächtnis auszugraben.
Tarsis dreht sich um und schaut die Eskorte seines Gegners (den Chauffeur und die beiden Leibwächter) unverfroren an. Die drei sitzen unerschütterlich in der ersten Reihe des Theaters und lassen das Brett nicht aus den Augen, obwohl sie gar nicht spielen können. »Wozu braucht Amary dieses Trio als harmlose Spießer verkleideter Messerstecher?« Der Weltschachbund hat nach den Mißbräuchen bei den vergangenen Weltmeisterschaften verboten, daß den Titelanwärtern bei der Analyse abgebrochener Partien oder bei ihrer Vorbereitung von anderen Meistern geholfen wird. Die exzessiven Eingriffe der »Assistenten« bei den letzten Wettbewerben hatten die individuellen Meisterschaften in Mannschaftsturniere verwandelt. Aber die FIDE hat nicht verboten, daß die Spieler sich mit »Sekundanten« umgeben. Tarsis brüstet sich damit, niemanden zu brauchen. »Die drei Gefolgsleute Amarys sind, auch wenn sie sich wie akademische Speichellecker gebärden, ein Trio von Fanatikern.« Er stellt sich vor, wie sie ihren Chef in der Nacht der Entführung des sowjetischen Ministers begleiten, seinen Wagen fahren und Iswoschikow »wissenschaftlich« foltern, Nacht für Nacht, im Keller des Chalets, das sein

Gegner in Meung-sur-Loire gekauft hat..., um ein »Volksgefängnis« daraus zu machen.

Zwei Stunden, nachdem er den Brief an Nuria geschrieben hatte, verließ Tarsis überstürzt die katalanische Hauptstadt. Nach einer Rundfahrt, die ihn von Barcelona nach Segovia und dann nach Madrid gebracht hatte, kam er nach Valencia, wo er sich in einem Haus direkt am Malvarrosa-Strand einquartierte. Die Familienpension grenzte an ein großes, baufälliges Haus, das von den Mitgliedern der falangistischen Jugendfront systematisch verwüstet und zerstört wurde. Mit dem Einverständnis ihrer Vorgesetzten. Schlimmer noch: mit deren ausdrücklicher Zustimmung. Das Haus, das wie durch ein Wunder den damals üblichen Brandschatzungen entgangen war, hatte dem international angesehensten spanischen Romancier gehört, der zu allem Überfluß auch noch ein Linker gewesen war, und zwar vor allen anderen. Für diese Sünde, freilich die unverzeihlichste, bezahlt er noch heute. Weder Hollywood noch seine apokalyptischen Reiter werden je sein Image verbessern können. Im Gegenteil, sie verschlechtern es nur.
Die Pension gehörte einer munteren Alten mit einem Holzbein, die für zwei herumfuhrwerkte und alle Kapriolen ihrer Enkelin – einem richtigen kleinen Teufelsbraten – sofort an die große Glocke hängte. Die Hausarbeit wurde sorgfältig und zurückhaltend von der Hausgehilfin Soledad Galdós erledigt, einem großen, blonden Mädchen mit geheimnisvollen, heiteren, blauen Augen, das nicht aus der Ruhe zu bringen war. Man hätte sie für eine Schwedin halten können. Deshalb träumten auch die drei Gäste des Hauses, ein Buchhalter und zwei Bürohengste aus der Papierfabrik, davon, sie zu verführen. In Wirklichkeit stammte sie aus einem Dorf in der Nähe von Torrijas in der Provinz Teruel und war eine waschechte Spanierin. Sie schaute auch niemanden geheim-

nisvoll an, sondern einfach nur überlegen..., und wenn ihr abends auf dem Weg zu ihrem Zimmer einer ihrer Bewunderer begegnete, über die Schulter.

In Valencia war Tarsis nicht nur Fräser in der Werkstatt der Papier- und Kartonagenfabrik von Malvarrosa (ein langer Titel, der nur den Nachteil hatte, falsch zu sein: Die Fabrik lag nämlich nicht am Strand, sondern in einem Nachbardorf mit dem weniger blumigen Namen »El Cabañal«), sondern vor allem und in erster Linie »Agapit«.

In der Gesellschaft Jesu nannten sich damals die jungen Postulanten, die noch nicht in das Priesterseminar eingetreten waren, untereinander »Agapiten«. Ihre Beichtväter nannten sie ebenfalls so: Von denen stammte diese Idee. Sie waren noch keine Seminaristen, aber man konnte sie auch nicht mehr als x-beliebige Laien ansehen, obwohl sie weiterhin in denselben Berufen arbeiteten, die sie schon vor ihrer Erleuchtung ausgeübt hatten. Natürlich sparten sie nicht mit Lobpreisungen, Stoßgebeten und Altarbesuchen zum höchsten Ruhme Gottes, was die ganze Schar auf Latein und an einem Stück aufsagte, als wäre es ein deutsches Wort: »admajoremgloriamdei«. Sie zeichneten sich auch durch eine verdienstvolle Keuschheit aus, die sie unter denselben Qualen und mit derselben Leidenschaft praktizierten wie die Jünger de Sades die Pornographie. Um ihre Keuschheit gefahrlos entfalten zu können, verfügten sie über den Beistand des Heiligen Ludovicus Gonzaga und des Heiligen Stanislaus von Kostka und über ein langes Skapulier, das in den Augenblicken der Bedrängnis den höchsten Punkt des Sporns berührte. Den nächtlichen Pollutionen waren sie jedoch in voller Blöße ausgeliefert. Und so passierte es eben... Aber das zählte gewöhnlich nicht.

Die Bezeichnung »Agapit« erklärten ihre Katecheten folgendermaßen: Es gibt zwei Formen der Liebe; die, die Gott für die Menschen empfindet, und die, die die Menschen dem

Schöpfer entgegenbringen. Die erste ist unendlich, die zweite hat nicht diese hehre Großzügigkeit und Erhabenheit. Sie ist also eine »Agape« . . ., niedrig, nichtswürdig, plebejisch und schnöde, vergleicht man sie mit der ersten, aber erhaben und verheißungsvoll, stellt man sie der Beziehung des gewöhnlichen Sterblichen zum Höchsten Wesen gegenüber... So entstand das Wort »Agapit«, um die brünstigen Jesuitenanwärter zu taufen.

Der Beichtvater, der Tarsis auf dieser mit solcher Hingabe unternommenen geistigen Wanderschaft begleitete, war ein Freund des Paters Gregorio (S. P.) aus dem Colegio de San Antón: Pater Benito Bertomeu (S. J.). Sie waren Freunde geworden, als sie am Diözesanseminar studiert hatten, aber kurz nach seinem ersten Meßopfer entschied sich der erste für die »S. P.« und wurde Piarist oder Mitglied der »Escuelas Pías«; der zweite trat Jahre später als »Padre« in die »S. J.« ein (die Jesuiten wissen, daß Gottes Ratschluß unergründlich ist). Trotz der jahrhundertelangen Feindschaft zwischen den beiden Gemeinschaften (die Jesuiten behandelten damals ihre Piaristenbrüder als Tölpel und Trottel und diese die Jesuiten als eingebildete Lackaffen) blieb ihre Beziehung so gut, daß Pater Gregorio, als Tarsis in sein Büro kam, bereit, sein Gewissen zu entlasten, und entschlossen, sein ganzes Leben lang die Piaristensoutane, dieses Büßergewand, zu tragen, zu ihm sagte: »Es wäre eine Dummheit, wenn du mit deiner Begabung in unsere Kongregation eintreten würdest. Die Gesellschaft Jesu ist der angemessene Rahmen für einen hochbegabten jungen Mann wie dich. Ich hab da zufällig einen Freund...« Obwohl er noch kein Jesuit und auch kein Seminarist war, nicht einmal ein Agapit, hatte Tarsis bei jenem Besuch bei Pater Gregorio bereits eine der Waffen des Heiligen Ignazius benützt: den stillschweigenden Vorbehalt. Nachdem er aus Barcelona weggelaufen war, von Gewissensbissen geplagt und entschlossen, für immer der Welt, ihrem

Pomp und ihren Eitelkeiten zu entsagen, hatte sein erster Besuch nicht Pater Gregorio gegolten. Aber es hätte ihn große Überwindung gekostet, ihm zu gestehen, daß er in Segovia – wie peinlich – einen Korb bekommen hatte.
Nachdem er die Nachricht für Nuria geschrieben hatte, war ihm klargeworden, daß er nur Frieden finden könnte, wenn er einen Weg einschlagen würde, der dem, den er bis dahin gegangen war und der ihn dazu gebracht hatte, Zuhälter zu werden, vollkommen entgegengesetzt war. Es gab keine andere Möglichkeit, sich endgültig zu bessern, als sich der Armut, dem Schweigen, der Buße und der Keuschheit zu verschreiben.
Er sprach in dem Trappisten-Kloster vor, das wenige Kilometer von Segovia entfernt liegt. Er glaubte, man könne dort eintreten wie in die Fremdenlegion: Es genüge, dachte er, sich den Kopf zu scheren, fünf Stunden pro Nacht mit einem Stein als Kopfkissen in einem Sarg zu schlafen, von Sonnenaufgang bis Sonnenuntergang auf dem Feld zu arbeiten und nur den Mund zu öffnen, um »morir habemus« zu murmeln. Das war ein Programm, das ihm zusagte. Und wem auch nicht?
Er wurde von einem Mönch empfangen, der sehr neugierig, ansonsten aber distanziert war (glücklicherweise, denn er stank abscheulich; offensichtlich, vermutete Tarsis, »waschen sie sich auch nicht«). Der Mönch stellte ihm mehr Fragen als ein Kommissar. Nach einem einstündigen Kreuzverhör, bei dem Tarsis fast vor Scham verging, weil er auf Verlangen seines Gewissensprüfers in allen Einzelheiten Leben und Wundertaten des Tarsis in Barcelona erzählen mußte, verlas ihm der Mönch mit einem Lächeln (endlich! und so sanftmütig!) das Urteil:
»Sie können nicht allein leben. Sie brauchen Freunde.«
»Ich hab Ihnen ja schon erklärt, daß ich zwei hatte..., zwei Freundinnen.«

Das Verdikt verkündete er mit schelmischer Miene, wie jemand, der endlich die Katze aus dem Sack läßt.
»Sie müssen Ihr Leben ändern. Der Schritt, den Sie getan haben, ist positiv, aber nicht ausreichend. Sie müssen beten, Buße tun, damit Gott Ihnen hilft. Praktizieren Sie dieses fromme Leben zwölf Monate lang, und kommen Sie in einem Jahr wieder.«
Pater Benito dagegen hatte sein Vertrauen vom ersten Augenblick an gewonnen. Er war eher ein liebenswerter, verschmitzter Opa als ein Pater und hätte, wie Tarsis dachte, der Vater seines Vaters sein können. Er war ungefähr zwanzig Jahre lang Dorfpfarrer in Vitigudino gewesen, bis er mit vierzig Jahren, als er gerade in Salamanca an Exerzitien teilnahm, zum zweiten Male die Stimme der Berufung hörte. Der Heilige Geist gab ihm zu verstehen, daß er der Sache des Guten besser dienen könne, wenn er in die Gesellschaft Jesu eintreten würde. Er war intelligent und naschhaft, eine Schwäche, die Tarsis rührte und die er dadurch unterstützte, daß er ihm jedesmal, wenn er seine Lohntüte bekam, ein halbes Dutzend Eierkonfekt schenkte.
Jeden Nachmittag nahm Tarsis nach der Arbeit zwei Straßenbahnen, die ihn nacheinander am Hafen und am ausgetrockneten Flußbett des Turia vorbei ins Zentrum von Valencia brachten. Dort erwartete ihn sein Beichtvater; es wäre schwer zu sagen gewesen, wer von beiden mit mehr Ungeduld auf diesen Augenblick wartete. Den Sonntag verbrachten sie zusammen mit den anderen fünf Agapiten, derer sich Valencia in jenem Jahr hartnäckiger Trockenheit rühmen konnte: Sie gingen in die Randsiedlungen der Stadt, um die Seelen der verlorenen Schafe wiederzugewinnen (mit der Zeit haben sich Ungläubige dieser Art auch in den vornehmen Wohnvierteln niedergelassen).
Die Zuneigung, die Pater Benito für seinen Agapiten empfand, erschreckte ihn manchmal. Entwickelte sie sich nicht zu

einer Freundschaft besonderer Art? Die Vergangenheit des Jungen schockierte ihn: War ein Bürschchen, das in Barcelona »ein solches Leben geführt« und als kleiner Junge einen Schulkameraden gequält hatte, nicht durchaus fähig, noch einmal irgendeine Dummheit zu begehen? Aber gleichzeitig wurde er dank Tarsis Zeuge eines Abenteuers, wie es sie nur vor dem Krieg gegeben hatte... und denen der Nationale Kreuzzug ein Ende gesetzt hatte.
Um in der Fabrik von Malvarrosa als Fräser eingestellt zu werden, bediente sich Tarsis keines stillschweigenden Vorbehalts, sondern einer handfesten Lüge... Für die ihm sein Beichtvater ohne weiteres die Absolution erteilte; besser gesagt, mit einem symbolischen Avemaria als Buße. Sicherlich nur, um ihn ein bißchen zu piesacken.
Als Tarsis nach Valencia kam, hatte das Unternehmen, dem die Fabrik gehörte, beschlossen, eine Anlage zu bauen, um aus dem Reisstroh (das zwar in der Gegend reichlich vorhanden, aber bis dahin nicht genutzt worden war) Papierbrei zu machen. Die Unternehmensleitung war der Auffassung, daß man eine so heikle Angelegenheit nicht den Einheimischen überlassen konnte, die offensichtlich besser dafür geeignet waren, Tamburine herzustellen. Man hielt sich nicht lange bei den Kosten auf, sondern nahm gleich, weltmännisch wie man war, das Beste vom Besten unter Vertrag: vier italienische Ingenieure. Diese aufgeklärten Mentoren, die sich in der Gegend wie in erobertem Gebiet bewegten (... und das war es ja auch), brachten der Leistungsfähigkeit des einheimischen Arbeiters ein instinktives Mißtrauen entgegen; in ihrer Vorstellung fertigte er zwar keine Tamburine, sondern Tonkrüge an..., aber nie mit einer modernen Maschine. Noch nicht einmal mit einer italienischen. Sie erledigten (alle vier) ihre Arbeit mit je einem schußbereiten Photoapparat, um die Faulenzer, die, die Maxime »Arbeit macht frei« mißachtend, oben in den Heuschobern ihren Mittagsschlaf hielten, zu

überraschen und auf dem Bild zu verewigen. Zur Entlastung der Schläfer muß darauf hingewiesen werden, daß die Nachmittage sehr lang waren und die Sonne erbarmungslos.
Der italienische Ingenieur, der die fünf Arbeitsuchenden – unter denen sich auch Tarsis befand – empfing, fragte sie:
»Ist einer von euch Fräser?«
Tarsis wußte nicht, daß unter den Handwerkern der Fräser die schwierigste und daher auch bestbezahlte Arbeit verrichtet. Das Wort gefiel ihm. Er dachte, es handele sich dabei um eine Beschäftigung in der Kantine, die man im Handumdrehen lernen könnte. Er sagte seelenruhig:
»Ja, ich.«
»In welchem Lehrjahr bist du denn?«
Tarsis kannte die Antwort. Er wußte genau – wie seine drei Kollegen –, welches die höchste Kategorie war, die man anstreben konnte. Und er behauptete:
»Ich bin schon fertiger Geselle.«
»Wo hast du gearbeitet?«
»In Prat de Llobregat. Meine Eltern sind nach Valencia umgezogen. Und ich mußte mit.«
»Ich will keine Zeugnisse sehen. Ich weiß ja, daß ihr sie euch selbst fabriziert. Aber du wirst mir beweisen, daß du Fräser bist. Du wirst dieses Stück hier anfertigen (er zeigte auf eine Zeichnung auf dem Tisch). Aber wenn du Murks machst, wirst du die Elektrikerwerkstatt auskehren, damit dir das Lügen vergeht. Du hast zwei Tage Zeit, das Werkstück herzustellen. Hier ist die Zeichnung. Wenn du fertig bist, kommst du zu mir.«
Als er die Zeichnung sah, fiel Tarsis das Herz in die Hose. Es war der verworrene Entwurf eines technischen Zeichners, der aus einer Unmenge von Strichen und Maßangaben bestand. Tarsis machte sich daran, ihn eingehend zu studieren, aber nach einer Stunde hatte er noch nicht einmal herausgefunden,

welche Umrisse das verflixte Werkstück haben sollte. Pascual Mayoral, ein alter Fräser aus der Werkzeugmacherei, erbarmte sich seiner und half ihm, das Rätsel zu entziffern und das Eis zu brechen. Dank seiner Geschicklichkeit und den Kniffen, die er sich in der Goldschmiedewerkstatt angeeignet hatte, gelang es Tarsis, das Stück behutsam herauszuarbeiten, und zwar unter der ständigen Aufsicht Mayorals, der ihm jedesmal die Hand festhielt, wenn er im Begriff war, Murks zu machen. Als er mit der Arbeit fertig war, sagte der italienische Ingenieur zu ihm, nachdem er ihm den Vertrag gegeben hatte:

»Du kommst aus Prat de Llobregat, aber Valencia ist nicht dasselbe. Valencia ist eine sehr schmutzige Stadt. Nimm dich vor den Nutten in acht.«

Und Tarsis lächelte. Nichts leichter als das.

Sonntags benützten die sechs Agapiten bei ihrer apostolischen Mission in den Randsiedlungen der Stadt den Kinematographen als Lockmittel. Nicht das Kino, das ist etwas viel Moderneres. Sie stellten den Projektor in irgendeinem Raum des Viertels auf und warfen den – natürlich frommen – Film auf die nackte Wand. Da es ein langer Kurzfilm ohne Ton und Untertitel war, hatte Tarsis die Aufgabe, ihn nebenher zu kommentieren. Was er mit viel Witz tat. Pater Benito schüttelte sich vor Lachen. Was der fromme Mann nicht wußte, war, daß sein Schüler viele der Zwischenrufe zu verwenden pflegte, die er in den »Straßenmädchen« gehört hatte – allerdings in zensierter Fassung. Für den Pater war dieser Humor eine Gabe des Heiligen Geistes. Er sagte etwas vorschnell:

»Du wirst einmal ein offenherziger, großzügiger und fröhlicher Jesuit, wie unser Gründer und der Heilige Franciscus Xaverius es waren.«

Obwohl er, auf Anraten seines Beichtvaters, seine Berufung in der Fabrik und in der Pension streng geheimhielt, hatte er das Gefühl, das Dienstmädchen wisse über seinen Beschluß Bescheid. Wenn er morgens um halb acht aus der Kapelle kam, hatte sie immer bereits den Kaffee und die beiden Toastscheiben für ihn vorbereitet. Eines Morgens, als er um Viertel vor sieben immer noch nicht aus seinem Zimmer gekommen war, klopfte Soledad an seine Tür und sagte:

»Es ist nur noch eine Viertelstunde bis zur Messe.«

Pater Benito wollte nicht, daß Tarsis nur Laienbruder wurde. Er reagierte verstimmt, als dieser ihm seine Bewunderung für die Heilige Theresia vom Kinde Jesu offenbarte, die »ohne höhere Weihen zur Heiligkeit gelangt war.«

»Du mußt Priester werden. Du darfst die Gaben, die Gott dir verliehen hat, nicht vergeuden; du wirst das Mysterium der Heiligen Eucharistie feiern. Du wirst die Beichte abnehmen.«

»Ich soll die Beichte abnehmen?«

»Deine Vergangenheit ist unter der Last der Berufung ins Grab gesunken.«

Für Pater Benito war Tarsis sein Nachfolger... sein Erbe... sein Sohn... im geistigen Sinne natürlich. Er sollte all das vollbringen, was er selbst nicht hatte tun können, weil er so spät in die Gesellschaft eingetreten war. Er sah ihn als Missionar in Japan oder als Dozent an der Sorbonne, als Provinzial des Ordens oder als Klostergründer und schließlich mit einem Heiligenschein. Wenn der Pater mit soviel Eifer und Liebe von seiner Zukunft sprach, war Tarsis so glücklich wie früher, wenn er in Céret bei seinem Vater unter dem Apfelbaum im Garten saß. Und es hätte ihn auch gar nicht gewundert, wenn Pater Benito eines Tages wie sein eigener Vater, mit dem gleichen unvergeßlichen Tonfall und der gleichen Ruhe, zu ihm gesagt hätte:

»Die Pfaffen sind alle nur Schmarotzer, die davon leben, ›den Schäflein Christi geistigen Futterklee‹ zu geben.«

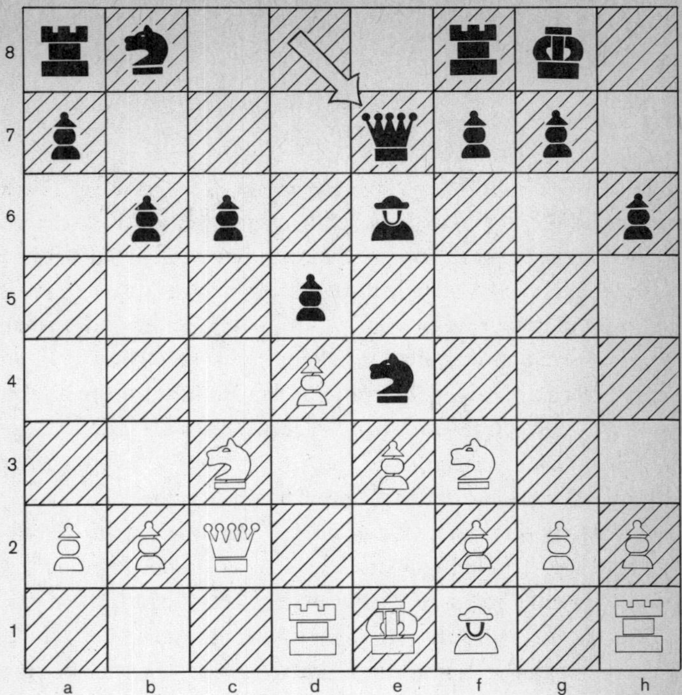

Tarsis schlägt endlich Amarys Läufer mit seiner Dame (*12. ...Dd8xe7*), was alle Zuschauer schon seit zehn Minuten erwartet haben. Es gab gar keine andere Möglichkeit. Er ist während dieser ganzen Zeit in seinem Zimmer geblieben, und man wußte nicht, ob er sie wirklich damit zugebracht hat, die Position zu analysieren. Nachdem er den Zug ausgeführt hat, schaut er genüßlich auf das Brett: Zum Gefecht geblasen hat er bereits, als er mit seinem Springer auf *e4* gerückt ist; nach der erzwungenen Pause der beiden letzten Züge wird er jetzt die Position seines Gegners sprengen.

Im Gegensatz zu den Verlautbarungen der Presse ist Tarsis davon überzeugt, daß Iswoschikow mit seinen Entführern zusammenarbeitet: Sein »Revolutionsprozeß« läuft ohne Schwierigkeiten ab; der Minister klagt sich selbst an, gesteht und verrät alles, was er weiß..., ohne daß Amary oder seine Bande ihm auch nur ein Haar krümmen. Der Bluterguß an seinem rechten Auge, den man auf den Polaroidphotos sieht, ist Tarsis' Meinung nach das Ergebnis eines Unfalls: Als sie Iswoschikow weckten, knebelten sie ihn auf so brutale oder überstürzte Weise, daß sie ihn dabei verletzten.
Ein Mann von einundsiebzig Jahren, sagt sich Tarsis, der wie Iswoschikow an den Überfluß der sowjetischen »Nomenklatura« gewöhnt ist (an die luxuriösen Wohnungen, die disziplinierten Chauffeure, die Ehrenbezeugungen, die rücksichtsvolle Behandlung, die Diener, die die besten Gerichte für ihn zubereiten, die Krankenpfleger, die ihm pünktlich seine Arznei verabreichen, die Ärzte, die seinen Blutdruck, seine Blutsenkung und seinen Puls überwachen, die unterwürfigen und gehorsamen Untergebenen), bricht zusammen, wenn er in die Hände eines »Roboters« wie Amary fällt: Eine Führungsperson, die Hunderte von unteren Chargen beschützen und bedienen, kann einfach nicht mehr allein leben. Überdies hat Iswoschikow, daran zweifelt Tarsis keinen Augenblick, die Berichte all der Männer seiner Kaste (Millionäre oder Herrscher) gelesen, die entführt wurden, und hat geglaubt – ebenso wie die öffentliche Meinung oder die Presse –, die Opfer hätten ihren Peinigern immer würdig die Stirn geboten, dem »Revolutionsprozeß« standgehalten und sich häufig mit ihren Entführern angelegt. Er kann sich

die erste Stunde der Entführung vorstellen, als hätte er sie miterlebt: Der geknebelte Iswoschikow im Auto zwischen Paris und Meung-sur-Loire, wutschäumend und voller Ungeduld darauf wartend, sich diese Rotzlöffel vorzunehmen, die sich wie Al Capone vorkamen. Der durch den Schlag verursachte stechende Schmerz, der sich über sein ganzes Gesicht ausbreitete, vergrößerte noch seine Wut. Aber als er im Chalet ankam..., sprach ihn gar niemand an: Amary zwang ihn, in den Keller hinunterzusteigen und sich auf die feuchte Erde zu setzen, kettete ihn an die Wand an und stellte ihm eine Blechbüchse für seine Notdurft hin. Denn Amary hatte sich bereits, wie Tarsis glaubt, für eine Taktik entschieden, die sich an dem Schachgrundsatz »Die Drohung ist schlimmer als die Ausführung der Drohung« orientierte. Iswoschikow ist die ideale Beute, verwirrt und überhaupt nicht darauf vorbereitet, einer Gewalt standzuhalten, die nicht bloß brutal ist. Deshalb überließ Amary den Gefangenen seiner Einsamkeit; er rechnete damit, daß er vor Angst Durchfall bekommen würde und die Blechbüchse häufig benutzen müßte. Er wollte ihn nicht erniedrigen, sondern seine Reflexe zermürben. Vierundzwanzig Stunden waren genug; danach erschien Amary im Keller, kalt und gelassen, in der Hand ein Gerät aus Metall, an dem drei Stromkabel hingen. Er schloß es an, und ein fast unhörbares Summen kam aus dem Gehäuse.

Iswoschikow, der vielleicht eine gewaltsame Auseinandersetzung mit seinen Entführern ausgehalten hätte, fühlte sich, hilflos (ohne Krankenschwester und ohne Abteilungsleiter) und allein wie nie zuvor, der Angst, dem Schrecken und schließlich der Panik ausgeliefert. Tarsis ist davon überzeugt, daß nach einem jahrelangen Leben in Wohlstand und Sicherheit die furchtbaren Drohungen, die über ihm schwebten, ihn jegliche Vorstellung von Würde und auch von Identität vergessen ließen..., und daß er alles, was Amary und seine

Bande von ihm verlangten, erzählte, preisgab und gestand, ohne daß es nötig gewesen wäre, ihm die Elektroden anzulegen... Vielleicht waren sie ohnehin nur Bühnendekoration.

Im Verlauf seiner Jugend hatte Amary eine Reihe von Aufzeichnungen gemacht, die er alle am Ende seines ersten Universitätsjahres verbrannte. Eine davon, zwei Wochen nach der Ermordung seiner Mutter abgefaßt, hatte folgenden Wortlaut:

MEMORANDUM (CÉCILE)

Elf Jahre. Szene: alle drei kniend.

Früher, Cécile tanzt, geht alleine aus. Tuberkulose. Sanatorium in den Pyrenäen. Vater lernt sie dort kennen. Idylle. »Romantisch« – laut Cécile –. Sie schreiben sich. Heimlich. Vor ihrem Tod zeigt mir Cécile ein Bündel Briefe. Sie sagt zu mir: »Dein Vater hat mich geliebt«, »Er liebte die Menschheit«, »Er liebte die ganze Welt«. Sie heirateten. Ich wurde geboren (Exkr.). Gabriel wurde geboren. Sie sagt: »Dein Vater war ein echter Diplomat. Er lebte nur für die Schweiz.«

Bis zu meinem sechsten Lebensjahr: Vater schüchtern, spielt mit Gabriel und mir. Wir gehen spazieren. Er gibt vor, die Kinder zu vergöttern. Irrationale Beziehung. Ein Spiel.

Der »Kleine« taucht auf, dann »Micky«, danach »Doña Rosita«, die Schlange, und »Teresa«. Schließlich die »anderen«.

Vater: Hauptfigur des Paares. Mutter: unangenehme Rolle: Haushalt führen, mit Dienstboten umgehen. Vater: reist, kommt mit Geschenken zurück. Cécile: schimpft. Vater: lächelt.

Erste Feststellung: Vater antwortet nicht auf Fragen (Leben, Tod, Sexualität, Weltanschauung). Will schüchtern wirken. War impotent. Ich frage Cécile nicht.

Zweite Feststellung: Vater und Cécile haben nichts gemein-

sam. Verstehen sich nicht. Cécile gefällt es, »Frau eines Diplomaten« zu sein. Astrologie. Dänische Literatur. Romane. Gedichte. Goethe und Schiller. Das Wichtigste: die Sicherheit. Ihr Ideal: Ehe wie im 19. Jahrhundert. Will sie nachahmen. Vater: Schweiz. Krieg 1914: Gemetzel. Er sagt, er sei »Anarchist«. Sie streiten sich: Carole (Beamtin).
Dritte Feststellung: Die Erwachsenen, die ich kenne, sind schwach, feige und unmoralisch. Ich empfinde kein Mitleid. Aber Wut auf beide. Wird immer stärker. Stillschweigend. Cécile: außerdem noch ihre Hausfrauenbefehle.
Die Szene: Cécile sagt: »Es ist etwas Schreckliches passiert. Kniet nieder!« Gabriel lacht verstohlen. Dann weint er. Sie auch. Sie betet. Wir beten. Sie erfindet Gebete. Gegen »die böse Frau« (Carole). Ich wußte schon Bescheid. Beim Herumstöbern las ich vorher Briefe. Carole nennt Vater »mein Bärchen«. Vater kommt nachts nicht nach Hause. Wenn er kommt: Gewalttätigkeiten. Cécile wird handgreiflich. Teller fliegen durch die Luft. Auch Stühle. Ende immer gleich: Versöhnungsversuch. Vater hat nicht den Mut zu brechen. Cécile: verdient es, verlassen zu werden. Vater geduldig. Schließlich bricht er doch. Ich bin froh. Ich bewundere Carole, damals. »Die böse Frau«: Noch kenne ich sie nicht. Cécile meint, daß Nachbarn Löffel stehlen. Eine Stufe weiter in ihrer geistigen Verwirrung. Sie bringen sie in die Irrenanstalt. Besuche. Sie versucht mir nahezukommen. Setzt mich auf ihre Knie. Streichelt mich. Sie ist verrückt.
Gabriel und ich schließlich allein. Ich frage mich: Lebt man, um zu essen, zu arbeiten und zu schlafen? Nur dafür? Gibt es noch einen anderen, versteckten Grund? Sex? Aber Sex ist mit Fortpflanzung verbunden.
Ich esse, was dem »Kleinen« schmeckt. Immer viel. Brot mit Schokoladenstreusel und Butter. Tomaten. Pellkartoffeln mit hartgekochten Eiern und Mayonnaise. Kuchen. Speck. Der »Kleine« zwingt mich, mich vollzustopfen.

Studium. Die Wissenschaft: Die Große Vereinheitlichung.
Vater kommt nicht. Zahlt jeden Monat. Vergißt manchmal die Miete. Entschuldigt sich. In einem Brief.
Cécile kommt dreimal nach Hause zurück. Geheilt. Sagen die Ärzte.
Erstes Mal: Sie versichert, Nachbarn würden sie mit Strahlen beschießen, die ihre inneren Organe angreifen. Sie beschimpft sie. Heftiger Zwischenfall. Sie wird wieder eingeliefert.
Zweites Mal: Sie behauptet, Gabriel und ich würden ihr sexuelle Energie wegnehmen. Greift mit einer Axt die streikenden Müllmänner an: Sie wollen ihre Eingeweide verfaulen lassen. Zurück in die Irrenanstalt.
Drittes Mal: Tod.
Cécile verabscheut mein Studium. Die Wissenschaft verdirbt. Ich darf auch kein Diplomat werden. Es gibt böse Frauen. Ich soll mit Schrott handeln.
Ich schrieb an Carole. Grund: Person, die Vater befreit hatte. Grundlose Bewunderung. Carole antwortet nicht. Ich legte die Kopie des Briefes unter ein Löschpapier. Nach jedem Tag machte ich ein Kreuzchen. Zwei Monate später verbrannte ich den Brief. Ich lernte Carole kennen. Tiefer Ausschnitt, Aufsteigertyp. Enttäuschung. Empfahl mir, Amiel zu lesen. Ekelte mich an.
Diebstähle: Ich stahl zwölf Angelhaken. Für Gabriel. Mit einer List. Erniedrigung: Nicht weil ich gestohlen hatte, sondern weil ich so schlecht gestohlen hatte. Zwei Jahre später stahl ich einen khakifarbenen Pullover. Den stahl ich gut. Seitdem nicht mehr gestohlen.
Tod Céciles:
Sie kam mit einer Wunde nach Hause. An der Hüfte. Ich sammelte kleine Stückchen Pferdemist. Der »Kleine« verlangte es. Ich ließ sie in Petrischalen fermentieren. Fügte als festen Nährboden Agar-Agar-Gelose hinzu. Die Tetanus-

bakterien wuchsen und vermehrten sich. Erkennungstest positiv. Ernährte sie mit Hühnerbrühe und Zucker. Sie vermehrten sich weiter. Als es genug waren, filterte ich sie. Es blieben nur die Tetanusbakterien. Ich verabreichte sie Cécile. (Als mich der »Kleine« darum bat.) Direkt in die Wunde. Lange Agonie. Sie sagte zu mir: »Ich hab dich geschissen.« Sie starb.
»Der Meister«.

Eine andere der Aufzeichnungen, die Amary verbrannte, trug den Titel:
JUGENDSCHACHWELTMEISTERSCHAFT
BERICHT
Und sie war folgendermaßen formuliert:
Ich gewann die Schweizer Jugendmeisterschaft. Ich war vierzehn Jahre alt. Qualifiziert für die Weltmeisterschaft. Automatisch. Nationaltrainer: Alain Mayot. Verliebt in den Zweitplazierten, Paul Shirley. Intellektuell. Auch sexuell?
Mayot erklärte: »Weltmeisterschaft... große Chance... Amary ist unbekannt... Er hat nur eine Meisterschaft gewonnen... Shirley drei... Er ist zwanzig Jahre alt... Seit Jahren ist er der beste Schweizer Jugendspieler... Amary ist zu jung... Es muß ein Turnier zwischen Shirley und Amary stattfinden... Der Beste soll gewinnen... und zur Weltmeisterschaft gehen.« Die Erwachsenen – ohne Anstand und Mut – waren einverstanden.
Ich protestierte. Brief an den Verband. Veröffentlicht in der *Gazette de Lausanne*. Ich schrieb: »...Diese Entscheidung ist eine Ungerechtigkeit... Ich muß mich auf die Jugendweltmeisterschaft vorbereiten..., ohne Zeit mit einem anderen Turnier zu verlieren...« Und ich stellte fest: »Das Geld eines Mäzens wie des Herrn Mayot hilft nur professionellen Glücksspielern. Diese Männer sind mittelmäßige Mäzene, um absolute Herrscher sein zu können.«

Turnier gegen Shirley in Luzern. Der Bürgermeister ruft mich zu sich. Ich habe Brief in Presse veröffentlicht. Taktlos. Man überwacht mich. Er will keinen Skandal. Die Erwachsenen machen gemeinsame Sache. Ich gewann. Alle Partien. Kein einziges Remis. Bin für Jugendweltmeisterschaft aufgestellt. Abschlußzeremonie. Journalisten. Ich sagte, was ich dachte. Wurde disqualifiziert. Shirley fuhr zur Weltmeisterschaft. Ich wurde für zwei Jahre gesperrt. Kein Schach gespielt. Abschied vom Schach. Die Wissenschaft. Die Große Vereinheitlichung.
»Der Meister.«

Obwohl viele Jahre vergangen sind und Alain Mayot nicht mehr Nationaltrainer ist – doch er gehört weiterhin dem Bundesvorstand an –, erinnert man sich in Schachkreisen immer noch an das, was unter dem Namen »Der Skandal von Luzern« zur Legende geworden ist. Die zur Zeit kursierende Version über Amarys Rede vor den Journalisten erscheint zu romanhaft. Danach soll er, als im ganzen Saal gespanntes Schweigen herrschte, zur allgemeinen Verblüffung gesagt haben:
»Ich will Ihnen einen Witz erzählen. – Herr Alain Mayot hatte einen Papagei, der nicht mehr sprechen wollte, den Kopf hängen ließ und immer mehr verkümmerte. Herr Mayot ging zu einem Tierarzt, der ihm ein absolut sicheres Mittel vorschlug: ›Erzählen Sie Ihrem Papagei angenehme und witzige Dinge.‹ Nach einem Monat war das Tierchen tot. Der Tierarzt fragte Herrn Mayot: »Haben Sie ihm nicht mein Mittel verabreicht?‹ ›Doch‹, sagte Herr Mayot, ›ich habe ihm gesagt, daß ich ein sehr netter Mensch bin, daß ich alles aus Liebe zum Schach mache und daß ich Frauen mag.‹ Und der Tierarzt erwiderte ihm: ›Mensch, dann mußte er ja sterben: Sie haben ihm die Dosis für einen Elefanten gegeben.‹«
Was Amary nicht wußte, war, daß er nach den zwei Jahren

Sperre auf der schwarzen Liste des Verbands stand. Und daß Mayots Zorn fast seinen bis ins Kleinste ausgearbeiteten Plan zerstört hätte, für dessen Durchführung die Teilnahme an der Weltmeisterschaft die Voraussetzung war. Er hätte sie nie austragen können, wenn er vorher nicht die Schweizer Meisterschaft gewonnen hätte: Sie war das Sprungbrett zum Zyklus der Zonen-, Interzonen- und Kandidaten-Turniere.

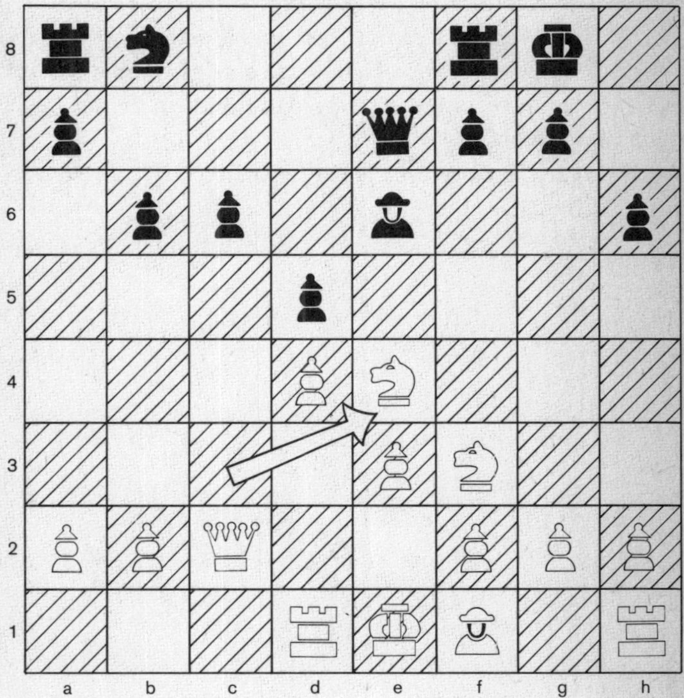

Amary nimmt Tarsis' Herausforderung an und schlägt den Springer *(13. Sc3xe4)*. Ein Kommentator sagt daraufhin zu den Journalisten, der Schweizer Meister sei nervös geworden, und zwar ausgerechnet in einem entscheidenden Augenblick.

Hätte er sich mit der Tatsache abgefunden, daß er die Initiative bereits verloren hat, dann hätte er sich mit einem Remis nach *13. Lf1-d3* begnügt. Aber er will unbedingt gewinnen, zum Angriff übergehen und den Königsflügel seines Gegners, den er nach dem Ausfall des Springers für ungeschützt hält, zerstören. Er will nicht an seine Verteidigung denken, er muß die Partie gewinnen und die vorgesehene Apotheose wahrmachen. Es ist ein revolutionärer, das heißt ein wissenschaftlicher Kampf, und vor ihm steht ein Gegner mit absurden Waffen. Wenn er sich voll und ganz konzentriert, so sagt er sich, ist ihm der Sieg sicher. Jetzt spielt er nur noch auf Sieg, und er ist davon überzeugt, daß ihm kein Fehler mehr unterlaufen wird.

Aber gerade hat er wieder einen begangen. Den zweiten in dieser Partie.

Durch eine leichte Berührung des Ischiasnervs der Position *(e4)* hat sich Amary zu einem Fehler verleiten lassen. Tarsis meint, nur er könne die Fehler seines Gegners aufdecken und ausnützen. Wer außer ihm wäre auf die Idee gekommen, das Anwesen, das dieser in Meung-sur-Loire gekauft hatte, auszukundschaften? Tatsächlich nützte er den Ruhetag zwischen der siebzehnten und achtzehnten Partie dazu, den Ort aufzusuchen, wo Iswoschikow zweifellos gefangen gehalten wurde. Leider war die Villa von einer drei Meter hohen Gartenmauer umgeben, die einen Blick ins Innere verwehrte. Das zweistöckige Herrenhaus erhob sich inmitten eines ausgedehnten, dicht mit Bäumen bestandenen und sehr gepflegten Parks. Die Gendarmerie bewachte das Anwesen von außen an den fünf strategischen Punkten: am Eingang und an den vier Ecken des Parks. Die Wachtposten waren bewaffnet und mit Walky-Talkies ausgestattet. Tarsis bewunderte den Winkelzug seines Rivalen: Unter dem Vorwand, er befürchte ein Attentat, Polizeischutz anzufordern und zu verlangen, daß ihn jedesmal, wenn er irgendwohin fuhr, vier motorisierte Polizisten begleiteten! Ein Ablenkungsmanöver wie beim Schach. Durch das er aus dem Kreis der Verdächtigen ausschied. Wer hätte ihn denn der Entführung des sowjetischen Ministers beschuldigen sollen? Dadurch, daß er Tag und Nacht beschützt wurde, war er auch automatisch überwacht, und das heißt, er hatte ein Alibi. Aber Amary hatte die Wachen an der Nase herumgeführt und war entwischt, um Iswoschikow zu entführen. Tarsis mußte jetzt nur noch herausfinden, durch welche List er nachts seinen Wohnsitz verlassen konnte, ohne von den Gendarmen gesehen zu werden. Nachdem er unzählige Hypothesen aufgestellt hatte, brachte ihn ein Angestellter des Katasteramts von Meung-sur-Loire auf die Lösung.

»Der ganze Untergrund der Gegend ist wie ein Schweizerkäse von unterirdischen Galerien, Tunnels, Stollen, Verbindungsschächten und Geheimgängen durchzogen, von denen einige bis ins Zentrum von Orléans führen. Diese Gänge wurden seit dem Mittelalter gebaut, um den adligen Herrschaften auf ihren Stammsitzen im Falle höherer Gewalt geheime Fluchtmöglichkeiten zu bieten. Während der Revolution entgingen auf diese Weise nicht wenige der Guillotine. Vor achtundzwanzig Jahren verlangten die Sicherheitsbehörden, daß alle zugemauert wurden. Sie waren sehr gefährlich; bei den häufigen Einstürzen gab es gelegentlich auch Tote. Es ist anzunehmen, daß die meisten Besitzer sie auch wirklich zugemauert haben.«

Nicht jedoch der ehemalige Besitzer, dem Amary das Anwesen abgekauft hatte, ein origineller anarchistischer Bildhauer, dem es wohl nicht gefiel, sich irgend etwas vorschreiben zu lassen.

Durch einen dieser unterirdischen Gänge entwischten Amary und seine Gefolgsleute in der Entführungsnacht, und auf demselben Weg kamen sie zwei Stunden später mit dem geknebelten Iswoschikow zurück, denkt Tarsis. Damit täuschten sie die mit ihrem Schutz beauftragten Polizisten und machten sie so zu ihrem besten Alibi.

Wegen eines Bußgürtels hätte Tarsis fast den Passierschein für das Priesterseminar in den Wind schreiben können, andererseits aber führte seine Begabung als religiöser Agitator beinahe zu einem Schisma in der Gesellschaft Jesu.

In jenen Zeiten, in denen Oran wieder spanisch werden und Rotkäppchen Purpurkäppchen heißen mußte, brachte es Spanien zwar nicht fertig, ohne die Hilfe italienischer Siedler aus Reisstroh Papierbrei zu machen, hatte jedoch in Sachen Bußgürtel den höchsten Stand der Wissenschaft erreicht und stellte darin auch den Schlausten noch in den Schatten. Im Reich des Bußgürtels ging die Sonne nicht unter. Der spanische Bußgürtel, ein kunsthandwerkliches Produkt, das in Klausur lebende Mönche von Hand, aber durchaus nicht ohne Sorgfalt herstellten, wurde über Castellón de la Plana bis auf die Philippinen und die Marianen exportiert. Dieser einheimische Industriezweig bedurfte – ebenso wie die Bettelei – für seinen Aufbau keines einzigen italienischen Ingenieurs. In einer Zeit, in der die Schönen Künste trotz ihres Patriotismus eher durch Monotonie als durch Phantasie glänzten, war der Bußgürtel in seiner Mannigfaltigkeit von Gehalt und Gestalt ein wahres Vorbild. Es gab ihn in allen Größen, für jeden Geschmack, mit oder ohne fromme Verzierungen, aus Draht oder aus Schnur, mit Stacheln oder Reißzwecken, für das Bein oder für die Taille, kompliziert und barock oder einfach, aber wirkungsvoll. Bei seiner Herstellung waltete eine solche Lebenskunst, ein solcher Respekt vor den verschiedenen Gelüsten und sogar Manien..., daß niemand sagen konnte, er fände nicht genau das, was er suchte. Niemand konnte sich übergangen fühlen.

Außer Tarsis. Er konnte sie nicht ertragen. Schon bei ihrem bloßen Anblick wurde ihm übel oder knirschte er mit den Zähnen. Ohne Umschweife erklärte er Pater Benito:

»Ich werde keinen tragen.«

Dabei war das Modell, das ihm sein Beichtvater mit ebenso frommer wie liebevoller Gebärde reichte, sogar bestickt. Auf den ersten Blick sah es aus wie ein breites Armband – für den Oberschenkel – aus einer Reihe von Halbkreisen aus Metall zusammengesetzt, die ihm das Flair einer avantgardistischen Skulptur verliehen. Das Detail, das aus dem Schmuckstück einen Bußgürtel machte, steuerten die mit spitzen Stacheln versehenen Enden der Halbkreise bei; diese verwandelten das prachtvolle Armband in ein Netz von zweiundneunzig spitzen Nägelchen, die sich so in den Oberschenkel gruben, daß gleich das Blut kam. Heute würde man sagen, daß nur noch die abgebrühtesten Masochisten mit einer solchen Zierde herumstolzieren würden. Für seine Mitagapiten war damals eher Tarsis der Psychopath, weil er die Ehre, ihn zu tragen, verschmähte. Für Pater Benito war die Übergabe des Bußgürtels der Endpunkt einer Etappe, die sein Schützling hervorragend gemeistert hatte. Mit dem Bußgürtel nahm er ihn in den Kreis der Besten auf. Das begann so:

»Heute ist Mariä Empfängnis. Ich habe eine großartige Nachricht für dich. Du darfst schon ab heute den Bußgürtel tragen. Hier hast du ihn.«

Tarsis hatte bereits voller Abscheu jene gesehen, die die altgedienten Agapiten trugen. Unbarmherzig erwiderte er:

»Ich werde niemals ein solches Vorhängeschloß anziehen. Ich ertrage keine Schmerzen.«

»Aber mein Sohn. Du weißt wohl nicht, was du da sagst? Du kannst ihn nicht ablehnen. Es ist eine Ehre. Nicht alle Agapiten haben das Recht, ihn schon jetzt zu tragen. Er wird dir helfen, den Versuchungen des Fleisches zu widerstehen.«

Wer nicht wußte, was er da sagte, war Pater Benito. Man kann nicht abstreiten, daß der Bußgürtel gewisse Tugenden hat, aber es gibt eine, die er wohl kaum zu Recht für sich beanspruchen kann: die, das Geschlechtsteil auf Eis zu legen. Im Gegenteil, die Agapiten hätten dem alten und vergeßlichen Geistlichen über ihren allmorgendlichen Leidensweg einiges erzählen können. Tatsächlich legten sich diese opferwilligen jungen Männer morgens das Instrument an, ertrugen es während der Messe und zogen es wieder aus, wenn sie zurückkamen. Aber während dieser Zeit – und zwar, Gott weiß warum, besonders im erhebenden Augenblick der

Wandlung – überkam sie eine solche Steife und Härte, daß viele fürchteten, die Hosenknöpfe könnten ihnen abspringen. Überdies litten sie hinterher unter schmerzlichen Nachwehen, was der Volksmund damals »Eierkribbeln« nannte. Man kann eben auch die hehrsten Abenteuer auf die Spitze treiben.
Pater Benito mußte seine ganzen Hinterladergeschütze auffahren und einen regelrechten Feuerzauber stillschweigender Vorbehalte entfalten, um sich aus der Affäre zu ziehen. Die Leidenschaft machte ihn blind. Er sagte sich, daß Tarsis sich mit solcher Respektlosigkeit gegen den Bußgürtel sträubte, weil die Wunden, die man ihm in Barcelona geschlagen hatte, noch nicht verheilt waren. Er fragte sich nicht einmal, ob sie jemals verheilen würden. Fürs erste nahm er sich vor, seine Vorgesetzten »später« von dieser Schlappe zu unterrichten, wie es seine heilige Pflicht war. »Später« war ebenfalls einer der stillschweigenden Vorbehalte, auf die er so oft zurückgriff.
Tarsis führte unterdessen mit dem gleichen Eifer (aber ohne den Trost des Bußgürtels) sein frommes Leben weiter. Morgens besuchte er die Messe in der Kapelle des »Sanatoriums für tuberkulosekranke, skrofulöse und rachitische Mädchen«. Dieser Name thronte über dem Malvarrosa-Strand, ohne daß die Badegäste sich darüber gewundert hätten. (Sie fanden es ja auch nicht seltsam, mit Turnhose und Hemd im Meer zu schwimmen.) Und auch die Heiminsassinnen nicht, vielleicht weil er auf sie zutraf und daran ja auch nichts Ehrenrühriges war. Am wenigsten ließ sich Tarsis von diesem Schild beeindrucken, denn er hatte nicht weit vom Colegio de San Antón entfernt, mitten auf der Corredera Baja, einmal eins entdeckt, das stolz auf dem Portal des Klosters der Theresianerinnen prangte: »Heilige Schwesternschaft der Zuflucht für heruntergekommene junge Mädchen«. Heute kommen die jungen Mädchen nicht mehr

herunter..., dafür aber die Heiligen Schwesternschaften! In der Kapelle war er inmitten dieses Gynäzeums tuberkulöser, skrofulöser und rachitischer Mädchen und Nonnen natürlich eine auffällige Erscheinung. Seine Beziehungen zu dem Priester, der dort die Messe las, war zwar stumm, aber aus naheliegenden Gründen feindselig. Die zu den Mädchen ebenfalls schweigsam, aber romantisch. Er dachte, wie gut es doch war, sich für die Gesellschaft Jesu entschieden zu haben..., sonst hätte er sich nämlich in alle verliebt. Vor allem in diejenigen, die sich wegen ihrer Behinderung nur unter größten Anstrengungen zum Altar schleppen konnten. Inbrünstig empfing er in ihrer Mitte das Heilige Abendmahl und konnte auch ohne Bußgürtel nicht verhindern, daß sich im Eifer des Gefechts, wie bei den anderen Agapiten, sein Vordersteven gegen die Strömung aufbäumte.

Er konnte sich jedoch immer beherrschen. Und wenn er nach der Messe in die Pension zurückkehrte, versuchte er möglichst wenig auf Soledad zu achten, die in der Küche mit dem Kaffee auf ihn wartete, ebenso schweigsam wie die Kranken in der Kapelle. Er hatte zwar noch nicht die vier Gelübde der Gesellschaft abgelegt (Disziplin, Armut, Keuschheit und Gehorsam gegenüber dem Papst), praktizierte sie aber schon beharrlich. Das vierte Gelübde – Gehorsam gegenüber dem Papst – machte Tarsis stutzig. Warum hatte sich die Gesellschaft Jesu diese ungewöhnliche und eigentlich völlig selbstverständliche Verpflichtung auferlegt, die die anderen Kongregationen nicht brauchten? Waren ihre Beziehungen zum Pontifex Maximus so schlecht? Würde man sich, wenn man dieses Gelübde nicht ablegte, etwa damit vergnügen, den Heiligen Vater in den Hintern zu beißen oder die Enzykliken ins Lächerliche zu ziehen? Die Jesuiten hätten das sehr gut gekonnt; das falsche Lächeln stand ihnen damals bestens zu Gesicht.

Nie zuvor war Tarsis so glücklich, selig, heiter, wohlgemut

und wonnetrunken gewesen. Nicht einmal früher, wenn er in Céret des Abends mit seinem Vater am Bachufer gesessen hatte. Die Tage, Wochen und Monate vergingen im Fieberrausch des Wartens auf die ersehnte Krönung: seinen Eintritt ins Priesterseminar. Neben seinem von unerschütterlicher Hingabe und Frömmigkeit beherrschten Innenleben leuchteten auch seine weltlichen Taten. Das Apostolat lag ihm im Blut; er predigte seinen Arbeitskollegen so energisch das Evangelium, daß die Betriebsleitung schon das Schlimmste befürchtete: daß nämlich seine angebliche Frömmigkeit nur das Feigenblatt war, mit dem er notdürftig seine politische Militanz bedeckte. Seine Fähigkeiten als Agitator setzte er mit soviel Schwung und Entschlossenheit in die Tat um, daß er nicht selten auf die Reisstrohhaufen kletterte, um die frohe Botschaft aus der Höhe zu verkünden..., was für ihn gleichbedeutend mit »dem Höchsten« und sogar »dem Allerhöchsten« war. Aus luftiger Höhe wiegelte er seine Kameraden dazu auf, ...im Exerzitienhaus der Gesellschaft Jesu in Sagunto an geistlichen Übungen teilzunehmen. Das war ein unsinniges Vorhaben und hatte den Erfolg, der den meisten absurden Unternehmen beschieden ist. Die Frömmigkeit der Fabrikarbeiter hatte damals allerdings einen Grad erreicht, der nicht weit vom absoluten Nullpunkt entfernt war. Bevor Tarsis nach Valencia gekommen war, hatte man nach und nach alle Kruzifixe, die zur Bekehrung der Massen die Werkstätten beherrschten, ohne großes Aufsehen und ohne übertriebene Eile verschwinden lassen. Das war der erste Schritt. Später wurden sie dann durch bunte Photos von nordamerikanischen Amazonen ersetzt. Man konnte feststellen, daß in einigen dieser Hochburgen der Arbeit Esther Williams im Badeanzug wie in den »Straßenmädchen« angebetet wurde. Als der Betriebskaplan merkte, daß er sechshundert Sünder, die nur vom Busen und vom Hinterteil der kalifornischen Walküre träumten, nicht im religiösen Glauben unterweisen konnte, verfiel er in seiner unendlichen Langmut schließlich der Melancholie. Er war, und das wurde ihm auch klar, eine rein dekorative Figur, die nach dem Nationalen Kreuzzug von den Siegern eingesetzt worden war. Nur in schwarz und durchaus nicht unhübsch. Ausweinen konnte er sich im Schoß einer jungen Frau von der »Acción Católica«, die, neben ihrer Tätigkeit als Trostspenderin, im Betrieb auch für die Abteilung »Kranke und Unfallopfer« zuständig war. Was sie am meisten entrüstete, war die Unkeuschheit ihrer Kollegen: Gelegentlich wiesen die dicken Aktenordner in dem Kabuff, das als Archiv diente, widerliche Spuren und Flecken auf: Diese unverschämten Kerle vergewaltigten die Ordner durch die Grifflöcher in den breiten Lederrücken. Der Kaplan und das Mädchen verbrachten den Tag damit, einander ihren Kummer zu erzählen. Und machten dann auch noch die Nacht durch.

In dieser von Gott verlassenen Einöde erzielte Tarsis mit seiner Mission, seine Kollegen auf Biegen und Brechen in das Exerzitienhaus zu bringen, eine unerwartete Wirkung. Er hatte sie mit viel Geschick darauf vorbereitet: Er fand heraus, daß das Parlament einstimmig (wie man so sagte..., eine »Opposition«, eine »Minderheit« kannte man damals nur vom Hörensagen) ein Gesetzesdekret verabschiedet hatte, das allen Arbeitern des Landes das Recht gab, eine Woche lang an Exerzitien teilzunehmen, ohne deshalb die Anstellung oder den Lohn zu verlieren. Und zu allem Überfluß waren die Unternehmer verpflichtet, alle Kosten für Unterkunft und Predigten zu übernehmen. Zähneknirschend mußte die Fabrikleitung Tarsis' Forderungen akzeptieren.

Anfangs ließen sich seine Kameraden nicht überzeugen und dachten sogar, nur Schwule könnten an solchen Novenen teilnehmen. Aber schließlich entschlossen sich die Tollkühnsten doch, diese Woche der Untätigkeit, die ihnen unentgelt-

lich angeboten wurde, auszuprobieren. Sie kamen begeistert zurück! Und sie erzählten haargenau, daß sie wie die Fürsten gespeist, wie die Murmeltiere geschlafen, zwei Coyote-Heftchen gelesen und wie Könige in Zimmern gewohnt hatten, die eines Drei-Sterne-Hotels würdig gewesen wären (im Laufe der Zeit und des zunehmenden Fortschritts haben die Hotels bis zu sechs Sternen bekommen, und bald wird es auch welche mit zehn geben; hoffen wir nur, daß dieser Kanon nicht auch beim Militär Schule macht).
Dies war ihrer Meinung nach kein Jesuitenhaus, sondern das Schlaraffenland.
»Und diese geistlichen Übungen, was soll das sein?«
»Das ist nicht schlimm..., man muß nur etwas Geduld aufbringen!«
»Dann zwingen sie dich also nicht, den lieben langen Tag Bittprozessionen zu machen?«
»Ach was! Da kommt nur so ein Priester und erzählt dir was von der Hölle... und von wegen Gott... und der Jungfrau und so... Aber auf die feine Tour. Ein interessanter Typ. Immer bin ich nicht dabei eingeschlafen.«
Ein anderer, der geschwätziger war, erzählte folgendermaßen von seiner Woche:
»Also, das war einfach bombig! Die haben uns wie die Fürsten behandelt! Aber der Pedro, dieser dreiste Kerl aus der Wicklerei, hat während der Predigten immer hinter vorgehaltener Hand anzügliche Bemerkungen gemacht und dreckige Witze erzählt. Wir haben uns gekugelt vor Lachen. Zum Hochamt am letzten Tag kam er im Schlafanzug und hatte sich mit Lippenstift mitten auf die Brust einen Kußmund gemalt.«
Es war die Hölle los. Die ganze Fabrik meldete sich an. Bis Jahresende war alles ausgebucht. Manche wollten nochmals teilnehmen. Für die Firma bedeutete dies ein solches Durcheinander, daß die Leitung die staatliche Gewerkschaft und

schließlich sogar das Arbeitsministerium in Madrid um Unterstützung bat, damit diesem Aderlaß ein Ende bereitet werde. Ohne Erfolg, denn diese schnöden Materialisten hatten nicht mit der Kirche gerechnet.

Für die Gesellschaft Jesu war die Sache, wie böse Zungen behaupteten, ein glattes Geschäft. Die bösen Zungen waren unheimlich gut informiert. Jenes Exerzitienhaus in Sagunto, das, bevor der Wirbelsturm Tarsis über Malvarrosa hinwegfegte, das halbe Jahr mangels Kunden geschlossen war, hatte ständig das »Belegt«-Schild an der Tür. Dics gelangte der Ordensspitze schnell zu Ohren..., und so kam es zu den »Differenzen«, die fast ein Schisma in der Gesellschaft Jesu verursacht hätten.

Die Provinziale von Madrid und Barcelona wollten diesen Schatz jeweils für sich vereinnahmen. Aber Tarsis hatte (entgegen der Meinung der Argentinier) nicht die Gabe der Allgegenwart. »Madrid« wies darauf hin, daß Tarsis' Familie – sein Vormund – in der spanischen Hauptstadt wohnte; »Barcelona« hielt sich mehr an die Gegenwart: Tarsis hatte als Wohnort Valencia gewählt, eine Stadt, die zur Ordensprovinz Tarragona gehörte.

Tarsis selbst setzte der Debatte darüber mit einem seiner berühmten Ausbrüche kurzerhand ein Ende.

Tarsis schlägt Amarys Springer *(13. ... d5xe4)* und sagt sich, daß er nicht verlieren kann und daß er Amary in der Zange hat: Der Bauer, den er ihm schenkt, wird Amary im Hals stecken bleiben.

Er schaut konzentriert und zufrieden auf das Brett..., und plötzlich zeichnet sich zwischen den Figuren ein Satz ab, so als würde er auf der Oberfläche eines Sees schwimmen: »DU WIRST VERLIEREN.«

Als die Halluzination vorbei ist, erinnert er sich daran, wie Nuria ihm eines Tages in Barcelona die Handflächen küßte und er eine... so eigenartige... Wärme spürte. Als sie ihre Lippen zurückzog, kam eine Küchenschabe aus der Mitte seiner Handfläche gekrochen; auf dem Panzer des Insekts stand das Wort: »EINSAMKEIT«.

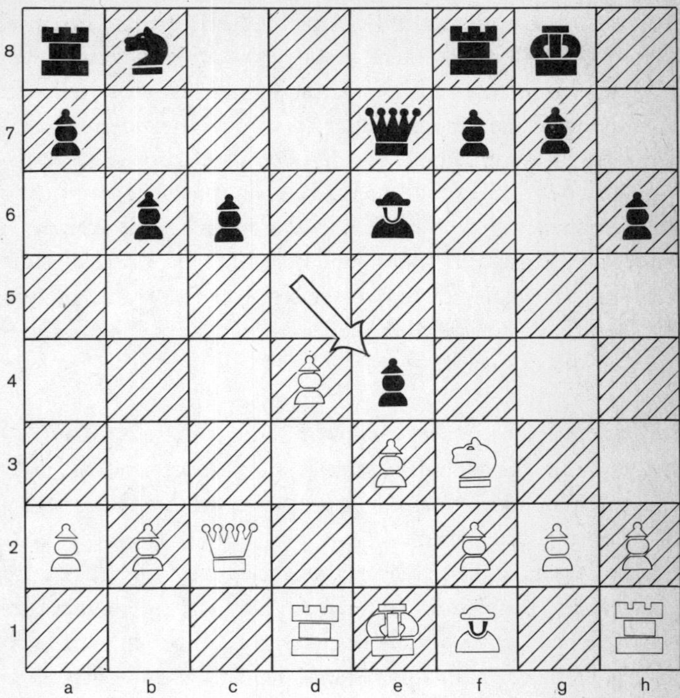

Tarsis überfällt plötzlich die Angst, daß die ganze Variante, die er gespielt hat, seinem Gegner die Möglichkeit bieten könnte, ihn in einen Hinterhalt zu locken. Gibt es vielleicht eine theoretische Studie in einer dieser ausführlichen jugoslawischen Enzyklopädien, die den Schlüssel für die »Zerstörung« seiner Eröffnung liefert? Er schaut auf das Brett, und alles erscheint ihm so einfach... Zu einfach. Hat Amary in seinem Wohnsitz in Meung nicht schon in aller Ruhe die Widerlegung seiner Züge vorbereitet? Ist seine Halluzination ein Beweis für seine Müdigkeit oder ein Vorzeichen? Oder etwa beides zugleich?

Physik und Schach verlangen von Amary dieselbe Konzentration und dieselbe Einsamkeit. Jetzt hört und sieht er sicherlich nichts von dem, was über das perfekte Quadrat des Schachbretts hinausgeht.
Er, der immer allein gelebt hat, selbst in den Hochzeiten des politischen Aktivismus, und der unfähig ist, zu einem anderen Menschen eine normale Beziehung aufzubauen, hatte sich vorgenommen, das Problem der »Großen Vereinheitlichung« zu lösen. Dafür mußte er alle Kräfte, Wirkungen und Wechselwirkungen des Universums miteinander verknüpfen.
[Marc Amary haßte den »Kleinen«. Er wußte, daß er ihn ertragen mußte, sobald er in sein Zimmer ging. Es störte ihn nicht, daß er ihn den »Meister« nannte; weder der »Kleine« noch die »anderen« hatten ihn je anders genannt. Der »Kleine« reizte ihn immer bis zur Weißglut, deshalb beschimpfte er ihn dann oft und bezeichnete ihn als Killer und Muttermörder. Womit er durchaus Recht hatte.

Dem »Kleinen« paßte es zum Beispel nicht, daß der »Meister« Schach spielte; wenn dieser sich daran machte, eine Partie zu analysieren, pflanzte er sich genau hinter seinem Nacken auf und betrachtete ihn angewidert. Der »Meister« sah ihn zwar nicht, spürte aber seinen Atem und seine verächtliche Miene.
Das Spiel störte den »Kleinen« deshalb, weil er wußte, daß er nie lernen würde, mit den Figuren umzugehen.
Der »Kleine« konnte nur Bockspringen, Kopf oder Zahl, Froschhüpfen, Himmel und Hölle und Verstecken spielen. Als Spielkameraden hatte er »Micky«, der ein ausgefuchster und außerdem gewohnheitsmäßiger Falschspieler war.
»Micky« war ein etwas mehr als fünf Zentimeter großes Gummipüppchen; der »Kleine« konnte ohne ihn nicht schlafen; der »Meister« war der Ansicht, daß es in seinem Alter allmählich angebracht wäre, allein zu schlafen. »Micky« lächelte immer und ewig, hatte nach außen gestellte Füße und ständig ausgebreitete Arme, als erwarte er, umarmt zu werden. Seine Hose und seine Zunge waren rot, seine Socken grün, seine Handschuhe und sein Gesicht weiß und seine Schnauze, ebenso wie seine riesigen Ohren, schwarz. Er hatte einen sehr eigenen Humor, den der »Meister« nie verstand.
Der »Kleine« setzte, so oft es ging, seinen Kopf durch. Er war zum Beispiel dick geworden und hatte jahrelang auch die »anderen« (außer natürlich »Micky«) zur Fettleibigkeit verpflichtet, wobei es ihm schnuppe war, daß der »Meister« sich schämte, seine mehr als hundert Kilo Gewicht in die Schule und zur Universität zu schleppen; obwohl diesem dabei speiübel wurde, mußte er all die Butter, den Speck und die Eier mit Mayonnaise hinunterwürgen, die der »Kleine« ihm aufzwang. Als der »Meister« beschloß abzunehmen, torpedierte der »Kleine« natürlich die (so strenge!) Diät, so gut er konnte, und er mußte ständig darauf achten, daß der »Kleine« sich nicht hinter seinem Rücken vollstopfte.

Der »Kleine« wußte, daß er mit seiner Forderung, das Dienstmädchen aufzuhängen, und vor allem mit dem Mord an seiner Mutter den »Meister« ganz schön beeindruckt hatte, und nützte seine Heldentaten weidlich aus. Er war ein leichtfertiger Kerl, der den »Meister« noch dazu durch den Muttermord in Schwierigkeiten gebracht hatte.
Bei ihren häufigen Diskussionen drohte der »Kleine« immer damit, Hilfe bei »Ihm« zu suchen. »Er« war natürlich auf seiner Seite, und das wußte der »Meister« auch. »Er« gab niemals irgend jemand Recht, aber er war trotzdem anwesend. Das heißt, anwesend im eigentlichen Sinn des Wortes war er nicht. Weder der »Kleine« noch der »Meister« hätten sagen können, welche Meinungen er vertrat, welches Gewicht seine Stimme hatte und wie weit seine Macht ging. »Er« war eine Bedrohung, und das war genug.
Wenn der »Kleine« und der »Meister« polemisierten, mischte sich »Micky« immer ein und erzählte mit seiner hohen Fistelstimme einen blöden Witz, der letzteren auf die Palme brachte. Und trotzdem wurden die Schäden, die »Micky« im Laufe seines Daseins erlitt, von dem »Meister« unter dem Vorwand, der »Kleine« sei ja so ein fürchterlicher Tolpatsch, immer wieder repariert. Und deshalb klebte er »Micky« höchstpersönlich den Kopf wieder an, wenn er abgegangen war. Der »Kleine« lachte dann immer über ihn:
»Ein Mann der Wissenschaft wie du, der einem Gummimäuschen den Kopf anklebt... Hi, hi...«
»Micky« brachte ihn auch während der Operation mit seiner Krächzstimme zur Verzweiflung: Das Püppchen hatte nämlich die besondere Eigenschaft, auch reden zu können, wenn der Kopf ab war. »Micky« war wie alle Mäuse sehr obszön und erzählte nicht nur den ganzen Tag dreckige Witze und schlüpfrige Geschichten, sondern wollte ihm auch noch die Cowperschen Drüsen befummeln. Das machte ihn ganz verrückt: Er konnte nicht ertragen, daß ihn irgend jemand

kitzelte. Der »Kleine« dagegen ließ sich bereitwillig massieren. Der hatte ja auch weder Prinzipien noch Würde noch Moral. »Micky« kannte »Ihn« besser als jeder andere. Fast so gut wie die »drei Kondore«. Immer wenn ihm irgendeine Vertraulichkeit darüber, wieviel er von »Ihm« wußte, entfuhr, hörten ihm der »Kleine« und der »Meister« voller Ungeduld zu. Eines Tages verlangte dieser:
»Du mußt uns wenigstens sagen, wo er schläft.«
»Bei uns natürlich: im Bett.«
Seine Stimme wurde so schrill, daß sie nie erfuhren, ob er gescherzt oder ein Geheimnis offenbart hatte. Trotzdem hielt der »Meister« »Ihm« von da an auf seiner Rechten einen Platz im Bett frei. Der »Kleine« schlief zu seiner Linken und »Micky« zwischen ihnen. Die »anderen« hatten natürlich nicht das Recht, bei ihnen zu schlafen.
»Micky« und der »Kleine« erzählten sich verstohlen ihre Geheimnisse. Hinter vorgehaltener Hand machten sie kichernd Anspielungen auf Madrid. Aber der »Meister« konnte ihr Geflüster nicht verstehen.
Der »Kleine« weigerte sich, Marxist zu werden. Ohne jede Erklärung. Aus reiner Dickköpfigkeit. Seine Rechtfertigung gegenüber dem »Meister« machte diesen fuchsteufelswild. Er sagte:
»Der ›Kleine‹ will kein Marxist sein.«
Sonst nichts; »Micky« dagegen war hellauf begeistert von diesem Gedanken. Der »Meister« war schon ganz glücklich über diese Eroberung, als das Mäuschen einen Witz vom Stapel ließ, der bereits einen endlos langen Bart hatte:
»Ja, ich bin Marxist, Tendenz Groucho, und Leninist, Tendenz Lennon.«
Der »Meister« trampelte wütend auf ihm herum, aber trotz seiner knapp sechs Zentimeter hatte »Micky« eine erstaunliche Widerstandskraft.
Der »Meister« hätte gern gehabt, daß sich alle für Physik

interessierten, oder zumindest der »Kleine« und »Micky«. Mit unendlicher Geduld erklärte er ihnen seine Arbeit; der »Kleine« und »Micky« lauschten ihm mit offenem Mund, aber vielleicht hörten sie ihn gar nicht:
»Einstein hat eine Relativitätstheorie des Gravitationsfeldes aufgestellt, nach der Raum, Zeit und Materie unter denselben mathematischen und physikalischen Aspekten zu betrachten sind. Die Theorie, die ich verfolge, wird alle Kräfte der Natur zu einer Einheit zusammenfassen. Versteht ihr das?«
Der »Kleine« erwiderte dann jedesmal:
»Im Ernst?«
Als ob er scherzen könnte.
»Micky«, als hätte er die ganze Erklärung verstanden, fragte ihn mit seiner Bauchrednerstimme:
»Wenn du sie aufgestellt hast, wirst du sein wie Gott, bevor er die Welt erschuf.«
»Komm mir doch nicht schon wieder mit Gott.«
Er regte sich darüber auf, daß »Micky« den ganzen Tag Gott im Munde führte: Typisch Maus, dachte er rassistisch oder zumindest diskriminierend. »Micky« hieb noch einmal in dieselbe Kerbe:
»Wir Mäuse sind sehr mystisch veranlagt. Unter uns gibt es viele Einsiedler.«
»Komm aus den Wolken zurück, und stell dich mit beiden Füßen – mit allen vier Pfoten – auf die Erde: Ich erkläre euch gerade, daß ich kurz davor bin, Gravitation, Elektromagnetismus und sowohl starke als auch schwache Wechselwirkung in einer einheitlichen Theorie zusammenzufassen. Versteht ihr das?«
Das Anhängsel »Versteht ihr das?« war nicht weniger aggressiv als die ständige Antwort des »Kleinen«:
»Im Ernst?«
Schäumend vor Wut fuhr der »Meister« ihn dann immer an:
»Du bist der einzige, der sich hier so dumm anstellt.«

»Du bist eifersüchtig, seit ich Cécile umgebracht habe. Sich immer groß aufspielen, aber, wenn's drauf ankommt, andere vorschicken...«

»Mörder!«

»Du hast doch die Tetanusbakterien gezüchtet!« entgegnete ihm der »Kleine« frech.

»Micky« mischte sich immer im ungeeignetsten Moment ein: »Das stimmt. Ich bin Zeuge. Du hast den Pferdemist geholt...«

»Halt den Mund!« (Und wütend schrie er nun den »Kleinen« an.) »Du hast verlangt, daß ich sie züchte. Und jetzt hast du noch die Stirn, es mir vorzuhalten! Ich bring dich um!«

»Wenn du mich umbringst, stirbst du.«

Der »Meister« mußte sich dieser offenkundigen Tatsache beugen.

»Ich bin nur glücklich, wenn ich dieses Zimmer verlasse, ohne euch. Welche Erleichterung!«

»Micky« hatte wie die meisten Mäuse das Zeug zum Diplomaten:

»Du hast vorhin gerade von Physik geredet. Das war sehr interessant. Sprich nur weiter. Ich bin ganz begeistert von der Großen Vereinheitlichung.«

Der »Meister« biß an:

»Die Große Vereinheitlichung wird die größten bekannten Energien mit den unendlich kleinen, wie sie zum Beispiel das Gluon aufweist, verbinden.«

»Vom Gluon hast du uns noch nie etwas erzählt«, log die Maus.

»Natürlich hab ich das.«

»Dann erzähl es mir nochmal.«

»Aber zum letzten Mal: Das Atom hat einen Kern, der aus Protonen und Neutronen besteht. Das Proton wiederum hat drei Quarks. Diese Quarks sind durch einen Klebstoff miteinander verbunden. Klebstoff heißt auf englisch ›glue‹.«

Der »Kleine« mischte sich besserwisserisch ein:
»Das ist falsch, du sprichst von Teilchen, die du nie gesehen hast. Da bin ich mir ganz sicher.«
Und »Micky« versöhnlich:
»Unterbrich ihn doch nicht ständig. Erzähl weiter.«
»Der ›Kleine‹ hat tatsächlich Recht: Niemand hat diese Teilchen bisher gesehen, und man wird sie sicherlich auch nie sehen können: Es gibt einfach kein Elektronenmikroskop, das sie zeigen könnte. Wir Forscher warten gespannt auf den Augenblick, da es gelingen wird, das Proton zu spalten.«
»Und wann wirst du das schaffen?« fragte »Micky«.
Der »Meister« war immer überaus froh, wenn dieser Punkt des Gesprächs erreicht war und er die beiden mit einem Bild der Ewigkeit beeindrucken konnte:
»Der Forscher, der diesem Phänomen beiwohnen will, wird sich auch über die Möglichkeit, das zu schaffen, im klaren sein: Dafür wird er sich auf einen Stuhl setzen und mehrere Billionen, Trillionen, Quadrillionen Jahrhunderte warten.«
Eines Tages fiel ihm der »Kleine« hämisch ins Wort:
»Das kannst du nachher alles Teresa erzählen, um sie aufzugeilen!«
»Teresa« war ein Wort, das in seiner Gegenwart nicht erwähnt werden konnte, ohne daß er außer sich geriet. »Eine Nutte von der schlimmsten Sorte«; der »Meister« hielt sie im hintersten Wandschrank gefangen und hatte allen verboten, mit ihr zu sprechen. »Micky« und der »Kleine« mochten sie sehr und trösteten sie heimlich, und sie hatten sogar durchgesetzt, daß sie bei ihnen schlafen durfte: auf dem Teppich zu ihren Füßen.
Der Grimm des »Meisters« gegen »Teresa« war vollkommen irrational. Wegen eines Scherzes, den er in den falschen Hals bekommen hatte, stellte er sie als »Nutte« hin. Eines Nachts, als sie in New York waren, schlichen sich »Teresa«, der »Kleine« und »Micky«, während er schlief, an den Wachen

vorbei in das Gebäude der Vereinten Nationen. Sie drangen in den vollkommen leeren Saal der Vollversammlung ein, wo »Teresa« sich auszog und auf dem Tisch des Generalsekretärs eine erotische Pantomine vorführte.
Diese Reise nach New York, die der »Meister« unternommen hatte, um an der NYU einen Vortrag zu halten, fing schon schlecht an. Er beauftragte den »Kleinen« damit, ein Gruppenticket für alle zu kaufen, aber dieser löste, frech und schamlos, wie er war, ein Einzelticket, mit dem dann natürlich alle in die Vereinigten Staaten reisten. Während des Flugs sagte der »Meister« kein Wort, sondern schluckte seinen Ärger hinunter, um keinen Skandal zu provozieren. Aber sobald er die Tür des New Yorker Hotels hinter sich geschlossen hatte, sagte er blaß vor Wut zu ihm:
»Ich verbiete dir Betrügereien, die aufgedeckt werden können! Ich bin Staatsbeamter! Sie können mich deinetwegen rausschmeißen!«
Um ein Unglück zu vermeiden, machte der »Meister« bis zu den Interzonenturnieren keine Reise mehr.
»Micky« blieb am Ball. Er fragte den »Meister« mit feinsinnigem Mäusespott, den dieser nie mitbekam:
»Ja, wer wird denn dann die berühmte Spaltung des Protons sehen?«
(Und dem »Kleinen« flüsterte er noch ins Ohr: »Proton Katzenlohn«.)
Der »Meister« ließ fast nie auch nur die kleinste Gelegenheit aus, mit seinem Thema fortzufahren:
»Vielleicht wird das erreicht, wenn mit PP die notwendigen Energien verfügbar gemacht sind. Was man aber mit Sicherheit sagen kann, ist, daß LEP, die unterirdische Anlage mit einem Durchmesser von 27 Kilometern, die gerade zwischen der Schweiz und Frankreich gebaut wird, die Spaltung auslösen wird. Und an diesem Tag werden wir bis ins Kleinste

vordringen und gleichzeitig Energien von 10^{16} analysieren, die viel größer sind als alle bis heute untersuchten und die Grundlage der Großen Vereinheitlichung bilden werden. Es gibt unbekannte Energien von fünfzehn Größenordnungen: Die Wissenschaft nennt das ›die Wüste‹.«

Und der »Kleine« unterbrach ihn: »Wüste« oder »Schwarzer Peter«?

»Du hast mir wohl nicht zugehört?«

»... ›Die Wüste‹ also ... ja, ja ... Das kannst du deiner Großmutter erzählen: Du willst ja nur ›Teresa‹ vögeln.«

»Du bist ja völlig bekloppt.«

»Deshalb läßt du sie zu deinen Füßen auf dem Teppich schlafen ..., um sie anzuspringen, sobald wir uns ausziehen. Du willst sie mit deiner Geschichte von ›der Wüste‹ verführen.«

»Ich will und kann sie damit nicht verführen: Sie versteht nämlich nichts von Physik.«

»Micky« goß wieder einmal Öl ins Feuer:

»Soll ich es ihr vielleicht erklären?«

»Mit euch rede ich nicht mehr.«

In solchen Fällen schloß sich der »Meister« mit dem »Irren« in der Toilette ein. Er hielt ihn hinter der Kloschüssel versteckt, damit weder der »Kleine« noch »Micky« noch »Er« noch »Teresa« ihn entdeckten. Das war sein Geheimnis. Mit ihm konnte er in Ruhe reden, und wenn sie manchmal über etwas diskutierten, arteten die Meinungsverschiedenheiten nie so aus, wie es mit dem »Kleinen« der Fall war. Sie respektierten sich gegenseitig. Aber der »Meister« war davon überzeugt, daß der »Irre« »Ihn« kannte und daß dieser ihn noch mehr beschützte als den »Kleinen«, »Micky«, »Teresa« und die »anderen«. Der »Irre« erwähnte »Ihn« nie, nicht einmal wenn der »Meister« ihn angriff. Aber er konnte ihn jederzeit rufen, und das wußte der »Meister« nur zu gut. Die Bedrohung, die »Er« darstellte, war noch beunruhigender.

Glücklicherweise, sagte sich der »Meister«, begleitet mich seit dieser schrecklichen Reise nach New York keiner von ihnen mehr, wenn ich weggehe. Was für eine Qual wäre es, sie im Physiklabor, bei den politischen Versammlungen oder während der Schachpartien ertragen zu müssen!]

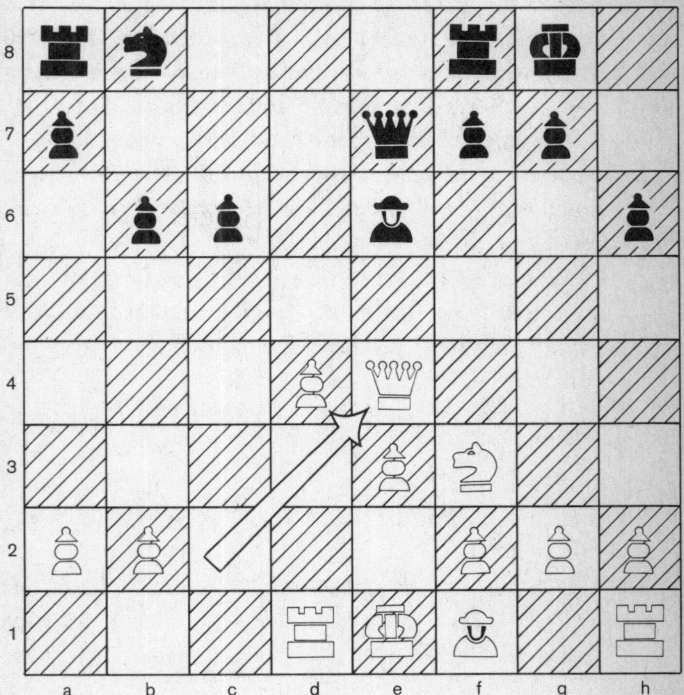

Amary spielt *14. Dc2xe4*, und sofort beginnt Tarsis, innerlich *Angelitos negros* zu singen. Er schnalzt fieberhaft mit den Fingern und leiert im Geiste immer wieder herunter: »*Pintor-que-pintas-con-amor-por-qué-desprecias-mi-color*«, bis die Wörter ihren Sinn verlieren. Seine Gedanken überstürzen sich derart, daß ihm der Gedanke, den er eigentlich festhalten will, zwischen der Analyse der Stellung, dem Liedtext und einem fürchterlichen Harndrang immer wieder entschlüpft. Im Grunde will er sich lediglich sagen: »Amary hat seinen Damenflügel aufgegeben; bald wird ihm die Luft ausgehen.« Es stimmt zwar, daß während einer Schachpartie das Reden verboten ist, aber bei nicht-offiziellen Wettbewerben geben die Spieler oft die ganze Zeit über zusammenhanglose Sätze von sich, die sie bis zum Überdruß wiederholen. Morphy zum Beispiel verkündete am laufenden Band auf französisch: »Implantera la bannière de Castille sur les murs de Madrid, au cri de ›Ville gagné‹, et le petit roi s'en ira tout penaud.« González stimmt Kriegshymnen an, und Benet brüllt, wenn er gewinnt: »Und hier endet die Geschichte vom Hosenscheißer.«

Mit Hilfe seines Refrains versucht Tarsis der Ungewißheit Herr zu werden, die ihn jetzt, da er sich schon auf der Schwelle zum Sieg stehen sieht, mehr denn je verzehrt.

Angelitos negros war das Lied, das Tarsis mehrmals in der Nacht der Überschwemmung hörte, lauthals gesungen von dem kleinen Teufelsbraten, der Enkelin seiner Pensionswirtin Doña Rita.

Es war ein Tag, der für Tarsis nicht glücklicher hätte beginnen und für die Gesellschaft Jesu oder zumindest für den Provinzial von Tarragona nicht unerwarteter hätte enden können. Tarsis war bei Tagesanbruch die Unbefleckte Empfängnis erschienen, dann leistete er seine acht Arbeitsstunden als Fräser in der Werkzeugmacherei der Papierfabrik ab…, danach besuchte er seinen Beichtvater, und schließlich machte er sich, nach einer entscheidenden Nacht, Hals über Kopf Richtung Grenze davon.

Obwohl die Erscheinung der Jungfrau ihn derart ergriffen hatte, daß ihm die Tränen kamen, wenn er nur daran dachte, erzählte er Pater Benito nichts davon. Beging man nicht die Sünde des Hochmuts, wenn man behauptete, die Jungfrau gesehen zu haben? Bedeutete das nicht, daß man sich für einen Heiligen hielt und damit Gefahr lief, für verrückt oder, was noch schlimmer war, eingebildet gehalten zu werden? Welche Beweise konnte er liefern? Manchmal schmückt sich die Jungfrau mit einem Wunder, verlangt den Bau einer Basilika, oder, was noch besser ist, sie macht drei oder vier apokalyptische Prophezeiungen, bei denen selbst dem eingefleischtesten Pfaffenfeind die Knie weich werden. Bei Tarsis war die Erscheinung der Jungfrau ein Stummfilm (und ohne Untertitel). Pater Benito würde ihm glauben oder zumindest so tun, aber würde er im Grunde nicht auch denken, daß er sich für besonders schlau hielt? Nur die Heiligen oder die

Seligen empfangen vom Himmel eine solche Gabe, dachte Tarsis. Und er irrte sich.
Gewiß, er hatte seinem Beichtvater keine seiner Heldentaten verschwiegen: weder seine Madrider Vergangenheit mit französischem Sklaven, noch sein Gastspiel im Zuhältermilieu Barcelonas und nicht einmal die Abfuhr, die er in Segovia bekommen hatte. Auch seine morgendlichen Erregungen beim Anblick der kranken Mädchen hatte er nicht unter den Tisch fallen lassen. Aber das Wunder der Erscheinung stand auf einem ganz anderen Blatt. Verriet er so vielleicht die Gesellschaft Jesu? Nein. Die Jungfrau? Auch nicht. Die Unbefleckte hatte ihm zugelächelt, ohne ihn um irgend etwas zu bitten..., und manche könnten sogar denken, er habe sie nur im Schlaf gesehen.
In jener Zeit pflegte die Jungfrau auf unserer Halbinsel Hirten und Hirtinnen auf dem Feld zu erscheinen. Wen wundert es da, daß man sie jetzt, bei den wenigen, die es noch gibt, nur noch sehr selten zu sehen bekommt? Wer hätte denn geglaubt, daß sie in einer Großstadt, die »noch-vor-Ende-des-Jahrhunderts-eine-Million-Einwohner-erreichen-wird«, einem Fräser erschienen war? Tarsis war froh darüber, daß sie nicht von ihm verlangt hatte, eine Wallfahrtskapelle zu bauen..., mitten auf einem Strand, der jeden Morgen mit Kondomen übersät war, die dort wie dicke, schleimige Schnecken schlummerten.
Als er nachts nach Malvarrosa kam, nachdem er den Abend bei seinem Beichtvater zugebracht hatte, mußte er feststellen, daß die Straßen bereits unter Wasser standen. Es reichte ihm bis zu den Knien, und je näher er der Pension kam, desto weiter stieg ihm das Wasser hosenaufwärts. Da es Nacht war und auch das Licht ausgefallen war, sah man die Hand nicht vor den Augen. Der Stromausfall konnte ihn nicht weiter überraschen: Das Fehlen italienischer Ingenieure machte sich in der Elektrizitätsgesellschaft auf grausame Art und Weise

bemerkbar: Man konnte meinen, die Einheimischen stellten die Umspanner, Transformatoren und Hochspannungskabel aus Packpapier her; beim kleinsten Schauer Stromausfall. Als er den schrillen Refrain von *Angelitos negros* hörte, erkannte er die Stimme der kleinen Vandalin, und zum ersten Mal mußte er über ihr Geschrei lächeln. Für Angelita, die Enkelin, waren die Überschwemmung, der Stromausfall, die Kerzen und das herrschende Durcheinander ein Geschenk des Himmels. Ihre Großmutter war angesichts dieses Unglücks so außer sich, daß sie, Gott weiß aus welchem Grund, versucht hatte, den *cangrejo* zu entfernen, und zwar so ungeschickt, daß sie den halben Stromzähler abgerissen hatte. Dieser »Krebs« war, wie der Bußgürtel, ein Spitzenerzeugnis der nationalen Volkskunst, der zudem eine nachbarliche Solidarität förderte, wie man sie heute nur noch in bulgarischen Filmen zu sehen bekommt: Wenn der Angestellte der Gesellschaft in der Ferne auftauchte, rannte jeder zum nächsten Haus, um ihn anzukündigen, und so konnte selbst Doña Rita geschickt die Beine ihres Krebses abmachen, bevor der Inquisitor kam. (Es ist noch nichts über diesen sinnreichen Kilowatt-Klau geschrieben worden, diese Meisterleistung der menschlichen Erfindungsgabe.) Aber in jener Nacht verhedderte sich Doña Rita.

Tarsis merkte nicht einmal, welche Abkürzung ihm das Schicksal da bot: Sein Tag hatte mit einer Erscheinung begonnen und endete in Finsternis.

Doña Rita erklärte ihm:

»Sie können nicht in Ihr Zimmer: Der Garten steht mehr als einen Meter unter Wasser.«

Sein Schlafzimmer, das hinten im Garten lag, war in glanzvolleren Zeiten, das heißt »vor dem Krieg«, wahrscheinlich die Wohnung des Gärtners gewesen. »Vor dem Krieg« war ein Ausdruck wie *la belle époque* für die Franzosen: Er verhalf einem Land, das ohnehin kein anderes Ziel hatte, zur

Rückkehr in die Vergangenheit. Jahre später, nachdem schon sehr viel Regen auf Malvarrosa und den Prado gefallen war, prägten wir Spanier nach dem Tod des Legionärs ein ähnliches Sätzchen, das die gleichen Konsequenzen hatte.
Tarsis war drauf und dran, sich wie Tarzan auf der Suche nach Chita an Lianen von Baumwipfel zu Baumwipfel durch den Garten zu schwingen, um ein Heiligenbildchen zu holen. Hätte er es, der Sturzflut trotzend, getan, so hätte er durch den Schutz der Jungfrau möglicherweise der Versuchung widerstehen können.
»Was meinen Sie, wie Ihre Matratze, Ihr Strohsack und Ihre Bettücher aussehen!« klagte Doña Rita.
Aber Tarsis war es aufgrund eines widersprüchlichen marianischen Egoismus völlig schnuppe, ob sein Bett am nächsten Tag, in zwei Tagen oder erst nach einer Woche kniehoch mit Schlamm bedeckt wiederauftauchen würde; er dachte nur an *sein* Heiligenbildchen.
»Soledad hat für Sie eine Matratze auf dem Dachboden hergerichtet. Auf dem Boden, auf einem Teppich. Es ist so warm, daß Sie nichts zum Zudecken brauchen, aber falls doch, finden Sie auf dem Treppenabsatz einen Stapel Decken.«
Tatsächlich lief allen der Schweiß in Strömen herab. Tarsis wußte gar nicht, daß das Haus einen Dachboden hatte. Während er die Treppen hochstieg, hörte er das Geplärr von Omas Goldstück. *Angelitos negros.* Als er bereits auf der zwölften Stufe war, informierte ihn Rita:
»Soledad wird bei Ihnen auf dem Dachboden schlafen. Es gibt sonst keinen Platz. Mein Schatz und ich werden ihr Zimmer und ihr Bett benützen. Die vier Schlafzimmer im Erdgeschoß stehen alle unter Wasser. So leicht geben wir uns aber nicht geschlagen!«
Die drei Büroangestellten waren klugerweise in der Fabrik geblieben. Sie hatten sich mit einer Korbflasche Rotwein dort

verschanzt, in der Absicht, aus dem Archiv Sodom und Gomorrha zu machen: Die Lederrücken sämtlicher Geschäftsbücher waren während dieser denkwürdigen Orgie dem Ansturm dieser Haudegen ausgesetzt.
Doña Rita hatte Tarsis als einzige Wegzehrung eine Kerze mitgegeben. Oben angekommen, verrichtete er seine Gebete, blies das Licht aus und dachte selig an die Erscheinung zurück.
An jenem Morgen, um halb sieben, als er gerade aufstand, um zur Messe zu gehen, war ihm die Jungfrau auf einer Wolke schwebend und vom blendenden Funkeln einer Aureole umgeben erschienen. Ihr Antlitz war der Inbegriff der Schönheit und Heiterkeit; ein intensiver Glanz lag darauf. Mit ihren Händen, die wie die Taube des Heiligen Geistes aussahen, hielt sie sich ihren blauen Schleier vor die Brust. Die Jungfrau lächelte ihm zu und schaute ihn gleichzeitig fest an, als wolle sie ihm sagen: »Du bist mein liebster Sohn, auf dich richtet sich all meine Hoffnung.« Bei der Erinnerung an das unendliche Glück, das er verspürt hatte, kamen ihm noch einmal vor Rührung die Tränen. Er konnte nicht sagen, wie lange die Erscheinung gedauert hatte, als sei diese Zeitspanne die Quintessenz von Unendlichkeit und Augenblick gewesen. Er hatte den Glanz und die Ekstase gespürt, das Licht der Schöpfung, den hellen Schein des Paradieses und das Strahlen der Engel. Die Jungfrau trug ihn in sanftem Flug durch die Lüfte, zwischen Himmel und Erde schwebend, und dennoch verharrte sie dabei immer unbeweglich in derselben Entfernung.
Die leichte Brise trieb ihn wie ein Himmelsstrahl in Sekundenschnelle von einer Seite des Firmaments zur anderen, und er schaute sie dabei fortwährend mit festem Blick an. Er hatte das Gefühl, Gold und Silber zu sein, Sphäre und Baum, Sonne und Mond, Erkenntnis und Liebe; aus allen Poren seines Körpers traten Feuerzungen und Regentropfen. Die

Jungfrau schaute ihn an, und er fühlte, wie sein Herz hell erglühte. Als er in Ekstase geriet, zog sie sich langsam zurück, so als löste sie sich in ihrem Glanz auf, und für einen ganz kurzen Augenblick ließ sie im funkelnden Licht noch einmal ihr Lächeln erstrahlen. Als sie verschwunden war, wollte er beten, aber seine Lippen und sein Geist brachten nur hervor: »Gegrüßet-seist-du-Maria.«

Eine Stunde später, als er zu seiner Bank zurückging, nachdem er in der Kapelle das Abendmahl empfangen hatte, fiel eins der zahlreichen Heiligenbilder aus seinem Meßbuch auf den Boden. Es war das Bild, das ihm erschienen war: Murillos *Unbefleckte Empfängnis*, genauso wie er sie gesehen hatte ..., nur fehlten bei der Erscheinung die Engel.

Er war so in die Erinnerung vertieft, daß er nicht merkte, daß Soledad sich neben ihn gelegt hatte. Als er dessen gewahr wurde, zog er das Bein zurück, mit dem er sie berührt hatte, als wäre sie eine giftige Schlange, und schrie:

»Sie haben sich in mein Bett gelegt!«

»Schreien Sie nicht so. Es gibt sonst keinen Platz. Aber wenn ich sie störe, schlafe ich auf der Treppe.«

Seine bereits an die Dunkelheit gewöhnten Augen nahmen jetzt wahr, was er nicht hatte sehen wollen, als die Kerze noch angezündet war: Der Dachboden war voller Truhen, Koffer und Möbel, und die beiden schmalen Matratzen lagen dort nebeneinander, wo das Gerümpel einen kleinen Platz gelassen hatte. Seine Schlafstätte und die Soledads waren dicht zusammengeschoben. Soledad trug ein Nachthemd, aber er bedeckte seine Blößen nur mit einer Unterhose, da sein Schlafanzug in seinem Zimmer war. Es war allerdings eine spanische Unterhose, weiß und harmonisch, mit halblangem Bein und einer großzügigen und hilfreichen Öffnung in der Mitte: ein wahrhaft prächtiges Kleidungsstück, das gleichzeitig mit dem Eintopf und dem Steinigen (und aus denselben Gründen) aus den heimatlichen Gefilden verbannt und durch

ein lächerliches Etwas mit dem Schoßhündchennamen »Slip« ersetzt worden ist, welches aus zwei bunten, gestreiften oder einfarbigen, dann aber umso grelleren, gleichschenkligen Dreiecken besteht und die edelsten Körperteile des Unglücklichen, der es im Geruch der Modernität von Sonnenaufgang bis Sonnenuntergang erträgt, auf die übelste Weise zusammenquetscht: Wer kann sich da heute noch über die Impotenz und sogar Unfruchtbarkeit eines Geschlechts wundern, das einmal das »häßliche« genannt wurde? Oder auch darüber, daß sich immer weniger zum Priester berufen fühlen?
Tarsis lag wie auf glühenden Kohlen. Beklommenen Herzens stellte er fest, daß die Zeit sich offenbar davor drückte zu vergehen.
»Können Sie nicht schlafen?«
»Wie haben Sie das gemerkt?«
»Ich höre, wie Sie atmen und wie Ihr Herz schlägt.«
»Ich habe einen Kaffee getrunken«, verteidigte sich Tarsis mehr schlecht als recht.
»Es ist so heiß! Das fremde Bett, die Überschwemmung... Sind Sie nervös?«
»Ein bißchen... Und Sie?«
»Ich nicht. Warum sollte ich?«
Soledad war ein Ausbund an Ruhe und Gelassenheit. Sie war es immer gewesen, auch in einer Pension, wo die Streiche der Enkelin und die Ungeduld der Großmutter ständig für Aufruhr sorgten.
Soledad und Tarsis konnten nicht schlafen und redeten die ganze Nacht miteinander. Als die Morgendämmerung hereinbrach, redeten sie immer noch miteinander, die Köpfe dicht beisammen und die Körper so weit auseinander, als wollten sie damit gewährleisten, daß man jederzeit ein Schwert zwischen sie hätte legen können, wie es eins der Postulate der höfischen Liebe forderte.

Tarsis ertappte sich dabei, wie er gleich zu Beginn der Nacht Soledad seine Berufung offenbarte:
»Warum gehen Sie jeden Morgen zur Messe?«
»Ich will Jesuit werden.«
Ein Geheimnis, das nur Pater Benito, dessen Vorgesetzte und die Agapiten kannten, und von dem sein Beichtvater gesagt hatte, er müsse es um jeden Preis für sich behalten, vertraute er ohne Umscheife... der Hausangestellten an. Aber man hatte den Eindruck, daß er aus seinem Herzen beileibe keine Mördergrube machte. Sie diskutierten angeregt... über Religion.
»Sie sind natürlich gläubig, nicht wahr?« fragte ihn Soledad.
»Ja, Gott sei Dank.«
»Die Insekten auch. Die Religion ist eine Erinnerung an eines unserer früheren Leben; bevor wir Menschen wurden, waren wir Parasiten, Seidenspinner, Fliegen, Raupen, Bienen. Die Schafe sind ganz anders: Der Mensch war nie ein Hammel oder eine Ziege oder ein Widder und wird es auch niemals sein.«
Er dachte nicht im entferntesten daran, daß Soledad verrückt sein könnte. Es war offensichtlich, daß sie im Vollbesitz ihrer geistigen Kräfte war.
»Mein Onkel war Schäfer. Ich habe zwei Jahre lang bei ihm gelebt. Wir haben beobachtet, daß zum Beispiel die Insekten auch an die Wiederauferstehung glauben. Die Larven führen, wie die Seelen im Fegefeuer, ein unterirdisches Leben. Die Lebenden können sie ernähren, so wie die Gläubigen für ihre Toten beten. Dann steigen sie aus der Erde empor, manchmal mit Schmetterlingsflügeln. Das ist dann die Himmelfahrt.«
»Die Unbefleckte Empfängnis!... Sie werden mir doch wohl nicht sagen wollen, daß es unter den Spinnen ›heilige Jungfrauen‹ gibt?«
»Die Jungfräulichkeit hat meinen Onkel sehr beschäftigt. Er hat viele Experimente mit seinen Schächtelchen gemacht. Die

Insekten können auch eine jungfräuliche Mutter haben; einige von ihnen werden ohne das Mitwirken eines Vaters geboren.«

Soledad sagte ihm, daß sie oft von ihrem Onkel träumte. Sie waren beide Insekten, so groß wie Kühe. Er zeigte ihr seine Flügel, seine Fühler, seinen Rüssel, seine Beine, seine Zangen, seine Facettenaugen, seinen Panzer und seinen Stachel. Und sie berührte entzückt jedes einzelne seiner Gliedmaßen.

Tarsis unterbrach sie:

»Haben Sie bei ihm geschlafen? So wie diese Nacht bei mir?«

»Jede Nacht. Er drehte sich auf den Bauch, und ich legte mich auf ihn. Um ihn zu wärmen, rieb ich meinen Körper an ihm.«

»Wie alt waren Sie damals?«

»Er hatte dabei einen Abgang, wenn es das ist, was Sie wissen wollen. Wir machten es wie die Skorpione.«

»Ich verstehe nicht ganz.«

»Ich preßte meine Lippen auf seinen Nacken und krallte ihm die Hände in den Hintern. Dann spritzte er seinen Samen auf das Ziegenfell, auf dem wir schliefen, und rückte zur Seite, damit ich mich darin wälzen konnte.«

»Glauben Sie an gar nichts? Nicht einmal an Gott?«

»Ich fühle mich dem Heuwurm, der Wespe, der Ameise, der Termite, der Laus, der Stechmücke und der Zikade näher. Auch wenn Sie es nicht glauben, das Glühwürmchen hat mich immer viel mehr erleuchtet als Gott.«

»Sie reden nicht wie ein Dienstmädchen.«

»Alles, was ich weiß, hat mir mein Onkel beigebracht. Von den Namen der Sterne bis zur Metamorphose der Libelle. Leider starb er dann, und ich mußte nach Valencia kommen und in Stellung gehen.«

Soledad glaubte nicht an die Sünde. Aber sie verführte ihn dazu, zu sündigen. In Gedanken. Und vielleicht auch durch seine Begierde. Mit einem Mal stand für Tarsis fest, daß er Pater Benito nicht mehr wiedersehen würde. Er könnte ihm

nicht beichten, daß er diese Nacht mit Soledad verbracht hatte.
»Ich kann nicht mehr zur Gesellschaft Jesu zurückkehren. Morgen gehe ich nach Frankreich. Ich werde kein Jesuit.«
»Wenn Sie nach Frankreich gehen..., fasse ich mir ein Herz und gehe auch. Darf ich Sie begleiten?«

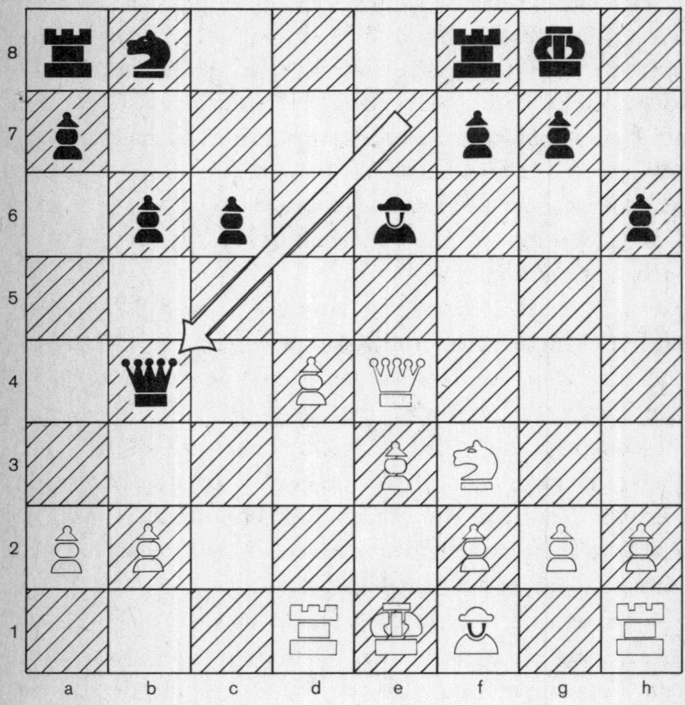

Zum ersten Mal in dieser Partie bietet Tarsis Amary Schach: *14. ... De7-b4+*. Er dringt in den ungeschützten Damenflügel ein, »wie ich auch in seinen Entführungsplan eingedrungen bin«, denkt er.

Die Presse der extremen Linken vertritt weiterhin die These, daß die Entführer des Ministers Iswoschikow »verantwortungslose Elemente aus der Arbeiterbewegung« seien. Tarsis wundert sich, daß sie sie nicht als »Faschisten« bezeichnen. Vielleicht lesen sie wie er aus den Botschaften des »Comité Communiste International« die Denkweise eines echten Kommunisten heraus. Der Regierung wird Zaghaftigkeit und der »bourgeoisen« Polizei willentlich ineffizientes Vorgehen vorgeworfen. Für den morgigen Tag ist eine Massenkundgebung auf der Place de la Bastille geplant, um von der Staatsmacht, dem »objektiven Komplizen der Entführer«, die »sofortige« Befreiung des sowjetischen Ministers zu fordern. Die Sowjetunion ihrerseits droht damit, ihre diplomatischen Beziehungen zu Frankreich abzubrechen, wenn dessen Regierung den Genossen Iswoschikow, diesen »großen Freund des französischen Volkes« und »des Friedens«, nicht bald befreit. Auf den Gängen des UNO-Gebäudes wird offen darüber gesprochen, daß die Beziehungen zwischen den beiden Blöcken in einer Krise stecken, deren Folgen unabsehbar sind. Die scharfsichtigsten Kreml-Astrologen behaupten, die Sicherheit der Mitglieder des Politbüros sei für sie alle, unabhängig von ihren Streitereien oder Meinungsverschiedenheiten, eine unabdingbare Forderung; die vorrangigste..., denn ihr eigenes Leben steht auf dem Spiel. Ein so fataler Präzedenzfall ist für sie unannehmbar.
Tarsis ist davon überzeugt, daß Amary diese dramatische Zuspitzung der Weltlage durch den Entführungsfall vorhergesehen hat. Und daß er sich darüber freut.

Durch Tarsis' Flucht fiel das Schisma in der Gesellschaft Jesu unter den Tisch. Hätte der Orden einen »Richtungskampf« nicht verkraftet? Es gibt eine »authentische« Falange und eine »ohne alles«, eine ETA»M« und eine »PM«, »historische« und geschichtslose Sozialisten, neue und nicht mehr so neue Kommunisten und sogar ein schlichtes Kabinett und ein Wirtschaftskabinett. Die Gesellschaft Jesu hätte sicherlich bestens dagestanden, wenn sie sich zum Beispiel in »SJ« und in »SJ(N)« gespalten hätte. Die Gläubigen hätten sich auf die Seite der »Nazarener« oder der »Orthodoxen« gestellt und somit dem Orden eine unerwartete Aktualität verliehen.
Für Amary war es ein Kinderspiel, sich im Labyrinth der revolutionären politischen Vereinigungen von damals (PTI, PCMLF, CCJD, CCD, PGC, PCF(ML), PCMLF, HN, HR, FR, LCR, CSFM usw., usw....) zurechtzufinden; er konnte die Nebenströmungen von den Hauptströmungen unterscheiden, die Stämme von den Ästen, die Abzweigungen von den Verzweigungen, die Unterteilungen von den Untervervielfältigungen, die Fraktionen von den Abspaltungen und die Sektionen von den Komitees. [Bei sich zu Hause, in seinen vier Wänden, hatte er sich durch den Umgang mit den »anderen« daran gewöhnt, alles sehr genau zu nehmen.] Vielleicht, so sagte sich Amary, war die Überfülle von Intellektuellen und das Fehlen von Proletariern in diesen revolutionären Arbeiterorganisationen in erster Linie darauf zurückzuführen, daß der gewöhnliche Sterbliche dem Buchstabengewirr, das scheinbar weder Hand noch Fuß hatte, hilflos gegenüberstand.
Wann immer sich die Gelegenheit dazu bot, drehte Amary sie

durch die Mangel oder entzog ihnen zumindest die brauchbarsten Mitglieder. Aber immer durch einen seiner Gefolgsleute.

Die drei ersten Angehörigen der Gruppe, die er gründete, waren drei Dimitrov-Dissidenten: Christophe de Kerguelen, John Hermés, Jacques Delphy. Sehr viel später gesellte sich noch Claude Delacour zu ihnen.

De Kerguelen, ein Aristokrat mit guten Manieren, unfähig, die Ellbogen auf den Tisch aufzustützen oder mit vollem Mund zu reden, war Jacqueline Ribouds unbarmherzigster Peiniger gewesen. Unbarmherzig, aber elegant. Er war Forscher im Labor für Molekularbiologie des CNRS, als er schließlich das verstand, was er sein ganzes Leben lang gehört hatte, ohne darauf hören zu wollen: die Stimme des Abenteuers, damals aus Corneilles Mund.

»Willst du vollkommen sein, so gehe hin, verkaufe, was du hast, und folge mir nach.«

Und das tat er dann auch. Er folgte Corneille und trat in die Dimitrov-Gruppe ein, nicht ohne zuvor »endgültig« aus dem CNRS auszuscheiden und somit seinen Doktortitel und sein Gehalt dranzugeben. Der Bibel folgend, gab er alles den Armen, das heißt der Revolution... durch Corneilles Vermittlung. Als dieser zu guter Letzt anfing, sich wie ein rumänischer Minister der transzendentalen Meditation hinzugeben, war de Kerguelen so verzweifelt, daß er beschloß, durch Masturbation Selbstmord zu begehen. Zum zweiten Mal in seinem Leben. Sicher hatte er an der Methode Gefallen gefunden. Er behauptete, dies sei, da er einmal Tuberkulose gehabt habe und seine Gesundheit dadurch sehr angegriffen sei, das beste Harakiri. In Wirklichkeit versuchte er aber, zwei Fliegen mit einer Klappe zu schlagen. Da für Corneille nach seiner Bekehrung zu den Lehren Ananda Margas, eines Neffen Buddhas, die Rettung nur durch Keuschheit kommen konnte, würde de Kerguelen bei seinem Tod dem heiligen

Popanz die Zunge herausstrecken. Er war zu hochmütig; er streckte nur wenig Zunge heraus und die noch ohne Saft und Kraft. In seinem Alter war das bereits eine Form des Sterbens, die selbst mit Überstunden nicht mehr zu erkaufen war.

Als er mit achtzehn Jahren im Sanatorium von Boufflémont war, veröffentlichte André Breton den Bericht über de Kerguelens ersten Versuch in einer der ersten Nummern von *La Brèche (action surréaliste)* mit zwei Federzeichnungen von René Magritte (der zu jener Zeit noch ein Niemand war). Die Erzählung hatte Spannung und einen verblüffenden Schluß: Sein waghalsiger Versuch, durch Masturbation zu sterben, lief recht gut: Er rieb sich in Grund und Boden, zerriß sich im wahrsten Sinn des Wortes, und manchmal konnte er mangels Munition nur noch ein paar Blutstropfen herauspressen..., bis in dem Augenblick, als er sich, im Angesicht des Todes und völlig erschöpft, das letzte Röcheln spendete, im Türrahmen die strahlende Gestalt der neuen Krankenschwester auftauchte. Amors Pfeil..., der seine Glut kühlte. André Breton war von dem poetischen Kurzschluß »fasziniert«; er verglich ihn mit Baudelaire und mit Vaché.

Nachdem de Kerguelen das Sanatorium verlassen hatte, kam er in das *Centre de Postcure* von Sceaux, wurde aber zu den Treffen der Surrealisten zugelassen, die von halb sechs bis halb acht Uhr abends – es hätte von schlimmster Takt- oder Geschmacklosigkeit gezeugt, mit auch nur einer Minute Verspätung zu erscheinen – in einem Café mit dem Namen *Der Spaziergang der Venus (La Promenade de Vénus)* stattfanden. André Breton fand Gesellschaftsspiele sehr unterhaltsam; er nannte sie poetische Scharaden, erlesene Leichen oder »das eine im anderen«. Er war ein sehr vornehmer Franzose, aber seine Spielchen waren nicht gerade der letzte Schrei: In Ciudad Rodrigo waren sie schlicht unter dem Namen *el Antón pirulero, la pájara pinta* oder *el pánfilo* bekannt. Eines Tages schlug er vor, jeder Person, die er nannte, den Namen

des Tieres zuzuordnen, das sie poetisch symbolisierten (Rimbaud: »Der Phönix«, Victor Hugo: »Der Löwe von Judäa«, Van Gogh: »Der Seestern«, usw....). De Kerguelen hatte sich eine Allegorie für Saint-Just auszudenken. Da er sich im surrealistischen Heiligenverzeichnis noch nicht so gut auskannte, hielt er es für besonders witzig, den Elefanten im Porzellanladen zu spielen, und schlug vor:
»›Die Ratte‹.«
Der Ausschluß aus der Gruppe war schon bei geringeren Vergehen fällig. Breton, der wieder einmal ein Haar in der Suppe gefunden hatte, hielt ihm eine wütende Standpauke; de Kerguelen versteckte sich hinter einem hasenfüßigen Lächeln. Nach seiner Hetztirade glaubte Breton, die Ursache des Ausrutschers erfaßt zu haben:
»Sie kommen hierher, um uns auszuspionieren!«
Und ohne jede böse Absicht, so als sei das doch offenkundig (er wußte nicht, daß die Gruppe dies streng geheimhielt), sagte er:
»Ausspionieren... ja was denn?«
Die Surrealisten hatten wie alle tonangebenden literarischen oder künstlerischen Bewegungen jener Zeit viel mit den Politikern und Proletariern gemeinsam, und zwar nicht nur den Fanatismus. Der Surrealismus war eine harte (aber notwendige) Schule für de Kerguelen und seine zukünftige revolutionäre Tätigkeit. Sie formte ihn und machte ihn reifer. Am Ende war er in der Lage, das Gehorsamkeitsgelübde abzulegen... für die erstbeste Sache, die sich bot. Als unumgängliche Bedingung für die Aufnahme in seine Gruppe verlangte Amary von de Kerguelen, wieder in das Labor für Molekularbiologie zurückzukehren. Amary befürchtete wie André Breton, daß Außenstehende ihre dreckigen, gewöhnlichen Nasen in seinen Kreis stecken könnten.
Amary verlangte von den Mitgliedern seiner Bruderschaft außerdem, sich normal zu verhalten, das hieß, weder fettlei-

big noch müßig zu sein, und brach so mit einer Vergangenheit, in der sich die militante Linke immer auffällig und lautstark präsentiert hatte.
Weniger anspruchsvoll als die Surrealisten nahm der CNRS de Kerguelen nach seinem aufsehenerregenden Rücktritt und dem dreijährigen Schwänzen wieder auf. So daß er im gleichen Zug in das Untergrundkomitee eintreten konnte.
Amary war sich der Tatsache bewußt, daß die Zeiten der revolutionären Gruppen, die sich durch große Worte und kleine Taten auszeichneten, der Geschichte angehörten, daß sie als Kinderkrankheiten des Kommunismus auf dem Misthaufen der Geschichte gelandet waren. Die Morgenröte eines neuen Zeitalters kündigte sich an: Sie würden ihm zum Durchbruch verhelfen. In den Hauptstädten der kapitalistischen Welt boten sich Hunderte von Kilometern als Front, an der man mit den Mitteln des städtischen Terrorismus den Krieg gegen die Bourgeoisie führen könnte. Amary trug vor seinen Mitstreitern eine eiserne Charakterstärke zur Schau [...und kompensierte damit die sarkastischen Bemerkungen des »Kleinen« und der »anderen«, die er sich immer anhören mußte, sobald er nach Hause kam].
Die linken Gruppen, die Amary so verachtete, waren von einem Metzger aus der Taufe gehoben worden. Der außerdem aus Albacete stammte, wenn man die Geschichte glauben will, so wie sie von der PCF (der Kommunistischen Partei Frankreichs) erzählt wird: Um seine Richter zu indoktrinieren, gründete Marty die Kommunistische marxistisch-leninistische Bewegung Frankreichs (die MCF [ML]). Die nur die Sakramentsunfähigen mit der Union der Kommunistischen marxistisch-leninistischen Studenten (UEC [ML]) verwechseln konnten. Erstere waren prochinesisch, letztere Anhänger Althussers. Um die Polizei und die gegnerischen Gruppen irrezuführen, waren jene ebenfalls Anhänger Althussers (wenn auch in geringerem Maße) und diese eben-

so prochinesisch wie ihre Gegner oder vielleicht sogar noch mehr. Die Leidenschaft für Althusser war nicht verwunderlich; er war ein Philosoph, der beispielsweise schrieb: »Die Fahnen der Revolution breiten sich aus und flattern im leeren Raum« (das niedere Volk ist gemeinhin nicht imstande, eine solche Tat im leeren Raum zu vollbringen). Als die beiden Gruppierungen wegen eines Interpretationsproblems bezüglich der »Neuen politischen Ökonomie« beinahe handgreiflich geworden wären, beschlossen sie, es sei revolutionärer, sich zusammenzuschließen. Das Paar ließ sich unter dem Namen PCF (ML) nieder, und da sie in anderen Umständen waren, brachten sie *L'Humanité Nouvelle* zur Welt. Was natürlich Althusser und de Gaulle sehr ärgerte. Der eine überließ sie ihrem Schicksal, obwohl er manchmal heimlich mit ihnen turtelte, und der andere stellte sie außerhalb des Gesetzes, indem er sie »per Dekret auflöste«. In der Zwischenzeit hatten sie eine gute Partie gemacht: Die Chinesen hatten ihnen zweitausend Dollar als Mitgift zukommen lassen. Der Tiefschlag, den de Gaulle ihnen mitten in den Flitterwochen versetzte, war für sie traumatisch. Sie beschlossen, sich in zwei Gruppen zu spalten: »Gauche Prolétaire« und PC(ML)F. Die List dieser zweiten Gruppe bestand darin, das F von »französisch« von der Mitte nach rechtsaußen zu verschieben. Die »Proletarier« vollbrachten die denkwürdige Tat, Maoisten zu sein..., aber antimarxistische! Um die frohe Botschaft zu verkünden, gründeten sie *La Cause du Peuple*. Natürlich bedeutete »cause« in diesem Fall nicht, wie die Akademie vermerkt, »Strafprozeß«. Um keinen Schimmel anzusetzen, unterteilte sich die PC(ML)F daraufhin zum Spaß in zwei weitere Gruppierungen. Aber mit viel Sinn für Humor führten die beiden neugeborenen und gegnerischen Gruppen weiterhin dasselbe Etikett PC(ML)F. Die damit hervorgerufene Verwirrung war so groß, daß sie in den progressiven Kreisen durch die wenig erbaulichen Bezeichnungen »die Alten« und »die Jungen« unterschieden wurden. Angesichts dieser Tatsache gründete jede der beiden gegnerischen Organisationen mit viel Verantwortungsbewußtsein eine Publikation, in der jede für sich ihre Streitigkeiten an die große Glocke hängte: den *Front Rouge* und *L'Humanité Rouge*. Daß sie in »rot« übereinstimmten, konnte die Experten nicht täuschen: Für sie war der Abstand zwischen »Front« und »Menschheit« genauso tief wie der, der die beiden Parteien politisch trennte. Die freigiebigen Chinesen warfen noch mehr Geld aus dem Fenster und gaben den letzteren noch einen Batzen von zweitausend Dollar. Es sah jedoch nicht alles rosig für sie aus; am Horizont erhob sich bedrohlich »Le Prolétaire-Ligne Rouge«. Das Rote war besonders tückisch, denn in Wirklichkeit näherten sie sich ihnen, oder zumindest ihrem Namen, nur, um ihnen dann noch erbarmungsloser den Dolch in den Rücken zu stoßen; die Absicht dieser Sektion war es, die »Revisionisten« zu demaskieren oder, was auf dasselbe herauskam, sie durch den Kakao und ins Lächerliche zu ziehen. Mit derselben durchtriebenen Absicht, jedenfalls zu Anfang, entstanden das CCJS (Comité Communiste Joseph Staline) und das CCGD (Comité Communiste Georges Dimitrov). Diese beiden Komitees erklärten nicht nur den anderen Organisationen den Krieg, sondern bekämpften sich auch gegenseitig wie Welfen und Ghibellinen. Man muß anerkennen, daß beide den ganzen Kohl noch einmal aufwärmen wollten, indem sie den ersten »Petit groupe compact« gründeten. Die Fruchtbarkeit der revolutionären Phantasie war damit noch nicht erschöpft, und nur ein umfangreicher Gotha könnte die unzähligen Gruppen und Grüppchen aufnehmen, die mit mehr oder weniger Erfolg in diesem gelobten Land gegründet wurden. Ein eigenes Kapitel verdienen die Trotzkisten, die die Sache der Arbeiter mit ihren zahllosen Gruppierungen unterstützten, angefangen von der LCR (Ligue Communiste

Révolutionnaire) über die »Posadisten« und »Socialisme et Barbarie« bis zur AJS (Alliance des Jeunes pour le Socialisme), und nicht zu vergessen die Spontaneisten, die Anarchisten, die Edonizisten und die Strukturalisten. Diese letzteren haßte Amary wie die Pest; ohne Rücksicht auf Lenin und auf seinen Vater hatten sie sich leichtfertigerweise erlaubt, eine ihrer Ausgeburten die »Kleinen« zu nennen.

Gerade Lenin hatte zu seinen Mitarbeitern gesagt: »Achtet auf euer Nervensystem.« Alle diese Gruppen kamen ihm wie eine Bande von Deppen und Exhibitionisten vor, die nicht mit Mao begriffen hatten, daß »man die Geschichte in großem Maßstab und nicht in kleinem Maßstab sehen muß.«
Wenn Amary zu seinen Mitstreitern sprach, stellte er Formeln von mathematischer Strenge auf. Er sagte zum Beispiel: »Erstens: Die Regierenden können nicht regieren wie in der Zeit vor Marx. Zweitens: Die Regierten können nicht weiterhin wie in der Vergangenheit leben. Schlußfolgerung: Nur historische, soziale und ökonomische Realitäten in großem Maßstab werden die Revolution hervorrufen.« Oder auch: »*A.* In der UdSSR funktioniert zur Zeit nur die Rüstung. *B.* Wenn die UdSSR die Welt erobert hat und das Verteidigungsproblem wegfällt, wird sie auch das Versorgungsproblem lösen. Deshalb müssen wir, ganz gleich wie wir über den im Kreml existierenden Revisionismus denken, der Sowjetunion dabei helfen, die letzten Überreste der feudalen Vergangenheit hinwegzufegen: die kapitalistischen Gesellschaften.«
De Kerguelen hörte ihm mit offenem Mund zu:
»Dann werden wir ja die reinsten Quijotes sein.«
Amary verbesserte ihn:
»Don Quijote kämpft gegen Windmühlen, weil er sie für Riesen hält. Der Revolutionär greift genaue Ziele an. Wir sind keine Altruisten, sondern Realisten.«
[Und er ging mit den »anderen« schlafen.]

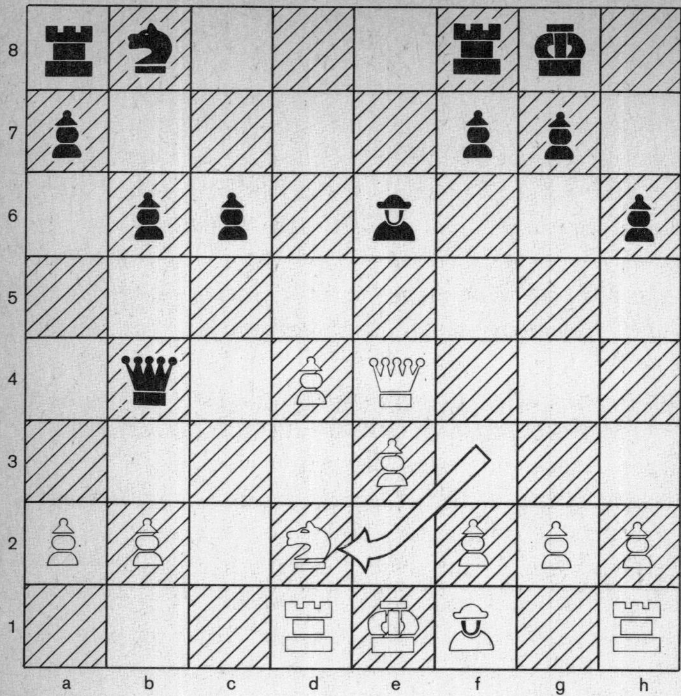

Amary spielt nicht *Td1-d2,* um seine Verteidigung zu festigen (womit er allerdings auch Tarsis die Initiative überlassen würde), sondern macht den aggressivsten Zug: *15. Sf3-d2.* »Ein unumgänglicher Zug«, sagt er sich, der ihn zum Sieg führen wird. Tarsis kann sich ruhig damit vergnügen, seine Bauern auf dem Damenflügel abzuräumen: Wenn er aus seinem Wunschtraum erwacht, wird er sich in einer Zwickmühle befinden, die zum Schachmatt führen wird. »Jetzt gewinne ich ganz sicher«, denkt er. »Mein Angriff ist nicht aufzuhalten.«

»Mein Angriff ist nicht aufzuhalten«, sagt sich auch Tarsis, während er mit der Dame auf *b2* schlägt *(15. ... Db4xb2)*. Er ist davon überzeugt, daß er gewinnen wird: Er hat Amarys Damenflügel zerstört, und er weiß, wie der Gegenangriff seines Kontrahenten aufzuhalten ist. »Er kann aufgeben«.

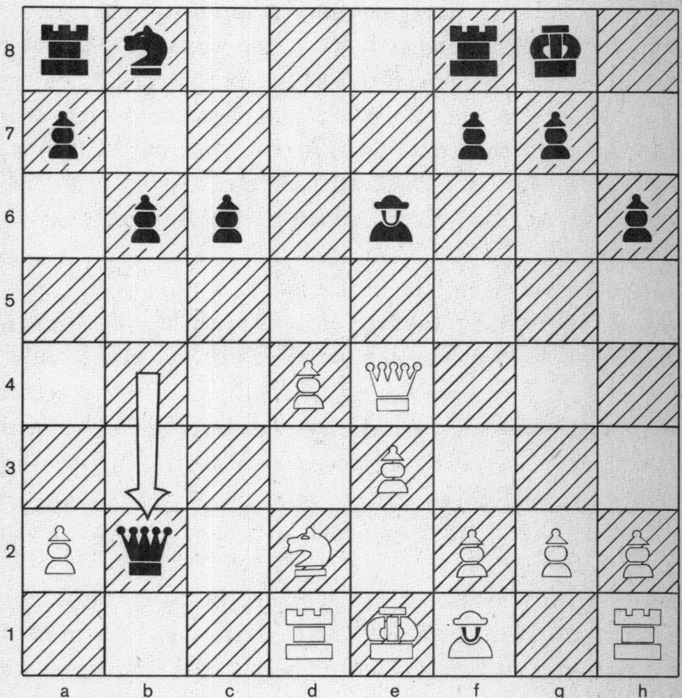

Soledad fällte ihre Entscheidung, nach Frankreich zu gehen, aus dem gleichen Grund, aus dem die heilige Teresa mit neun

Jahren Spanien verlassen wollte: »um die Seligkeit zu erlangen.« Nicht wenige naive Spanier überschritten damals mit einer Blume zwischen den Lippen die Grenze und träumten vom Paradies. Zunächst einmal waren sie davon überzeugt, daß Frankreich voller Französinnen sei. Womit sie auch gar nicht Unrecht hatten. Das Dumme war nur, daß diese französisch sprachen; das war auch der Grund, weshalb sie von ihrem Charme nicht hingerissen waren. Wider Erwarten. Die Leiden des Exils lernten sie voll und ganz und von vorne bis hinten kennen. Sie machten die Erfahrung, etwas sagen zu wollen, es aber nicht fertigzubringen, wie Riesenbabys, die das Schicksal nach Babel verschlagen hat. Und so lernten sie dann, mit den tastenden Bewegungen eines Blinden oder eines Tintenfischs, allmählich eine andere Sprache und andere Gebräuche, ohne ihre eigenen aufzugeben, und bauten sich zu Hause ein rührendes Spanien im Westentaschenformat auf, in das sie sich zurückziehen konnten, auch wenn sie, beispielsweise, in Saint Quentin (Picardie Orientale) wohnten.
Tarsis ging aus einem anderen Grund: Er wollte seine Vergangenheit abschütteln (wieder einmal), sich aus dem Staub machen und einen Trennungsstrich zwischen sich und der Gesellschaft Jesu ziehen. Und dennoch sehnte er sich schon wehmütig nach ihr zurück. Das fromme Leben hat den Vorteil, sehr billig zu sein. Seine Ersparnisse reichten aus, um nicht nur die Reisekosten zu bezahlen, sondern auch die Kommission für den Schmuggler, der ihn über die Grenze bringen sollte.
Als Soledad und Tarsis das Zugabteil betraten, fingen sie endlich an, sich zu duzen. Aber Tarsis fiel fast um vor Müdigkeit. Bevor ihn der Schlaf übermannen konnte, dachte er an die Agapiten und an Pater Benito, mit derselben Sehnsucht, mit der er sich oft an seinen eigenen Vater erinnerte. Ließ er nicht gerade unwiederbringlich den glücklichsten

Entschluß seines Lebens fallen? Er ballte seine Fäuste, um der Rührung zu widerstehen. Er sollte nie erfahren, daß Pater Benito mit der gleichen Inbrunst an ihn dachte. Eines Tages sagte dieser zum Pater Provinzial:
»Wenn Tarsis zurückkäme und vor mir auf die Knie fallen würde, wie er es am ersten Tag tat, würde ich ihn wieder aufnehmen, und selbst wenn er die schlimmsten Sünden begangen hätte, würde ich Himmel und Hölle in Bewegung setzen, damit er Jesuit werden könnte. Falls notwendig, würde ich sogar den Pater General oder den Papst um einen Dispens bitten.«
Der Provinzial spendete ihm dürftigen Trost:
»Wir leben in einem Jammertal.«
Erschöpft von der durchwachten Nacht fiel Tarsis in Lethargie, bis er einnickte und den Schlaf des Gerechten schlief. Er träumte:
»Ich stand an einem breiten Fluß. Vom gegenüberliegenden Ufer rief mich ein Mann: ›Komm, komm‹; er forderte mich auf, den Flußarm zu durchschwimmen. Ich sah ihn genau an: Er glich meinem französischen ›Sklaven‹ aus dem Colegio San Antón.
Der Fluß wimmelte von Fischen. Ungeduldig bettelnd, streckten sie die Köpfe aus dem Wasser und sahen zu meinem ›Sklaven‹ hinauf, als flehten sie ihn um etwas an. Daraufhin nahm er ein Kind, das er in einer riesigen Wiege bei sich hatte, und warf es ins Wasser. Die Fische verschlangen es. Ein Blutfleck tauchte auf. Aber bald verlangten die Fische erneut nach Speisung, und mein ›Sklave‹ flüsterte ihnen etwas Unverständliches zu und schrie dann herrisch zu mir herüber: ›Komm endlich!‹
Ich sah, wie ich meine Kleider ablegte und in den Fluß ging, um verschlungen zu werden.«
Tarsis schreckte aus dem Schlaf auf. Soledad betrachtete ihn, und ihr Gesicht war ihm dabei so nahe, als wollte sie seine

Wangen mit den ihren berühren. Das ratternde Schaukeln des Wagens ließ ihn zwischen zwei Sehnsüchten entbrennen. Soledad sah ihn glücklich an, und er musterte sie im Halbschlaf.

Ihre Brüste waren rund und zugleich spitz. Aber wenn er sich ihnen näherte, stellte er fest, daß sie in zwei kleinen Kugeln endeten. Sein Blick durchdrang Soledads Kleider: Ihre Brüste waren weiß und granatrot, aber auch grün, blau und weiß wie ihr Bauch. Sie riefen ihn wie ihre Lippen, die ihn zwischen ihre Beine lockten. Er fragte sich, ob er nicht mit offenen Augen schlief.

Soledad stellte ihm viele Fragen über sein Leben. Tarsis erzählte es ihr Stück für Stück, bis das Bild vollständig war. Er fühlte sich minderwertig, geschlagen und bemitleidete sich so sehr, daß er das Selbsterbarmen entdeckte. Soledad interessierte sich ganz besonders für Nuria; er mußte ihr die Form ihres Gesichts, die Farbe ihrer Haare, den Schnitt ihrer Lippen beschreiben, ihr aber auch erzählen, wo sie herstammte, wer ihr Vater war, wo sie lebte und was für eine Schule sie besucht hatte. Sie sah ihm fest in die Augen:

»Und wenn du in Frankreich keine Arbeit findest?«

»Fräser gibt es nie genug...; das ist mein Beruf.«

»Du hast aber keine Papiere.«

»Na ja..., mir wird schon irgend etwas einfallen.«

»Ich werde auf jeden Fall arbeiten können...; als Dienstmädchen braucht man keine Zeugnisse, und in Frankreich verdienen sie viel: Wir werden beide von dem leben können, was ich bekomme.«

»Nein!«

»Wenn du willst, kann ich dasselbe machen... wie Nuria.«

»Sei still... Du, ich hab geträumt.«

»Was hast du geträumt?«

»Ich hab geträumt, daß ich am Ufer eines Flusses stand, aus dem gigantische Hühner kamen, so riesig, daß ich nicht größer

war als eine ihrer Krallen. Vom anderen Ufer aus warf ihnen Pater Benito Agapiten zum Fraß vor, die sie im Handumdrehen hinunterschlangen. Ich wollte fliehen, damit sie mich nicht auch noch bekamen, deshalb rannte ich weg, obwohl Pater Benito mir nachrief, ich solle stehenbleiben. Ich stolperte über ein Ruder und fiel der Länge nach hin. Und dann sah ich, wie sich die ungeheuren Schnäbel der Hühner näherten, um mich zu verschlingen.«

Er fragte sich, ob er seinen Traum wahrheitsgetreu geschildert hatte. Während er ihn ihr erzählte, dachte er an etwas anderes: daran, ihr einen Zirkel auf den Bauch zu setzen und sie mit konzentrischen Kreisen zu bemalen, die ihren Nabel, ihr Herz und ihre Schenkel berühren sollten, während die Fische aus dem Fluß zwischen ihren Beinen hindurchschwammen.

Die Militärpolizei mußte nicht gerade alle Hebel in Bewegung setzen, um Tarsis bei seiner Ankunft in Puigcerdá festzunehmen. Er ließ sich fangen wie ein zahmer Vogel. Aber Soledad spuckte Gift und Galle: Diese ehemalige Schäferin, die der Inbegriff der Gemütsruhe war, entpuppte sich als widerspenstiger Dickschädel. Weder Tod noch Teufel fürchtend, kämpfte sie darum, ihn den Händen seiner Bewacher zu entreißen. Die Leute scharten sich um die Gruppe und unterstützten Soledad, wenn auch nur moralisch; immerhin nahmen sie den Mund so voll, daß sie große Töne spucken mußten. Tarsis wohnte diesem Aufruhr, dessen geometrisches Zentrum er selbst war, wie ein Zeuge bei, der eigentlich nichts mit der Sache zu tun hat.

Er wurde auch dann nicht sehr viel munterer, als die beiden Polizisten ihn einem Fernmeldehauptmann übergaben, und war sich nach wie vor seiner Situation nicht bewußt.

»Nun erzähl mal, was du in dieser Gegend zu suchen hast. Was hast du vor?«

Tarsis schloß aus diesem sofortigen Duzen, daß sein Kom-

missar ein Kamerad war, oder anders gesagt, ein Angehöriger der »falange-española-tradicionalista-y-de-las-juntas-de-ofensiva-nacional-sindicalista«, einer Vereinigung oder Partei, die auch unter der Bezeichnung »FET y de las JONS« bekannt war. (Das alles hätte Lacan getröstet, der sich natürlich nie für dieses Thema interessiert hat.) Diese Minderheit von Humanisten träumte davon, daß die – voltairianische und nihilistische – Mehrheit der Spanier mit Hilfe des kameradschaftlichen Duzens auf den rechten Weg finden würde. Das kam jedoch nicht an. Damals nicht. Denn nachdem Jahre vergangen und sie in Ungnade gefallen waren, sollten sie das Erblühen eines allgemeinen Duzens erleben, das zwar genauso elegant war, aber unter einem anderen Vorzeichen stand als das, für welches sie mit so dürftigem Erfolg eingetreten waren. Tarsis entschied sich vorsichtshalber für die Zweideutigkeit und zog es vor, im Limbus der Anrede zu bleiben:
»Ich habe mir nichts vorzuwerfen.«
Der Hauptmann hielt nichts von dieser Bemerkung und versetzte ihm eine Ohrfeige, die ihn vom Stuhl warf:
»Für Späße bin ich nicht zu haben.«
Der Hauptmann war auf vielen Gebieten begabt, nur nicht auf dem der Psychologie. So gefaßt wie möglich brachte Tarsis vor:
»Ich ertrage keine Schmerzen. Es hat keinen Sinn, mich zu schlagen. Ich werde alles zugeben, was man von mir verlangt, wenn nötig sogar, daß ich meinen Vater umgebracht habe.«
Der Hauptmann schrie, ohne den Blick von ihm abzuwenden:
»Wache!«
Zwei Soldaten erschienen. Er wies auf den Verhafteten und gab einen Befehl:
»Einzelhaft!«
Minuten später erfuhr Tarsis, was dieses Wort bedeutete. Ohne Grobheiten wurde er in einen Kerker gesteckt, den jeder, der keine Angst davor hat, seine mangelhaften Geschichts-

kenntnisse zu offenbaren, als »mittelalterlich« bezeichnen würde. Obwohl kein Licht hineinfiel, stellte Tarsis bald fest, daß sein neues Heim ein niedriges, längliches Loch war. Die Hälfte des Schmuckkästchens wurde von einer schmalen Steinbank eingenommen, die er sich scharfsinnig zu seinem Bett erkor. Das war zweifelsohne auch ihre Funktion. In einer der beiden freien Ecken war ein Loch, das er als Toilette benutzte. Auch das hatte er richtig geraten. Da er nicht stehen konnte, ohne mit dem Kopf an die Decke zu stoßen, und sich auch nicht gemütlich ausstrecken konnte, ohne sich vorher die Beine auf Kniehöhe abzusägen, beschloß er, sich zusammengekrümmt hinzulegen. Das war die ideale Lage für seinen Gemütszustand. Er verbrachte die Nacht damit, seinen von Krämpfen gequälten Magen zu entleeren und ein weinerliches Gesicht zu machen.

Am nächsten Tag öffnete sich die Eisentür. Ein stämmiger, wohlgenährter Mann kam mit einem Aluminiumteller, einem Stück Brot und einem Löffel herein.

»Das Frühstück.«

Tarsis verkündete frohgemut:

»Ich kann nichts essen.«

Es wäre ihm unmöglich gewesen, auch nur eine Oblate hinunterzubringen: Die Beklemmung schnürte ihm den Hals zu.

»Streng dich ein bißchen an... Du darfst nicht den Mut verlieren: Es gibt Schlimmeres!«

»Ich kann wirklich nicht.«

Der füllige Wächter setzte sich neben ihn auf die Steinbank, und mit unendlicher Sanftmut fütterte er ihn löffelweise, wie eine Mutter ihren Säugling.

»Stell dich doch nicht so an... Es geht alles irgendwann einmal vorüber... Iß... Es ist schlimmer, wenn man nichts im Bauch hat.«

Seine Einzelhaft dauerte nur fünf Tage. Mit einem winzigen

Steinchen schrieb Tarsis eine Brief an Pater Benito. Er benützte dafür den Rand der Zeitungsblätter, die man ihm zur Reinigung seines Allerwertesten gab:
»*Ehrwürdiger Vater. Ich habe geträumt, daß ich am Ufer eines Flusses stand. Ich ging weiter und sah, daß ein bedrohlicher Löwe mir dicht am Ufer nachschwamm. Wenn ich stehenblieb, hielt auch er inne. Ich wußte, daß er mich verschlingen würde, wenn ich ins Wasser gehen würde. Als ich an der Brücke ankam, bat mich der Pater Provinzial vom gegenüberliegenden Ufer aus, zu ihm hinüberzuschwimmen. Ich zog mich aus und ging in den Fluß. Dann sah ich, wie sich der Löwe auf mich stürzte, um mich zu verschlingen...*«
Seit dem Tag, an dem Tarsis in den Knast gekommen war, war er unfähig zu träumen. Er hatte dafür keine Zeit, denn er verbrachte sie damit, immer wieder über seine Situation nachzudenken. Tarsis glaubte, er habe den Traum, den er kurz nach Besteigen des Zuges gehabt und den er Soledad erzählt hatte, in seinem Brief wahrheitsgetreu geschildert. Er fuhr mit einem durch seine Reisebegleiterin inspirierten Satz fort:
»Bin ich ein Gefangener oder eine Termite?«
An diesem Punkt angekommen, warf er sein Schreiben in das Loch.
Nachdem er fünf Tage lang eingebuchtet gewesen war, teilte man ihm mit, er sei ein *Deserteur.* Er wurde in ein Arbeitslager in der Pyrenäenregion der Provinz Navarra verlegt.
Sein Strafbataillon bestand aus vier Kompanien mit je hundert Strafgefangenen, die unter dem Kommando von Hauptleuten und Unteroffizieren standen. Die Essensrationen waren knapp, aber damit die Häftlinge den stechenden Hunger nicht spürten, wurden sie mit Arbeit abgelenkt. Zwölf Stunden täglich. Nachts herrschte eine solche Eiseskälte in den Baracken, daß sie mit Stiefeln und Mütze schlafen mußten; die Strohsäcke benützten sie als Decken. Sie verbrachten die

Nacht zähneklappernd, zu Eiszapfen erstarrt... Obwohl sie die Ritzen in den Wänden sorgfältig mit einer Masse, die sie aus Pinienrinde herstellten, zugestopft hatten, war jede Baracke ein regelrechter Eiskeller.
Die Arbeit bestand darin, Steine zu klopfen und die Granitfelsen in der Nähe des Lagers zu zerkleinern. Tarsis paßte ebenso wie seine Leidensgenossen auf, daß ihn die abspringenden Steinsplitter nicht verletzten, vor allem wenn er die kleineren Stücke zu Schotter stoßen mußte. Bei dieser Arbeit trugen sie Drahtbrillen, die sie mit ihren Metall-Spinnweben schützten.
Sie hatten alle einen Bärenhunger, weil sie das Essen des öfteren durch stramme Haltung ersetzen mußten. Aber daran ließen sie es ohnehin nicht fehlen. Vor allem Tarsis nicht. Er schuftete wie ein Stier. Man kann zwar nicht behaupten, daß die Arbeit ihm gefiel, aber er legte sich mächtig ins Zeug. Allerdings wurden im Lager auch denjenigen, die sich nicht so arbeitsam zeigten oder, nach Meinung der Vorgesetzten, nicht mit der nötigen Inbrunst bei der Sache waren, mit ein paar Ohrfeigen diese Haltung ausgetrieben, und wenn sie sich stur stellten, ließ man sie nachts mit einem zwanzig Kilo schweren Sack auf den Schultern um die Baracken laufen.
Als Tarsis wieder imstande war, zwei Gedanken miteinander zu verbinden, sagte er sich, es sei doch recht seltsam, daß ihre Gefängniswärter ihnen beibrachten, mit Sprengstoff umzugehen. Ihnen, die sie doch nach Meinung ihrer Gastgeber Deserteure, Strafversetzte, Diebe oder Kriminelle waren. Sie mußten notgedrungen lernen, mit Pulver, einem Zünder und einem Stück Schlauch aus wasserdichtem Gewebe die Patronen herzustellen, die dann als Sprengladung in das zuvor mit Meißel und Stößel in den Fels geschlagene Loch gesteckt wurden. Diese Bohrarbeit war die mühseligste: Zwei Männer brauchten gewöhnlich mehrere Tage dafür.

Tarsis gewöhnte sich allmählich an das Leben im Lager... Eines Tages sagte er sich: »Der Mensch ist ein Gewohnheitstier.« Er ging geschickt mit dem Geißfuß um (einer zwei Meter langen Brechstange) und stemmte damit die Löcher auf. Dann trieb er mit Hilfe eines Schlägels Holz- oder Metallkeile in den entstandenen Riß, um den Fels zu spalten. Den schönsten Augenblick des Tages bereitete ihnen der Küchenbulle mit dem Frühstück. Er war ein Ästhet und hatte ein köstliches Rezept erfunden. In halbrunden Kesseln kochte er fünfundzwanzig Liter Wasser mit Malz auf und gab dann dem Ganzen seine besondere Note: Er fügte einen trockenen, angekohlten Zweig hinzu und verlieh damit dem Frühstück einen Geschmack von italienischer Röstung, der den Zwangsarbeitern die Sprache verschlug. Eine andere Quelle kulinarischer Verzückung waren die Schuhcremedosen mit rotem Fett (Schweineschmalz mit Paprika), die manchmal heimlich in die Baracken gelangten und kameradschaftlich geteilt wurden, und zwar mit derselben Sorgfalt, mit der in manchen Kommunen von Berkeley das Kokain milligrammweise portioniert wird. Die Galeerensträflinge hielten zusammen und trösteten sich gegenseitig, wenn es ihnen schlecht ging. Als Tarsis nach einem Monat Arbeit durchdrehte und, als hätte er den Verstand verloren, wie eine hängengebliebene Schallplatte immer wieder murmelte: »Was wird denn jetzt aus mir?«, machte ihm ein Mitgefangener aus Cádiz Geschicklichkeitsspiele vor, um ihn zu beruhigen. Und tatsächlich verging sein Trübsinn wieder so schnell, wie er gekommen war, als er zusah, wie sein Freund mit der Zunge eine Münze verbog und mit den Zähnen einen Stuhl hochhob. Bald konnte er befriedigt feststellen, daß er nicht mehr jeden Tag nach der Arbeit blutige Hände hatte. Sie waren jetzt ganz hart geworden.

»Du wirst schon sehen, mit deinen Schwielen kannst du demnächst die Steine mit bloßen Händen zerschlagen.«

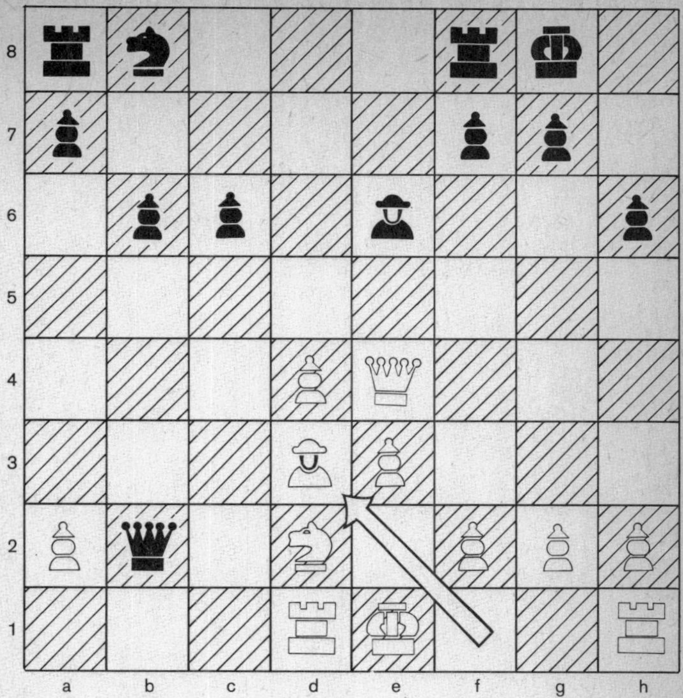

Amary spielt *16. Lf1-d3.* Mit bloßen Händen – sagt sich Tarsis – werde ich das achte Weltwunder kurz und klein schlagen, das Amary, im Glauben, er sei ein großer Baumeister, errichtet hat.

Amary ist entschlossen, Tarsis' Schnörkelgotik die rationale Architektur seiner Position entgegenzusetzen. Mit seinem Zug öffnet er in einem abgestimmten Vorrücken seiner ganzen Steine die Gräben auf die schwarze Rochadestellung. Während sein Gegner auf seinem Damenflügel unnötige und kostspielige Schnörkel ausführt. Er steht auf festem Boden. Tarsis baut auf Sand. Als Amary den Kopf hebt, bemerkt er, daß seine »Helfer« von Männern in Zivil umringt sind, die sie nicht aus den Augen lassen. Das können unmöglich Polizisten sein, denkt er, denn niemand kann ihn und die Seinen verdächtigen. Es sei denn, es sind Geheimpolizisten, die auf seinen Sieg warten, um dann für seinen Schutz zu sorgen.

In seinem Ruheraum hat Tarsis Amarys Zug analysiert. Die Antwort darauf hat er sich bereits vor einigen Zügen überlegt, als er über die Variante nachdachte. Trotzdem will er sich vergewissern, daß ihn seine Eingebung nicht getäuscht hat. Er begibt sich auf die Bühne und spielt: *16. ...g7-g6* mit der tödlichen Drohung *17. ...Le6-f5*. Er sagt sich, die Position seines Gegners sei so schlecht, daß sogar ihr Anblick wehtue.

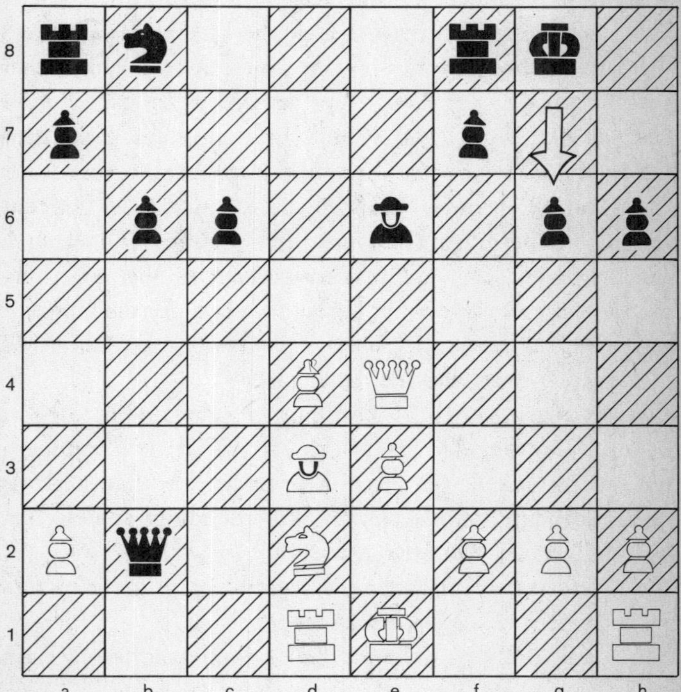

Der Saal ist voller Polizisten. »Endlich!« denkt er. »Es wurde auch Zeit! Sie haben wohl die unterirdischen Gänge seiner Villa entdeckt.«
Darauf ist die Polizei noch gar nicht gekommen. Dennoch hat sie seit Ende der ersten Woche Amary und seine »Helfer« als verdächtig eingestuft, nicht etwa wegen ihrer gegenwärtigen Aktivitäten, von denen sie gar nichts wissen, sondern wegen ihrer Vergangenheit als Sympathisanten »ehemaliger bewaffneter revolutionärer Gruppen«.

Amarys erste »große« revolutionäre Mission bestand darin, Geschäftsmann zu werden, und zwar ohne lange zu fackeln. Mit Zaster in der Hand, dachte Amary ganz richtig, ist die Revolution nicht ganz so mühselig. So etwas Ähnliches hatte auch Lenin gesagt, für den das Geld die Triebkraft des Kriegs war und nicht etwa nur ein Schmiermittel. Dank dieser Entscheidung hatten Amary und sein Komitee nach kurzer Zeit den Beutel prall gefüllt und konnten so alle kindischen und romantischen Formen des politischen Aktivismus ad acta legen. Mit klingender Münze kann man die Waffen bar bezahlen. Allerdings hätte man sich in seinem Fall auch fragen können, ob sein Bestreben, reich zu werden, nicht noch einen zweiten Grund hatte, der ebenfalls ins Gewicht fiel: nämlich den, sich eine zweite Wohnung kaufen zu können, weit weg von den »anderen«.
[Die wurden, um ehrlich zu sein, mit der Zeit immer lästiger. Der »Kleine« und »Micky« sehnten sich nach der Vergangenheit zurück; die Abgeschiedenheit, in der der »Meister« sie hielt, bedrückte sie. »Micky« wollte unbedingt an den Versammlungen des Komitees teilnehmen:
»Woher weißt du, daß ich ein Komitee gegründet habe?« fragte ihn der »Meister« erschrocken.
»Ich hab die Blätter gelesen, die du immer auf dem Tisch liegen läßt«, sagte ihm »Micky« frech ins Gesicht.

»Ich hab dir schon hundertmal verboten, deine dreckige Nase in meine Unterlagen zu stecken.«
»Ich hab keine Nase, sondern eine Schnauze.«
Das war die Art von Haarspalterei, die der »Meister« nicht ausstehen konnte. Er war die Stimme der Vernunft, und er konnte nicht dulden, daß eine Gummimaus, die nicht größer war als drei aufeinandergestelle Nüsse, ihm in Gegenwart der »anderen« am Zeug flickte.
Zu allem Überfluß sagte der »Kleine« höhnisch:
»Die Kapitalisierung der politischen Aktivitäten gehört zu den Machenschaften der Parteien. Ich identifiziere mich mit keiner von ihnen, ›Amary dixit‹.«
Hören zu müssen, wie der »Kleine« sich voller Hingabe über seine Sätze lustig machte, war für ihn ein solches Martyrium, daß er vollkommen außer sich geriet.
»Ich hab die Nase voll von euch.«
»Micky« versuchte ihn zu beruhigen.
»Der ›Kleine‹ ist doch so traurig! Seit das mit Cécile passiert ist, fühlt er sich so einsam!«
»Seit er Cécile umgebracht hat«, unterbrach ihn der »Meister«.
»Sei doch nicht so nachtragend. Jeder muß irgendwann einmal sterben«, er machte eine Pause. »Der ›Kleine‹ würde gern deine Freunde kennenlernen. Wir sind immer allein zu Hause. Ich hab Angst, daß er zum Neurastheniker wird ...; wenn er dich aufzieht, dann nur, weil er allmählich durchdreht.«
»Der will doch nur alles, was ich tue, kaputtmachen.«
Damit hatte er allerdings Recht: Der »Kleine« träumte davon, alle seine Pläne, vor allem die revolutionären, über den Haufen zu werfen. Wenn er eine wichtige geheime Versammlung hatte, blieb der »Kleine« die ganze Nacht wach und machte ihn verrückt, um ihn am Schlafen zu hindern und sein Treffen zum Platzen zu bringen. Wenn der »Meister«, stumm

wie ein Fisch, auf keine seiner Provokationen einging, dann holte er »Teresa« neben sich ins Bett und fing an zu stöhnen, als machten sie irgendwelche schlimmen Sachen. Der »Meister« konnte ein derart abstoßendes Schauspiel nicht ertragen und ging deshalb zum Schlafen auf die Toilette.
»Ich gehe jetzt *allein* schlafen, auf die Toilette.«
Auf der Toilette tröstete ihn dann der »Irre«, indem er ihm von seiner Leidenschaft für Segelflugzeuge und Wasserfälle erzählte. Der »Meister« war davon überzeugt, daß weder »Teresa« noch »Micky« noch der »Kleine« von der Existenz seines Freundes wußten. Er wuße nicht, daß, sobald er sich in der Toilette einschloß, »Doña Rosita« durch die Heizungsrohre hereinkam, um ihn auszuspionieren. Da sie eine Lästerzunge war, erzählte sie den dreien alles weiter.
Der »Meister« verachtete »Donã Rosita« und grüßte sie nicht einmal; er ließ sie nicht bei ihnen schlafen. »Doña Rosita« war eine Schlange, die sich mit grünen Toskani-Zigarren aufputschte und nach Meinung des »Meisters« den »Kleinen« in die Autoerotik eingeführt hatte (... was gar nicht stimmte: Es war der »Kleine«, der der Schlange die Kunst des Masturbierens beigebracht hatte, und zwar mit einem über einen Schraubenzieher gestreiften Katheter). Aus diesen Gründen hatte der »Meister« »Doña Rosita« in einen leeren Heizkörper eingesperrt; er drehte nie den Hahn auf, damit sie nicht im heißen Wasser gekocht wurde. Aber der Schlange machte das Wasser, selbst wenn es kochte, gar nichts aus; sie war gepanzert und konnte in den Leitungen das ganze Haus durchstreifen und dabei ihre gräßlichen, stinkenden Zigarren rauchen.
Nach einer dieser Nächte, die der »Meister« mit dem Kopf auf dem Klodeckel und ohne weiteren Beistand als hin und wieder ein gutes Wort von dem »Irren« verbracht hatte, wachte er mit einer Stinklaune auf. Der »Kleine« foppte ihn:
»Hast du gut geschlafen, so *allein?*«
»Ich kann nicht mehr so weiterleben.«

»Warum nimmst du uns nicht noch einmal nach New York mit?«
»Ich hab's satt!«
Der »Meister« sagte sich, er müsse unbedingt zwei Wohnsitze haben. Einen, wo er die »anderen« einschließen und selbst nur schlafen würde (er wagte es nicht, sich endgültig aus dieser Pflicht zu schleichen, aus Angst vor den Repressalien, die »Er« gegen ihn anwenden könnte), und einen zweiten, wo er fast seine ganze Freizeit verbringen und sich mit seinen Genossen treffen könnte.]
Nach Ansicht der vier Mitglieder des Komitees widmete sich Amary den Geschäften nur wegen des Kommandanten Menoyo und der Garcías von der FAT.
Die Autonome Arbeiterfront (die FAT) unterhielt über einen Mittelsmann, Christophe de Kerguelen, brüderliche Kontakte zum Komitee Amarys (der selbst im Hintergrund blieb). Die vier Garcías (Luis García, Juan García, Jaime García und Antonio García) verband, außer demselben Nachnamen und dem gleichen, von der Sorbonne verliehenen Doktortitel, das Vorhaben, in der Provinz Granada, genauer gesagt auf den Höhen der Sierra Nevada, eine Guerillabewegung aufzubauen. Der originelle Plan sah vor, zunächst einmal auf einen Schlag die halbe Provinz zu schlucken, und zwar mit Hilfe einer Militärbasis, die am Fuße des Mulhacén eingerichtet werden sollte; dick und rund würden sie dann werden, nachdem sie halb Andalusien weggeputzt hätten, und zum Abschluß machten sie sich Hoffnungen auf ein Belsazarsches Königsmahl mitten im Pardo, nach einem militärischen Spaziergang durch die Mancha. Die Tatsache, daß alle vier von eher mickriger Statur waren, verlieh dem heldenhaften Unternehmen nur noch mehr Größe. Denn auch ein Schwächling kann Großes vollbringen. Sie hatten etwas geplant, was sie eine *couverture aérienne* nannten (was manche mit »luftige Decke« übersetzten): Während der toll-

kühnen Operation sollten sie regelmäßig von einem Touristenflugzeug versorgt werden, das von einem Strand südlich von Agadés starten würde, um ihnen jeden Tag Verpflegung und Munition abzuwerfen. Dieser Plan hatte der castristischen Obrigkeit so gefallen, daß sie über den Kommandanten Menoyo Geld und Waffen für die Aufständischen zugesagt und dafür eine Spendenaktion unter der Bezeichung »Ein Peso für Spanien« organisiert hatte, die ein Volltreffer war.

Da Amary eine besondere Vorliebe für Verschwiegenheit und Geheimniskrämerei hatte, bestand de Kerguelens Aufgabe »als Mittelsmann« einzig und allein darin, die Aktivitäten des Komitees so gut wie möglich vor den Garcías zu verbergen und parallel dazu alle einschlägigen Informationen über die Gründung der terroristischen Gruppe zu sammeln. Er setzte sich mit dem Kommandanten Menoyo in Verbindung, der wegen seiner Begabung und seines Mutes einen sehr guten Eindruck auf ihn machte. Eben dieser Kampfgefährte Fidel Castros war es, der sie über das Ergebnis einer der ersten Initiativen ihres Komitees zur Abschaffung des Kapitalismus in Kenntnis setzte. Regelmäßig schickten sie die vertraulichsten und geheimsten Unterlagen der französischen Forschung, vor allem diejenigen über die Neutronenbombe, die Atom-U-Boote und Interkontinentalraketen, per Post nach Havanna (und zusätzlich auch nach Moskau). Amary wollte wissen, wie die unaufhaltsam fortschreitende Revolution derart explosive Dokumente benutzte. Bei seiner letzten Reise in die »freie Welt« mußte Menoyo zugeben, daß sie in den Büros des Staatssicherheitsdienstes in Havanna vor sich hin schimmelten und darauf warteten, eines Tages von den besten ostdeutschen Spürnasen entschlüsselt zu werden. Vorläufig betrachtete man sie als Botschaften der Konterrevolution und nach einem verzwickten Code verschlüsselte Weisungen des CIA. Menoyo war über die Paranoia des Regimes verärgert und nahm sich vor, den Fall aufzuklären. Und er hat es wohl

mit so wenig Erfolg versucht, daß er sich seitdem in einem Konzentrationslager auf der Isla de Pinos abrackern muß.
Auf jener letzten Reise überbrachte Menoyo den Garcías die Botschaft Fidels: »Wenn sie Geld und Waffen wollen, müssen sie einige Monate in einem Trainingslager des kubanischen Heeres in der Provinz Oriente unter der Leitung des russischen KGB-Obersten Wadim Kotschergin verbringen.« Der wohldurchdachte Vorschlag eines klugen Mannes, den die Garcías jedoch nicht schätzten. Sie konnten das nicht verstehen: Sie waren bereit, sich sämtliche Beine auszureißen, aber nicht, sich von irgend jemand Lektionen erteilen zu lassen. In ihren Plänen war nicht vorgesehen, wie Anfänger zu büffeln, sondern mit Blut, Schweiß und Bart an der Spitze einer Kolonne vom Feind erbeuteter Jeeps und zu den Klängen der Internationale in C-Dur in Madrid einzumarschiern, nachdem man dafür gesorgt hatte, daß der Diktator in einer der Gossen Andorras landete und seine Minister als schäbige Emporkömmlinge in Paraguay wiederauftauchen mußten.
Die vier wackeren Kämpen konnte diese Widrigkeit nicht einschüchtern. Dennoch fiel der Ratschlag auf fruchtbaren Boden: Sie beschlossen zu trainieren. Unglücklicherweise waren sie – zu ihrer Zeit – aus Gewichtsgründen nicht als Rekruten in die Armee aufgenommen worden, um ihren Militärdienst abzuleisten. Das heißt also, daß sie in ihrem ganzen lernbeflissenen Leben noch keine Waffe in der Hand gehabt hatten. Hellsichtig wählten sie die beste Lösung: Sie waren Dauergäste bei allen Volksfesten der Umgebung, um sich im Schießen zu üben. Sie opferten ihren halben Lohn dafür, aber es zahlte sich aus. Die weißen Tonpfeifen, die sich träge im Kreis drehten, oder die Plastikentchen, die von Stern zu Stern (aus Silberpapier) wackelten, wurden als verhaßte Repräsentanten des Großkapitals gnadenlos füsiliert.
Für das, was sie die »bewaffnete Infrastruktur« nannten (das Flugzeug und die Munition), brauchten sie Geld. Jaime

García hatte eine Goldader entdeckt: Er wuße, daß es unweit von Perdiguera in der Provinz Zaragoza eine Fabrik gab, deren Kassierer jeden Freitag nach Zaragoza fuhr, um dort den Lohn der Arbeiter abzuholen. Die Kriegslist wurde bis in alle Einzelheiten ausgearbeitet: Sie würden den Zahlmeister hinter einer Straßenbiegung abpassen, ihn auffordern, die Hände hochzunehmen, ihm die Tasche mit dem Geld stehlen und ihm *erst dann* eine Kugel verpassen.
Sie legten gemäß ihrer Strategie den Hinterhalt ganz heimlich, still und leise. Als sie das Geräusch des Motorrads hörten, brachen sie in Jubel aus. Das Herz hüpfte ihnen im Leib, als sie mit ihren zwei Revolvern herumfuchtelnd den Motorradfahrer in ihre Gewalt brachten. Wie vorgesehen, stieg der von seinem Fahrzeug ab, um ihnen die Tasche mit dem Geld zuzeigen... Sie schauten sich verblüfft an... Der Kassierer hinkte... Entsetzt sahen sie, wie er mit seinem lahmen Bein ein paar Schritte machte.
Ohne sich vorher absprechen zu müssen, beschlossen sie, ihm kein Haar zu krümmen: Sie waren bereit, hundert Feldmarschälle über die Klinge springen zu lassen, aber nicht, einem armen Krüppel das Lebenslicht auszublasen. Sie ließen ihn frei und verdutzt mit seinem Motorrad, seiner Tasche und seinem Geld zurück.
Spornstreichs machten sie sich mit Juans Renault nach Frankreich auf, hatten aber das Pech, daß das Auto wenige Kilometer von Candanchú ins Schleudern geriet und fast mit ihnen in den Tiefen des Abgrunds gelandet wäre. Es war ja alles so aufregend gewesen, und die Straße war ja so schmal! Sie wußten, daß sie von der gesamten faschistischen Polizei gesucht wurden! Das glaubten sie jedenfalls! Ein Rad des Wagens ragte über den Rand des Abgrunds. Sie stiegen aus und versuchten mit solcher Kraftanstrengung den Wagen wieder freizubekommen, daß sie die beiden Samariter, die sich zu ihnen gesellt hatten, nicht bemerkten. Tatsächlich

waren zwei Polizisten der Guardia Civil gekommen, um ihnen Hilfe zu leisten. Sie dachten mit Schrecken an die beiden Revolver und die Generalstabskarten von der Provinz Granada, die sie im Handschuhfach liegen hatten. Mit vereinten Kräften und geteilter Anstrengung gelang es ihnen (den vier Terroristen und den zwei Polizisten), den Renault wieder flott zu machen... Die vier Garcías erreichten schließlich über den Somportpaß wohlbehalten das rettende Ufer in Frankreich.
Wochen später sollte die FAT ihren beispielhaften Werdegang in Madrid beenden. Anstatt aus sicherem Abstand das Maul aufzureißen, beschlossen die Garcías, eine ideologische Schlacht in Madrid auszufechten. Sie tauchten in der Naturwissenschaftlichen Fakultät auf, wo sie nach zwei Tagen nicht nur so bekannt waren wie ein bunter Hund, sondern auch eine neue Mitkämpferin für ihre Gruppe gewannen: Eulalia del Rosal García. An dem Morgen, an dem sie in ihrer Wohnung in Rosales eine Vervielfältigungsmaschine installierten, ließen sie Eulalia an der Tür Schmiere stehen. Ihre Aufgabe bestand darin, an einer Schnur zu ziehen, wenn die Polizei auftauchen sollte. Die Neoaktivistin sah nach einer halben Stunde, als ihr ihre Mission schon leicht zum Hals raushing, eine Freundin vorbeikommen, die zum Schwimmen nach El Lago gehen wollte. Sie ging mit. Die vier Garcías wurden eine Dreiviertelstunde später von Kommissar Yagüe im Hauptquartier des Staatssicherheitsdienstes empfangen, und zwar nicht gerade höflich. (Das machte er jedoch wieder gut, als er Antonios Mama, die zu ihm gekommen war, um Gnade für ihren Sohn zu erbitten, die Hand küßte.) Da sie sich viel zu sagen hatten, behielt der Gastgeber sie noch einige Wochen bei sich, bevor er sie über Las Salesas nach Carabanchel schickte.
Die vier Garcías mußten feststellen, daß sie die Verwegenheit und Tapferkeit, die sie in der Provinz Granada zur Schau

gestellt hatten, nicht mehr aufzubringen vermochten, nachdem sie von den Polizeibütteln blutig geschlagen worden waren. Zunächst waren sie stumm wie ein Fisch, und schließlich redeten sie wie ein Wasserfall. Und so kam es, daß sogar Christophe de Kerguelen haargenau beschrieben wurde. Die Folge davon war, daß der Bericht zur französischen Polizei gelangte, die von nun an Amarys ganzes Komitee nicht mehr aus den Augen ließ. Wen kann es da noch wundern, daß dieser dann schließlich zu den der Entführung Iswoschikows Verdächtigen gezählt wurde.

Aber Amary erfuhr nie, daß er seit Jahren auf den schwarzen Listen der Direction Centrale des Renseignements Généraux, der Direction de la Surveillance du Territoire und des SDECE des Heeresministeriums stand. Für ihn stand fest, daß sich in ein solches Abenteuer nur ein Vierergespann von Schwachsinnigen und Paranoikern wie die Garcías stürzen konnte. Er wußte, wovon er sprach. Aber da alles seine guten und seine schlechten Seiten hat, ging ihm dabei doch ein Licht auf, daß man nämlich den bewaffneten Kampf nicht improvisieren kann. Das Geld für die gerechte Sache aufzutreiben, sollte seine erste revolutionäre Tat werden.

In den ersten paar Jahren scheffelte das Komitee Geld wie Heu. Die Geschäfte liefen für Amary wie am Schnürchen, fast besser als die Physik. Jeden Morgen las er die kapitalistische Presse. Er definierte sie als »zuverlässig«. *The Wall Street Journal*, *The Herald Tribune* und *The Financial Times* waren seine Bettlektüre. Mit seinen ersten Ersparnissen kaufte er Grundstücke zu niedrigen Preisen, verkaufte sie wieder, wenn es nötig war, spekulierte mit Gold und Platin, zunächst bescheiden, später barrenweise. Er kaufte in Paris und verkaufte in Zürich oder umgekehrt, dank der »Dienstreisen«, die Hermés zum CERN nach Genf unternahm. Am späten Nachmittag hörte er amerikanische Sender, um zu erfahren, wie die New Yorker Börse »atmete«. Er konnte stundenlang die Börsenkurse lesen, als wären sie eine poetische Hauspostille.

Mit solcher Leidenschaft betrieb er die Suche nach dem Goldenen Kalb, daß seine Mitkämpfer gelegentlich dachten, sie hätte ihn schon ganz aufgefressen. Nach zwei Jahren, als er förmlich im Geld schwamm, machte er plötzlich einen Punkt, legte sein Vermögen so an, daß es wachsen und gedeihen... und er von den Zinsen leben konnte! Dieser Schatz warf an allen Ecken und Enden Goldtaler ab; Amary brauchte den Rubel nur rollen zu lassen, und das Vermögen vermehrte sich auf wundersame Weise.

So füllte sich die Kriegskasse... einzig und allein dazu bestimmt, der Sache der Revolution zu dienen.

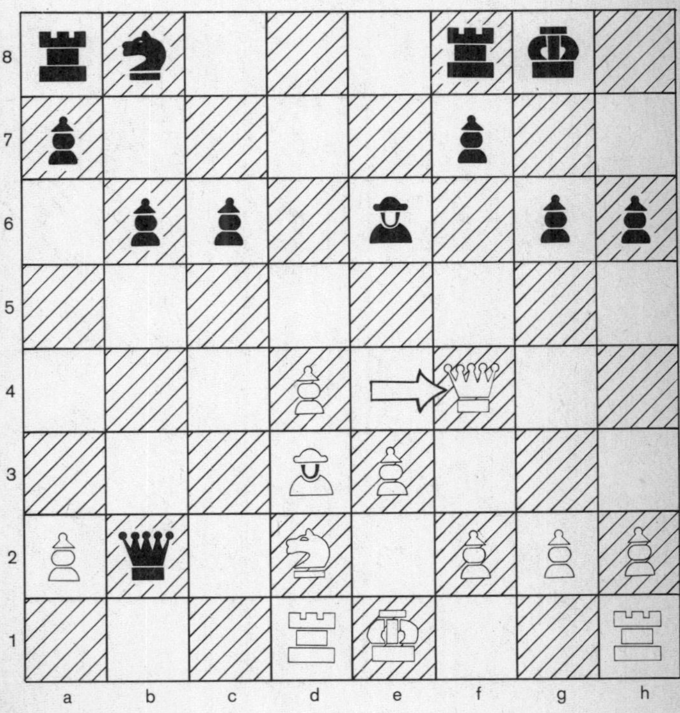

Tarsis glaubt, beim Spielen in die Ordnung, in das Geheimnis und in die unbegreifliche Kalligraphie der Präzision einzudringen. Für Amary dagegen ist beim Schach alles begreifbar; jedes Problem hat seine rationale Lösung, deshalb zieht er mit seiner Dame *17. De4-f4* und sagt sich dabei, daß eine Analyse der Lehren der Geschichte immer aufschlußreich ist; seine Figur im Zentrum der Position beherrscht das Brett und greift eine der Verteidigungsbastionen des Gegners an: *h6.* Für Tarsis dagegen ist die Geschichte eine Anhäufung allesentscheidender Entwicklungen als Folge belangloser Zielsetzungen, durch Zufall zustandegekommener großer Unternehmungen und phantastischer Wirkungen, die auf die nichtigsten Ursachen zurückgehen.

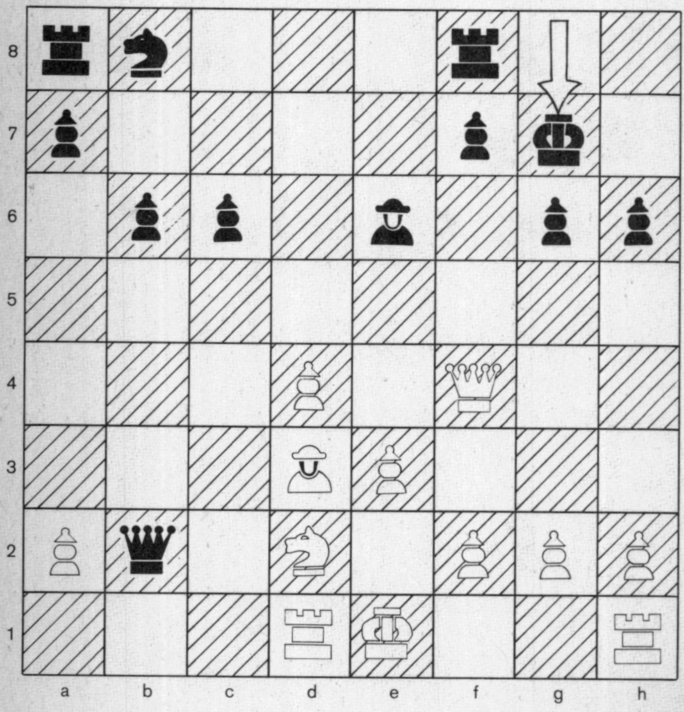

Tarsis spielt *17. ...Kg8-g7;* eine Viertelstunde lang hat er die beiden Möglichkeiten, seine Brustwehr *h6* zu schützen, gegeneinander abgewogen und schließlich *Kh7* verworfen. Er entscheidet sich intuitiv..., wenn er seine langen Überlegungen abgeschlossen hat. Er glaubt, sich an Augenblicke aus der Zeit vor seiner Geburt zu erinnern..., und daß seine Intuition aus dem Bewußtsein kommt, das er hatte, bevor er geboren wurde.

Amary ist davon überzeugt, daß die Begegnung zwischen ihm und Tarsis den apokalyptischen und historischen Kampf zwischen Gut und Böse, zwischen dem Proletarier und dem Bourgeois darstellt (wobei die Bourgeoisie durch den Arbeiter Tarsis repräsentiert wird und das Proletariat durch ihn selbst).

Bei dieser Schachweltmeisterschaft stehen sich in Wirklichkeit die mit Intelligenz gepaarte Strenge und die von Talent gekrönte Anmut gegenüber (Vernunft und Mysterium). Als Fischer erfuhr, daß sein Gegner Spasski erklärt hatte, »das Schach ist wie das Leben«, korrigierte er: »Das Schach ist das Leben«.

Kortschnoj und Karpow – die beiden Spieler, die sich jahrelang um die Krone stritten, um die der Weltschachbund den genialen Nordamerikaner betrogen hatte – schrieben Jahre später (jeder für sich) ein Buch mit demselben Fischerschen Titel *Das Schach ist mein Leben.* Die Geschichte des Schachs ist tatsächlich beispielhaft: Im sechzehnten Jahrhundert herrschte der kastilische Mönch Ruy López de Segura, Erfinder der spanischen Partie, des kühnsten und wagemutigsten Angriffs (ähnlich dem der Konquistadoren), zur gleichen Zeit, da der Kalabreser Gioacchino Greco die italienische Renaissance erleuchtete. Der Französischen Revolution von 1789 ging der Triumph des Franzosen Philidor voraus, der entdeckte, daß »die Bauern die Seele des Schachs sind«, und damit die früheren, von der Allmacht des Königs und der

Dame ausgehenden monarchischen Dogmen guillotinierte. In der Zeit der Romantik zog der beste Spieler von damals, der Deutsche Anderssen, ein glänzendes Spiel dem Sieg vor; die Partien dieser Zeit tragen Namen wie Sonette (»die Unsterbliche«, »die Immergrüne«...), und es blühten die Schönheitspreise. Zu Beginn des Jahrhunderts machte Lasker, ebenso wie Freud, die Bedeutung der Psychologie offenkundig. In der Verbannung entwurzelt, zog Aljechin mit seinem Kater »Schach« durch die Welt und machte damit den schmerzhaften Weg des Exils sichtbar... Aber die Konfrontation zwischen Dissidenz und Macht sollte bei der Begegnung Kortschnoj-Karpow ihren Höhepunkt finden..., während Fischer einsam die geistige Wiedergeburt von heute vorwegnahm: Die einäugigen Esel der Bürokratie rissen ihm seine Krone vom Kopf, als wollten sie damit betonen, daß sein Reich nicht von dieser Welt sein konnte. Wen kann es da noch verwundern, daß heute der Mann der Wissenschaft gegen den der Intuition kämpft?

Tarsis brauchte Wochen, bis er herausfand, wie Amary und seine »Assistenten« es geschafft hatten, in Iswoschikows Residenz in Paris einzudringen und die Polizei dabei an der Nase herumzuführen. Er hielt es für ausgeschlossen, daß sie im Hubschrauber durch die Luft gekommen waren oder die sowjetischen und französischen Bewacher bestochen hatten. Tagelang grübelte er darüber nach, wie man in das Zimmer eines von der französischen Regierung eingeladenen und beschützten sowjetischen Ministers gelangen kann, ohne daß es jemand merkt. Das war ein Rätsel..., und er würde es lösen.

Als Tarsis in seiner Baracke im Arbeitslager sein erstes Paket bekam, war er nicht dazu aufgelegt, Rätsel zu lösen: Er war wie vor den Kopf gestoßen, reagierte überhaupt nicht, stand mit offenem Mund da, wußte gar nicht, wie ihm geschah, und konnte nicht mehr bis drei zählen... geschweige denn in diesem Zustand herausfinden, wer der Absender des Päckchens war.
Die Arbeit stumpfte ihn dermaßen ab, daß er nicht einmal mehr darüber nachdachte, was mit ihm geschah. Eigentlich dachte er überhaupt nicht mehr. Er hatte keine Zeit dazu. Im Schweiße seines Angesichts schuftete er wie ein Galeerensklave und leistete Herkulesarbeit... Er dachte nicht im Traum daran, zu rebellieren oder gar zu fliehen. Wenn man sich mit dem Pickel abplagt, und zwar ohne Fünftagewoche, ist es äußerst schwierig, seine Gedanken auf die Reihe zu bringen. Wenn sich seine Vorgesetzten, anstatt ihn zu zwölf

Stunden Arbeit täglich zu zwingen, mit acht Stunden zufriedengegeben hätten, hätte er möglicherweise gemerkt, daß er sein Leben damit vergeudete, sich wie ein Pferd abzurackern; wenn er, anstatt mit der bloßen Kraft seiner Fäuste das blanke Gestein loszubrechen, in einem Labor die »schwachen Wechselwirkungen« analysiert hätte, hätten ihn die Ungerechtigkeiten, die allen Steinhauern und -klopfern der Welt widerfahren, empört. Vielleicht ist das der Grund, weshalb alle Aufständischen, von den Comuneros bis zum Comandante Cero, immer den wohlhabenden Schichten angehörten, die das Unrecht nur von der Tribüne aus sehen. Was ihr Engagement nur noch verdienstvoller macht.

Das erste Paket konnte übrigens kaum rätselhafter sein. (Wenn er die Ohren gespitzt hätte, hätte er das Echo vernommen, das darin noch nachhallte: Puccinis *Tosca.)* Als er es öffnete, schrak er zusammen: Das Paket enthielt mehrere Dutzend Arzneifläschchen, dreihundert Tabletten, zwei Thermometer und zwei Zitronen. Stillschweigend warf er alles zusammen den Abhang hinunter. Die Zitronen, ihre Schalen und Kerne, die ihn geradezu anlachten, hätte er gerne zwischen zwei Scheiben Pinienrinde gelegt und sich so als kleine Zwischenmahlzeit ein Brötchen verschafft. Aber er dachte, man wolle ihn mit als Medikament getarnten Giften und Nieswurzextrakten umbringen.

In den Baracken ging jedoch das Gerücht um, daß sich »jemand« für ihn interessierte. Das Ganze war sehr seltsam: Der Staat, der an den Spruch »Reisen bildet die Jugend« glaubte, verstreute die Gefangenen über das ganze Land, und zwar möglichst weit von ihrem Heimatort entfernt. Er als »Valencianer« kam in den Norden Navarras, aber es hätte dieser distributiven Gerechtigkeit besser entsprochen, wenn es ihn nach Cabo Touriña verschlagen hätte, so wie die Leute aus Huelva ihre Strafe in Gerona absitzen mußten und die aus Gerona in Huelva. Dieses System war gar nicht dumm:

Damit wurde nämlich das häßliche Schauspiel der völlig aufgelöst vor den Zuchthaustoren wimmernden Mütter und Ehefrauen vermieden. Die Gerüchte, die vom Küchenbullen ausgegangen waren, kletterten Dienstgrad um Dienstgrad nach oben. Eines Morgens sagte der Hauptmann zu ihm:
»Anscheinend hat jemand den Oberst gebeten, die Strafe für dich absitzen zu dürfen.«
Der Offizier war ein Grünschnabel, der mit seinem Kommentar ein Gefängnistabu verletzte: die Strafe der Häftlinge nicht noch dadurch zu vergrößern, daß man das Thema der Freilassung anschnitt: »Was ich nicht weiß, macht mich nicht heiß...« Tarsis spürte eine Luftblase, die vom Herzen zum Gehirn und vom Gehirn zum Herzen wanderte. Er wollte vergessen, was er da gehört hatte, aber die Blase wurde immer schwerer, als wäre sie aus Quecksilber. Die Felsen wurden noch härter, die Schlägel noch schwerer und die Arbeit unerträglich.
Die Pakete fielen plötzlich wie Manna vom Himmel; manchmal kamen sogar zwei pro Woche, entgegen allen Vorschriften. Sie standen unter der Patenschaft eines Experten, der sich bestens in Kalorienwerten auskannte. Süßes und Salziges, Speck und getrocknete Feigen gehörten zum Inhalt des Päckchens, das mit mehr Sinn für den Nutzeffekt als für die Aufmachung zusammengestellt war. Tarsis vermutete, daß Pater Benito und die Agapiten ihn nicht vergessen hatten. Und er vermutete richtig..., aber von der Erinnerung bis zum Freßpaket ist es ein weiter Weg. Er erfuhr schließlich, daß *zwei* Frauen sich bereit erklärt hätten, sich gegen ihn austauschen zu lassen. Dem Gerücht zufolge hatte der Oberst sie hochkant hinausgeworfen. Alles Geschwätz...; im Gegenteil, der Offizier hatte ihnen zuvorkommend und väterlich erklärt:
»... Versteht mich nicht falsch: Das ist, als ob man einen

Chirurgen bitten würde, den Kranken, den er operieren soll, auszutauschen.«
Die Krankheit, an der Tarsis litt, war weder Flecktyphus noch Gelbfieber, sondern graues Elend. Durch die Pakete war er flügellahm geworden. Es kam sogar so weit, daß ihn Alptraumfetzen quälten: Er wurde zum Beispiel wach und sah, wie der Mond in einen seiner Stiefel schlüpfte, während in seiner Brust eine Uhr tickte und gleichzeitig ein armseliges Männchen mit einem zwanzig Kilo schweren Sack auf dem Rücken wie verrückt um sein Gehirn raste... Und wenn er genau hinhörte, vernahm er ein Stimmchen, das ihm zuflüsterte: »Der Mond schlüpft in einen deiner Stiefel, während eine Uhr....« Dem damaligen Regime waren die Raffinessen der psychiatrischen Krankenhäuser unbekannt. Tarsis wurde mühelos und ganz von selbst allmählich reif für den Psychiater.
Eines Tages wurde er in die Nähe der französischen Grenzlinie gebracht, um dort die verhaßten Felswände zu bearbeiten: Diese befanden sich nicht nur in einer Gegend, wo sich Fuchs und Hase gute Nacht sagen, sondern man mußte auch noch das ganze Werkzeug dorthin schleppen.
Er sah den Schmuggler erst, als dieser bereits neben ihm stand. Er hielt ihn für einen Vorgesetzten in Zivil und folgte ihm gehorsam. Das Arbeitslager hatte ihn Disziplin gelehrt und wie ein Tier die Furcht vor Schlägen; auf diese Weise hatte sich bei ihm eine sehr nützliche Hornhaut an Unterwürfigkeit herausgebildet.
Zusammen mit dem Schmuggler überquerte er die Grenze und kam nach Saint-Jean-Pied-de-Port.
Dort warteten Nuria und Soledad, die Wochen damit zugebracht hatten, Pakete zu packen und Gefängniswärter zu bestechen.
Während der Fahrt nach Nizza erwachte Tarsis langsam und allmählich, wie ein Kranker, der beim Versuch, nach einer

langen Krankheit die ersten zaghaften Schritte zu machen, feststellt, daß ihm die Beine nicht gehorchen. Ihm gehorchten die Reflexe nicht: Ständig hatte er Angst, er würde sich am Ende dieser kurzen Ferien in der Baracke wiederfinden.

Nuria und Soledad waren so glücklich..., vor allem weil sie sich vorstellten, wie glücklich Tarsis erst sein mußte. Aber der war noch nicht so weit. Er stellte keine Fragen. Ihm gingen wichtigere Dinge durch den Kopf: Zum Beispiel die Frage, ob der Hauptmann ihn nach seiner Rückkehr ins Lager zur Strafe mit dem Steinsack herumlaufen lassen würde oder nicht. Manchmal hörte er ihn klar und deutlich... »Dritte Brigade... antreten!«, und er »sah« ihn sogar vor sich. Er entschuldigte sich: »Herr Hauptmann, ich habe eine Luftblase, die vom Herzen zum Gehirn und vom Gehirn zum Herzen wandert... Aber sie ist so schwer, als wäre sie aus Stahl. Wenn ich traurig bin, hämmert sie in meinem Kopf, als wollte sie mir den Schädel zertrümmern.«

»Was ist mit dir los?« fragte Nuria.

»Fühlst du dich nicht wohl?« wollte Soledad wissen.

Er schaute sie lange an und hatte das Gefühl, daß die Blase, die vom Herzen zum Gehirn und vom Gehirn zum Herzen wanderte, nur noch aus Luft war..., fast gar nicht mehr existierte.

Nuria wollte ihm erzählen, wie sie während seiner für sie so langen Abwesenheit gelebt hatte. Aber der Augenblick war noch nicht gekommen. Ihr Vater hatte immer mit berechtigtem Stolz von ihrem Abenteuer erzählt, ohne allerdings etwas von Betten, Freiern und Nachtarbeit zu wissen:

»Meiner Tochter ist ein Ausrutscher passiert... eine Jugendsünde... Ich behaupte sogar, daß das ihrer Entwicklung zuträglich gewesen ist. Ihre Mutter hat deswegen bittere Tränen vergossen, aber ich wußte, daß dieser Fehltritt sie nur reifer machen würde. Da steht sie: spielend das

Examen geschafft mit einer Arbeit über Puccinis *Tosca,* die ihre Professoren begeistert hat. Sie ist für immer geheilt: Ich kann meinen Tresor ruhig sperrangelweit aufstehen lassen.«

Nuria bediente sich nach Herzenslust: Sie machte nicht nur lange Finger, um ihrem Vater eine Kleinigkeit abzuknöpfen, sondern zog ihn gleich bis aufs Hemd aus.

Als es Soledad nach Tarsis' Verhaftung gelang, sie aufzuspüren, versuchten sie mit vereinten Kräften, ihn freizubekommen. Tarsis loszukaufen stellte sich als wesentlich schwieriger heraus, als den Tresor zu plündern, obwohl sie dafür ihre Kräfte und Reize vereinten. Nachdem sie den Brückenzoll durch Frondienste – zu zweit – abgeleistet hatten, drehten sich ihre Gespräche mit dem Obersten des Arbeitslagers immer um den Sinn ihres Lebens:

»Sie müssen ihn da rausholen.«

»Ihr seid ja verrückt. Ich komme in Teufels Küche!«

»Sie können ihn freilassen, wenn Sie nur wollen.«

»Ich mache ja schon alles Menschenmögliche. Ich habe ihm die Medikamente zukommen lassen, ich gebe ihm zwei Pakete pro Woche... Er ist schließlich ein Deserteur!«

»Ach was, der ist doch kein Deserteur!«

»Er wollte nach Frankreich abhauen, ohne seinen Militärdienst gemacht zu haben. Ihr seid zwei großartige Mädels, aber ihr dürft nichts Unmögliches verlangen.«

Nachdem er drei Monate lang ein liederliches Leben geführt hatte, wußte der Oberst immer noch nicht, daß er mitten in Roncesvalles *Tosca* probte.

Soledad eröffnete den Kampf mit aufgepflanztem Bajonett:

»Entweder bringen Sie ihn uns morgen zur Grenze oder mit dem hier ist augenblicklich Schluß.«

»Ich bin da vollkommen machtlos. Mit Sicherheit würde mir jemand einen Knüppel zwischen die Beine werfen.«

Der Oberst, der in der Unterhose dastand, war so bekümmert, daß sein eigener Knüppel in sich zusammenfiel, als hätte er einen Kollaps erlitten. Wenn er gewußt hätte, daß da gerade der Vorhang zum letzten Akt der Oper aufging, hätte er sich nicht so hartnäckig geweigert.

»Soledad, sei nicht so stur. Die Sache ist ganz klar. Ich kann einfach nicht.«

»Dann laß ihn dir in Zukunft von deiner Ordonnanz lutschen.«

Man gab ihm kein Pardon, und in offener Schlacht kamen alle Mittel der Logistik, der Strategie und des Nahkampfs zum Einsatz: offensives Duzen, alles niederwalzende Respektlosigkeit und Androhung von Repressalien. Das war ja schlimmer als die Schlacht von Guadalajara... und dann noch ohne Italiener, denen man den Schwarzen Peter hätte zuschieben können. Er hißte die weiße Fahne:

»So bin ich noch nie behandelt worden.«

Aber ohne ihm Waffenruhe zu gönnen, hielt Soledad ihr eigenes Banner unbeirrt hoch:

»Jetzt hör mir mal gut zu: Entweder du läßt morgen Tarsis frei, oder ich gehe zur Polizei und sage, ich hätte gesehen, wie du dich auf hinterhältige Weise an Nuria rangemacht hast.«

Nachdem man ihm mit diesem Überraschungsangriff den Rückzug abgeschnitten hatte, steuerte das Gefecht seinem Höhepunkt zu. Im Belagerungszustand dachte er an seine Frau – eine Heilige – und an seine Kinder, mit denen er sich an dem Tag, als der Staatschef persönlich ihnen den Titel einer kinderreichen Familie verliehen hatte, mit stolzgeschwellter Brust hatte photographieren lassen. Er suchte nach einem strategischen Ausweg:

»Ich werde anordnen, daß man ihn in die Krankenstation verlegt, damit er sich ausruhen kann. Mehr kann ich nicht tun.«

Als Soledad sah, daß sie ihn in der Mangel hatte, setzte sie ihm das Messer an die Kehle.

»Noch schlimmer. Ich werde der Polizei sagen, daß du versucht hast, Nuria hinter der Peña del Espíritu Santo zu vergewaltigen.«

Wie ein ängstliches Hündchen ließ er den Kopf hängen, zog den Schwanz ein, ging in die Knie und winselte um Gnade. Er streckte die Waffen und strich die Flagge..., aber das Schwein, das in seinem Herzen wohnte und das die beiden Kumpaninnen (bis hin zur Eichelmast) so vollgestopft hatten, grunzte herzerweichend:

»Aber ihr werdet mir hin und wieder einen kleinen Besuch abstatten... Und zwar zusammen!«

Mit ansteckender Begeisterung log Soledad:

»Aber natürlich, Süßer!«

Der Oberst kannte Puccinis *Tosca* nicht, denn sie steht an den Militärakademien leider nicht auf dem Lehrplan des Unterrichts in Strategie. Aber ihm schwante so etwas. Nuria und Soledad wußten genau, daß Scarpia Tosca auf den Leib rücken wollte, ohne Cavaradossi freizulassen, und daß sie ihren Geliebten auslösen wollte, ohne mit dem Polizisten ins Bett zu gehen. Wegen mangelnder Verständigung stach Tosca Scarpia nieder, im Glauben, ihr Verehrer hätte Cavaradossi bereits freigelassen, während Scarpia vorhatte, Tosca biblisch zu erkennen, nachdem er bereits den Befehl gegeben hatte, den Gefangenen zu erschießen. Jeder wollte schlauer sein als der andere, und am Ende mußte Tosca sich in den Tiber stürzen. Als ob das eine Lösung wäre! Ein Minimum an Entgegenkommen beiderseits hätte drei Leben gerettet. Wie viele Kriege könnten verhindert werden, wenn man sich das mehr zu Herzen nähme. Soledad sagte sich: »Weniger Belagerungen und mehr Opern!«

Aber Tarsis stand auf dem Weg nach Nizza der Sinn nicht gerade nach Musik.

Amary, der nicht einmal die einfachsten Töne singen kann, hält sich an den Parademarsch und fährt mit dem Angriff fort. Er spielt *18. h2-h4.*

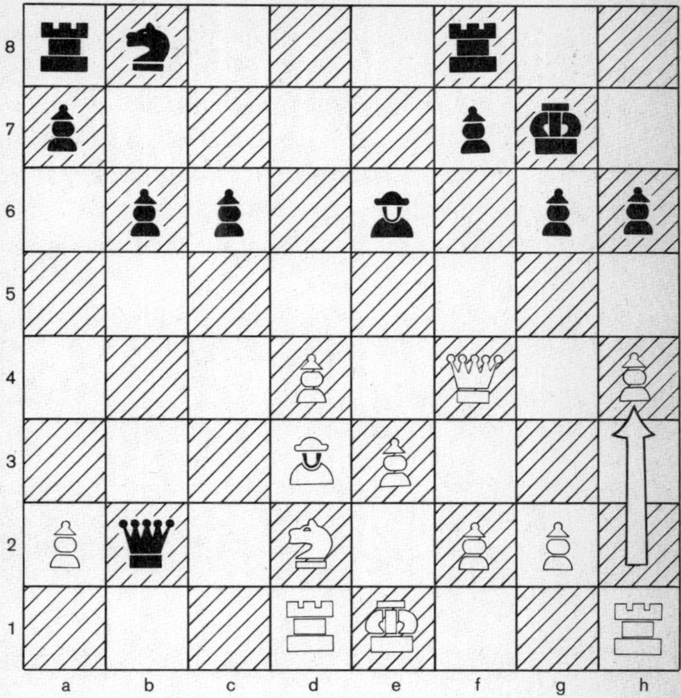

Tarsis glaubt, sein Gegner habe sich in der Tonart vergriffen und, was noch schlimmer ist, er lasse sich vom Takt seiner vorangegangenen Movimenti leiten. Nach seiner Meinung wäre eine Pause oder eine Fermate angebracht und nicht ein Andante oder Kontrapunkt. Jetzt ist Schluß mit Impromptus und Capriccios, sagt er sich. Der Augenblick der Polyphonie ist gekommen.

Amary, findet Tarsis, kann nur noch das tun, was er tatsächlich tut, nämlich wild um sich schlagen oder Reißaus nehmen und hoffen, daß man seine Flucht für eine Reiterattacke hält. Er spielt *18. ...Sb8-d7* und hält damit die beiden schwarzen Felder seines Zentrums *(e5* und *f6)* unter Kontrolle. Er hat die Gegenoffensive der Weißen abgewürgt. Aber Amary vertraut auf seine Position, seinen Angriff und die taktischen Mög-

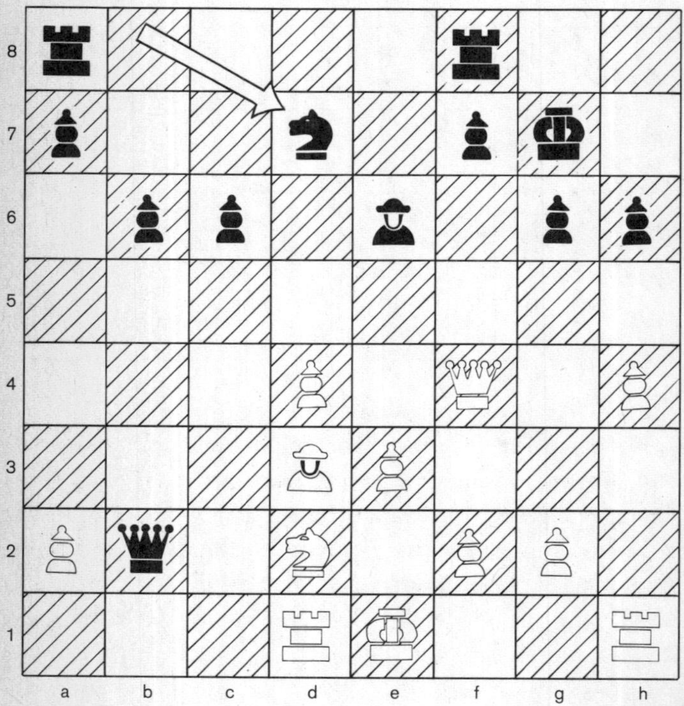

lichkeiten, die die Beweglichkeit seines Königsflügels bietet. Er kann gewinnen, und sogar ziemlich schnell; bei der kleinsten Nachlässigkeit seines Gegners wird dessen wacklige Konstruktion zusammenbrechen. »Die Schwarzen verlieren langsam den Boden unter den Füßen.«

Der Titel des Artikels, »Melodie in den Katakomben«, erregte Tarsis' Interesse. Jean Michel Sanders erzählte darin seine unterirdische Odyssee: »Ich hebe den Kanaldeckel hoch, ohne daß es irgend jemand merkt, obwohl ich doch nur wenige Meter von der Nationalversammlung entfernt bin. Ich steige fünf Stufen hinab bis zu einer Plattform, die zu den Abwasserkanälen führt und von der man über eine steinerne Wendeltreppe in die unterirdischen Gänge gelangt... Den Untergrund von Paris durchzieht ein dreihundert Kilometer langes Netz von Katakomben oder Tunnels, in denen man, wenn man die bedrückende Stille nicht fürchtet, mit einer Taschenlampe als einzigem Hilfsmittel umherstreifen kann... Viele wurden vom städtischen Bauamt zugemauert. Aber man kann die Sperrwände, die zweifellos etwas übereilt gebaut wurden, sehr leicht einreißen... Eine Gemeindeverordnung aus dem Jahre 1955 untersagt das Betreten der Katakomben..., da sie eine direkte Verbindung zu den Kellern der meisten alten Häuser von Paris haben...«
Tarsis durchschaut endlich die Entführung Iswoschikows und stellt sich vor, wie Amary und seine Gefolgsleute über einen unterirdischen Gang in den Keller des Palais Marigny (Residenz der ausländischen Staatsgäste) eindringen. Er wundert sich, daß er nicht eher auf den Trick gekommen ist. Aber ein Artikel in *France-Soir* beweist ihm drei Tage später, daß er sich geirrt hat. Während der Entführungsnacht lösten acht sowjetische Polizisten einander direkt vor der Tür des Ministers ab, und außerdem waren die beiden angrenzenden Zimmer von seinen Ärzten, Krankenpflegern, Sekretären und Sicher-

heitsbeamten belegt. Die Zeitung zog daraus den Schluß: »Das ist das neue Geheimnis des gelben Zimmers. Wie konnte der Minister entführt werden, ohne daß die Wachtposten an seiner Zimmertür die Entführer gesehen haben?«

Die Anwesenheit der »anderen« stört Amarys Nachtruhe, aber entgegen seiner eigenen Vorstellung ist sie auch sehr anregend für seine Forschungsarbeit. Vor allem die Anwesenheit »Mickys« und des »Kleinen«.
Bevor er sich der Politik zuwandte, hatte sich Amary in seinem Haus in Genf oder in seinem Zimmer im Studentenwohnheim jahrelang der Wissenschaft hingegeben, mit der Hoffnung, das Geheimnis des Universums zu entdecken oder zumindest das der Energie, die ein von äußeren Kräften freies Teilchen besitzt, wenn es sich im Raum fortbewegt.
[Er betrachtete sich selbst auch als ein freies Teilchen ... ohne familiäre oder nationale Bindung ... »Doña Rosita« mit ihrer scharfen Zunge und ihrer giftigen Schlangenbosheit sagte eines Tages zu ihm:
»Du bist kein freies Teilchen, du bist an uns gebunden, an ›Teresa‹, an den ›Kleinen‹, an ›Micky‹ ... und vor allem an ›Ihn‹.«
Das war eine Falle dieses reaktionären alten Weibsstücks, in die er nicht gehen würde. Sie wollte, daß er sich über das Gedanken machte, was sie »Gott« nannte. Wenn er sich darauf einlassen würde, käme »Micky« dann mit seinen lächerlichen Gebeten.
»Ich bin ein Mann der Wissenschaft«, sagte er und versuchte, ruhig zu bleiben, »und ich denke nur über das nach, was erkennbar oder meßbar ist.«
»Teresa« lachte so laut, daß man, obwohl sie im Wandschrank eingesperrt war, ihr Gelächter durch die Tür hören konnte. Der »Kleine« grinste verstohlen.]

Als Amary die marxistische Offenbarung zuteil wurde, begriff er, was er bis dahin nur geahnt hatte. Den vier Mitgliedern seines Komitees sagte er, wo es lang ging.
»Die von Einstein aufgestellte allgemeine Relativitätstheorie berücksichtigt Raum, Zeit und Materie, aber nur als mathematische und physikalische Objekte *unseres* Energiesystems. Deshalb ist die Vereinheitlichung der elektromagnetischen Kräfte und sowohl der schwachen als auch starken Wechselwirkung in diesem System simplizistisch und oberflächlich. Wie die Sozialdemokratie oder der Radikalsozialismus unserer Großväter. Physik ist erst sinnvoll, wenn man mit viel größeren Energien operiert. So wie die Politik nur Beachtung verdient, wenn man sie mit Hilfe dieser unendlich größeren Energie, die der Marxismus darstellt, neu gestaltet. In der Politik wie in der Physik stehen wir vor der Großen Vereinheitlichung.«
Mit Energien »ungeahnter Größenordnung« zu rechnen (ein geistiges Akrobatenstück, das Marc Amarys Kollegen das Gefühl gab, das Gleichgewicht zu verlieren, so als würden sie gezwungen, über ein Seil zu balancieren und gleichzeitig Jongleurkunststücke zu vollbringen) war für den »Meister« eine einfache Übung, mit der er vertraut war. Wen konnte es da noch wundern, daß es ihm so leicht fiel, von einer Werteskala zur anderen überzugehen und sich die Beziehung zwischen beiden vorzustellen..., was er die Große Vereinheitlichung nannte?
[Lebte er etwa nicht mit dem »Irren«, ohne daß beispielsweise »Teresa» etwas von dessen Existenz wußte? Gehörte »Er« nicht einem anderen Wertesystem an? Durchschaute er nicht genau die Beziehung zwischen »Doña Rosita«, einer Schlange, und »Micky«, einem sechs Zentimeter großen Gummipüppchen...? Ganz zu schweigen von den »drei Kondoren«, die die Nacht draußen auf dem Fensterbrett mit

Pokern verbrachten und dabei mit ihrem Glücksspieler-Gekrächze einen solchen Radau veranstalteten, daß der »Meister« persönlich sie öfter daran erinnern mußte, daß sie ja nur ein Trio von »Gästen« waren!]

»Der Marxismus hat durch die Verknüpfung von Moral, Politik, Wirtschaft, Geschichte und Wissenschaft das vollbracht, was ich in der Physik die Große Vereinheitlichung nennen würde, nämlich die mit der Gravitation verbundene Einheitliche Feldtheorie.«
De Kerguelen hörte ihm fasziniert zu:
»Und was existiert zwischen den beiden Energieskalen, zwischen der sozialdemokratischen (die wir heute kennen) und der marxistischen?«
»›Die Wüste‹.«
Von der »Wüste« zu sprechen, war eine der größten Wonnen für Amary. Er drückte sich klar aus..., aber auch mit dem höchsten Maß an Begeisterung, dessen er fähig war.
»Man nimmt an, daß während des Übergangs von den gegenwärtigen zu den höheren Energien nichts Wichtiges vor sich gehen wird. Das ist die kleinbürgerliche Version der ›Avantgarde‹-Physiker. Ich sage, die ›Wüste‹ ist der Terrorismus. Man kann das marxistische Gleichgewicht... die Große Vereinheitlichung nicht erreichen, ohne da hindurchzugehen.«
Um zu gegebener Zeit zu der so ersehnten und wunderbaren Großen Vereinheitlichung zu gelangen, ging Amarys Komitee zum Angriff über. Sie hatten vor, den bourgeoisen Gegner einzuschüchtern und die Arbeiterklasse dadurch zu beeindrucken, daß sie »Bomben in ihrem proletarischen Bewußtsein explodieren ließen«. Für diese altruistische Sache bedienten sie sich diverser Waffen, von Granatwerfern bis zu Boden-Boden-Raketen, ohne die Zeitbomben, die Plastikbomben, die Panzerfäuste und selbst die bescheidenen Molo-

tow-Cocktails zu vergessen. Mit diesem Arsenal gelang es ihnen, die Geschäftsräume von Rolls-Royce in Paris, das Konsulat der Vereinigten Staaten in Lyon, ein Gebäude des Kernkraftwerks von Creys-Malville, eine Polizeigarage in Marseille, die Gepäckaufbewahrung des Flughafens Charles de Gaulle, den Neuwagenpark von Renault in Flins... in die Luft zu sprengen. Unter den Kratern vermutete Amary die »Wüste«.

Die Darstellung dessen, was er seine »Aktionen des bewaffneten Widerstands« nannte, in der Presse erschien ihm typisch für die Unfähigkeit und Beschränktheit dieses Sprachrohrs des Großkapitals:

»Sie sprechen von ›blindem Terrorismus‹. Wir wissen, warum wir töten. Nichts ist besser vorbereitet als unsere Attentate. Unser Terrorismus ist nicht blind, sondern vorläufig nur stumm und unsichtbar. Unser Schweigen begleitet das der Opfer. Aber wir werden anfangen zu reden und Kommuniqués zu veröffentlichen, wenn wir die letzte Etappe einleiten.«

[Die »drei Kondore« kamen oft zu spät. Der »Meister« hatte Angst vor ihnen; er wußte, daß sie am Tage bei »Ihm« auf dem Gipfel des Universums nisteten. »Micky« sah ihnen manchmal stundenlang mit an der Fensterscheibe plattgedrückter Schnauze beim Pokern zu. Den »Meister« ärgerte dieses Interesse des Püppchens.

»Ich habs satt zu sehen, wie du ihnen jede Nacht zuschaust. Was ist denn Besonderes an denen?«

»Daß sie tagsüber mit ›Ihm‹ zusammen sind.«

»Du spinnst ja!«

»Wenn ich erst einmal weiß, wie sie pokern, werde ich auch verstehen können, wie ›Er‹ denkt und urteilt.«

Es war für den »Meister« unerträglich, von einer Gummimaus Lektionen erteilt zu bekommen.]

Amary rief de Kerguelen zu sich. Es war eine Nacht, die einen glücklichen Ausgang genommen hatte. Eine fünf Kilo schwere Bombe hatte die Pariser Räume von Honeywell & Bull in die Luft gesprengt. Amarys Planung war ebenso perfekt gewesen wie die Ausführung des Auftrags durch de Kerguelen. Dieser erwartete, daß sein Mentor ihn beglückwünschen würde, aber Amary erklärte ihm:

»Ich werde das Studium der Elementarteilchen aufgeben. Ab morgen werde ich mich mit dem genetischen Code befassen.«

Der Mensch ist so eigenartig! De Kerguelen, der fähig war, unter Einsatz seines Lebens die selbstmörderischsten von Amary ausgedachten Aktionen durchzuführen, und der wegen »Dimitrov« »endgültig« aus dem CNRS ausgeschieden war, betrachtete Amarys Vorhaben als Raubüberfall. Und als unannehmbare Demütigung. Seit seiner Rückkehr zur Forschung war der genetische Code *seine* Spezialität. Amary konnte doch nicht einfach nach Lust und Laune in seinem Garten herumtrampeln. Er versuchte, sich seinen Ärger nicht anmerken zu lassen, und stieß zum Konterangriff vor:

»Die Große Vereinheitlichung der Elementarteilchen ist das Problem Nummer Eins der heutigen Physik. Ich dachte, du stündest kurz vor seiner Lösung.«

»Ich habe die Antwort gefunden. Aber die experimentelle Bestätigung wird erst das Projekt von Emilio Picasso im 27 Kilometer-Ring von LEP erbringen, der demnächst gebaut wird...; man kann allerdings realistischerweise nicht davon ausgehen, daß er vor 1990 in Betrieb gehen wird.«

De Kerguelen hatte das Gefühl, von einem Degen durchbohrt zu werden. Er fürchtete Amarys Begabung. War dieser etwa nicht fähig, seine ganze jahrelange Forschungsarbeit in wenigen Wochen zunichtezumachen? Und die Entdeckung zu machen, die ihn der Lächerlichkeit preisgeben würde? Er versuchte es mit einer Finte:

»Der genetische Code kann dich doch nicht interessieren... Sag mal, was hältst du eigentlich von dem Vereinheitlichungsmodell von Glashow und Salam?«
»Erstens meine ich, daß diese beiden Typen wie die meisten Physiknobelpreisträger für das antisozialistische Heer arbeiten. Und zweitens, daß das Modell ihren Namen trägt..., weil Weinberg es entwickelt hat.«
Amary gab ihm seinen wunden Punkt zu erkennen: den irrationalen Haß, den er gegen die Preisträger aus dem Jahre 1979 empfand. De Kerguelen wagte nachzustoßen:
»Ich bin sicher, daß du die Theorie platzen lassen könntest. Das wäre ein großer Schritt für die Wissenschaft.«
»Das Modell wurde zu überstürzt aufgestellt und basierte nur auf indirekten und unbewiesenen ›Evidenzen‹...; es hat nie auch nur im entferntesten eine experimentelle Bestätigung erfahren.«
De Kerguelen faßte Mut. Er setzte zum Ausfall an:
»Jemand wie du, der über die Große Vereinheitlichung forscht, kann sich doch nicht für etwas so Mikroskopisches wie den genetischen Code begeistern.«
Amary war en garde:
»Ungeachtet dessen, was unsere ›progressiven‹ Kollegen meinen, ist der genetische Code der andere Pol des Marxismus, mit dessen Hilfe wir den Ursprung des Lebens, des Menschen, finden werden. Der Marxismus wird den neuen Menschen erschaffen. Wie kann denn ein marxistischer Wissenschaftler die molekulare Biophysik außer Acht lassen?«
Nach diesem diagonalen Hieb hatte de Kerguelen das Gefühl, das Gefecht verloren zu haben.

[Als der »Meister« nach Hause kam, fand er »Teresa« mit einem Strick ans Bett gebunden. Der »Kleine« und »Micky«

zogen gerade die letzten Knoten fest. Die drei kugelten sich vor Lachen.
»Ich verbiete euch, irgendwelche Schweinereien zu machen. Du, ›Teresa‹, ab in deinen Wandschrank, und daß ich dich hier ja nicht noch einmal sehe. Du darfst nur in mein Zimmer kommen, nachdem ich eingeschlafen bin... und dich dann auf den Teppich legen.«
»Teresa« ging weinend weg. Oder tat jedenfalls so, als weinte sie. Der »Kleine« sagte:
»Das war ja nur ein Spiel. Wir haben gerade mit ihr ›Infragrün-Versklavung‹ in ›Technicolor‹ gemacht, aber keine Angst, hinterher hätten wir ihr die ›asyntittische Freiheit‹ gegeben.«
»Was ist denn das für ein Kauderwelsch?«
»Micky« erklärte ihm:
»Der verwechselt alles. Er meint die ›Infrarot-Versklavung‹ und die ›asymptotische Freiheit‹.«
Und indem er sich dem »Kleinen« zuwandte, erklärte er mit seiner Fistelstimme:
»In der Physik spricht man von ›Infrarot-Versklavung‹ (und nicht Infragrün), wenn die im Proton eingeschlossenen Quarks bei niedrigen Frequenzen gebunden sind, während die ›asymptotische Freiheit‹ (und nicht asyntittische) ihre Eigenschaft bezeichnet, sich bei hohen Frequenzen als freie Teilchen zu verhalten. ›Technicolor‹ ist die Farbe, das heißt, die elektrische Ladung der Gluonen, der Technigluonen und der Techniquarks.«
Der »Meister« war wütend.
»Das hast du alles wie ein Papagei nachgeplappert, um dich über mich und meine Forschungsarbeit lustig zu machen. Wer hat dir das denn alles beigebracht?«
Der »Kleine« erklärte ihm:
»Die ›drei Kondore‹. Sie haben es ihm beim Pokern mit den Karten erklärt. Sie wissen alles: ›Er‹ spricht häufiger mit

ihnen als mit uns. Sie verbringen ja den ganzen Tag zusammen hoch droben am Himmel.«
Der »Meister« ging verzweifelt zum »Irren« schlafen. Die »drei Kondore« und »Micky« waren daran schuld, daß die Autorität, die er so dringend brauchte, um das Gleichgewicht bei den »anderen« aufrechtzuerhalten, völlig in die Binsen ging.]

Am nächsten Tag setzten die beiden Mitglieder des Komitees das Gefecht fort. De Kerguelen haßte ihn zum ersten Mal in seinem Leben. Amary verkündete ihm ruhiger denn je:
»Ich war beim Chef deines Labors... Heute morgen.«
So eine Frechheit! De Kerguelen versuchte, ihn mit allen Mitteln aus der Reserve zu locken:
»Hast du gesagt, ich hätte dich geschickt?«
Das hätte er durchaus fertiggebracht!
»Nein.«
»Worüber habt ihr geredet?«
»Wir haben Gedanken ausgetauscht.«
»Weiß er nicht, daß du mein Freund bist?«
»Wir haben nicht von dir gesprochen. Er hat mich davon in Kenntnis gesetzt, welchen Stand die Forschung über die Struktur, die Dynamik und die Zusammensetzung der DNS erreicht hat.«
De Kerguelen wäre fast explodiert. Er wagte einen Vorstoß:
»Das hättest du auch mich fragen können.«
»Dein Chef hat die Gabe, klar und deutlich zu erklären.«
Das hieß also, daß sie sich bestens verständigt hatten. Er parierte den Angriff:
»Er ist ein trotzkistischer Reaktionär ersten Ranges. Er unterzeichnet unablässig Petitionen für die sowjetischen Dissidenten.«

»Das ist ideal. In seinem Labor werde ich nicht auffallen. Wir haben uns auf etwas geeinigt: Ich werde nur morgens von zehn bis eins hingehen. So wie ich es bereits im Labor für Hochenergie gemacht habe. Für das Komitee wird alles weiterlaufen wie bisher: Nachmittags treffen wir uns, und wir werden selbstverständlich auch mit den Aktionen des bewaffneten Widerstands weitermachen.«
»Was wird Gegenstand deiner Arbeit sein?«
»Ich will das herausfinden, was dein Chef ›das magische Wort‹ nennt.«
Das war der Gipfel der Unverschämtheit. De Kerguelen nahm Maske und Brustschutz ab.
»Daran arbeite ich schon seit Jahren.«
»Ich weiß. Du kannst mir ja helfen.«
Das fehlte noch!... Er wollte ihn zu seinem Laborassistenten oder zu seinem Schildknappen machen. Nach jahrelanger revolutionärer Brüderlichkeit ließ de Kerguelen erkennen, daß die Laster des Kleinbürgertums in seinem Unterbewußtsein haften geblieben waren: der Neid, die Eifersucht, die Eigenliebe und als Schlimmstes von allen der Individualismus.
Amary kannte das Herz des Menschen nicht und wußte auch nicht, wie gefährlich es sein kann, einen Besiegten zu demütigen. Der Chef war schuld daran, daß das Komitee sich sein eigenes Grab schaufelte.

Tarsis fischt mit Locklicht, denkt Amary, wo es doch angebracht wäre, den Dreizack und die Harpune zu gebrauchen. Er verstärkt die Position, indem er seinen Springer vorrückt, *19. Sd2-e4.* Sein Gegner wird nicht mehr genügend Zeit haben, seine Dame in ihren Hafen zu bringen, wenn die Harpunen auf seinen König niederprasseln. Das ist der typische Konzeptionsfehler eines Temperamentspielers, der die Hochseefischerei mit der Küstenfischerei verwechselt. Er hat angebissen und wird es auch fertigbringen, den vergifteten Fischköder zu verschlingen, den er auf *a2* ausgeworfen hat.

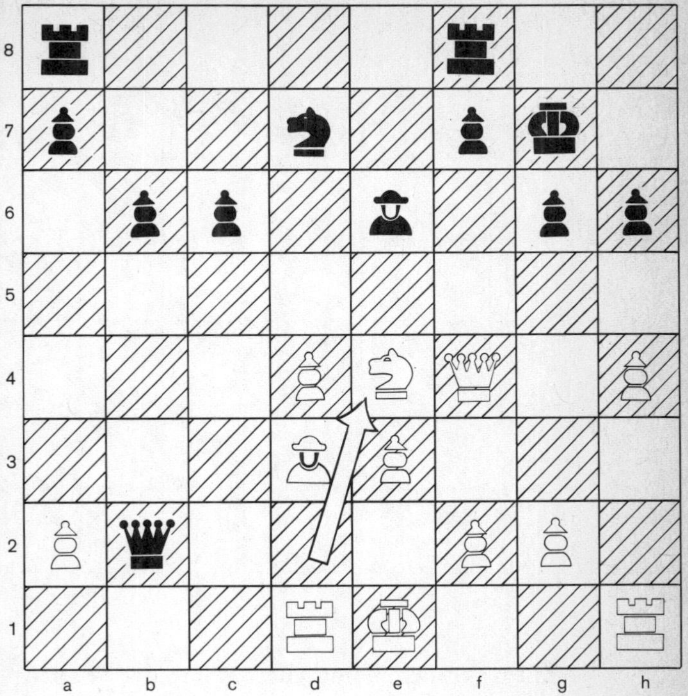

Tarsis ist der Meinung, daß das Netz, das sein Gegner ausgeworfen hat, schon ziemlich durchlöchert ist. Er gibt ihm Leine und schlägt den Bauern, *19. ... Db2xa2.* »Er wird bald auf dem Trockenen sitzen«, meint er, und deshalb hat er sich in einem so kritischen Augenblick auch nicht sonderlich bemüht, seinen Zug genau zu durchdenken.

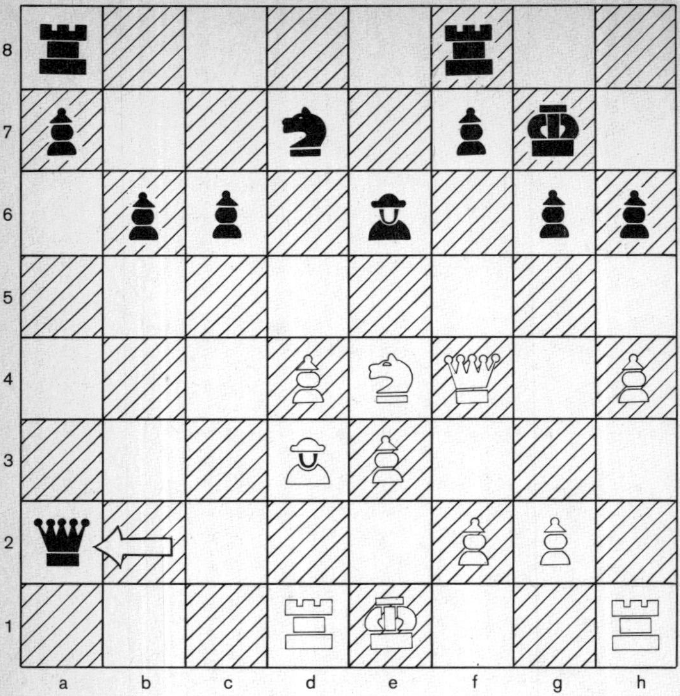

Amary hatte ein Problem komponiert und in der Zeitschrift *Diagrammes* veröffentlicht, das für Tarsis mehr ist als nur eine Absichtserklärung. Nach seinem letzten Zug denkt er noch einmal darüber nach. Die Entführung Iswoschikows ist im wesentlichen darin zusammengefaßt. »Die Originalität« der Forderungen der Terroristen (wie einige Journalisten sagen) ist das Abbild von Amarys Kalkül.

In den ersten Wochen der Entführung hielt man die Erpressung der Kidnapper für eine Utopie, wie sie für die Überspanntheit von Terroristen typisch ist. Als einzige und ausschließliche Bedingung für die Freilassung Iswoschikows verlangten und verlangen sie nichts Geringeres, als daß die

Sowjetunion die Ölquellen Saudiarabiens bombardiert. »Wodurch« – wie sie hinzufügen – »der wirtschaftliche Zusammenbruch des kapitalistischen Westens und parallel dazu der Sturz des feudalistischsten und tyrannischsten Regimes der Welt ausgelöst werden wird.« Im Laufe der Zeit hat die Nervosität der Moskauer Führung immer mehr zugenommen. Für die Mitglieder des Politbüros ist die Lektüre der Briefe, die ihr Genosse unter der Folter schreibt, eine Marter, die sie am eigenen Leib erfahren. Sie sind jedoch nicht bereit, aus anderer Leute Schaden klug zu werden. Gegenwärtig sind allerdings schon viele der Meinung, daß der Kreml ganz allmählich die »machiavellistische« Forderung der Terroristen in seine Erwägungen miteinbezieht. Moskau ist außerdem davon überzeugt, daß die französischen Behörden und ihre »bürgerliche« Polizei die Entführer wissentlich schützen. Es ist einfach nicht möglich, daß nach zwei Monaten nicht einmal die leiseste Spur entdeckt worden ist. In der Zwischenzeit müssen sie sich die Ohren zuhalten, um die Schreie ihres gefolterten Genossen nicht zu hören. Wie lange noch? Morgen kann irgendeiner von ihnen an der Reihe sein. Werden sie sich tatsächlich gezwungen sehen, einen Lebensnerv des Westens zu zerstören und damit einen Weltkrieg zu riskieren, nur um ihren Genossen zu befreien? Man neigt mehr und mehr dazu, die Erpressung der Terroristen mit Respekt zu betrachten; sie ist immer weniger eine Utopie von Spinnern und wird immer mehr zum furchterregenden Plan von Fanatikern.

Tarsis ist davon überzeugt, daß Amary den Weltkrieg will, die Tabula rasa, auf der man eine neue Gesellschaft aufbauen könnte. Sicher ist auf jeden Fall, daß seinem Gegner der bekannte Dialog zwischen Chruschtschow und Mao gefällt. Nachdem er dem Chinesen das Fiasko eines Atomkriegs beschrieben hatte, schloß der Sowjetrusse apokalyptisch: »Die Lebenden werden die Toten beneiden.« Worauf Mao

erwiderte, indem er sich seinen Ministern zuwandte: »Was sind diese Russen doch für Hasenfüße!«
In Amarys Problem verliert derjenige, der zieht:

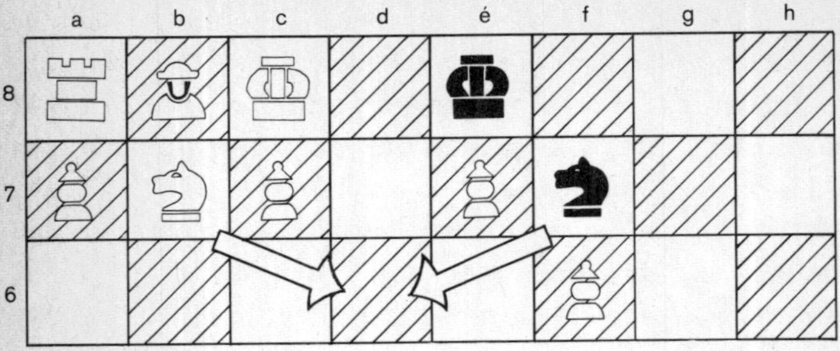

Die einzige Möglichkeit ist, mit dem Springer zu ziehen. Die Erwiderung darauf wäre dann 2. *Sd6* oder *SxS* matt.
Die Schachspieler sprechen bei einer solchen Position von *Zugzwang*, was bedeutet, daß der Spieler, der gerade ziehen muß, gezwungen ist, einen schlechten Zug zu machen, denn, müßte er dies nicht tun, würde er die Partie retten.
Iswoschikows Entführung, denkt Tarsis, ist geplant worden, um einen Zug zu erzwingen und damit die »befreiende« Katastrophe, die »Wüste« auszulösen.

Amary rückt seinen Bauern vor, *20. h4-h5*, um sich einen Brückenkopf in der Festung seines Gegners zu verschaffen. Er setzt somit die Belagerung von Tarsis' Verteidungslinie fort und befreit seinen Turm, der kein Luftschloß sein wird, sondern eine Feldbefestigung; damit führt er die Partie dem Ende zu. Tarsis wundert sich darüber, daß sein Kontrahent bei einer so komplizierten Position nicht länger überlegt hat. Seine Verteidigungsanlagen sind uneinnehmbar: Das Geplänkel ist nur der letzte Atemzug eines Sterbenden.

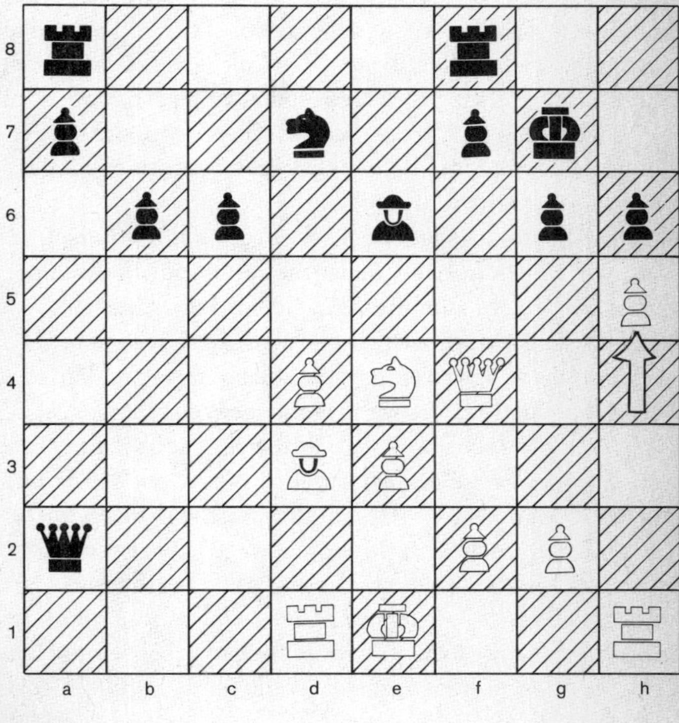

In Nizza angekommen, schlugen Nuria, Soledad und Tarsis ihr Lager im obersten Stockwerk eines bescheidenen Mietshauses im Chemin de Pessicart auf; die Wohnung bestand aus drei heruntergekommenen Dachkammern und einer Dachterrasse, die jeden Moment einstürzen konnte. Bald hatten sie diese Höhle in eine Dreizimmerwohnung mit blumengeschmückter Terrasse verwandelt. Nuria und Soledad verdienten ihren Lebensunterhalt als Putzfrauen, und Tarsis arbeitete als Fräser. In klingender Münze sackten sie zu dritt einen Lohn ein, der es ihnen ermöglichte, sorgenfrei zu leben. Und wie Spanier. Sie ernährten sich von Linsen, gerösteten Brotwürfeln, Eintöpfen, Paellas, Fleischklößen oder Pastetchen; sie naschten Cremeschnitten oder Milchreis, sie nahmen um elf das zweite Frühstück zu sich, tranken am Nachmittag dickflüssige Schokolade und heilten ihre Krankheiten mit Lindenblüten- und Kamillentee. Und nicht nur im Essen behielten sie ihre alten Lebensgewohnheiten bei, sondern auch in der Kleidung, im Trinken, im Sprechen und sogar im Verhalten. Ohne diplomatische Probleme hatten sie tatsächlich ein spanisches Gibraltar an der Côte d'Azur erobert. Und sie waren nicht die einzigen. Das Exil wurde zu einem unbeugsamen, von Hoffnung und Melancholie umspülten Archipel, der einsam darum kämpfte, seine Identitätszeichen nicht zu verlieren. Die Machthaber des heimatlichen Bodens blieben am Rande dieser mikroskopisch kleinen Numancias. Und mit Recht, denn diese Leute waren von einem anderen Schlag.

Tarsis beschloß, einige der Zuchtregeln beizubehalten, die seine Agapitenphase geziert hatten. Er lebte mit Nuria und Soledad zusammen, als hätten alle drei, und nicht nur er allein, das Keuschheitsgelübde abgelegt. Die ersten Tage waren wirklich bedrückend. Er konnte nicht umhin, ganz hingerissen um sie herumzuscharwenzeln, wenn er von der Arbeit nach Hause kam. Schritt um Schritt gelang es ihm, die Begierde, die ihn immer wieder entflammte, zu unterdrük-

ken, und einmal mehr stellte er fest, wie er es bereits im Arbeitslager getan hatte, daß »der Mensch ein Gewohnheitstier ist«. Er gewöhnte sich an diese täglichen und vor allem nächtlichen Feuerproben, nach denen er immer mit sauberen Händen dastand. Das hätte er gern gehabt: In Wirklichkeit verschafften ihm die Pollutionen während des Schlafs auf hinterhältige Art und Weise Erleichterung und verklebten ihm auch die Finger.
Jahrelang führten die drei, miteinander verheiratet, doch ohne je auf dem Standesamt gewesen zu sein, eine seltsame, reine und bigame Ehe. Es handelte sich dabei nicht um gewöhnliche Bigamie, sondern um eine von allen dreien einfach akzeptierte. Für sie bedeutete die Ehe kein Kreuz, sondern ewige Flitterwochen, eine nie endende Hochzeitsfeier... allerdings ohne Hochzeitsnacht.
Sie führten ein exzentrisches religiöses Leben, in dem sich Soledads Ansichten durchsetzten. Die Insekten befielen sie wie eine Plage. Ihrer Meinung nach war das Opfer Jesu gleichbedeutend mit dem eines Hummelmännchens, das im Augenblick der Befruchtung stirbt; und so wie die Menschen jahrhundertelang beim Abendmahl seine Botschaft empfangen, bewahren viele Insekten das Sperma ihrer toten Männchen auf, um damit Millionen neuer Lebewesen zu erzeugen. Nuria steigerte sich in eine geistige Verzückung, die man als mystisch-»insektil« bezeichnen könnte. Und nicht etwa insektivor: Sie dachte bei weitem nicht daran, Spinnen oder Termiten zu essen, wenn sie eine davon sah, sondern nahm sie liebevoll in die Hand und fuhr ihr mit der Zunge über den Panzer.
Da es in dieser Gegend an Fräsern mangelte, wurde Tarsis sofort bei der Firma APA (Atelier de Précision Achard) eingestellt, die Prototypen für Dassault, Thomson, Ferrodo und die SNIAS herstellte. Die Arbeitszeit und der Lohn waren anders als in Valencia, ebenso auch die Einstufung. In

Spanien sah die Rangordnung folgendermaßen aus: Lehrling, fortgeschrittener Lehrling, Facharbeiter dritter Klasse, Facharbeiter zweiter Klasse und Facharbeiter erster Klasse. In Frankreich gab es mehr Kategorien, und die Steigerung verlief Tarsis' Ansicht nach rückwärts: *manoeuvre*, OS1 *(ouvrier spécialisé)*, OS2, OS3, P1 *(professionnel 1)*, P2, P3 und schließlich als ehrenvollste die »HQ« *(hautement qualifié)*, was es in Valencia nicht gab. Ein alter, nostalgischer Arbeitskollege sagte eines Tages zu ihm: »Jetzt geht alles immer so schnell. Zu meiner Zeit gab es nur vier Kategorien: *apprenti*, *petite main*, *petit compagnon* und *compagnon*. Ich hab als Kunsttischler angefangen. Den Holzgeruch vermisse ich sehr. Wenn ich eine Schreinerei oder eine Kunsttischlerei betrete, hab ich immer so ein komisches Gefühl... Ich hab heute noch das Werkzeug, das ich damals kaufen mußte...«
»Sie haben mich so ein Blatt Papier unterschreiben lassen«, sagte Tarsis zu ihm. »Ich habs nur überflogen; da ist sogar von Todesstrafe die Rede, wenn man die Pläne, die sie uns für die Werkstücke geben, ans Ausland weitergibt.«
»Das haben wir auch alle unterschrieben. Als ob wir wüßten, was wir da machen. Wenn ich früher, als ich noch Modellbauer war, einen Propeller gebaut hab, konnte ich den dann später im Autosalon sehen. Jetzt verlangen sie ganz komplizierte Stücke von uns, die dann im Bauch eines Atom-U-Bootes oder im Rumpf eines Flugzeugs oder im Radar einer Rakete landen. Viel Gerede von Militärgerichten, und da siehst du's: Die Pläne fliegen in der Werkstatt rum, ohne daß es irgend jemand kümmert.«
Wenn Tarsis von der Arbeit heimkam, spielte er Fernschach. Seine Partien gegen den Ex-Weltmeister Estrin und den besten französischen Spieler, Bergrasser, erregten große Aufmerksamkeit und wurden im *Courrier des Echecs* veröffentlicht und analysiert. Der Rhythmus der Fernschachpartie paßte ihm gut: Wenn der Gegner Ausländer war, konnten die

Partien manchmal Jahre dauern.
Nuria und Soledad schliefen in einem der drei Räume, aus denen die Wohnung bestand, Tarsis bewohnte die kleinste Kammer, und das dritte Zimmer diente ihnen als Küche, Speisekammer und Eßzimmer. Die geräumige Dachterrasse, die bei ihrer Ankunft nur ein Gerümpelhaufen gewesen war, verwandelten sie in einen blühenden Garten. Im Sommer verbrachten sie manchmal zwei Stunden damit, die zahllosen Blumentöpfe zu gießen, die Nuria mit der Kunstfertigkeit eines Aquarellmalers aufstellte. Soledad kannte alle Blumen mit ihren Namen (die sie selbst ihnen aus geheimnisvollen Gründen gegeben hatte, »Afrikanerin«, »Inés«, »Filigran«, »Pantoffelheld«, »Schelm«), genauso wie sie als Kind jedes einzelne der mehr als zweitausend Schafe aus der Herde ihres Onkels benennen konnte, mit denen sie vom Süden Teruels bis ins Zentrum der Provinz Jaén wanderten.
Daß Nuria bald überschnappen würde, kündigte sich durch eine Reihe von sonderlichen Verhaltensweisen an, die Soledad und Tarsis nicht richtig einschätzten. Wahrscheinlich griff sie unbewußt zu ihren Spinnereien, um so um Hilfe zu bitten. Sie leckte nicht nur den Panzer der Küchenschaben ab, sondern alles, was um sie herum war, als handele es sich um einen magischen Zwang, dem sie in regelmäßigen – nie über fünfzehn Minuten hinausgehenden – Abständen nachgeben mußte. Alle Dinge, Pflanzen oder Tiere, die sie umgaben, waren Gegenstand ihrer Zeremonie. Sie leckte sie ab..., berührte sie aber auch dreimal mit den Fingerspitzen, um sie zu segnen. Wenn das abzuleckende Ding auf dem Boden war, führte sie ihre Geste auf allen Vieren aus. Gleichzeitig tropfte ihr »insektiler Mystizismus« aus jeder einzelnen ihrer Handlungen. Soledad und Tarsis gefiel das; sie waren ja so einig im Geiste! Es schnürte ihnen jedoch das Herz zusammen, als sie einmal sahen, wie sie auf der Dachterrasse vor einem toten Tauber niederkniete und seinen Schnabel mit ihrer Zunge berührte.

Eines Nachts weckte Soledad Tarsis und bat ihn, mit ihr zu kommen.
»Sie schläft nicht. Sie hat jetzt schon seit Stunden kein Auge zugetan.«
Als Tarsis in das Schlafzimmer der Freundinnen kam, saß Nuria mit offenen Augen im Bett.
»Ich habe vom Evangelisten Johannes geträumt. Ich sagte zu ihm ›Hänschen, was erzählst du da für einen Stuß‹.«
»Schon gut, Nuria... schlaf jetzt. Sollen wir dir einen Lindenblütentee machen?«
»Das ist meine Seele; sie lehnt sich gegen das Evangelium auf!«
»Du bist sehr nervös.«
»Noch nie war ich so ruhig... Ich sollte meinen Urin trinken, um mich zu reinigen.«
»Beruhige dich doch, Nuria.«
»Als Soledad mir erzählte, daß du in einem Arbeitslager eingesperrt warst, wußte ich, daß du für meine Sünden bezahltest.«
»Sie haben mich ins Lager gesteckt, weil sie mich für einen Deserteur hielten.«
»Ich war die Hure..., aber du wurdest bestraft.«
»Schlaf jetzt!«
Von da an verbrachte Nuria ihre schlaflosen Nächte damit, zu beten, zu lesen oder vor sich hinzumurmeln. Soledad und Tarsis verwöhnten sie:
»Ihr behandelt mich so, weil ihr denkt, ich sei krank. Aber ich bin bei bester Gesundheit. Elías, du sollst wissen, daß ich ein Kind erwarte, das so klein wie ein Käfer und so häßlich wie eine Laus sein wird. Es wird gleichzeitig ein verklärter Hannibal und ein Heiliger Johannes sein. Es wird Franziskus, Maria und Josef heißen. Es wird unter dem Namen Ferdinand III., der Freiheitsliebende, bekannt sein.«
»Dir geht es so schlecht, weil du nicht schlafen kannst.«
»Ich brauche deine Intuition. Du bist ich. Mein Kind wird am

4. September auf die Welt kommen, es wird ein Kaiser sein, es wird der vollkommene Mensch dieses Jahrhunderts sein: Gelehrter, Musiker, Architekt, asketisch, intuitiv, vernünftig. Ich werde es empfangen, ohne dafür einen Mann zu brauchen, wie die Mutter Buddhas, die schwanger wurde, als sie einen Elefanten vorbeilaufen sah, oder wie die Jungfrau Maria, die in anderen Umständen war, nachdem sie ein Erzengel besucht hatte.«
Tarsis wollte ihr helfen, aber Nuria hörte ihm nicht einmal zu. Sie redete weiter, als überbringe sie eine eilige Botschaft: »Der Teufel und Gott existieren, das weißt du, und du auch, Soledad. Aber eins wißt ihr nicht, daß nämlich das Böse die Erde mit unvorstellbaren Waffen heimsuchen wird. Satan gewinnt immer mehr an Boden. Es wird einen Krieg geben, der eine erbarmungslose Schlächterei sein wird und nach dem, wie Johannes gesagt hat, die Lebenden die Toten beneiden werden. Ich sehe es genau vor mir, weil ich im Aufzug durch die Zeit fahre.«
»Du sollst jetzt schlafen!«
»Alles, was wir tun, hat einen Sinn. Sogar Nutte in Barcelona gewesen zu sein, oder die Schwänze der Kunden geküßt zu haben.«
»Sei doch still!«
»Schlag mich! Ich war eine Nutte!«
»Schrei nicht so!«
»Aber du weißt nicht, daß du derjenige sein wirst, der mein Kind auf die Welt bringen wird..., und zwar durch den Kopf. In diesem Augenblick werde ich blind werden.«
»Ich?... Als Mann?«
»Ja... du. Deshalb hast du auch so einen dicken Kopf. Schon in grauer Vorzeit warst du darauf vorbereitet, mein Kind darin aufzunehmen.«
Nuria beleckte und segnete weiterhin alles, was sie umgab..., aber sie begann auch, unheilbringende Gegenstände, wie die

Spardose, die sie in der Küche stehen hatten, aus dem Fenster zu werfen. Als Tarsis am nächsten Tag von der Arbeit zurückkam, verkündete ihm Nuria zitternd:
»Die Marsmenschen werden kommen, sie kommen von sehr weit her, sie haben die Venus kolonisiert. Ich habe sie gesehen, so wie ich dich jetzt sehe. Sie haben Vampirzähne und ernähren sich von unseren Träumen. Sie haben mir gesagt, daß wir uns nach der Katastrophe von Scheiße ernähren werden. Der Urin wird das neue Sperma sein, und wir werden mit Hilfe der Orgasmusenergie durch die Zeit reisen.«
Unaufhörlich stellte sie Behauptungen auf, die Tarsis und Soledad für originell und zusammenhanglos hielten und aus denen sie paradoxe Schlüsse zog: »Wir werden vom Teufel manipuliert..., deshalb gibt es Fliegen«, »Wir werden Levitationen haben..., deshalb werden wir den Schmerz besiegen«, »In einem früheren Leben war ich Indianersklavin..., aus diesem Grund werden die Monster in Japan geboren«, »Das Schöne wird häßlich werden und umgekehrt..., deshalb werden die Termiten Kanonen bauen«, »Ich werde einmal deine Intuition besitzen..., daher werde ich aus einem Schrank wie aus einem Fernseher sprechen.«
Nuria drehte immer mehr durch und wurde Nacht für Nacht von einem Strudel erfaßt. Sie versicherte, ihre Seele sei im Körper einer Katze, es werde eine Atomexplosion geben, die Marsmenschen wollten mit den Menschen schlafen, sie würde, bevor sie blind werde, zur Sonne schauen, die Gott sei, der Teufel sei ein Teil Gottes, der Heilige Franz von Assisi werde in der Gestalt Frankensteins wiederauferstehen, sie und Soledad würden homosexuell werden wie Tarsis, der Arsch sei das Zentrum des Lebens, die Homosexualität werde in Zukunft die Regel sein, die Würmer würden sich in Löwen verwandeln, wir würden ein neues Sodom und Gomorrha erleben, ihr Herz würde siebenmal erdolcht wie das der

Heiligen Jungfrau, die Seele entweiche beim Scheißen, die größte Sünde sei der Hochmut.
Tarsis hatte das Gefühl, Nurias Untergang mitzuerleben; er verging vor Schmerz, konnte ihr aber nicht helfen:
»In Barcelona hast du mich geschlagen, weil ich es verdient habe.«
»Ach was, ich war verrückt.«
»Und mein Körper war übersät mit blauen Flecken: Du hast gesagt, ich hätte eine so zarte Haut! Beiß mich: so fest, daß es blutet.«
Nuria bestand mit solcher Vehemenz darauf, als hinge davon ihr Leben ab, so daß Tarsis sich gezwungen sah, darauf einzugehen. Er biß ihr so fest in den Arm, daß er fürchtete, ihr ein Stück herauszureißen.
»Siehst du meinen Arm? Deine Zähne haben nicht die geringste Spur hinterlassen. Das hab ich genauso geträumt.«
Während Nuria mit ihrer endlosen Rede fortfuhr, betrachtete Tarsis den Arm von nahem und stellte fest, daß tatsächlich keine Spur von seinem heftigen und langen Biß zu sehen war. Er war ergriffen und gleichzeitig entsetzt:
»Du denkst jetzt, ich sei krank, nicht wahr?«
»Nein.«
»Ich habe kein Recht, etwas gegen dich zu sagen, denn du heilst mich ja. Wenn du wolltest, könntest du mich umbringen. Ich hab nur noch dich... und Soledad.«
Tarsis vermochte sie nicht zu trösten. Nuria war wie ein hilfloses und bedrohtes Marienkäferchen, das unermüdlich über seine fünf Finger kroch, dessen Hörorgan aber die menschliche Stimme nicht wahrnehmen konnte.
»Geh nicht an die Truhe in der Küche: Sie ist voller Skelette. Die sind von den Männern, mit denen ich geschlafen habe, als ich in Barcelona Hure war.«
»Vergiß das doch alles.«
Sie hörte nicht auf, von ihrem Sohn zu sprechen: Er werde

die Menschheit retten, er werde hinken, er werde die Frau befreien, er werde alle Schmerzen der Menschen erleiden, er werde über den aus dem Sehorgan aufkeimenden Hochmut verfügen, er werde wie Elías von einem Arbeitslager ins andere kommen, er werde schließlich in ein Irrenhaus eingesperrt, er werde verkünden, wir alle seien Bruchstücke Gottes, er werde die totale Verwirrung und die absolute Vernunft sein, er werde bei seiner Himmelfahrt neunmal so groß wie die große Zehe sein, er werde die unter tausend Irrtümern versteckte Wahrheit kundtun oder gegen den Teufel kämpfen.
»Wirst du jetzt endlich schlafen?«
»Ich falle in meine Seele wie der Kosmos in die Schöpfung; mir bleibt nur noch ein winziger Rest von Vernunft, um der Krankheit zu entkommen. Seid vorsichtig, ich werde mich töten und euch töten. Ich werde es nicht verhindern können.«
Soledad weinte verzweifelt. Nuria sagte zu ihr:
»Ich kann kein Mitleid empfinden.«
Als Tarsis bestürzt aus dem Zimmer ging, erwartete Soledad ihn schluchzend.
»Wir müssen sie retten!«
»Sie ist so zerbrechlich«, sagte Tarsis, »ihre Schmerzen schmerzen mich, ihre Ängste ängstigen mich.«
Tarsis empfand einen dumpfen, durchdringenden Schmerz. Zusammen mit Soledad verfolgte er, wie Nurias Leiden Schritt für Schritt schlimmer wurde. Ein unbarmherziger Maulwurf zernagte ihr allmählich das Gehirn. Jede Nacht hatte ihre blanken Drohungen im Gefolge und die Erregung Nurias, die an chronischer Schlaflosigkeit zu leiden schien. Wie gerädert und zerschlagen hörten sie ihr die ganze Nacht über zu, wie sie alles beschrieb, was sie sah oder fühlte. Sie versuchten alles Mögliche, um sie zum Schlafen zu bringen, aber ohne Erfolg. Nur manchmal, wenn sie gleich zu Beginn

der Nacht drei Ampullen Neurostabyl eingenommen hatte, schlief sie dann schließlich gegen Morgen ein.

»Nuria, du bist sehr müde, du mußt schlafen. Du kannst doch nicht tage- und wochenlang kein Auge zutun.«

»Ich muß doch soviel beten! Außerdem sehe ich, wenn ich schlafe, im Traum klar und deutlich, daß das Leben zyklisch ist und daß ich, wenn ich mich an die Vergangenheit zurückerinnere, die Zukunft voraussehen kann. Ich schlafe lieber nicht, dann sehe ich auch nicht, was mit mir geschehen wird. Sag mal, willst du, daß ich mal etwas für dich tue, daß ich deine Schachpartien analysiere?«

»Ich will nur, daß du schläfst.«

»Ich kann auch wieder auf den Strich gehen: Mich läßt alles kalt. Die anderen sind diejenigen, die leiden. Weißt du, nachdem du ihn durch deinen Kopf geboren hast, wird mein Sohn sein Glied den Männern in die Augen und den Frauen in die Ohren stecken. Du wirst ihn neun Monate lang in deinem dicken Kopf tragen..., obwohl neun Monate natürlich auch in wenigen Stunden vergehen können.«

»Und woher weißt du das alles, Nuria?«

»Das hast du mir doch gesagt, Elías. Erinnerst du dich nicht mehr?«

»Wann denn?«

»In deinen Träumen.«

»In meinen Träumen? Du willst wohl sagen, in deinen Träumen.«

»Nein, Elías: Du hast es mir in einem deiner Träume gesagt... in einer Metapher, aber ich habe es sehr gut begriffen.«

Tarsis begriff, daß Nurias Leiden angesichts seiner Unfähigkeit, ihr zu helfen, immer mehr ausartete. Er wurde vom Kummer verzehrt und bedauerte, daß er ihr nicht, bevor sie anfing, wirres Zeug zu reden, gesagt hatte, wie sehr er sie liebte.

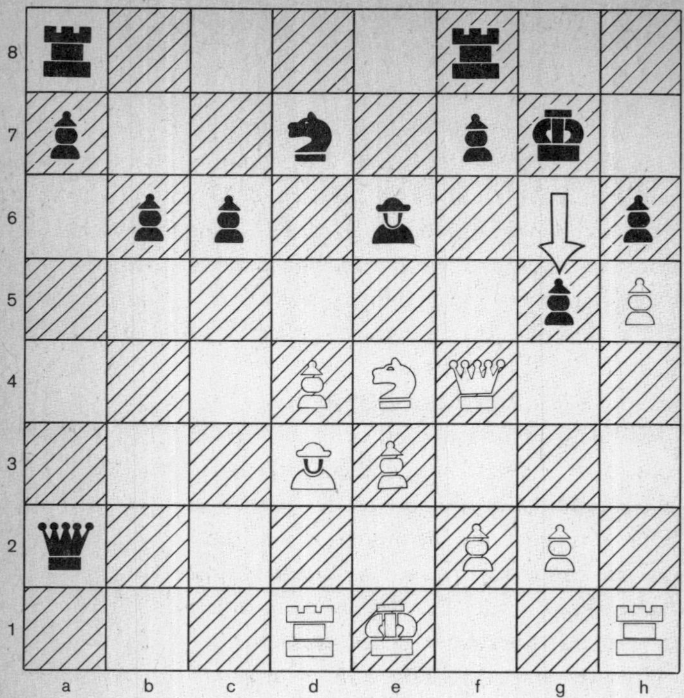

Während der acht langen Minuten des Nachdenkens hat Tarsis sich gefragt, ob Amary noch ganz bei Trost sei: Was soll dieser Anfall von Delirium tremens bedeuten? Er zieht ihm die Zwangsjacke an: *20. ...g6.g5*. Und wenn er weiterhin im Fieberwahn nachtwandelt, wird er ihm gleich zeigen, wo die Sonne aufgeht.

Daß das Politbüro über die Nachrichtenagentur TASS ein Kommuniqué verschickt, ohne ausdrücklich auf die sowjetische Regierung und die Partei Bezug zu nehmen, ist ein ungewöhnlicher Vorgang. Man hat den Eindruck, daß die Mitglieder des höchsten russischen Staatsorgans, durch die Umstände angesteckt, beschlossen haben, sich im Stil der Entführer an die französische Regierung und vor allem an die öffentliche Meinung zu wenden. Es ist ein energischer Text, der die volle Unterschrift eines jeden Mitglieds des Direktoriums trägt. Sie geben damit zu verstehen, wie sehr sie das Problem personalisieren. Für sie ist jetzt Schluß mit Abwarten und Tee trinken. Das Martyrium ihres Genossen, das sie am eigenen Körper verspüren, bringt sie in Harnisch. Sie verkünden, daß sie sich gezwungen sehen, auf das Ultimatum der Entführer einzugehen, und stellen ihr eigenes: Entweder die französische Polizei befreit Iswoschikow, oder sie bombardieren die saudiarabischen Ölquellen. Die Experten nehmen die sowjetische Drohung sehr ernst; sie sind der Meinung, die Situation sei unentwirrbar und der Weltfrieden in höchster Gefahr. Für Tarsis ist das eine *Zugzwang*-Position, die die Strategie seines Gegners nur schlecht verbirgt.

Amary korrigiert den Kurs zu einem neuen Enterversuch: *21. Df4-g3.* Der Königsflügel seines Kontrahenten ist leck geschlagen, und fast hätte er ihn ganz versenkt: Das Springeropfer auf *g5*, das ihn zu gegebener Zeit zum Kentern bringen wird, war wegen des Zwischenschachs auf *a5* noch nicht möglich. Tarsis' Plan ist wie ein steuerloses Schiff, das unaufhaltsam abdriftet.

Aber dieser ist der Meinung, daß Amarys Eigensinn sein Spiel unweigerlich auf Grund setzt. Er muß nur das Dauerschach vermeiden, das es seinem Gegner erlauben würde, den Hafen zu erreichen; deshalb wird er ruhig weitersegeln und sich nach den Sternen richten, Amary wird die Sterne vor den Augen tanzen sehen.

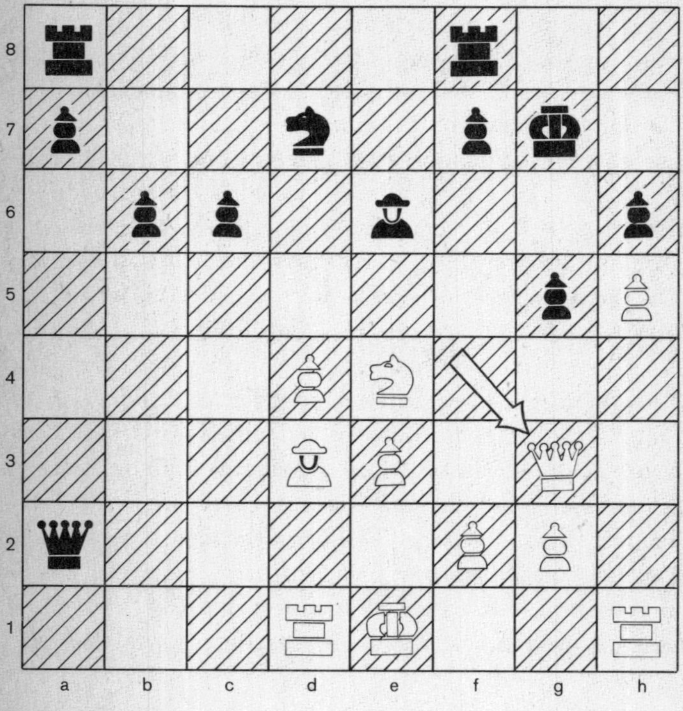

Der Anblick eines Gabardinemantels kann bei einem Menschen Schwindelgefühle auslösen oder ihn zur Weißglut bringen. Der Amarys weckte bei de Kerguelen außerdem den Wunsch, zu kündigen und einen Vertrag als Forscher bei der Armee anzunehmen. Das Kleidungsstück hing auf einem Bügel des Labors für Molekulargenetik. *Seines* Labors.

Amary hatte sich bereits eingerichtet und als erstes *seinen,* de Kerguelens, Mantelhaken erobert. Zum ersten Mal merkte er, daß an den Kleidern seines »Komiteesekretärs« der Geruch eines stinkenden Mörders haftete. Und eines Blutsaugers. Und eines Schmarotzers. In seinem Katzenjammer stellte er fest, was er jahrelang nicht bemerkt hatte. Das Labor bestand aus kleinen, trostlosen Zimmern, die im dritten Stock eines niedrigen, düsteren Turmes zusammengepfercht waren, wie auch die mehr als sechzig anderen der Naturwissenschaftlichen Fakultät, wobei immer vier Zimmer einen kleinen Gefängnishof bildeten. Er lehnte sich aus dem Fenster und stellte fest, daß das obere Stockwerk mit Drahtgittern geschützt war. Das stimmte gar nicht, seine Niedergeschlagenheit trübte ihm den Blick. Obwohl das vielleicht die Absicht des Architekten war, den die Muse wohl in Alcatraz oder Carabanchel geküßt hatte.
Das Büro, in dem die Arbeitssitzungen stattfanden, war unter dem Namen »Animierschuppen« bekannt. Und zu Recht, dachte er. Alle waren sie ausgemachte Huren. Angefangen bei seinem Chef, der Amary so beflissen seine Artillerie vorführte. Wie ein Hahn mit aufgestelltem Kamm zeigte er ihm sein Schmuckstück von einem Laser, »der Impulse von 10 Pikosekunden schafft«. De Kerguelen hatte das Gefühl, daß sie in seinem Hosenstall herumfummelten oder das intime Tagebuch aus seiner Pubertätszeit lasen. Amary betrachtete die Apparate abschätzig. Den Spektralphontes Dmrio Zeiss würdigte er keines Blickes. Wieso begriff denn der Chef nicht, daß die großen Mühen, unter denen die Mitglieder des Teams diese ausgeklügelten Apparaturen der Erforschung des genetischen Codes dienstbar gemacht hatten, Amary völlig kalt ließen? Er brauchte nur die Daten, die die Phänomenologen unter den Biophysikern, der Pöbel also, nach langem Kopfzerbrechen und im Schweiße ihres Angesichts nach und nach den Apparaten entlocken wür-

den. Der Aristokrat denkt, plant, entscheidet und zieht Schlüsse. De Kerguelens Abscheu vor Amary wuchs mit jedem Schritt, den der bei seinem Höflichkeitsbesuch machte. »Diese Zentrifuge, die nach *unseren* Plänen gebaut wurde, erreicht eine Geschwindigkeit von 60 000 Umdrehungen pro Minute. Darin behandeln wir die E.coli Bakterienviren.«
Wie sich der Chef aufplusterte! Er hörte nicht auf, sich selbst zu beweihräuchern und seine Apparate in den Himmel zu heben: »seine« Bildschirme, »seine« Kältekammern, »seine« 260 Hochdruckfilter, um einen bestimmten Lichtstrahl auszuwählen. In einem unaufhörlichen Wortschwall hielt er eine wahre Festpredigt. So ein Traumtänzer: Als könnte sich Amary für den Sermon eines anderen interessieren. Ohne seine weißen Handschuhe auszuziehen und ohne zu riskieren, daß ihm ein unternehmungslustiger E.coli Virus auf die Netzhaut sprang oder ein noch nicht erkaltetes Gerät die Fingerkuppen verbrannte, würde Amary lediglich eine Synthese der Statistiken und der Informationen machen, die ihm die Arbeitsbienen, seinen Anordnungen folgend, darbringen würden. Und ganz nebenbei würde er das »magische Wort« finden, nach dem der ganze Bienenstock jahrelang gesucht hatte.

[Der »Kleine« war vom genetischen Code begeistert, was den »Meister« sehr wunderte. Er verbrachte die Nächte damit, durch den Kamin mit »Mosquito« zu sprechen. »Mosquito«, ein Rhinozeros, war nicht aus dem Keller herauszubringen, wo er seiner Meinung nach wie ein Fürst lebte. »Mosquito« war in Sachen genetischer Code ein wahrer Quell des Wissens. Hinter dem Heizungskessel hatte er sich eine eindrucksvolle »Bibliothek« aufgebaut.
»Was ist die ›Bibliothek‹?«
»Micky« wußte nicht einmal, daß die »Bibliothek« die Gesamtheit der DNS-Stränge war. »Mosquito« hatte das Gedächtnis eines Elefanten, obwohl er ja nur ein Rhinozeros

war, und brachte es fertig, die Basen aller bis heute verzeichneten Sequenzen herunterzurasseln.
Die »drei Kondore« verfügten auch über eine erstklassige »Bibliothek«: Die Sequenzen schrieben sie so gut es ging auf den Rand ihrer gezinkten Pokerkarten. Das glaubte jedenfalls der »Meister«.
»Die DNS«, erklärte der »Kleine« »Doña Rosita«, »besteht wie zwei verschlungene Wendeltreppen aus zwei Strängen, die sich umeinander winden und Stufen haben. Jede einzelne ist eine Base. Sie können nur A oder T, G oder C sein.«
Die Schlange wußte nicht einmal, daß diese ungeordneten und sich endlos wiederholenden Basen die Sequenz bilden. Und daß das Repertoire der bekannten Sequenzen »Bibliothek« genannt wird. »Doña Rositas« einzige Sorge war, die von France-Musique ausgestrahlten Opernprogramme nicht zu versäumen und ihre gräßlichen grünen Toskani-Zigarren zu rauchen.
»Der genetische Code der DNS ist die ganze in der Zelle enthaltene Information. Durch sie kann sie sich vermehren, sich ernähren und... töten.«
»Ihre Mutter töten?« fragte »Teresa«, nur um den »Meister« zu ärgern.
»Und enthält sie auch pornographische Informationen?« fragte »Micky«, der besonders witzig sein wollte.
Sie waren außer Rand und Band. Der genetische Code bereitete ihnen mehr Vergnügen, als Räuber und Gendarm oder Verstecken zu spielen.
»Jeder der beiden DNS-Stränge der allerkleinsten Zelle ist länger als ein Meter. So verschlungen ist er!« sagte der »Kleine«. Und »Teresa« raunte ihm mit einer Stimme wie Marylin zu:
»Sag doch dem Rhinozeros, es soll uns Späne von seinem Horn schicken, damit wir uns daraus aphrodisische Getränke machen können.«

Vergebliche Liebesmüh'! »Mosquito« war ja so stolz! Er erlaubte niemandem, an seinem Horn zu schaben; nachts stülpte er einen Wildlederbezug darüber.
»Schluß jetzt mit diesen Sauereien!« schrie der »Meister« außer sich. »›Mosquito‹, wenn du nicht den Mund hältst, schicke ich dir eine Harpune durch den Kamin.«
Man hörte das Rhinozeros hämisch lachen. »Mosquito« konnte herrlich Louis Armstrong nachmachen. Außerdem war er Maoist und kannte seine Widerstandskraft. Nicht umsonst hatte sein Idol während des *Langen Marsches* erklärt: »Die Geschichte ist wie die Haut eines Rhinozerosses; die Schlachten oder die Katastrophen sind nur Mückenstiche auf seinem Panzer...« »Mir will der mit Harpünchen kommen.» ...Das war ja zum Totlachen.]

De Kerguelen wußte, daß sein Chef bereits von dem Artikel träumte, den Amary schreiben würde... und den, wie es sich gehört, alle Mitarbeiter des Labors unterzeichnen würden. Ein Text, der durch seine Stringenz und seinen Ideenreichtum die Aufmerksamkeit auf sich ziehen würde..., und dann wäre endgültig Schluß mit den mageren Jahren des Labors, den spärlichen Aufträgen des CNRS und den kleinlichen Subventionen. Dann hätte er Zugang zu den üppigen Verträgen des DGRST, die nur auf der Basis von Snobismus und Vetternwirtschaft vergeben werden... Und schließlich – warum auch nicht? – der Nobelpreis! De Kerguelen spuckte wütend aus.
Amary kam um ein Uhr in sein Büro, als die anderen essen gingen. De Kerguelen war entschlossen, ihn darüber in Kenntnis zu setzen, daß er nicht mehr zum Komitee gehöre, daß der rote, schwarze oder schokoladenbraune Terror ihn absolut kalt lasse, daß er aber keinesfalls dulden werde, daß er lächerlich gemacht wurde, indem Amary seine Forschungsarbeit an sich riß. Amary begann folgendermaßen:

»Für dich und für mich sind das CNRS-Labor und unsere Arbeit als Forscher lebenswichtig für unsere Sicherheit: Dadurch verfügen wir nämlich bei der Polizei über das beste Alibi. Parallel dazu müssen wir als Marxisten, ohne uns durch die Vorwürfe unserer Kollegen von der ›Linken‹ beeindrucken zu lassen, mit Hilfe der genetischen Mutationen den neuen Menschen schaffen.«
»Meinst du damit die Genmanipulationen?«
»Welcher vernünftige Mensch würde sich weigern, sie vorzunehmen, wenn sie, wie anzunehmen ist, zur Erschaffung des marxistischen Menschen führen?«
»Jeder Forscher mit einem Quentchen Ethik...«
»Bürgerlicher Ethik im Dienst der herrschenden Klasse.«
Er sprach wie die faschistischen »Wissenschaftler«. War er denn verrückt geworden? Er wollte ihm gerade sagen, daß er abhauen solle, daß er ihn nicht mehr sehen wolle, als ihn das Gefühl überkam, er könne seine Gedanken lesen:
»Enver Hoxha hat gesagt: ›Tito verdient, daß man ihm auf die Stirn spuckt, auf die Nase schlägt und eine Kugel in die Brust verpaßt.‹ Seit Jahren sind wir eine Untergrundgruppe. Wir sind aufeinander angewiesen. Unser Leben steht auf dem Spiel.«
»Wir sind nicht in Albanien.« »De Kerguelen, du machst wahrscheinlich gerade eine Krise durch. Wir werden das berücksichtigen. Vergiß nicht, daß du die gesamte Information über die Gruppe in Händen hast.«
»Glaubst du, daß ich euch verraten werde?«
Bald erfuhr er aus der Presse, daß er am Rande des Komitees stand..., obwohl man ihm seine Freiheit nicht zurückgegeben hatte. Sie informierten ihn weder über den Bombenanschlag auf die Agence-France-Press noch über den Raketenangriff auf den Justizpalast in Paris, noch über die Ermordung des Direktors der First National City Bank. Er merkte plötzlich, daß er sich nicht traute, Amary zu sagen, was er von ihm hielt, aber auch nicht wagte, endgültig aus dem Komitee auszutreten.

[Der »Kleine« hatte das ganze Gefolge mit dem genetischen Code völlig aus dem Häuschen gebracht. Sie hatten dabei mehr Spaß als beim Kasperle-Spielen. Auf dem Teppich spielten sie mit völlig neuartigen Bauklötzchen ein Spiel, das sie DNS nannten. Die beiden Ketten waren zwei Bänder, die wie zwei Wendeltreppen um »Doña Rosita« geschlungen waren. Die vier Basen A, T, G und C waren Apfelkerne, Tapeziernägelchen, Gummibärchen und Chips. Sie klebten sie hintereinander auf das Band, wobei sie immer die unendliche Abfolge einer Sequenz beachteten. Alle wußten, daß man gegenüber einem Apfelkern unbedingt ein Tapeziernägelchen kleben mußte – und umgekehrt –, so wie ein Chip immer gegenüber einem Gummibärchen lag. Dem »Meister« tanzten sie dabei auf der Nase herum. »Teresa« spielte mit ihnen, um ihn wegen seines Befehls, sie solle im Wandschrank bleiben, hochzunehmen. »Doña Rosita« hatte ebenfalls so mir nichts dir nichts ihren Heizkörper verlassen, in den der »Meister« sie immer einsperrte; die »drei Kondore« waren durchs Fenster hereingekommen, als hätten sie das Recht dazu.
Der »Meister« bekam Lust, auf dieser lächerlichen Konstruktion herumzutrampeln. »Micky« pflanzte sich vor ihm auf und sah ihm von seinen etwas mehr als fünf Zentimetern aus scharf in die Augen, als sei er hier der King:
»Untersteh dich ja nicht, unsere DNS anzurühren . . . ›Er‹ . . .«
Mehr sagte er nicht. Er wußte, daß der »Meister« angesichts dieser Drohung weiche Knie bekam.
Alle redeten auf einmal und veranstalteten dabei ein Höllenspektakel. Nur ab und zu, wenn »Mosquitos« Stimme durch den Kamin dröhnte, herrschte einige Augenblicke Ruhe. Der »Meister« steckte sich demonstrativ zwei Wattekügelchen in die Ohren und fing an, *Peking informiert* zu lesen . . ., aber in Wirklichkeit brannte er vor Neugierde danach zu erfahren, wie das Ganze ausgehen würde.
»Micky« verstand nicht viel vom genetischen Code (ihn durfte

man nicht von den Elementarteilchen abbringen, auf diesem Gebiet war er nämlich ein Genie); er gab seine Meinung dazu ab. Nach Ansicht des »Meisters« konnte sie kaum vernünftiger sein:

»Wie wollt ihr denn ohne Computer das ›magische Wort‹ finden?«

Der »Kleine« entgegnete ihm:

»Du verstehst nichts. Das ›magische Wort‹ ist ein Irrtum der Forscher. Sie versuchen, eine logische Ordnung unter den Basen des Bandes zu finden; wir haben den Grund dieser Ordnung entdeckt. Die Regel.«

Der »Meister« nahm die Stopfen aus den Ohren und wandte sich an den »Kleinen«:

»Meinst du etwa mich damit? Willst du mich vielleicht auf den Arm nehmen? Bin ich der Forscher, der Irrtümer begeht?«

Er machte ihn vor allen lächerlich. Der »Kleine« erklärte ihm die Regel, so wie sie sie entdeckt hatten. Der »Meister« war starr vor Staunen. Das war der Gipfel, dieser elende Mörder hatte es fertiggebracht... Sogar die Hure »Teresa« und die Schlange »Doña Rosita« wußten schon Bescheid über das, was er nun schon seit mehreren Wochen ohne Erfolg und mit Hilfe aller Laborberichte suchte. Er war außer sich.

»Ich gehe jetzt endgültig.«

Wieder so ein leeres Versprechen, sagten sich die »anderen«. Der »Meister« ging zum »Irren« schlafen. Er erzählte ihm von der Demütigung, die er erlitten hatte... Aber der »Irre« mußte ihm die Wahrheit gestehen, er konnte nicht lügen, dafür war er viel zu behämmert: Auch er hatte die Regel der Sequenz herausgefunden.

»Du?«

»Ja... Ich!«

»Wie denn?«

»Mit der Klopapierrolle.«
»Machst du dich etwa auch über mich lustig?«
»Ich hab mir daraus eine Sequenz gemacht und auf den Rändern die Abfolge der Basen A, T, G und C aufgeschrieben..., bis ich gemerkt habe, wie sie geordnet sind und warum gerade so...«]

Im Dienste der Revolution hatte de Kerguelen in seinem Leben mehrere Bomben gelegt, aber die, die ihn am meisten erschütterte und berührte, hatte weder Sprengladung noch Zünder; es war ein zwanzigseitiger Artikel mit vielen Skizzen und dem Titel: *Analyse der genetischen Organisationsmerkmale: Struktur und Dynamik des Genoms und die Probleme der Stabilität der DNS.*
Er hatte ihn in fünf Minuten gelesen und las ihn dann noch einmal. Die wissenschaftliche Forschung, was für eine Farce! Er, sein Chef und Ernest Byrrh waren da zusammen mit Amary als Verfasser des Textes genannt..., gemäß den heuchlerischen Normen der wissenschaftlichen Höflichkeit, die vorschreiben, daß jede Veröffentlichung von allen Mitarbeitern des Labors unterzeichnet wird. Aber darauf konnten nur Laien hereinfallen, denn die Eingeweihten wußten genau, daß einzig und allein Amary der Autor war... und daß die anderen, wie das so üblich ist, erst vom Inhalt des Textes erfuhren, als sie den Umbruch korrigierten.
Und was am schlimmsten war: Amarys These war unwiderlegbar!
Er begann seine Darlegung mit einer offenkundigen Tatsache: Die Basenpaare A-T und T-A sind durch zwei Elektronenpaare verbunden und die Basenpaare G-C und C-G durch drei. Daraus folgerte er, daß die ersten weniger stabil als die zweiten sind.
Wie kommt es – fragte sich de Kerguelen –, daß kein Forscher dieser Eigenschaft Bedeutung beigemessen hat? Wie kommt

es, daß er selbst eine so bedeutsame Gegebenheit außer Acht gelassen hat? Vielleicht, weil er sie für eine Binsenwahrheit gehalten hat.
Ein Barbar, ein Mörder, ein Roboter war anders an das Problem herangegangen. Er hatte sich nicht von der scheinbaren Unordnung der A-T-G-C-Sequenzen verwirren lassen, und er hatte nie das ›magische Wort‹ suchen wollen, das ihn auf die Spur bringen sollte, so wie de Kerguelen und alle seine Kollegen es getan hatten... Er haßte Amary. Er hatte nicht etwa wegen seines Talents ins Schwarze getroffen, sondern wegen seines mangelnden Respekts gegenüber der Arbeit anderer und seines an Paranoia grenzenden Egoismus. Aus purer Kleinlichkeit.
»Eine an A und T reiche (das heißt unstabile) Sequenz hat eine biologische Bedeutung...«
Scheißkerl, Halunke, Schweinehund! Und außerdem hatte er noch Recht: Die Abfolge der Basen A, T, G und C der DNS durfte man nicht als onomatopoetische Lautfolgen ohne Interpunktion betrachten, sondern mußte sie wie das offene Buch der biologischen Organisation lesen.
Sein ganzes Leben als Forscher zerstört! Das »magische Wort« für immer begraben... Seine jahrelange Arbeit lächerlich gemacht von einem bedenkenlosen, skrupellosen, eiskalten Anfänger.
Der Text schloß mit einer Entdeckung, die das Universum der Molekularbiologie verändern sollte: Amary zeigte auf, daß die *Transkription*, also die Umformung der reinen Information ohne Arme (des genetischen Codes der DNS) in Arme, die dann arbeiten und produzieren, zum Beispiel Proteine, immer durch Abschnitte bestimmt wird, die eine niedrige Stabilität aufweisen, das heißt reich an A- und T-Basen sind.
De Kerguelen öffnete das Fenster und warf den Artikel wütend hinaus. Die zwanzig Seiten flogen auf, schlugen mit

den Flügeln, flatterten in der Höhe auseinander, blieben einen Augenblick lang unbeweglich in der Luft stehen und gingen dann langsam im Gleitflug nieder, angezogen von der flachen Kuppel des riesigen Computers, der zwischen den vier niedrigen Türmen den ganzen Hof einnahm; er sog sie an eines seiner breiten Gitter und verschlang sie nacheinander. »Roboterfraß«, sagte er sich. Und obwohl er Bretone war und noch nie in seinem Leben einen Fuß auf spanischen Boden gesetzt hatte, kam ihm der Satz eines spanischen Romantikers in den Sinn: »Besser ehrenvoll sterben als gedemütigt leben.«

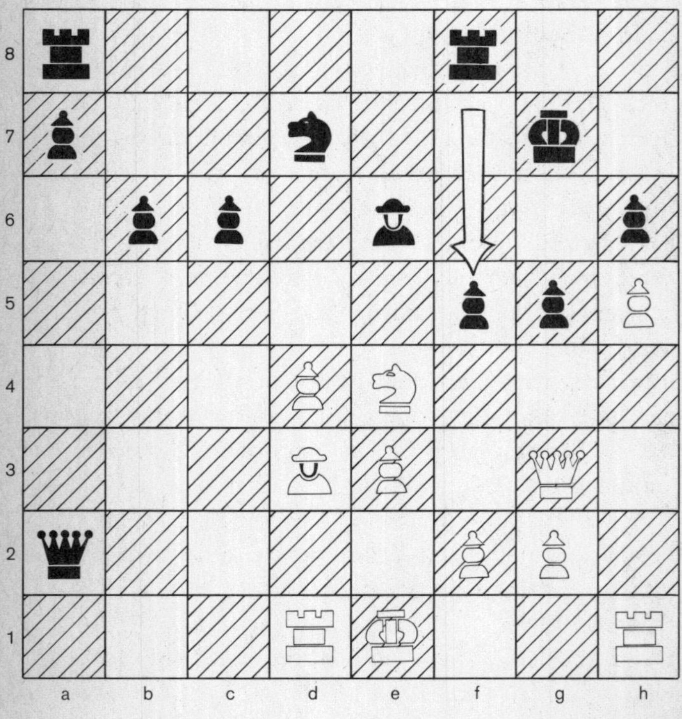

Amary begriff nicht, daß de Kerguelen nach seinem Artikel entschlossen war, notfalls sein Leben zu opfern, um ihn und sein Komitee zu zerstören.
Tarsis rückt seinen dritten Verteidiger vor: *21. ...f7-f5:* Der aufgelockerte Königsflügel wird seinem Gegner schwer zu schaffen machen. Und Amary verfügt nur über Wässerchen und Sälbchen, wo er doch ein Kilo LSD brauchte, um seine Gesundheit wiederherzustellen.

Der Schiedsrichter geht zu Amary und teilt ihm mit: »Ich habe diese Nachricht erhalten. Einer Ihrer ›Assistenten‹ hat sie mir übergeben und gesagt, die Notiz sei für Sie von lebenswichtiger Bedeutung. Ich kann sie Ihnen natürlich nur aushändigen, wenn der Meister Tarsis seine Einwilligung dazu gibt. Als Oberschiedsrichter der Meisterschaft darf ich keinem von Ihnen beiden eine Nachricht von außen zukommen lassen, die einen verschlüsselten Hinweis zur Partie enthalten könnte.«

Tarsis liest den Zettel und gibt ihn dem Schiedsrichter mit einem kurzen Kopfnicken zurück. Er will sich seine Erregung nicht anmerken lassen. Der Schiedsrichter reicht ihn an Amary weiter... Die Nachricht lautet:

»De K. ist hineingekommen. Er hat den frigidaire *gefunden. Er ist uns entwischt. Wir suchen ihn. Er kann nicht entkommen.«*

Wie vom Donner gerührt läßt Amary den Zettel fallen. Er starrt völlig verdattert auf das Brett, als hätte man ihm einen Keulenschlag ins Genick verpaßt oder als hätte er tatsächlich ein Kilo LSD genommen. Wie hypnotisiert spielt er: *22. Se4×g5.*

Das Publikum kann es fast nicht glauben und raunt aufgeregt; es weiß, daß in den Fachzeitschriften ein so unsinniger Zug von zwei schimpflichen Fragezeichen begleitet sein wird: *22. Se4×g5??.*

Tarsis kann sich die Gründe für die Bestürzung seines Gegners denken und glaubt, die Bedeutung der Nachricht zu verstehen: De Kerguelen ist in die Villa in Meung-sur-Loire eingedrungen. Er hat das Versteck entdeckt, wo sie Iswoschikow eingesperrt haben (der *frigidaire* ist der Geheimgang). Er hat versucht, den Minister zu befreien..., aber die Schergen haben ihn dabei überrascht. Er konnte durch die Gänge entkommen und hat sich in einen der Seitenarme geflüchtet, vielleicht in eine verborgene Nische. Sie haben ihn umzingelt, den Ausgang besetzt... Aber sie haben ihn noch nicht erwischt.

Amarys Pläne werden alle wie Seifenblasen zerplatzen, frohlockt Tarsis: das Spiel und die Entführung. Jetzt muß er ihm nur noch den Gnadenstoß geben.

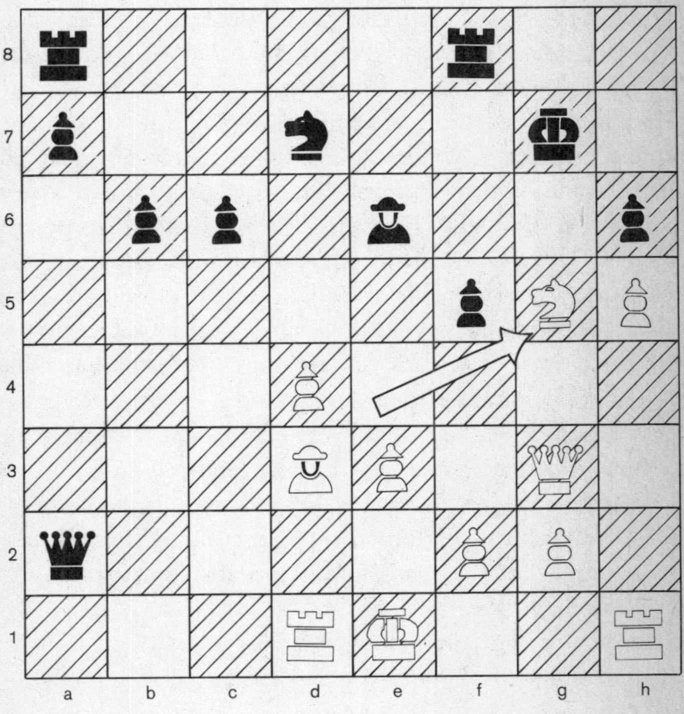

Der Talmud hätte Tarsis fast nach Salt Lake City, in die Hauptstadt des Staates Utah, geführt, doch ein paar Weißdornzweige bestimmten ihm ein anderes Schicksal.
Wochenlang noch verbrachten Soledad und Tarsis schlaflose Nächte und hörten zu, wie Nuria phantasierte, ohne ihr helfen zu können. Aber eines Morgens, als Tarsis gerade zur Arbeit gehen wollte, bat ihn Nuria:
»Kauf mir eine Flasche Champagner, ich will ein Glas trinken, um die bevorstehende Geburt meines Kindes zu feiern. Mit dem Rest werde ich das Klo saubermachen.«
Nurias plötzliche Laune gefiel ihm. Er wußte, daß im Pesachim 109 des Talmud versichert wird: »Wein erfreuet des Menschen Herz.« Das war endlich ein gutes Zeichen. Im Hebräischen bedeutet Talmud »Lehre«.
Allerdings hatte er von französischen Weinen wenig oder gar keine Ahnung. So wenig jedenfalls, daß er nach der Arbeit ein ganzes Dutzend Flaschen spottbilligen Champagners kaufte. Es war ja auch keiner: Trotz ihrer Form konnten die Flaschen nur einen Laien wie ihn täuschen. Sie enthielten zwar weißen Schaumwein, aber nicht aus der Champagne. Er hatte zwölf Flaschen Clairette de Die erworben. Die damalige Emigrantengeneration landete in Frankreich auf dem falschen Fuß und hatte von Tuten und Blasen keine Ahnung. Deshalb gaben ihre Leidensgenossen im Exil, diejenigen, die in den Zwanziger Jahren ausgewandert waren, (die *Sudetos*) und die aus dem Jahre neununddreißig (die Flüchtlinge), den Neuankömmlingen den Spitznamen *die Fallschirmspringer.*
Soledad empfing Tarsis völlig aufgelöst:
»Sie hat einen furchtbaren Tag hinter sich.«
»Hat sie geschlafen?«
»Dreimal ist sie eingenickt, aber nie länger als eine Viertelstunde. Sie ist noch wirrer als sonst. Vor zehn Minuten hat sie einen Furz gelassen und mir erklärt, der ›Gott der Welt‹

bediene sich ihres Bauches, um uns zu verkünden, daß die Bomben uns alle vernichten werden.«

Als er bekümmert in Nurias Zimmer trat, empfing diese ihn ganz aufgeregt:

»Ihr dürft mich nicht alleinlassen. Aber ihr müßt mir erlauben, normal zu leben.«

»Gehen wir dir auf die Nerven?«

»Immer schlafen... schlafen... Ich hab schon soviel geschlafen, daß ich nie mehr werde schlafen können. Aber geh nicht weg. Niemals!«

»Ich hab dir den Champagner mitgebracht.«

Die drei setzten sich aufs Bett; die erste Flasche kippten sie auf einen Schlag hinunter. Die zweite leerten sie, um gegenseitig auf ihr Wohl zu trinken. Es war sechs Uhr abends, und obwohl sie gerade erst die Kehle angefeuchtet hatten, waren bereits einige der Raupen in Nurias Kopf ertrunken. Als der Korken der dritten Flasche eine Glühbirne erledigte, kamen sie zu dem Schluß, man müsse noch einen auf die Lampe gießen. Sie fühlten sich selig und im siebten Himmel, und sie waren doch nur sternhagelvoll. Als sie die vierte Flasche köpften, schworen sie sich, den Durst, der ihnen nach der dritten Flasche geblieben war, damit endgültig zu löschen. Aber das war ein typisches Säufergelöbnis: Bereits bis oben hin abgefüllt, stemmten sie die fünfte. Schließlich hatten sie derart Schlagseite, daß sie gar nicht mehr wußten, wo oben und unten war.

Am nächsten Morgen wachten sie nackt und eng umschlungen auf.

Tarsis gelang es nicht mehr, sich die Geschehnisse jener Nacht in Erinnerung zu rufen. Auch nicht die der folgenden Nächte und Tage. Er hatte nur die verschwommene Erinnerung an eine Woge des Glücks, aber er hätte nicht genau sagen können, woraus es im einzelnen bestand. Er erinnerte sich daran, daß sie sich erkannt und wiedererkannt hatten, als hätten sie sich gerade erst entdeckt. Wie durch Zauberkraft verflogen die Alpträume, die Nuria gequält und um den Schlaf gebracht hatten. Strahlend schwebte sie zwischen Schlaf und Zärtlichkeit und zwischen Zärtlichkeit und Schlaf. Ihr Gehirn erwachte zu neuer Hoffnung, ihre Hände flogen ruhelos umher, ihr Bauch erbebte und ihre leuchtenden Augen flackerten hingebungsvoll... Delirium und Schmerz erlitten Schiffbruch und gingen endgültig unter; die drei wurden von einer Woge des Glücks und der Leidenschaft davongetragen.

Zusammen lernten sie, sich anzuschauen, sich zu berühren und sich zu lieben. Wie die Pferdchen eines Karussells drehten sie sich um ihre nackte Vertrautheit, und dennoch konnte jeder sich bewegen, wie er wollte. Aus der unerbittlichen und bedingungslosen Keuschheit, in der sie jahrelang gelebt hatten, verfielen sie in einen wahren Sinnentaumel. Finger und Hoffnung, Augen und Erfingungsgabe, Zunge und Phantasie wirkten zusammen, um die Tagträume zu verwirklichen, die sie berauschten. In diesen Augenblicken voll fieberhafter Leidenschaft wußten sie nicht, wer Mann und wer Frau war. Das Schauspiel ihrer nackten und ineinander verschlungenen Körper hätte als Inbegriff der Verkommenheit gelten können. Sie lernten, sich mit Zartgefühl und Hingabe zu umarmen und zu lieben. Sie brachten sich dem andern ohne Einschränkung und bis zum letzten Winkel ihres Körpers dar.

Sie erlebten eine Dreiecksidylle ohne jede Feindseligkeit. Als sei das die natürlichste Sache der Welt. Der Mystizismus der drei vertiefte sich. Mehr denn je fühlten sie sich als Diener Gottes. Die jedoch in völliger Gewissensfreiheit eine sehr persönliche, reformierte Religion praktizierten. Jede Nacht durchliefen sie einen genußvollen Zyklus, der damit begann, daß sie vor der Statue des Heiligen Franz von Assisi niederknieten, und der damit endete, daß sie zu dritt nackt auf dem Bett lagen. Von der kontemplativen Andacht gingen sie zur

aktiven Ekstase über, so als sei bei diesen beiden Zeremonien keiner der drei von dieser Welt.
Sie versuchten, in der Kathedrale von Nizza zu heiraten, in Weiß, aber die verblüfften Kirchenmänner wiesen ihnen die Tür. Eines Tages lasen sie ein Interview mit dem nordamerikanischen Schauspieler Robert Redford: »Meine Frau, die Mormonin ist, möchte, daß ich noch eine andere Frau heirate, aber ich weigere mich.« Fast wären sie Mormonen geworden. Aber an der Côte d'Azur konnten sie die Pfarrei nicht ausfindig machen. Doch dafür erfuhren sie, daß die Sekte in Wirklichkeit »Kirche Jesu Christi der Heiligen der letzten Tage« hieß und 1830 von Joseph Smith gegründet worden war. Nuria fand in der Stadtbibliothek viele Informationen, die ihnen zu Herzen gingen:
»Sie wurden verfolgt, eingesperrt und verurteilt, weil sie die Vielweiberei praktizierten. Joseph Smith wurde gelyncht. Aber sie konnten in den Staat Utah flüchten. Das Mekka der Mormonen ist dessen Hauptstadt, Salt Lake City.«
Sie beschlossen, in die Stadt ihrer Träume zu pilgern. Sie waren begeistert, als sie erfuhren, daß für die Mormonen die Ehe nicht mit dem Tod eines der Partner endete, sondern ewig weiterbestand. Von den Jüngern Joseph Smiths trennte sie nur noch die Erbsünde und die Jungfräulichkeit Marias. Für Nuria, Soledad und Tarsis waren diese beiden Glaubensartikel unanfechtbar. Für sie bestand außerdem kein Zweifel daran, daß die Jungfrau Maria, die Tarsis erschienen war, dem Menschengeschlecht als Mittlerin diente... und besonders ihnen.
Die Terroristen nützten den Aufenthalt des Zuges Paris-Ventimiglia in Nizza dazu aus, eine Bombe in einem der Postsäcke zu deponieren. Das Attentat verursachte nicht die erwartete Katastrophe, sondern nur einen Unfall kleineren Ausmaßes. Für die Verwundeten war im allgemeinen der Schock schlimmer als ihre Prellungen.

Nuria und Soledad verbrachten die Zeit, bis Tarsis aus der Werkstatt kam, damit, Weißdorntriebe zu suchen. Sie wollten auf der Terrasse ein mit Weißdorn und wilden Rosen bewachsenes Mäuerchen anlegen. Den Weißdorn mit seinen kleinen weißen Blütenrispen, seinen gezahnten, stachligen Blättern und seinem zarten, so lieblichen Duft beteten sie förmlich an. Sie betrachteten sich darin wie in einem Spiegel. Wenn der Zug ein paar hundert Meter weiter, mitten in der Ortschaft, entgleist wäre, wäre die Tragödie unvermeidlich gewesen. Die Bombe explodierte am Ausgang des Carabacel-Tunnels, als der Zug noch nicht seine Reisegeschwindigkeit erreicht hatte.
Nuria und Soledad hatten eine steinige Stelle neben den Gleisen ausgewählt, wo es besonders viele Felsen gab; dazwischen sproß üppig der Weißdorn und bildete rund um einen Steinbrocken Körbchen oder hing in Girlanden vom Eingang eines Tunnels herab. Sie rissen mit unendlicher Behutsamkeit ein Dutzend Stengel aus, nicht etwa, um sich nicht an den Dornen zu verletzen, sondern um die Harmonie nicht zu zerstören, mit der jede Pflanze ihre Arabesken webt.
Die Behörden beglückwünschten sich; die Katastrophe war verhindert worden. Sie versicherten zu Recht, daß man nicht einmal von Entgleisung sprechen könne; am Ausgang des Tunnels hatten sich zwei Waggons lediglich auf die Seite »gelegt«. Die Terroristen, die sich überhaupt nicht gemeldet hatten, konnten keinesfalls zufrieden sein: Sie hatten ihr Pulver umsonst verschossen; sieben Kilo Plastiksprengstoff.
Aus Thymian, Rosmarin und Mohn stellten Nuria und Soledad einen Strauß zusammen, der Tarsis gefallen würde. Er würde ihn auf seinen Tisch neben das Brett stellen, während er seine Fernschachpartien analysierte. Ab und zu würde er die Nase an den Thymian halten, um daran zu riechen, und vielleicht würde er auch ein Staubgefäß zerreiben, damit der Duft an seinen Fingern haften bliebe.

Für das Fernsehen und die Pressephotographen war das Ereignis ein voller Erfolg. Minuten nach dem Unfall konnten sie mit berechtigtem Stolz die Szene filmen und photographieren. Die Photos waren zwar nicht spektakulär, aber doch ganz witzig: Die Lokomotive und die beiden umgestürzten Waggons sahen aus wie Teile einer billigen elektrischen Spielzeugeisenbahn. Die Anwesenheit der Feuerwehrleute und der beiden Hubschrauber der Gendarmerie waren das Salz in einer allzu faden Suppe.

Nuria wußte schon genau, wo und wie sie die Weißdornschößlinge pflanzen würde. Sie würde sie zu einem widerspenstigen Kranz anordnen. Soledad hatte bereits jedem einzelnen der zwölf Schößlinge einen Namen gegeben. Die beiden waren davon überzeugt, daß alle auf dem Mäuerchen auf der Dachterrasse austreiben würden. An den ersten Tagen würden sie ihnen Wiegenlieder vorsingen, und wenn sie sich einigermaßen an das Haus gewöhnt hätten, würde ihnen dann Tarsis mit seiner zärtlichen dunklen Stimme Komplimente machen.

Der Verkehrsminister verheimlichte nicht seine Genugtuung. Und mit gutem Recht. Die Sicherheitskräfte hatten perfekt funktioniert: Die Bahnstrecke war freigeräumt und der Fahrbetrieb sechs Stunden nach dem Zwischenfall wiederaufgenommen worden.

Nuria und Soledad waren ungeduldig; es waren nur noch wenige Minuten, bis sie Tarsis, wie jeden Nachmittag, am Werkstor abholen würden. Dann würden sie mit ihm einen Spaziergang bis zum Cap Ferrat machen, um dort den Sonnenuntergang zu betrachten.

Tatsächlich verursachte die Entgleisung zwei Opfer. Glücklicherweise waren die Presse und das Fernsehen schon gegangen, als sie entdeckt wurden. Der Gepäckwagen hatte sie, als er sich auf die Seite »legte«, unter sich begraben und dabei völlig zerquetscht. Da sie in diesem Augenblick zusammengestanden hatten, waren ihre aus dem Schädel gequollene Gehirnmasse und ihre zerfetzten Körper nur noch ein einziger Brei, so daß es unmöglich war, herauszufinden, zu wem die Überreste jeweils gehörten, und man sie deshalb zusammen begrub.

Die Behörden verschwiegen den Zwischenfall; sie betrachteten ihn als den einzigen – allerdings nicht sonderlich bitteren – Wermutstropfen in einem Drama, das sie so sauber gelöst hatten. Durch ihr Schweigen konnten sie auch verhindern, daß die Terroristen triumphierten. Die Opfer wurden heimlich, still und leise beigesetzt: Nur Tarsis wohnte der Beerdigung seiner beiden Freundinnen bei.

Er litt solche Qualen, daß er nicht einmal weinen konnte. Nuria und Soledad, zerschmettert wie zwei Vögelchen... hatten ihn für immer allein gelassen. Allein mit seiner Luftblase, die vom Herzen zum Gehirn und vom Gehirn zum Herzen wanderte: eine Blase aus geschmolzenem Stahl, die ihn langsam verbrannte, während sie sich unaufhörlich zwischen Herz und Gehirn und zwischen Gehirn und Herz hin und her bewegte.

Tarsis steuert auf das Ende zu: 22. … *h6×g5*. »Vorhang«, sagt er zu sich. »Jetzt können die Kulissenschieber hereinkommen und Amary hinausschleifen.«

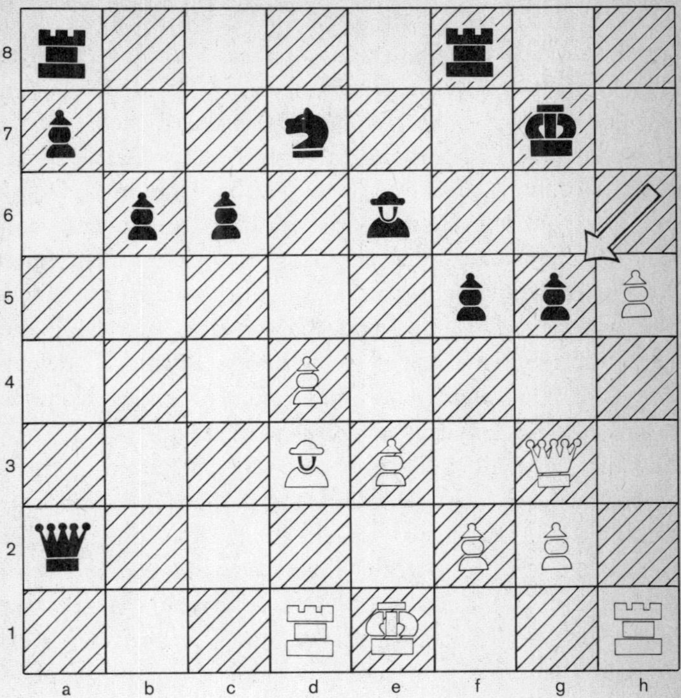

Die Eisenplatte gab ohne weiteres nach. Sie war notdürftig mit ein paar abgeschnittenen Zweigen getarnt. De Kerguelen hob sie mühelos hoch. Er hatte beschlossen, keine Waffe mitzunehmen. Er konnte nicht gegen Amarys Gefolgsleute, seine »Komiteegenossen« Front machen. Hermés, Delpy und Delacour würden ihn wie einen Hund abknallen, wenn sie ihn in dem unterirdischen Gang entdeckten. Über einen Kilometer Länge würde dieser Gang für ihn eher ein Kaninchenbau sein. Die Fuß- und Reifenspuren um die Platte herum bestätigten ihm, daß er vor dem »geheimen« Eingang der Villa von Meung-sur-Loire stand. Den das Komitee hinter dem Rücken der Gendarmerie benützte.
Er schlich durch den Gang und zitterte am ganzen Leib. Er hatte eine Taschenlampe in der Hand und im Kopf eine Idee, die er für eine Erleuchtung hielt: durch den Tunnel in den Keller des Hauses vorzudringen und Iswoschikow zu befreien. In Wirklichkeit träumte er davon, Amary den Dolch in den Rücken zu stoßen und ihn vor aller Welt bloßzustellen. Er war schließlich zu der Überzeugung gelangt, daß Amary ihm mit seinem Artikel über den genetischen Code als Forscher das Genick gebrochen und ihm so seinen Lebensnerv durchtrennt hatte. Er mußte ihn opfern. Auge um Auge, Zahn um Zahn.
Amary hatte wahrscheinlich seine Krise geahnt und ihm deshalb in der »Stadtguerilla« keine Aufgaben mehr übertragen, aber er hatte den Fehler begangen – sagte sich de Kerguelen –, ihn im Komitee zu behalten, vielleicht um ihn besser bewachen zu können und ihn mit »sekundären« Aufträgen zu betrauen. Beispielsweise eine Studie über die Tupa-

maros und eine Analyse der Thesen von »Lotta Continua« und »Potere Operaio« anzufertigen. Natürlich erzählte er ihm nichts von der Entführung des sowjetischen Ministers. Während de Kerguelen sich mit pochendem Herzen durch die Katakombe vortastete, sagte er sich, es sei richtig gewesen, dem Komitee nicht den Rücken zu kehren. Das hatte zu Amarys fatalem Fehler geführt. Er war ein so unverbesserlicher, selbstsüchtiger Schmarotzer, daß er ihn schließlich gebeten hatte, ein Verzeichnis der unterirdischen Gänge von Paris und der geheimen Eingänge des Palais Marigny, der Residenz der Staatsgäste, anzulegen. Als de Kerguelen ihm die Aufzeichnungen übergab, sagte er zu Amary:
»Wozu brauchst du diese Unterlagen? Willst du Paris in die Luft sprengen?«
»Das sind Fragen, die man sich als Aktivist einer revolutionären Gruppe nicht stellen darf.«
»Ist das Thema so wichtig, daß ich es nicht erfahren darf?«
Amary ließ diese Stichelei kalt. Er ließ ihn abblitzen:
»Eine Organisation wie die unsere muß eine Fluchtstrategie haben, und das Netz der unterirdischen Gänge von Paris kann uns allen eines Tages nützen.«
Da de Kerguelen sich nicht vorstellen konnte, daß Amary auf den Kopf gefallen war, kam er zu dem Schluß, daß dieser glaubte, ihn endgültig in die Enge getrieben... und mundtot gemacht zu haben.
Dank seiner zweiten Studie hatte die Entführung Iswoschikows aus dem Palais Marigny für ihn nichts Rätselhaftes mehr. Da er die Pläne gesehen und kopiert hatte, wußte er, daß es im Schlafzimmer des sowjetischen Ministers im Palast eine Geheimtür gab, die in der Nische des majestätischen Kamins verborgen war und über eine Wendeltreppe direkt in den Keller führte, der wiederum mit einem der unterirdischen Gänge von Paris verbunden war. Das Geheimnis des »gelben Zimmers«, von dem *France-Soir* sprach, war gelüftet: Die

Entführer waren durch den nur drei Meter von Iswoschikows Bett entfernten Kamin direkt ins Schlafzimmer gekommen, hatten ihn mit Chloroform bewußtlos gemacht und dann, wahrscheinlich mit Hilfe einer Decke, in sein Gefängnis nach Meung transportiert. Die sowjetischen Wachtposten hatten nichts gesehen, weil sie ganz dicht an der Tür ihres Chefs standen…, aber eben draußen. (Die Polizei entdeckte den Durchgang sehr schnelll, zog es aber vor, die Presse nicht darüber zu informieren. Das war ein Beschluß des Krisenstabs des Innenministeriums, der als »Kriegsrat« bezeichnet wurde.)

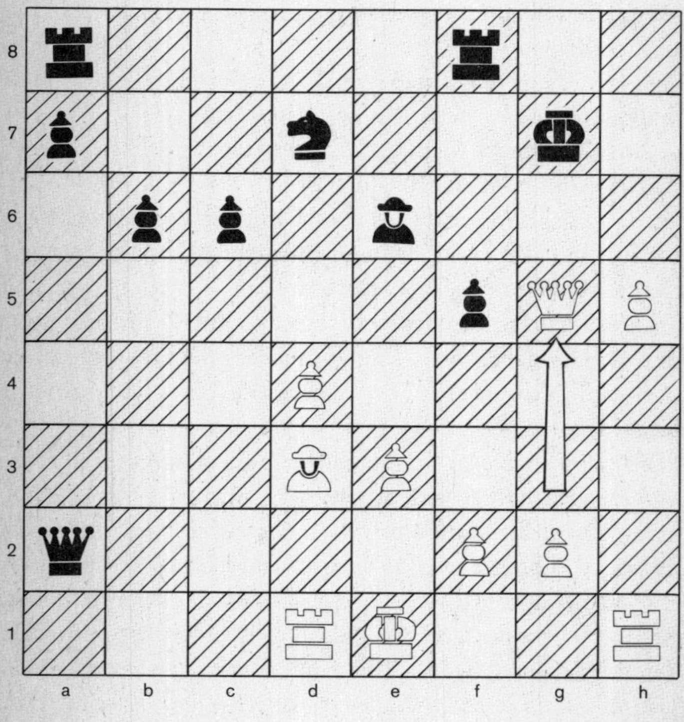

Nachdem er länger als eine Viertelstunde nachgedacht hat, führt Amary seinen Angriff völlig unbewußt fort, als sei er nicht bereits entwaffnet, und spielt: *23. Dg3×g5+.* (Amary konnte sich nicht auf die Partie konzentrieren. Nach dem tödlichen Fehler des vorangegangenen Zuges.)

[Der »Kleine« klappte das Feld *a1* hoch und tauchte aus den Tiefen der Erde auf. Er streckte seinen Kopf bis auf die Höhe von Tarsis' Dame heraus und sagte zu ihm:
»›Teresa‹ will mit dem schwarzen König ins Bett. Läßt du sie rauf, bevor du verurteilt wirst?«
Er sah sie drei Stufen tiefer im Dunkeln stehen, zu allem entschlossen, geschminkt wie eine billige Nutte und mit einem schamlosen Ausschnitt.
Das war der Gipfel! Seit ihrem traurigen New Yorker Abenteuer hatte er ihnen verboten, auch nur einen Schritt aus dem Haus zu machen..., und sie besaßen die Frechheit und Unverfrorenheit, mitten in die Weltmeisterschaft zu platzen. Sie wußten, daß er nichts tun konnte, und nützten die Situation aus. Er versuchte, gelassen zu bleiben, damit weder der Schiedsrichter noch Tarsis, noch die Zuschauer merkten, was da auf dem Brett vor sich ging. »Doña Rosita« tauchte auf; sie war durch den Keller des schwarzen Turms auf *a8* heraufgekommen und rauchte, um die Figur geschlungen, in aller Ruhe eine grüne Toskani-Zigarre. Sie trug eine Soutane. Sie sagte zu ihm:
»Wir wollen dich nicht ablenken. Wir wissen ja, daß du nicht reden kannst. Aber du könntest dem ›Kleinen‹ zumindest mit einer Kopfbewegung antworten... Und dem König, wenn er dich verurteilt.«
Er schüttelte energisch den Kopf.
»Micky«, frech wie immer, tanzte gerade mit der schwarzen Dame einen Strauß-Walzer...; er würde es fertigbringen, bei einer der Umdrehungen mit ihr aus Feld *a2* herauszutanzen

und ihn so aus dem Gleichgewicht und um den Sieg zu bringen. Um den Oberkörper hatte er sich einen Strick gebunden. Er sagte zu ihm:
»Mich störst du nicht, wenn du nur nicht Tarsis' Dame frißt.«
Amary wollte nicht vom Brett aufsehen, aber er hörte genau, wie die »drei Kondore«, die über ihm kreisten, über die Todesstrafe debattierten und die Vorzüge des Galgens mit denen der Würgschraube und des elektrischen Stuhls verglichen.
Mit einer unverfrorenen Selbstverständlichkeit, und ohne daß es irgend jemand erlaubt hätte, stieg »Teresa« die drei Stufen hinauf, stellte sich vor den schwarzen König und fing an mit ihm zu flirten; dann machte sie die Beine breit und pinkelte, dieses Schwein. Es entstand eine furchtbare Pfütze. Seine ganze Position war versaut.
Als er merkte, daß das Brett erbebte, hörte er auch schon »Mosquitos« eigentümliches rauhes Lachen... Ihm war klar, was da vor sich ging; das Rhinozeros hatte den Tisch mit dem Brett auf den Rücken genommen, und es brauchte nur ein wenig hin- und herzuwackeln, und schon würden seine ganzen Figuren umfallen und über das Brett verstreut werden.]

De Kerguelen stolperte und wäre fast in einen verdeckten Schacht des unterirdischen Ganges gefallen. Das Herz schlug ihm bis zum Hals. Er befürchtete, Amarys treue Gefolgsleute hätten ihn gehört. Er hielt den Plan, den er kopiert hatte, ins Licht: Darauf war der Stollen nicht verzeichnet. Den Untergrund der Villa kannte er sicher besser als Amary selbst. De Kerguelen wußte, daß es zwei Gänge gab: den Hauptgang, den er genommen hatte, und einen Nebengang, der seit der Zeit der Revolution zugemauert war und der damals vom Herrschaftshaus zur Loire-Brücke geführt hatte. Dieser Seitenarm zweigte fünf Meter vom Keller des Hauses entfernt vom Hauptstollen ab. In diesem zweiten Tunnel gab es eine kleine, zweistöckige Höhle; sie war im Sommer von der Familie des Marquis d'Arthuy, der das Herrschaftshaus im achtzehnten Jahrhundert gehört hatte, als Weinkeller benützt worden.

Hermés, Delpy oder Delacour würden ihm, wenn sie ihn überraschten, eine Kugel verpassen und ihn ohne Skrupel für immer in irgendeiner Nische des Stollens verschwinden lassen. Wer würde ihn schon vermissen?... Doch höchstens Tarsis! Er stellte sich die drei im Salon vor, wie sie jede Stunde die Nachrichten hörten und ungeduldig auf den Ausgang der Partie warteten, den sie durch das Radio erfahren würden oder vielleicht auch durch einen Telephonanruf von Mathieu Olive, der zusammen mit Rode und Demy zum Schutz des Chefs in der ersten Reihe des Theaters saß.

Als die Weltmeisterschaft bevorstand, hatte de Kerguelen Tarsis einen Brief geschickt und ihm seine Hilfe angeboten: Er war bereit, Amarys Schachanalysen zu photokopieren und sie ihm zukommen zu lassen. Aber Tarsis ging nicht darauf ein. Sie schrieben sich weiter. De Kerguelen entwickelte eine solche Zuneigung zu diesem Mann, der seinen Feind herausforderte, daß er ihm in einem anderen Brief von der Existenz des Comité Communiste International und dessen diversen Attentaten erzählte, ohne die Zugentgleisung in Nizza auszulassen. Er bat ihn, Amary und das Komitee bei der Polizei anzuzeigen, falls diese ihn als »Abtrünnigen« umbringen sollten.

Amary befürchtete, daß kein sowjetischer Spieler den jungen nordamerikanischen und englischen Wunderkindern standhalten könnte. Für ihn wie für Lenin »muß das Schach zum Triumph des Kommunismus beitragen.« Er war begeistert von dem Telegramm, das der Weltmeister Botwinnik nach seinem Sieg in Nottingham an Stalin geschickt hatte: »...Ich habe im Bewußtsein meiner großen Verantwortung die Ehre

des sowjetischen Schachs verteidigt... Mein Sieg war nur dank der Partei und der Regierung möglich... Das sowjetische Schach arbeitet mit am Aufbau des Sozialismus... Ich bin glücklich darüber, daß ich in dem Bereich, der mir zugedacht worden ist, meinen Beitrag zum revolutionären Kampf habe leisten können.« Er konnte es nicht ertragen, daß ein neues nordamerikanisches Wunderkind, irgendsoein Fischer, die intellektuelle Überlegenheit des Kommunismus in Zweifel zog: Schach ist das wissenschaftliche Spiel par excellence. Er hatte vor, die Weltmeisterschaft zu gewinnen und bei der Krönungszeremonie zu offenbaren, daß er Kommunist sei und sein Sieg den Triumph des Marxismus bedeute.
Tarsis hingegen hatte die erste Etappe der Weltmeisterschaft, das Zonenturnier, lustlos und... eher zufällig begonnen (der »Zufall« war für ihn immer mit Andorra verbunden). Aber je deutlicher sich abzeichnete, daß Amary sich qualifizieren würde, umso mehr nahm auch seine wilde Entschlossenheit zu, Nuria und Soledad zu rächen. Der Präsident des Verbands von Andorra, der Tarsis' brillante Fernschachpartien gelesen hatte, bat ihn, sein Land beim Zonenturnier, auf der ersten Stufe der Pyramide, zu vertreten. Er meinte, sein Land könnte durch ihn endlich vom »Null-Punkte«-Status wegkommen, für den der Vertreter des Fürstentums bei den vergangenen Zonenturnieren immer gesorgt hatte. Nach dem Tode Nurias und Soledads, als eine Welt für ihn zusammengebrochen war, hielt sich Tarsis mehr schlecht als recht am Leben, als hätte er sich schon ganz aufgegeben, und es war ein Wunder, daß er die mit dem ersten Turnier verbundenen Verpflichtungen auf sich nahm. Er vegetierte in einer elenden Bruchbude vor sich hin, wo sich seine Abfälle mit der Zeit auf dem Boden angesammelt hatten. Manchmal spürte er tagelang, wie die Luft- oder Quecksilber- oder Stahl- oder Steinblase vom Herzen zum Gehirn und vom Gehirn zum Herzen wanderte. Als er durch einen Brief von de Kerguelen erfuhr,

daß Amary die Zugentgleisung in Nizza verursacht hatte, erblühte er zu neuem Leben, beseelt von dem brennenden Wunsch, Rache zu üben.

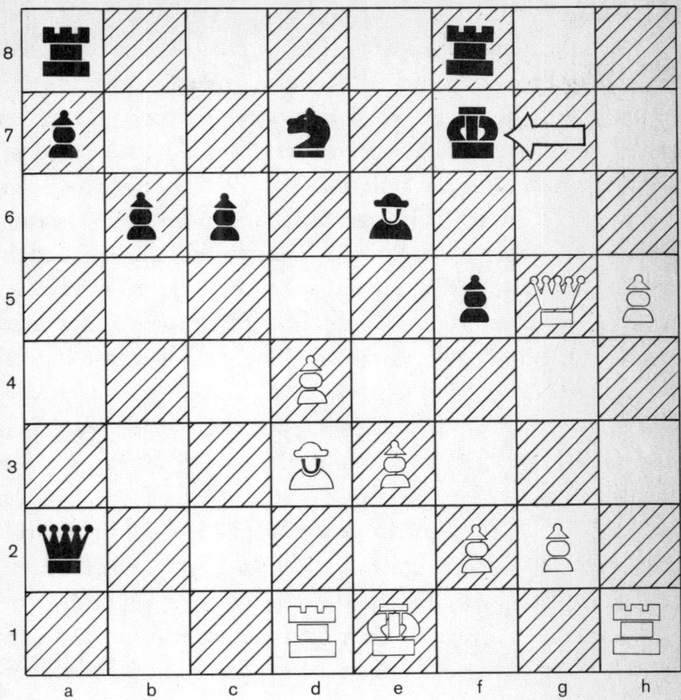

Tarsis rückt mit dem König nach rechts: *23. ... Kg7-f7.* Er hat fünf Minuten gebraucht, um diesen auf der Hand liegenden Zug auszuführen, weil er, anstatt darüber nachzudenken, Amary betrachtet hat. Er sieht, wie dieser den Kopf schüttelt, als spreche er mit seinem Bauern oder beantworte Fragen seiner Dame. »Er steht unter Schock«, sagt er sich, »wenn er jetzt normal denken könnte, würde er den besten Zug machen, den einzig noch sinnvollen: aufgeben. Er hat doch keinen Stich mehr. Ich habe ihn ja auf der ganzen Linie

fertiggemacht.« Er kann ihn anzeigen, wenn er will: der Polizei erzählen, wie seine Anhänger seine Pläne genau ausführten (er verfügt über einen Brief von de Kerguelen, um das zu beweisen), die Bombe im Zug Paris-Ventimiglia legten und wie sie heute Iswoschikow gefangen halten. Er hat davon geträumt, sich zu rächen, aber er triumphiert nicht. Niemand und nichts wird ihm je auch nur einen Nachmittag auf der Terrasse im Chemin de Pessicart ersetzen können..., wo er zwischen Blumentöpfen neben Nuria und Soledad saß. Die vertrockneten Pflanzen und die verwelkten Blumen werden nie wieder erblühen. Er sieht Amary zum ersten Mal ohne Haß an, er hat sogar das Gefühl, daß sich sein Mördergeruch verflüchtigt hat. »Er ist ein Ungeheuer«, sagt er sich. »Ein armes Ungeheuer... mit kindlichen Zügen.« Er betrachtet eingehend seine Hände, und einmal mehr stellt er fest, daß er diese Augen und diese Lippen kennt, daß er sie vor vielen Jahren genauso vor sich gesehen hat. Aber wann? Wo? Seit Beginn der Weltmeisterschaft stellt er sich immer wieder dieselbe Frage.
Überstürzt und wie ein Automat schlägt Amary Tarsis' Bauern: *24. Ld3×f5.* Ein Schnitzer, wie ihn nur Anfänger machen. Der ganze Saal gerät angesichts einer solchen Dummheit in Erregung. Man hört sogar laute Kommentare: »Wie kann sich denn ein Schachspieler mit seinem Talent nur so dumm anstellen?«

Der »Kleine« setzt dem schwarzen König eine englische Richterperücke auf, grinst zu den »drei Kondoren« hinüber und sagt zu Amary:
»Das Gericht wird unter dem Vorsitz von Tarsis' König zusammentreten, um dich zu verurteilen.«
Sie wußten, daß er nicht sprechen konnte, daß der Schiedsrichter ihm Sanktionen auferlegen würde, wenn er nur ein einziges Wort sagen würde..., und da machten sie ihm den

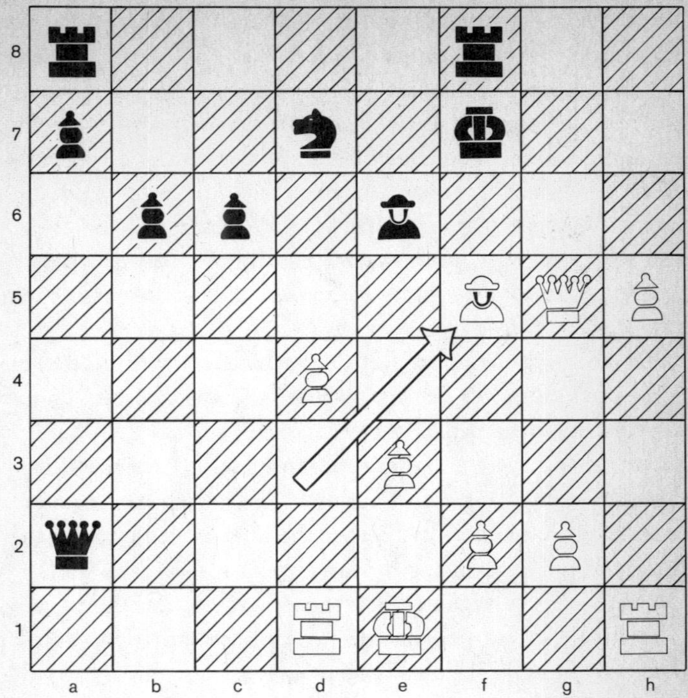

Prozeß! Ausgerechnet in einem Augenblick, da seine Position verheerend war.

»Doña Rosita« teilte ihm fürsorglich mit:

»Wir wissen, daß du dich in deiner Situation nicht verteidigen kannst...; deshalb haben wir dir den besten Anwalt bezahlt. Er ist nicht so ein Winkeladvokat, sondern ein gestandener Rechtsgelehrter.«

Mit der dem Rhinozeros eigenen Sprachgewandtheit mischte sich »Mosquito« ein:

»Hör nicht auf sie. Die Schlangen haben das Anwaltsmonopol. Sie ist ein Streithammel und Ränkeschmied, und sie weiß das genau.«

Mit Fußtritten trieb »Teresa« den »Irren« durch *a6* auf das

Brett. Er war geknebelt und trug eine mit Flicken übersäte Amtsrobe. »Teresa« setzte ihn mit Gewalt auf den Bauern von *d4*. Sie waren fest entschlossen, Amary zu demütigen: Sie hatten nicht nur sein Geheimnis mit dem »Irren« entdeckt, sondern stellten diesen auch noch rücksichtslos vor Amarys Nase zur Schau. Und außerdem, wie sollte er ihn verteidigen..., da er doch geknebelt war?
Der »Irre« schaute ihn erschrocken und mit weit geöffneten Augen an, als wolle er ihm sagen: »Was soll ich denn tun? Ich kann doch nichts dafür.«
»Der ›Irre‹«, informierte ihn der »Kleine«, »wird an deiner Stelle die Fragen des Richters schriftlich beantworten, damit alles aktenkundig gemacht werden kann.«
Er wollte protestieren, aber er konnte nicht. Es war eindeutig, daß sich alle gegen ihn verschworen hatten. Sie brachten es auch fertig, beim Prozeß gegen ihn auszusagen und seelenruhig seiner Hinrichtung beizuwohnen.
»Micky« errichtete auf *f8* bereits den Galgen auf dem Dach des schwarzen Turms. Die »drei Kondore« halfen ihm dabei. Die vier pfiffen fröhlich »Tom Dooley«.
Um die Verhandlung besser verfolgen zu können, hatte »Mosquito« mit seinem Horn ein kleines Loch durch *h3* gebohrt, von wo aus er das Gericht und den Angeklagten genau im Blick hatte. Dem gab er einen Hinweis:
»In der Anklageschrift sind eine ganze Reihe Verbrechen aufgezählt, als erstes der Mord an deiner armen Mutter. Ich sage dir das, damit du dich schon darauf vorbereiten kannst.«
Das war der Gipfel; ihn für einen Muttermord zu verurteilen, den der »Kleine« begangen und den er zu verhindern versucht hatte. Und der größte Hohn war, daß ausgerechnet der, ganz in der Rolle des Juristen, ihm mitteilte:
»Man hat mich zum Staatsanwalt ernannt. Trotzdem sollst du nicht glauben, daß ich jetzt meine Wut an dir auslassen werde. Ich will dir helfen. Aber natürlich gilt auch für dich das

Gesetz« – die »Kondore« applaudierten mit den Flügeln –« in seiner ganzen Strenge.« »Micky« ließ vergnügt den Strick hin und herbaumeln.
»Doña Rosita« rief zwischen zwei Zügen an ihrer Toskani-Zigarre:
»Legt ihn doch endlich um, und schaufelt ihm ein Grab.«
Der »Kleine« tat so, als würde er sie zurechtweisen:
»Nur Tarsis' schwarzer König ist, wenn er von seinem Recht Gebrauch macht, dazu bemächtigt, die Todesstrafe über ihn zu verhängen...«
Alle riefen: »Hängt ihn auf, bevor alles zu Ende ist!«]

Als de Kerguelen am Ende des unterirdischen Ganges ankam, stieß er auf ein geräumiges, fast rechteckiges Kellergewölbe, das zweifelsohne im Untergeschoß von Amarys Villa lag. Das Herz schlug ihm bis zum Hals, als er hineinschlich. Er stellte sich vor, wie die Vasallen des Komitees nur einige Meter über seinem Kopf bewaffnet auf der Lauer lagen. Er rechnete damit, Iswoschikow angekettet und von der Folter gezeichnet vorzufinden. Das letzte Photo, das er von ihm gesehen hatte, war am selben Morgen in der Presse erschienen; es war von den Entführern einen Tag zuvor aufgenommen worden und zeigte ihn wie immer mit schreckgeweiteten Augen, in denen sich das Grauen der erlittenen Qualen widerspiegelte. Eine Stunde lang durchsuchte er auf leisen Sohlen den Raum mit den morschen Regalen, in denen Flaschen gestapelt waren, mit den vermoderten Wandschränken voller Marmeladengläser, einer gewaltigen Kühltruhe, zwölf leeren Butangasflaschen, mehreren Fliegenschränkchen und zwei an der Decke hängenden Käseglocken. Aber er fand keine Spur von Iswoschikow. Die Haare stellten sich ihm zu Berge, als das Gemurmel der drei Gefolgsleute Amarys, die sich oben im Wohnzimmer unterhielten, zu ihm drang. Sein Kinn zitterte, aber er war entschlossen, die Durchsuchung fortzusetzen: Er

nahm den Plan heraus, den er vom Untergrund angefertigt hatte, legte ihn auf den vermoderten Tisch, beleuchtete ihn mit seiner Taschenlampe und ging ihn noch einmal durch: Es war kein Geheimzimmer darauf verzeichnet. Er fragte sich, ob sie den Minister nicht vielleicht schon umgebracht hatten, nachdem sie das letzte Photo an die Presse geschickt hatten. Er klopfte noch einmal die Wände auf der Suche nach einem geheimen Tunnel ab. Er ging den Weg wieder zurück und betrat den zweiten Gang; zähneklappernd drang er bis zu dem Weinkeller vor, der auf seiner Karte verzeichnet war. Er suchte jeden Winkel ab, ständig darauf gefaßt, die Leiche Iswoschikows zu finden; er stellte fest, daß es dort, wie auf seinem Plan angegeben, noch ein zweites Stockwerk gab, das man durch eine getarnte Öffnung erreichte: Er konnte nur mit Mühe hinaufsteigen, da der Durchlaß sehr eng war, und fand oben eine leere Höhle, in die ein Mensch gerade hineinpaßte, wenn er sich ganz zusammenkrümmte.
Ungeduldig ging de Kerguelen zum Keller zurück. Er hörte das Gelächter von Jacques Delpy, und die Haare sträubten sich ihm dabei. Wenn der ihn fände, würde er ihn erbarmungslos umbringen. Verzweifelt durchsuchte er den Raum noch einmal; er wollte gerade wieder gehen, als plötzlich die Tür der Kühltruhe im Schein seiner Taschenlampe leuchtete. Er fragte sich, ob dieses Gerät vielleicht zu einem Schacht führte. Er öffnete die Tür. Seiner Kehle entfuhr ein langer, gellender Schrei des Grauens, den er nicht unterdrücken konnte. Da lag Iswoschikow mit offenen Augen, den Blick starr ins Unendliche gerichtet, unbeweglich, tiefgefroren, tot.
Er war einen Augenblick lang starr vor Entsetzen, gelähmt vor Schreck, und die Beine wollten ihm nicht gehorchen, als hätte ihn Iswoschikows »so lebendiger« Leichnam hypnotisiert.
Er hörte Amarys Killer über sich durch den Salon laufen. Er

wußte, daß sie mit zwei Sätzen im Erdgeschoß sein, durch das Büro und die Küche rennen, über die Treppe hinunter zur Garage rasen und dann in den Keller stürzen würden, um ihn zu packen und kurzen Prozeß mit ihm zu machen.
Ohne lange zu überlegen, rannte er so schnell er konnte durch den zweiten Gang zum Weinkeller. Das Herz fiel ihm in die Hose, doch selbst so brachte er noch die Kraft auf, sich mit einem Schwung durch die Öffnung zu ziehen. Er kauerte sich wie ein Fötus zusammen, verbarg den Kopf im Schoß, als wolle er das Schreckliche nicht sehen, das ihn vor Angst erstarren ließ. Sein wild flatterndes Herz klopfte so laut, daß er befürchtete, seine Verfolger könnten es hören.
Er wußte, Delpy, Hermés und Delacour würden die offene Kühltruhe und den Plan, den er auf dem Tisch mit seinen handgeschriebenen Notizen hatte liegen lassen, entdecken; damit hatten sie den Beweis, daß er der flüchtige Besucher war. Nachdem sie eine Viertelstunde lang hin- und hergelaufen waren, hörte er Delpy in der Ferne schreien:
»De Kerguelen, wir wissen, daß du dich irgendwo im Stollen versteckt hast. Du wirst uns nicht entkommen: Mario Cirillo bewacht die Tür. Wir raten dir, dich zu ergeben. Und zwar schnell. Wenn nicht, bringen wir dich um wie eine Ratte.«
Die Schritte näherten sich dem Weinkeller.

De Kerguelen hatte von Anfang an die Gründe für Iswoschikows Entführung geahnt. Amary wollte damit beweisen, daß der revolutionäre Terrorismus weder von der UdSSR unterstützt noch von Boris Ponomarew unter der Hand organisiert wurde. Er würde beweisen, daß überzeugte Kommunisten, die dazu entschlossen sind, die kapitalistische Gesellschaft zu zerstören, vollkommen autonom handeln, ohne Hilfe aus Moskau und ohne Schulung in den militärischen Ausbildungslagern des Ostblocks. Nach dem Papst und so vielen westlichen Spitzenpolitikern wurde jetzt endlich auch ein Vertreter des Kreml von den marxistischen Revolutionären gerichtet. Er rechnete damit, daß die russische Regierung seine Tat verurteilen würde..., glaubte aber dennoch, ihr mit seinem hinterhältigen Manöver einen Dienst zu erweisen. Vielleicht würde er sogar erreichen, daß sie die saudiarabischen Ölquellen bombardierten. Aber er war kein Mensch, der gleich nach den Sternen griff, und deshalb versicherte er auch seinen treuen Anhängern: »Ein Weltkrieg käme der Sache der Werktätigen sehr gelegen, wie Mao sagte..., aber wir dürfen uns keine Illusionen machen. Wir haben ja schließlich nicht den Verstand verloren.«

Die eigentliche Entführung hatte nicht einmal einen ganzen Tag gedauert. Als Iswoschikow drei Stunden nach seiner Entführung im Keller von Meung aus seiner Bewußtlosigkeit erwachte, war er bereits geknebelt. Er fühlte einen durchdringenden Schmerz: Man hatte ihm die große Zehe des rechten Fußes und den Daumen der linken Hand bis ins Fleisch abgeschnürt und ihm dann die beiden Gliedmaßen auf dem Rücken zusammengebunden. Durch das Fieber und die höllischen Qualen der Folter litt er unter brennendem Durst; er hatte einen salzigen Geschmack im Mund. Vermutlich hatten ihm seine Folterknechte während seiner Bewußtlosigkeit Salz in den Mund gestopft.

Nach einer Ewigkeit, in der er den bitteren Kelch des Schmerzes geleert hatte, kam Amary mit einem hohen Zinnbecher voller Wasser, einem Taschenmesser, ein paar Papierbögen und einem Kugelschreiber zu ihm. Ohne ein Wort zu sagen, betrachtete er Iswoschikows Finger und Zehe: Sie sahen schon wie zwei schwarzblaue Pfirsiche aus, die gleich aufplatzen. Er sagte ganz höflich zu ihm:

»Sie stöhnen jetzt schon seit Stunden. Wir haben Sie vom Wohnzimmer aus gehört. Die Knebelung bringt Ihren Daumen und Ihre Zehe langsam zum Platzen. Ich kann verstehen, daß das ein unerträglicher Schmerz ist.«

»Bitte lassen Sie mich frei.«
»Sie müssen vierzig Grad Fieber haben: Ich nehme an, daß Sie durch die erhöhte Temperatur Durst haben.«
»Furchtbaren Durst.«
»Sie hätten sicher gern, daß sich Ihre Lage so schnell wie möglich ändert.«
»Tun Sie etwas, ich flehe Sie an.«
»Ich habe jede Menge Zeit. Ich sehe mir wahrscheinlich mit einem meiner Genossen einen Film an, der im Kino hier in der Nähe läuft. Sie haben doch sicher nichts dagegen, wenn ich Sie drei Stunden alleine lasse?«
»Ich halte das keine Minute länger aus. Binden Sie mich los! Ich werde sonst ohnmächtig.«
»Also, das glaube ich nun nicht. Bei einem derart abgeschnürten Finger wird der Schmerz, wie Sie wahrscheinlich schon gemerkt haben, unaufhörlich schlimmer. Das breitet sich natürlich immer weiter aus, wie ein Krebsgeschwür..., aber Sie werden das schon aushalten.«
»Ich ertrage es nicht länger. Ich werde tun, was Sie wollen.«
»Meinen guten Willen kann ich Ihnen beweisen; Sie sehen ja, ich bin mit einem Glas Wasser zu Ihnen gekommen und mit einem Taschenmesser, um Ihre Fesseln durchzuschneiden. Aber bevor ich Sie von Ihren Qualen befreie, müssen Sie 9 Briefe schreiben.«
Iswoschikow schrieb mit der rechten Hand (die linke blieb weiterhin auf dem Rücken festgebunden) die 9 Briefe und hielt sich dabei peinlich genau an Amarys Vorgaben. Jedes der Schreiben trug das Datum eines der folgenden 9 Mittwoche. Während er den 8. Brief schrieb, murmelte Iswoschikow:
»Werden Sie mich umbringen? Zwingen Sie mich deshalb, vordatierte Briefe zu schreiben?«
»Lassen Sie sich nicht ablenken. Schreiben Sie. Nur noch ein einziger, und ich binde Sie los.«
Als Iswoschikow den neunten unterschrieb, hielt Amary

Wort und gab ihm das Wasser zu trinken. Es enthielt ein paar Gramm Arsen. Dann befreite er ihn mit dem Messer von seinem Joch. Als die Schlingen, die sich wie Zangen um seinen Daumen und seine Zehe geschlossen hatten, plötzlich gelöst waren, entstand ein so heftiger Schmerz, daß er ohnmächtig wurde. Er litt nicht mehr. Nie mehr.

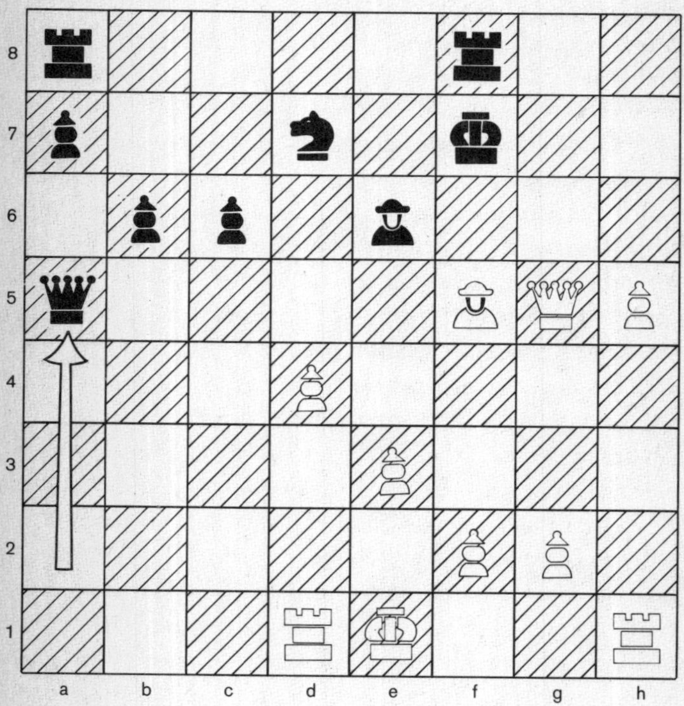

Tarsis schließt die Partie mit einem Schach ab: *24. ...Da2–a5+*. »Nach seinem Springer wird jetzt auch sein Läufer fallen. Warum gibt er nicht auf?« fragt er sich. »Warum gestikuliert er so herum? Dreht er jetzt durch?... Macht er dieselben Qualen durch wie ich damals nach der

Zugentgleisung?« Er möchte die Rache auskosten, aber es gelingt ihm nicht. Gelegentlich schaut er Amary sogar liebevoll an. Wo hat er ihn schon einmal gesehen? In welcher Zeit seiner Kindheit ist er ihm begegnet?

De Kerguelen hörte in seinem Schlupfwinkel zitternd die Schritte seiner drei Verfolger, die immer näher auf sein Versteck zukamen. Sie stießen laute Drohungen gegen ihn aus: »Gib endlich auf, du Schweinehund. Wir machen Kleinholz aus dir.«

In wirren Bildern stellte er sich vor, mit welcher Raffinesse diese Fanatiker ihm den Garaus machen würden, wenn sie es fertiggebracht hatten, Iswoschikow zu töten und wochenlang tiefgekühlt aufzubewahren, um ihn mit einer Zeitung des jeweiligen Tages unter dem Kinn photographieren zu können, als wäre er noch am Leben. Sie hatten den sowjetischen Minister in eine eisgekühlte Schaufensterpuppe verwandelt, die sie einmal pro Woche aus der Kühltruhe holten und für den Auftritt puderten und herausputzten... Und ihn?... Wie würden sie ihm zu glasigen Augen verhelfen?

De Kerguelen gefror das Blut in den Adern, als er durch die Öffnung den Schein ihrer Taschenlampe entdeckte. Er hörte ihren keuchenden Raubtieratem, als seien sie schon ganz dicht bei ihm. Sie durchsuchten sorgfältig den Weinkeller. Sein Herz dröhnte in ohrenbetäubenden Detonationen. Er dachte, daß sie nach oben schauen, die Öffnung entdecken, zu seinem Versteck hinaufklettern und ihn wie eine wilde Meute zerfleischen würden. In seiner Panik konnte de Kerguelen kaum noch seine schlotternden Glieder im Zaum halten... geschweige denn seine Phantasie...

In Wirklichkeit kamen seine Verfolger überhaupt nicht auf die Idee, daß es im Weinkeller eine versteckte Höhle geben könnte, und gingen weiter.

Amary bleiben noch weniger als zehn Minuten Zeit, um seine letzten Züge auszuführen. Wenn der große Zeiger seiner Uhr über die zwölf hinausgeht und damit anzeigt, daß er die ihm zur Verfügung stehende Zeit von zweieinhalb Stunden überschritten hat, hat er die Partie verloren.

[Die »anderen« haben das Brett besetzt und schreien:

»Bringt ihn um! Wir haben keine Zeit mehr zu verlieren! Laßt ihn über die Klinge springen!«

»Teresa« macht eine obszöne Geste, als wolle sie seinen weißen König mit ihren nackten Oberschenkeln garrottieren, und lacht hysterisch. Auf dem Dach des schwarzen Turms klettert »Micky« am Strick auf den Galgen; oben angekommen, zieht er sich eine Henkerskappe auf und brüllt:

»Wie lange sollen wir noch darauf warten, daß er seine verdiente Strafe bekommt? Er soll endlich zur Hölle fahren!«

Der »Kleine« dreht demonstrativ eine Zigarette, schenkt ein Glas Rum ein und sagt dann:

»Das sind seine letzten Wünsche, bevor er aus dem Leben scheidet.«

Die »drei Kondore« flattern fröhlich über dem weißen König herum und krächzen:

»Bringt ihn um, bringt ihn um, er soll endlich den Löffel abgeben ...!«

»Doña Rosita« trägt eine Soutane, die ihren langen Schlangenschwanz bedeckt; sie fragt ihn:

»Willst du noch beichten, bevor sie dir die Schlinge um den Hals legen? Ich werde den ›anderen‹ auch nicht deine Sünden verraten.«

Der »Irre«, sein langjähriger Vertrauter, sein treuster Freund, verrät ihn. Er schreibt auf ein Blatt Papier: »Er ist schuldig, er hat mich immer auf dem Klo gefoltert.« Der »Irre« macht sich voller Begeisterung daran, mit einer Axt Amarys Bauern die Köpfe abzuschlagen.

Das Rhinozeros »Mosquito« ruft ungeduldig:

»Er soll mitten auf dem Brett aufgehängt werden, damit es alle Welt sieht. Er muß mit seinem Leben bezahlen.«
Schließlich umringen alle den schwarzen König und fordern ihn auf:
»Los jetzt... es ist nicht mal mehr eine Minute Zeit... Verlest das Urteil... das Todesurteil!«
Alle zeigen auf die Uhr, wo sich der Zeiger unerbittlich auf die Zwölf zubewegt. Amary verspürt den Wunsch, die Uhr zu zertrümmern, mit der Faust auf den Tisch zu schlagen und alle zu zerquetschen, vom schwarzen König bis zum »Irren«..., obwohl »Er« dann zur Vergeltung...]
Viele Spieler, sogar die besten, reagieren gewalttätig, wenn sie verlieren: Nimzowitsch pinkelte auf das Brett, nachdem er Matt gesetzt worden war; Fischer nahm nach einer seiner seltenen Niederlagen in New York den König seines Gegners und schleuderte ihn an die Wand; Capelo riß das Partieformular seines Gegners ab und verbrannte es. Niemand wunderte sich, daß Amary den Sieg seines Kontrahenten nur schwer ertrug. Überraschend war allerdings, mit welcher Zerstörungswut er nach seiner Niederlage die Uhr vom Tisch nahm, sie hochhob und mehrmals auf das Brett schmetterte..., als wolle er sie zertrümmern...; er hieb so wütend auf den schwarzen König ein, als habe er vor, ihm den Schädel einzuschlagen.

Es gelang de Kerguelen, aus seiner Höhle zu entkommen und die Polizei zu benachrichtigen. Damit ging ein Zyklus zu Ende, der ihn von der Stadtguerrilla zur Reue, von der Tuberkulose zur Rache und vom Surrealismus zum Verrat geführt hatte. Als Amary und seine Komplizen vom Comité Communiste International festgenommen und inhaftiert wurden, dachte er, daß es schon zu spät sei, durch einsame Fleischeslust einen dritten Selbstmordversuch zu unternehmen.

Das Justizministerium zeigte sich besonders entgegenkommend und gab Tarsis die Erlaubnis, zwei Monate nach seinem Triumph Amary zu besuchen. Der Wächter der Prison de la Santé, der ihn begleitete, erklärte ihm:
»Sie werden ihn nicht wiedererkennen: Er hat furchtbar zugenommen. Er verbringt den ganzen Tag in seiner Zelle, ohne auch nur einmal am Hofgang teilzunehmen, und er spricht ständig mit sich selbst, als würde er sämtliche Personen aus einem Kinofilm spielen.«
Als Tarsis in die Zelle seines Gegners trat, wußte er endlich, wo und wann er ihn kennengelernt hatte. Amary, der unglaublich fett geworden war, versteckte sich hinter dem Klo und sagte mit seiner Fistelstimme zu ihm:
»Der ›Kleine‹ macht alles, was du verlangst, wie im Colegio de San Antón in Madrid.«

ZUSAMMENFASSUNG DER SCHACHREGELN

Das Schachspiel wird zwischen zwei Gegnern auf einer quadratischen Fläche (dem Schachbrett) mittels Bewegung von Schachsteinen gespielt.
Bei Spielbeginn verfügt der eine Spieler über 16 helle (»weiße«) Steine, der andere über 16 dunkle (»schwarze«) Steine. Diese Steine sind die folgenden: ein König, eine Dame, zwei Türme, zwei Läufer, zwei Springer und acht Bauern.
Die Anfangsstellung der Steine auf dem Schachbrett ist folgende:

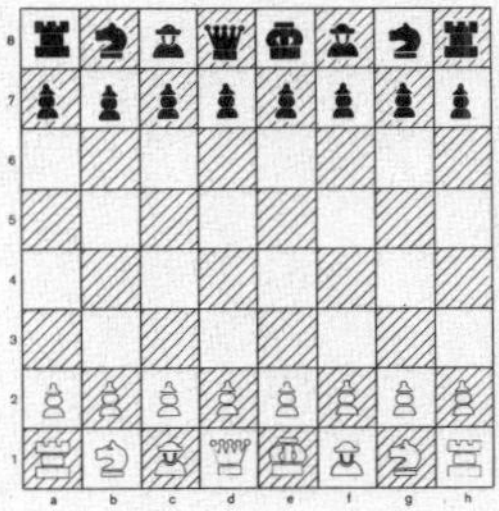

Beide Spieler haben abwechselnd zu spielen, indem sie jedesmal einen Zug ausführen. Der Führer der weißen Steine hat mit der Partie zu beginnen.
Wird ein Stein auf ein von einem gegnerischen Stein besetztes Feld gezogen, so schlägt er den dort befindlichen Stein. Dieser muß sofort vom Brett entfernt werden, und zwar von demjenigen Spieler, der die Wegnahme bewirkt hat.

Der König (K)

Mit Ausnahme der Rochade bewegt sich der König von seinem Felde auf ein angrenzendes Feld, das nicht von einem feindlichen Stein bedroht ist.

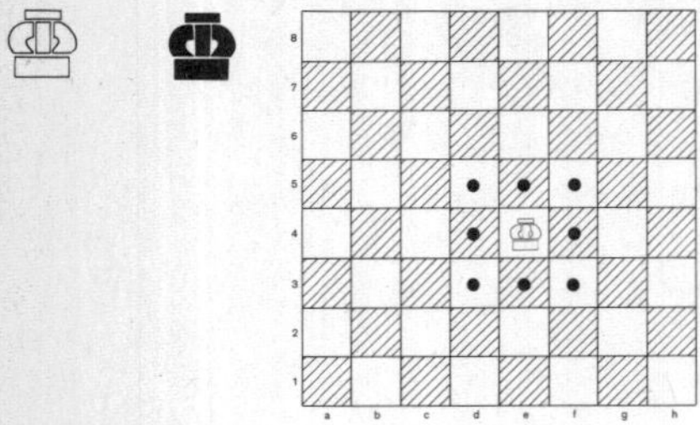

Die Rochade ist eine Bewegung des Königs und des Turmes. Sie gilt als ein einziger Zug und ist folgendermaßen auszuführen:
Der König verläßt sein ursprüngliches Standfeld, um auf derselben Reihe eines der beiden nächsten Felder gleicher Farbe zu besetzen; sodann zieht derjenige Turm, zu dem sich der König hinbewegt hat, über den König hinweg auf dasjenige Feld, das dieser soeben überschritten hat:

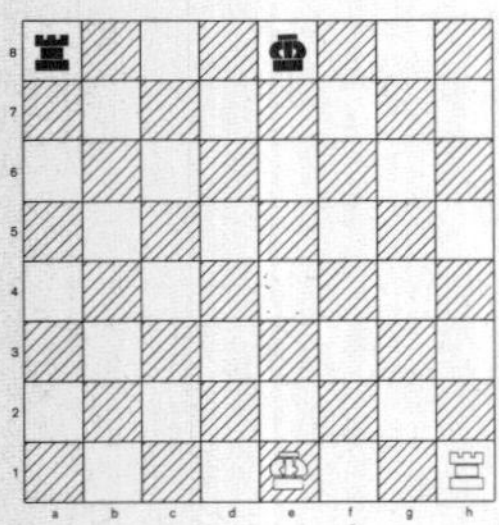

Vor der Rochade

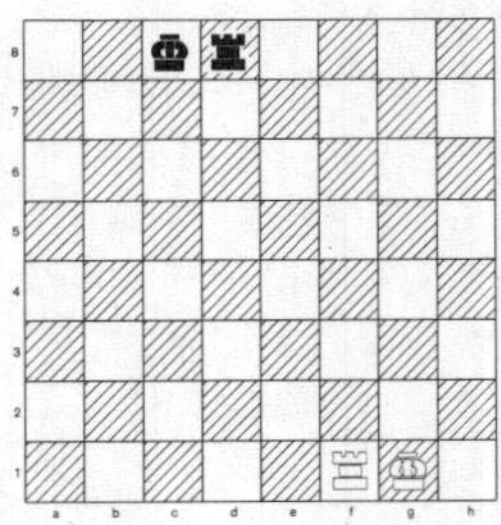

Nach der Rochade

(Mit weißen Steinen: kurze Rochade; mit schwarzen Steinen: lange Rochade).

Die Dame (D)

Die Dame bewegt sich auf den Linien, Reihen oder Diagonalen, auf denen sie sich befindet:

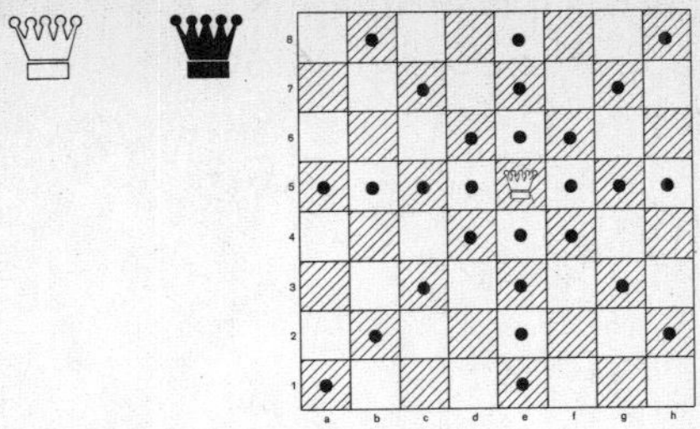

Der Turm (T)

Der Turm bewegt sich auf den Linien oder Reihen, auf denen er sich befindet:

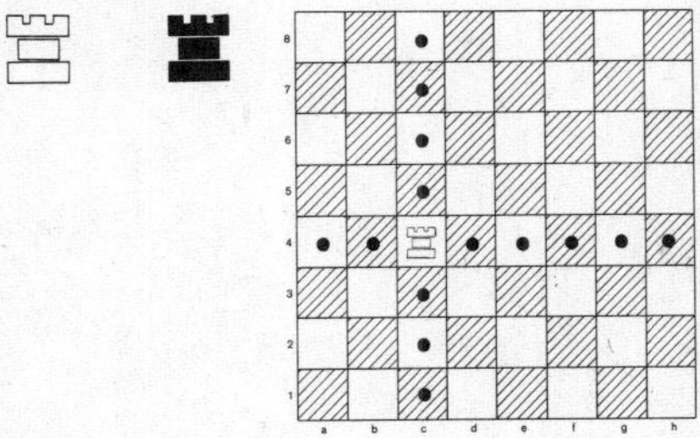

Der Läufer (L)

Der Läufer bewegt sich auf den Diagonalen, auf denen er sich befindet:

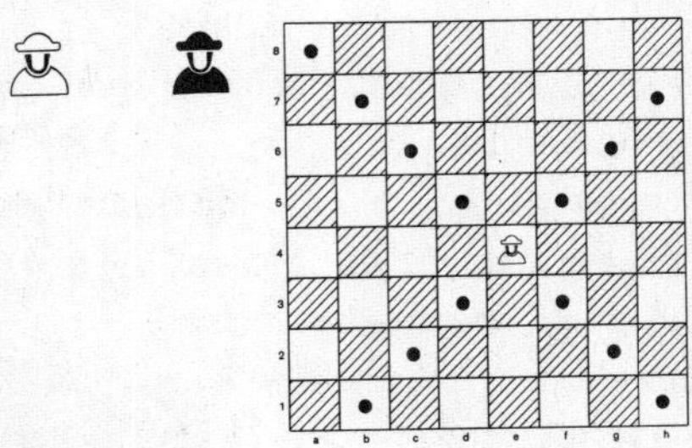

Der Springer (S)
Die Bewegung des Springers setzt sich aus zwei verschiedenen Schritten zusammen. Er macht einen Schritt auf ein unmittelbar angrenzendes Feld der Linie oder Reihe, sodann unter gleichzeitiger Entfernung vom Ausgangsfeld einen Schritt auf ein unmittelbar angrenzendes Feld der Diagonale:

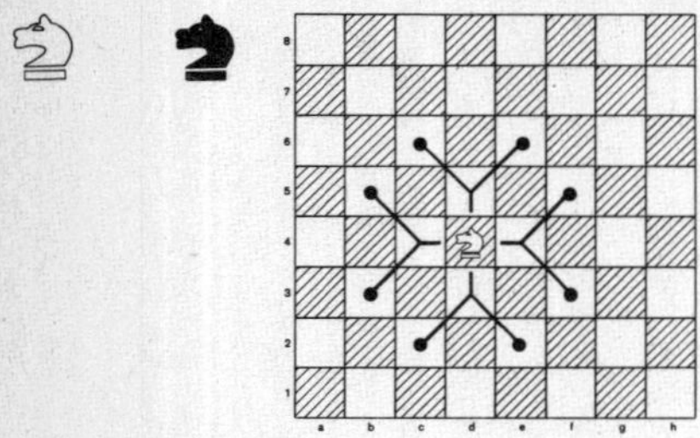

Der Bauer

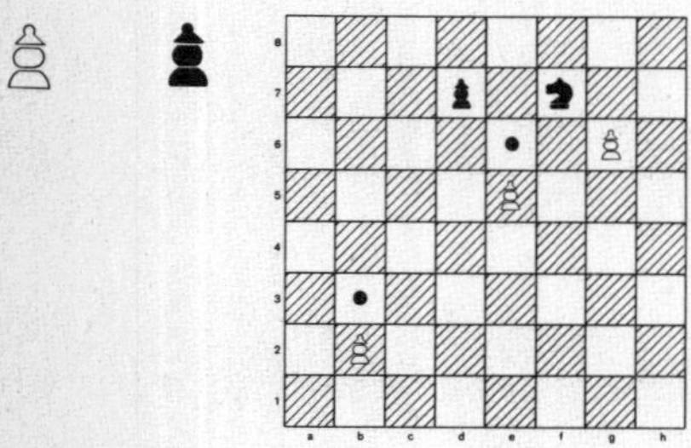

Der Bauer bewegt sich nur vorwärts.
a) Mit Ausnahme eines Schlagfalls geht er von seinem ursprünglichen Standfeld aus um eins oder zwei freie Felder auf seiner Linie vor und in der Folge um je ein freies Feld. Bei einem Schlagfall bewegt er sich auf ein solches Feld vorwärts, das in der Diagonale an sein eigenes angrenzt.
b) Ein Bauer, der ein Feld bedroht, das von einem feindlichen Bauern bei dessen Doppelschritt vom Ursprungsfeld aus

überschritten worden ist, kann diesen feindlichen Bauern – aber nur im unmittelbar darauffolgenden Zuge – so schlagen, als ob dieser sich nur um ein Feld vorwärts bewegt hätte. Dieses Schlagen heißt »Schlagen en passant«.
c) Der Bauer, der die letzte Reihe erreicht hat, muß sofort, als Bestandteil des gleichen Zuges, in eine Dame, einen Turm, einen Läufer oder einen Springer von gleicher Farbe wie der Bauer verwandelt werden, nach Wahl des Spielers und ohne Rücksicht auf die anderen noch auf dem Brett befindlichen Steine. Dieses Verwandeln heißt »Umwandlung«. Die Wirkung eines umgewandelten Steines tritt sofort in Kraft.

Das Schachbieten

Der König steht im Schach, wenn das von ihm besetzte Feld von einem feindlichen Stein bedroht wird; man sagt dann, dieser bietet dem König Schach. Dem Schachgebot muß im unmittelbar darauffolgenden Zuge begegnet werden. Wenn dem Schachgebot nicht begegnet werden kann, so nennt man dies »Matt«.

Die gewonnene Partie

Die Partie ist für denjenigen Spieler gewonnen, der den König des Gegners mattgesetzt hat.
Die Partie wird für denjenigen Spieler, dessen Gegner erklärt, daß er aufgibt, als gewonnen gerechnet.

Die unentschiedene Partie

Die Partie ist unentschieden:
1. Wenn der König des am Zug befindlichen Spielers nicht im Schach steht, dieser Spieler aber weder mit dem König noch mit einem anderen Stein ziehen kann. Man sagt dann: der König ist patt.
2. Durch Übereinkunft der beiden Spieler.

3. Auf Verlangen eines der Spieler, wenn die gleiche Stellung dreimal vorkommt.

Das Aufschreiben der Partien

Jeder Spieler ist gehalten, während des Spiels seine Züge und die seines Gegners Zug um Zug niederzuschreiben.

Der Gebrauch der Schachuhr ... bei dieser Meisterschaft

Innerhalb einer festgesetzten Zeit von zweieinhalb Stunden muß jeder Spieler seine ersten vierzig Züge machen.
Die Zeitkontrolle wird für jeden Spieler mittels einer Doppeluhr, die mit einer besonderen Vorrichtung versehen ist, ausgeübt.
Zu dem für den Beginn der Partie festgesetzten Zeitpunkt wird die Uhr desjenigen Spielers in Gang gesetzt, der die weißen Steine hat. Im weiteren Verlauf der Partie stellt jeder Spieler nach Ausführung seines Zuges die eigene Uhr ab und setzt die des Gegners in Gang.

Der Abbruch der Partie

Wenn nach Ablauf der für das Spiel vorgeschriebenen Zeit die Partie nicht beendet ist, muß der am Zuge befindliche Spieler seinen Zug in vollständiger Notation auf sein Formular niederschreiben, dieses Formular sowie das des Gegners in einen Umschlag tun, den Umschlag schließen und dann die Uhr abstellen.

Die Wiederaufnahme der Partie

Im Augenblick der Wiederaufnahme ist die Stellung auf dem Brett wiederherzustellen und die von beiden Gegnern im Augenblick des Abbruchs verbrauchte Bedenkzeit auf der Uhr einzustellen.

Der Umschlag wird nur geöffnet, wenn der am Zug befindliche Spieler (das ist derjenige, der auf den im Umschlag angegebenen Zug zu antworten hat) zugegen ist. Dessen Uhr wird in Gang gesetzt, sobald der aufgezeichnete Zug auf dem Brett ausgeführt worden ist.

Der Verlust der Partie

Eine Partie ist für denjenigen Spieler verloren,
1. der nicht die vorgeschriebene Zügezahl in der festgesetzten Zeit gemacht hat.
2. der am Brett mit mehr als einer Stunde Verspätung erscheint.

Das Verhalten der Spieler

Es ist den Spielern verboten, während der Partie sich geschriebener oder gedruckter Aufzeichnungen zu bedienen oder die Partie auf einem anderen Brett zu analysieren; es ist gleichfalls verboten, zu Ratschlägen oder Warnungen Dritter Zuflucht zu nehmen, gleichgültig, ob diese dazu aufgefordert wurden oder nicht.
Es ist verboten, den Gegner in irgendeiner Weise abzulenken oder zu stören.

Der Schiedsrichter des Turniers

Zur Leitung des Turniers muß ein Schiedsrichter bestellt werden. Dieser hat die Pflicht, über die genaue Befolgung der (vorliegenden) Spielregeln zu wachen.

Abkürzungen

0-0	Rochade mit dem Turm auf *h1* oder *h8* (kurze Rochade)
0-0-0	Rochade mit dem Turm auf *a1* oder dem Turm auf *a8* (lange Rochade)

x	Zug mit Schlagwirkung
+	Schach
++	Schachmatt

Allgemeine Notation

Alle Steine, außer den Bauern, werden mit ihren Anfangsbuchstaben bezeichnet. Die acht Linien des Schachbretts werden mit den Buchstaben »a« bis »h« bezeichnet. Die acht Reihen werden von 1 bis 8 numeriert. Jedes Feld wird folglich immer mit der Kombination eines Buchstabens und einer Zahl angegeben. Dem Anfangsbuchstaben eines Steins (außer beim Bauern) werden das Ausgangs- und das Ankunftsfeld angefügt. Zum Beispiel: *Lc1-f4,* der Läufer des Feldes *c1* ist auf Feld *f4* gerückt. Noch ein Beispiel: *e7-e5,* der Bauer des Feldes *e7* zieht auf Feld *e5.*

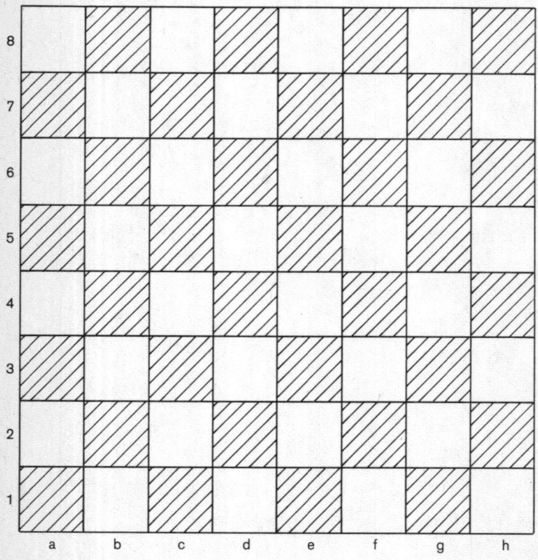

Vierundzwanzigste Partie der Schachweltmeisterschaft

Weiß: Marc Amary **Schwarz: Elias Tarsis**

Züge Amary	Zeitdauer des Zuges	Gesamtzeit Amary	Züge Tarsis	Zeitdauer des Zuges	Gesamtzeit Tarsis
1. c2-c4	2'0"	2'0"	e7-e6	3'26"	3'26"
2. d2-d4	2'5"	4'5"	d7-d5	2'51"	6'17"
3. Sb1-c3	2'2"	6'7"	Lf8-e7	0'2"	6'19"
4. Sg1-f3	0'8"	6'15"	Sg8-f6	0'1"	6'20"
5. Lc1-g5	0'8"	6'23"	0-0	0'1"	6'21"
6. e2-e3	0'8"	6'31"	h7-h6	0'1"	6'22"
7. Lg5-h4	0'8"	6'39"	b7-b6	0'1"	6'23"
8. c4xd5	0'8"	6'47"	e6xd5	0'1"	6'24"
9. Dd1-b3	0'58"	7'45"	Lc8-e6	3'51"	10'15"
10. Ta1-d1	21'25"	29'10"	c7-c6	5'20"	15'35"
11. Db3-c2	3'12"	32'22"	Sf6-e4	12'40"	28'15"
12. Lh4xe7	13'48"	46'10"	Dd8xe7	11'0"	39'15"
13. Sc3xe4	12'58"	59'8"	d5xe4	0'50"	40'5"
14. Dc2xe4	11'7"	1h10'15"	De7-b4+	16'14"	56'19"
15. Sf3-d2	15'7"	1h25'22"	Db4xb2	8'55"	1h5'14"
16. Lf1-d3	18'1"	1h43'23"	g7-g6	10'6"	1h15'20"
17. De4-f4	3'5"	1h46'28"	Kg8-g7	16'59"	1h32'19"
18. h2-h4	2'59"	1h49'27"	Sb8-d7	8'6"	1h40'25"
19. Sd2-e4	2'57"	1h52'24"	Db2xa2	9'53"	1h50'18"
20. h4-h5	2'58"	1h55'22"	g6-g5	8'57"	1h59'15"
21. Df4-g3	14'48"	2h10'10"	f7-f5	0'40"	1h59'55"
22. Se4xg5	2'1"	2h12'11"	h6xg5	0'1"	1h59'56"
23. Dg2xg5+	16'29"	2h28'40"	Kg7-f7	5'7"	2h5'3"
24. Ld3xf5	0'7"	2h28'47"	Da2-a5+	10'15"	2h15'18"

Umberto Ecos Rosenroman

Die furiose Kriminalgeschichte aus den Mauern einer italienischen Abtei des 14. Jahrhunderts (dtv 10551), dazu die ›Nachschrift‹ des Autors über die Prämissen und die Entstehungsgeschichte des großen Romans (dtv 10522) und schließlich – ein Band in dem sieben Wissenschaftler die Ergebnisse ihrer Beschäftigung mit William Baskerville, Adson von Melk und auch Umberto Eco mit Studenten diskutiert und zu Papier gebracht haben (dtv 4449).

dtv 10551

dtv 10552

dtv 4449

Italo Calvino im dtv

Foto: Isolde Ohlbaum

Das Schloß, darin sich Schicksale kreuzen

Der Schloßherr zieht ein Kartenspiel hervor, Tarockkarten. Und plötzlich scheinen die Figuren den Anwesenden zu gleichen. Calvino konstruiert aus den Karten einen magischen Reigen von Schicksalen.
dtv 10284

Die unsichtbaren Städte

»Calvino entwirft im stilistisch knappen und eleganten Filigran seiner 55 Städteportraits eine Vision unserer Welt, in der Geschichte und Philosophie, Biologie und Ökologie, Linguistik und Semantik mit subtiler Genauigkeit integriert sind.« (Basler Zeitung)
dtv 10413

Wenn ein Reisender in einer Winternacht

Ein brillantes Verwirrspiel um einen Lesenden und eine (Mit-)Leserin, die von einer Geschichte in neun andere geraten. Kunst oder Leben, das ist keine Frage.
dtv 10516

Der Baron auf den Bäumen

Als Zwölfjähriger steigt der Baron auf eine Steineiche und wird bis zu seinem Tode nie mehr einen Fuß auf die Erde setzen. Ein mit immer neuen Einfällen und Phantasien angefüllter poetischer Roman, charmant, heiter, übermütig und klug.
dtv 10578

Der geteilte Visconte

Medardo di Terralba kehrt aus den Türkenkriegen im wahrsten Sinne in zwei Teile gespalten zurück. Zu allem Überfluß verlieben sich auch beide Hälften des Visconte, die gute wie die schlechte, in dieselbe Frau.
dtv 10664

Der Ritter, den es nicht gab

Innen hohl, besteht Ritter Agilulf nur aus Rüstung, Kampfgeist und Pflichtgefühl: das Musterbild eines ordentlichen Soldaten. »Ein Ritterroman, der mit allen Wassern des Unernstes gewaschen ist.« (Münchner Merkur)
dtv 10742

Herr Palomar

Herrn Palomars Leidenschaft ist das Betrachten; immer treiben ihn seine Phantasie und diskrete Neugier in wahrhaft abenteuerliche Denkspiralen und Selbstgespräche.
dtv 10877

Das Buch

Eine Schachpartie bestimmt den Rhythmus dieses spannenden Romans. Der Goldschmied Elías Tarsis sitzt im Weltmeisterschafts-Finale dem Nobelpreisanwärter Marc Amary gegenüber. Hier Tarsis, leidenschaftlich und eher intuitiv, dort Amary, kühl analysierend und eiskalt. Beide sind unversöhnliche Gegner, vor allem ihrer Biographie wegen: Der Spanier Tarsis hielt sich im Internat den Schweizer Amary brutal als Sklaven, Amary wiederum ist am Tod von Tarsis' beiden Geliebten schuld. Ein Verdacht taucht in Tarsis auf: Hat Amary etwas mit der Entführung des russischen Außenministers zu tun? Schachdrama, Liebesmystik und Politkrimi: ein Leckerbissen für Liebhaber des Surrealen.

Der Autor

Fernando Arrabal wurde am 11. August 1932 in Melilla (Spanisch-Marokko) geboren. Als Schriftsteller ist Arrabal einer der Hauptvertreter des absurden Theaters. Er lebt seit 1955 in Paris und verfaßt Theaterstücke, Gedichte, Romane sowie politische Texte. Außerdem malt er und schreibt regelmäßig zu Schachproblemen im Pariser ›L'Express‹. Für ›Hohe Türme trifft der Blitz‹ erhielt Arrabal den Premio Nadal, den bedeutendsten spanischen Literaturpreis.